BASTEI LÜBBE

Weiterer Titel der Autorin:

Paganini und das Weihnachtswunder

Über die Autorin:

Michaela Schwarz, Jahrgang 1961, ist Übersetzerin und Autorin und arbeitet auch als Homöopathin. Sie lebt mit ihrer Familie in der Nähe von Köln, dem Schauplatz ihres neuesten Romans.
In der Verlagsgruppe Lübbe erschien von ihr bereits PAGANINI UND DAS WEIHNACHTSWUNDER.

Michaela Schwarz

Schmetterlingskinder

Roman

BASTEI LÜBBE

BASTEI LÜBBE TASCHENBUCH
Band 16 274

1. Auflage: Juni 2009

Bastei Lübbe Taschenbücher in der Verlagsgruppe Lübbe

Originalausgabe

Dieses Werk wurde vermittelt durch die
Literarische Agentur Thomas Schlück GmbH, 30827 Garbsen

Lektorat: Regina Maria Hartig
Titelillustration: DIGITALstock GbR Jürgen Wanderle + Stefan Behringer
Umschlaggestaltung: Nadine Littig
Satz: hanseatenSatz-bremen, Bremen
Gesetzt aus der Stempel Garamond
Druck und Verarbeitung: GGP Media GmbH, Pößneck
Printed in Germany
ISBN 978-3-404-16274-1

Dieses Buch ist ein Roman. Handlungen und Personen sind frei erfunden. Ähnlichkeiten mit lebenden und toten Personen sind rein zufällig. Bei der Schilderung real existierender Schauplätze habe ich mir einige kleinere Freiheiten erlaubt.

PROLOG

Sie fror in ihrer Latzhose und dem T-Shirt. Hier oben standen nur vereinzelt Bäume, und der Wind war eisig. Jemand mit einem guten Fernglas oder einem Nachtsichtgerät würde sie nun gut erkennen können. Hoffentlich hatte man nicht beobachtet, wie sie die Schuhe hinter sich geworfen hatte. Aber das Handy rührte sich nicht.

Feindselige Stille hüllte sie ein, die nur dann und wann von dem Rauschen eines fernen Autos gestreift wurde. Sie hatte keine Ahnung, wie weit sie gegangen war, als plötzlich am Nachthimmel ein Turm auftauchte – ein alter Kirchturm. Dann bemerkte sie in dem schwachen Licht, das ein halber Mond zwischen zerrissenen Wolken hervorwarf, weitere Gebäude. Ein Dorf hier mitten im Nichts? Wie konnte das sein?

Sie ging weiter, glaubte, tiefe Wagenspuren vor sich im Sand auszumachen, aber die Furchen konnten Tage oder gar Wochen alt sein und mussten nicht von einem Geländewagen stammen.

War es nicht Wahnsinn, was sie da tat?

Sie lief weiter durch die Dunkelheit. Ihr war kalt, und das Herz pochte ihr bis zum Hals. Sie hatte das sichere Gefühl, dass jemand sie beobachtete – irgendwo wartete man auf sie. Da lagen sie auf der Lauer. Der lange Weg war nun zu Ende. Vier Menschen waren gestorben, und auch sie würde sterben, wenn sie nicht bald ihren Sohn in die Arme schließen konnte.

Sie spürte, wie das Handy in ihrer Hand vibrierte. JETZT, las sie auf dem Display.

Im nächsten Moment wurde sie in ein gleißendes Licht getaucht.

ERSTER TEIL

I.

Vor manchen Dingen bot nicht einmal eine Gefängniszelle Schutz: Holger kam herein.

So lief es immer, bis ich den Tibeter traf. Holger konnte durch Wände gehen oder durch die Decke fallen, ganz wie er wollte. Gitter konnten ihn nicht aufhalten. Für ihn war nur wichtig, dass der Mond schien und es still war. Laute Geräusche mochte er nicht. Er war immer freundlich; niemals machte er mir Vorwürfe. Wir wussten beide, dass er tot war, aber es schien keine Rolle zu spielen. Er rückte den Stuhl zurecht, um ihn zu erklettern und sich mir gegenüber hinzusetzen. Er machte sich immer ein wenig kleiner, als er war, und hatte etwas Zwergenhaftes.

»Ich weiß, dass ich dich umgebracht habe«, sagte ich. Ich hatte Zeit, ihn genau zu betrachten. Er trug immer dieselben Sachen, blaue Jeans, ein gelbes Hemd, das ihm eigentlich zu lang war. So hatte ich ihn bei seinem Tod nicht gesehen. Nur seine Brille stimmte – ein billiges silberfarbenes Drahtgestell.

Er sagte nichts, schlug nur kurz die Augen nieder. Irgendwann verschwand er, löste sich auf, als ich kurz den Blick abgewandt hatte.

Sie nannten ihn den Tibeter. Ich hatte keine Ahnung, wo er herkam. Plötzlich beim Freigang schob er sich neben mich.

»Wer bist du? Du gehörst hier nicht hin!«, raunte er mir zu. Er sprach einen seltsamen Dialekt, den ich nicht einordnen konnte.

Wenn ich ehrlich war, hatte ich Angst vor ihm. Ich sah ihn deshalb gar nicht richtig an. Ich versuchte mich nur darauf zu konzentrieren, im Kreis zu gehen, einen Schritt sorgsam vor den anderen zu setzen.

Als ich dann doch aufschaute, war er schon wieder von meiner Seite verschwunden. Ich sah nur noch sein langes schwarzes Haar, das geflochten war wie bei einer alten Frau. Oder wie bei einem Indianer.

Das nächste Mal begegnete ich ihm drei Tage später. Ich kann nicht sagen, dass ich mich eingewöhnt hatte. Die Welt, in der ich feststeckte, war mir so fremd, als hätte man mich auf eine Zeitreise geschickt – hinein in eine graue, düstere Ödnis, die noch dazu gefährlich war. Der ersten Prügelei war ich nur knapp entgangen.

»Du musst aufschauen. Lerne den Blick nach oben zu richten«, sagte der Tibeter zu mir. »Ich heiße Gyantse.«

Er sah wirklich wie ein Indianer aus: dunkle, wettergegerbte Haut, Augen wie aus Kohle, aber voller Neugier und Forscherdrang.

»Kommst du zurecht?« Er lächelte. Oben rechts fehlten ihm zwei oder drei Zähne.

Ich nickte, obwohl es nicht stimmte. Ich kam nicht zurecht. Nicht mit mir, nicht mit meiner Schuld. Nicht mit den anderen.

»Du lügst«, sagte der Tibeter, und seine Kohleaugen schimmerten noch dunkler. »Ich kann in deine Seele sehen.«

Ich lachte boshaft und wandte mich ab. Solche Sätze konnte ich nicht leiden. Was sollte das? War er eine Art Priester, ein Schamane? Wollte er hier Leute bekehren?

»Lass mich in Ruhe!«, sagte ich.

»Schon besser!« Er packte mich mit einer schnellen Bewegung am Arm, als fänge er ein Tier. »Wusste ich es doch! Es ist noch ein Funken Leben in dir.«

Ich schaute auf. Er war sehr kräftig, noch kräftiger als erwartet.

»Ich habe gleich gesehen, dass du hier nicht hingehörst. Ich gebe dir einen Ort, wo du deinen Frieden hast, wohin du dich zurückziehen kannst, wenn es dir schlecht geht.«

Ich lachte verlegen, ohne seinen Arm abzuschütteln, wie ich es eigentlich hätte tun müssen.

Dann griff der Tibeter mit seiner Linken in die Hosentasche. »Hier«, sagte er, »hier ist dein geheimer Ort. Konzentriere dich darauf – und dann gehst du auf die Reise!« Er ließ mich los und drückte mir ein Stück bedrucktes Papier in die Hand, das mehrmals gefaltet war.

»Dazu musst du dir den Wind vorstellen – Wind, der wie Musik ist, wenn er über die Steine streicht. Vergiss es nicht!« Er blickte mich noch einmal an, bevor er sich umdrehte und zwischen den anderen verschwand.

Ich steckte das Papier ein und ging weiter, ohne zu ahnen, was das alles zu bedeuten hatte.

Erst in der Nacht wagte ich, das Papier hervorzuziehen. Vorsichtig faltete ich es auseinander. Zuerst verstand ich nicht, was ich vor mir sah. Ich hatte eine Botschaft erwartet, vielleicht irgendeinen Sinnspruch, doch es war ein Foto, das der Tibeter offenbar aus einem Buch gerissen hatte. Ein Yak stand da in einer kargen Ebene im Mondlicht. Er schien zu grasen, obwohl in dieser Landschaft kaum ein Grashalm wachsen konnte, und warf einen langen Schatten. Ein Stück weiter schimmerte silbrig eine Lehmhütte. Menschen waren nicht zu sehen. Im Hintergrund waren im Mondlicht schneebedeckte Gipfel zu erahnen, eine majestätische Bergkette.

Den Tibeter habe ich nie wiedergesehen, aber jede Nacht habe ich das Bild hervorgeholt und daran gedacht, wie es wäre, allein unter einem Sternenhimmel in dieser Ebene zu sitzen. Außerdem begann ich zu trainieren – meinen Körper und meinen Geist. Ich versuchte, nicht länger in Selbstmitleid und Schuld zu versinken.

Drei Monate später, als man mich einmal schlafend über meinem Bild fand, lachte man mich aus und nannte mich fortan den Tibeter. Es war als Spott gemeint, doch für mich klang es wie ein Kompliment.

Ich ahnte nun, worum es mir in meinem Leben noch gehen konnte: darum, Schönheit und Liebe zu suchen und den Berg der eigenen Schuld zu überwinden.

1.

Der Himmel war schwarz, als sie aus dem Sender kam. Nur in der Ferne schien noch ein Licht über der Stadt zu schweben. Kareen spürte, wie müde sie war. Viel zu lange war sie im Studio gewesen; sie hatte die Nachrichten gelesen, dann zwischendurch ein Feature über Sartre, das ziemlich kompliziert und eigentlich unlesbar gewesen war, und zum Schluss hatte sie sogar noch für die Sportmeldungen einspringen müssen. Dabei hasste sie Sportnachrichten, aber wahrscheinlich kannte Risch auch diese Abneigung und hatte sich einen Spaß daraus gemacht, wie sie sich dreimal versprochen hatte. Die Namen russischer Eishockeyspieler waren nun einmal schwer auszusprechen. Sie hätte niemals mit Risch schlafen dürfen. Neuerdings teilte er Kareen sogar für den Nachtdienst ein, Nachrichten und Verkehrsmeldungen, als würde sein Zorn auf sie mit der Zeit nicht kleiner, sondern immer noch größer werden.

Als sie das Studio verlassen hatte, war Risch noch in seinem Büro gewesen. Er hatte in der Tür gestanden und ihr nachgeschaut, reglos, mit starrer Miene und ohne einen Gruß. Manchmal blieb er die halbe Nacht im Sender, saß am Fenster und rauchte. Er vergeudete sein Leben und schien sich diese Sinnlosigkeit auch selbst noch vorzuführen, aber irgendwie tat sie das ja auch.

Nein, sie hatte Max. Ihr Kind war trotz allem ihr Glück. Wenn er nicht gewesen wäre, ihr scheuer, verletzlicher Schmetterling, würde sie ihre Zeit vielleicht auch wie ein lichtscheues Wesen in einem düsteren Büro verbringen.

Kurz vor den Einundzwanzig-Uhr-Nachrichten hatte sie Max angerufen. Er hatte zwar heiser geklungen, hatte aber kein Fieber mehr gehabt. Dennoch hatte sie Claudine, ihr kanadisches Au-pair-Mädchen, ermahnt, ihm noch einen Tee zu machen. Im Hintergrund war der Fernseher gelaufen, so laut, dass sie Max beinahe gar nicht verstehen konnte, irgendein Videokanal, der furchtbare Musik brachte. Aber vielleicht hätte sie diese Normalität trösten sollen.

Während Kareen den Wagen aufschloss und losfuhr, kam ihr wieder der Gedanke, der sie in den letzten drei Wochen ständig überfiel, wenn sie müde war und nicht klug genug, sich sofort abzulenken. Man müsste aus seinem Leben wie aus einem Bus aussteigen und sich ein neues suchen. Irgendwohin gehen, in neuen Kleidern, mit anderen Gedanken. Drei Tage nach Roberts Tod hatte sie sich aus einer Laune heraus bei einem kleinen deutschen Sender auf Mallorca beworben, und als man sie bat, Referenzen beizubringen, hatte sie sich zwei Wochen lang schon ausgemalt, wie sie mit Max auf der Insel bei anderem Licht, anderen Temperaturen leben würde. Vielleicht täte ihm das Klima ja gut.

Gestern war die Absage gekommen. Man habe sich für eine andere Bewerberin entschieden, die perfekt Spanisch und Englisch spreche, und wünsche ihr viel Glück.

Kareen bog auf die Hauptstraße, als ihr Mobiltelefon klingelte. Max, dachte sie, er kann ohne einen Gutenachtkuss wieder nicht einschlafen. Doch als sie das Gespräch annahm, hörte sie nur, wie jemand tief ein- und ausatmete. Auf dem Display tauchte keine Nummer auf. Solche Anrufe hatte sie in den letzten zwei Wochen bereits einige Male erhalten. Sie hatte Risch in Verdacht, dass er nachts durch irgendwelche Büros schlich und sie dann anrief, ohne dass man das Telefonat zu ihm zurückverfolgen konnte. Oder es war Jakob, ihr Schwager. Nein, Jakob würde nicht bloß in den Hörer atmen, sondern sie wortreich beschimpfen und ihr Vorhaltungen machen.

Seelenruhig, eine Hand am Lenkrad, wartete sie, bis es knackte und die Verbindung abbrach.

Den Umschlag, der unter ihrem rechten Scheibenwischer klemmte, bemerkte sie erst, als sie in der Nähe ihres Hauses einen Parkplatz gefunden hatte und ausstieg. Wie ein Reklamezettel sah das Stück Papier aus, sodass sie eigentlich gar nicht zurückgehen wollte. Wofür wurde nicht neuerdings auf diese Art geworben? Nagelstudios, Auspuffdienste, lukrative Nebenbeschäftigungen, hinter denen wahrscheinlich irgendwelche unseriösen Versicherungsleute steckten.

Auf dem Umschlag stand ihr Name in einer unpersönlichen Blockschrift. *Kareen.* Nichts weiter.

Hatte jemand aus dem Sender eine persönliche Nachricht für sie? Ute, die Toningenieurin, mit der sie manchmal essen ging? Oder Babette, ihre Sprecherkollegin?

Noch auf der Straße, im Schein einer Straßenlaterne, öffnete Kareen den Umschlag. Ein schmales weißes Blatt befand sich darin. Sie drehte es ins Licht. Jemand hatte ihr mit derselben unpersönlichen Schrift eine Botschaft geschickt.

Aus dem Tal zum Gipfel, stand da. Der *Wind ist wie Musik, wenn er über die Steine streicht. Der Tibeter.*

Kareen schaute sich um, als könne jemand in der Nähe sein, der sie beobachtete und vielleicht diesen Zettel geschrieben hatte, aber natürlich war da niemand. Die Straße war dunkel und leer, nur eine Katze hockte in einem Hauseingang und starrte sie an. Gelbliches Licht reflektierte in ihren Augen. Was sollte das? *Der Tibeter?* Wollte sich Risch einen Scherz mit ihr erlauben, oder war er dahintergekommen, dass sie tatsächlich gern einmal nach Tibet reisen würde? Risch wurde zu einer unheimlichen Macht, die ihr Leben mehr und mehr durchdrang. Kareen steckte den Zettel in ihre Jackentasche und beeilte sich. Vielleicht war Max noch wach und wartete auf sie.

Claudine saß in der Küche und telefonierte. In Kanada war es nun später Nachmittag. Sie lächelte Kareen nur zu und winkte leichthin mit der linken Hand. Vor ihr stand ein halbvoller Aschenbecher. Sie sprach so schnell Französisch, dass Kareen kein Wort verstand. Da Claudine ihre Stimme nicht zu einem Flüsterton senkte, vermutete Kareen, dass sie mit ihrer Mutter und nicht mit ihrem Freund sprach. Wahrscheinlich hatte die Siebzehnjährige sich niemals ausgemalt, dass sie in Deutschland ein krankes Kind pflegen müsste.

Kareen ging zum Kinderzimmer hinüber und öffnete vorsichtig die Tür. Ein schmaler Streifen Licht fiel in den Raum. Max schlief und atmete ruhig vor sich hin. Seine Hände steckten in dünnen weißen Handschuhen, sein Gesicht war eingecremt. So weit schien alles in Ordnung zu sein. Auch die Kissen hatte Claudine ordentlich im Bett und auf dem Boden drapiert. Jede kleinste unbedachte Berührung mit einem festen Gegenstand konnte für Max gefährliche Folgen haben. Es tat Kareen gut, ihr Kind so friedlich daliegen zu sehen. Über dem Bett hing das Foto eines großen gelben Schmetterlings. »Mein Zeichen«, hatte Max gesagt. »Weil ich ja auch ein Schmetterling bin.«

Erst als Kareen die Tür wieder geschlossen hatte, entdeckte sie den Umschlag auf der Kommode in der Diele. Sofort wurde ihr unbehaglich zumute. Briefe bedeuteten in der letzten Zeit nichts Gutes. Jakob, fiel ihr ein, er würde seinen Kampf um Max nicht so schnell aufgeben, auch wenn er nur der Onkel war, aber ein Onkel mit Geld und Einfluss.

Der Brief kam von der Lebensversicherung.

Betreff: Todesfall Robert Hagen, stand da. *Liebe Frau Hagen, leider müssen wir Ihnen mitteilen, dass wir noch keine Auszahlung der Versicherungssumme in Aussicht stellen können, da die genauen Umstände des Todes des Versicherungsnehmers weiterhin nicht völlig geklärt sind. Der abschließende Bericht der Staatsanwaltschaft wird in ca. zwei Monaten vorliegen. Bis dahin bitten wir von weiteren Eingaben abzusehen.*

Mit freundlichen Grüßen …

Kareen hörte, wie Claudine sich wortreich verabschiedete und dann mit einem seltsamen Lachen auflegte. Nichts bedeutet dieser Brief, dachte sie, nur dass ich vorerst kein Geld bekommen werde.

Claudine tauchte in der Küchentür auf. *»Bonsoir«*, sagte sie. »Ich habe gekocht. Schokoladenpudding. Hat Max auch gegessen.« Es war immer schön, ihren französischen Akzent zu hören, der jedem Wort etwas Spielerisches verlieh.

»Bedauere, ich habe keinen Hunger.« Kareen strich sich eine Haarsträhne aus dem Gesicht. Sie hätte allenfalls ein Glas Rotwein vertragen können.

»Max war sehr lieb. Er hat auch Besuch gehabt.« Claudine lächelte, als hätte sie eine Überraschung parat. Ihre makellosen weißen Zähne funkelten, und ihre langen schwarzen Haare flogen. Zum ersten Mal fiel Kareen auf, dass sie sich geschminkt hatte.

»Besuch? Heute Abend noch? Davon hat er mir gar nichts erzählt.«

»Sein Onkel Jakob ... Er hat sogar ein Geschenk mitgebracht, einen nagelneuen Discman.« Claudine machte eine vage Handbewegung. »Damit Max sich abends im Bett Märchen-CDs anhören kann, wenn du im Sender bist. Hat Jakob gesagt.«

Kareen spürte, wie ihr Herzschlag sich beschleunigte. Es war das zweite Mal in den letzten drei Wochen, dass Jakob scheinbar zufällig vorbeigekommen war, und jedes Mal war sie nicht zu Hause gewesen. Am liebsten wäre ihr der Gedanke gewesen, dass er wegen Claudine kam, um eine wunderschöne junge Frau anzuschauen und mit ihr zu flirten, aber sie wusste, dass er andere Gründe hatte. Er wollte Max, und vor allem wollte er sie zermürben und ihr Angst machen. Vor zwei Wochen hatte sie ihn angeschrien: »Ich bin nicht schuld an Roberts Tod!« – »Doch, das bist du«, hatte er gesagt. »Robert war immer schon zu weich, aber du hast ihn im Stich gelassen, hast ihm das Gefühl gegeben, ein Versager zu sein – als Mann und als Arzt.«

Claudine verzog sich in ihr Zimmer. Sie schien mit wenig Schlaf auszukommen, vier, fünf Stunden genügten ihr, während Kareen das Gefühl hatte, seit Roberts Tod nicht mehr richtig geschlafen zu haben. Zuerst war es die Leere neben ihr gewesen, an die sie aber eigentlich gewohnt sein musste, da er schon lange nicht mehr neben ihr geschlafen hatte; dann hatten wirre, schreckliche Träume, in denen sie Max suchte und nicht fand, ihren Schlaf gestört.

Mitten in der Nacht klingelte das Telefon neben ihrem Bett. Die Anzeige auf dem Radiowecker zeigte drei Uhr vierzehn. Sie war sofort wach und hörte jemanden atmen, schnell und beinahe erregt. Dann sagte eine verstellt klingende Stimme: »Gehen Sie fort! Und passen Sie auf sich und Ihr Kind auf!« Es knackte in der Leitung, und die Verbindung brach ab.

Der Tibeter, dachte Kareen, oder Risch – oder Risch ist der Tibeter und will mich nun ganz und gar verrückt machen. Aber warum sollte er Drohungen ausstoßen? Und war es nicht die Stimme einer Frau gewesen?

2.

Morgens in aller Frühe hatte Max seine glücklichsten Augenblicke, da kam er lachend in ihr Zimmer und erzählte von seinen Träumen. Er war trotz seiner Krankheit ein heiteres Kind.

»Guck mal, was Onkel Jakob mir geschenkt hat!«, rief er und stieß die Tür auf. Wenn die Blasen auf seiner Stirn nicht gewesen wären, hätte man ihn für einen gewöhnlichen Fünfjährigen halten können.

Kareen blickte auf die Uhr. Es war zwanzig nach sechs. Vorsichtig trippelte Max heran. Immerhin hatte er sich angewöhnt, mit kleinen, wohlgesetzten Schritten zu gehen. Als er einmal ausgerutscht war, war sein ganzer Oberkörper auf einer Seite wund gewesen und hatte Blasen geworfen.

»Wie schön, mein Schmetterling!«, sagte Kareen und ließ sich den Walkman vorführen. Eine Märchen-CD hatte Jakob gleich mitgeschenkt. »Rotkäppchen« lief.

Gleich vermutete Kareen, dass ihr Schwager einen Hintergedanken gehabt hatte. Wollte er Max Angst einjagen? Er wusste doch, dass den Jungen sogar ein böser, furchterregender Gedanke verletzen konnte.

Max hielt ihr einen Ohrhörer hin. »Kannte ich schon, das Märchen. Hab deshalb auch keine Angst gehabt«, sagte er, als hätte er ihre Gedanken erraten.

Mit einem kurzen Blick suchte Kareen sein Gesicht und seine Hände ab. In manchen Nächten verletzte er sich so schwer, dass er nicht in den Kindergarten gehen konnte. Dann war auf seiner Wange eine große Blase aufgetaucht, die bei der kleinsten Berührung aufplatzen und sich infizieren konnte.

Kareen drückte Max so leicht, dass er es kaum spürte, ihre Lippen auf die Stirn, und dann glitt er unter ihre Decke.

»Kannst du mir auch eine Geschichte erzählen?«, fragte er.

Sie vermied es, ihn zu umarmen.

»Klar«, sagte sie, »was möchtest du hören?« Dabei wusste sie genau, welche Erwiderung auf diese Fragen folgen würde.

»Erzähl mir, was Papa im Himmel so macht.« Max verzog den Mund zu so einem breiten Lächeln, dass sie schon fürchtete, er könne sich verletzen.

Darauf liefen alle Geschichten hinaus: Was tat sein Vater im Himmel? Sie versuchte den Jungen zu trösten, indem sie für Robert ein neues Leben über den Wolken erfand. Sein Vater war nicht tot, er war nur von einer dunklen Welt in eine helle gesprungen und blickte von dort auf sie herab.

»Oh, ich schätze, er ist heute genauso früh aufgestanden wie wir und ist dann zu einem Wolkenfluss gegangen, um zu angeln.«

»Was angelt er denn da?« Max schob sich neugierig näher an sie heran. Eine Blase auf seiner Stirn nässte ein wenig. Ansonsten sah sein Gesicht viel besser aus als in den ersten Tagen nach Roberts Tod. Da hatte er sich kaum bewegen können.

»Im Himmel gibt es auch Fische – blaue, beinahe durchsichtige Sonnenfische. Er fängt sie aber nicht, um sie zu essen, sondern weil jeder Sonnenfisch ein besonderes Lied singen kann. Hat er einen Fisch an der Angel und hebt ihn aus dem Wolkenfluss, fängt der sofort an zu singen. Dann, wenn das Lied verklungen ist, wirft dein Vater den Fisch sofort zurück in das Himmelswasser.«

»Toll!«, rief Max und schien ehrlich erstaunt zu sein.

»Willst du heute in den Kindergarten?«, fragte Kareen. Diese Frage stellte sie ihm an jedem Werktag. Max wusste selbst am besten, ob er sich einen ganzen Tag mit anderen Kindern zutrauen konnte oder nicht.

»Klar«, sagte er und hüpfte aus dem Bett, um ins Bad zu laufen. Mittlerweile konnte er sich selbst die Zähne putzen, ohne sich zu verletzen, und er tat es mit großer Ausdauer und Geduld. Bei ihm dauerte alles viel länger, besonders aber das Waschen und Anziehen.

Die Diagnose »Epidermolysis Bullosa« kurz nach seiner Geburt war ein Schock gewesen. Nicht einmal Robert hatte zuvor von dieser Krankheit gehört gehabt. Zuerst hatte es wie eine Neurodermitis bei Neugeborenen ausgesehen, aber dann hatten weiterreichende Untersuchung einen anderen Befund gebracht: Bei Max lag ein genetischer Defekt vor. Seine Haut war so verletzlich, dass sie bei jeder Berührung einreißen oder Blasen werfen konnte. Auch wenn die Krankheit bei ihm nicht so ausgeprägt war wie bei anderen Kindern, gab es keine Chance auf eine Heilung. Allenfalls Linderung konnte man durch Salben und eine vitaminreiche Kost erreichen. Vor allem musste man dafür sorgen, dass Max keinen übermäßigen Stress erlitt. Jede Aufregung konnte eine Verschlimmerung der Krankheit bedeuten.

Deshalb hatte Kareens erster Gedanke auch Max gegolten, als ein Polizist vor ihrer Tür stand und ihr mit ungelenken Worten von Roberts tödlichem Unfall berichtete. Wie sollte sie Max beibringen, dass sein Vater nicht zurückkommen würde, ohne dass es ihm die Haut buchstäblich zerriss?

Es konnte nur eine fromme Lüge sein. Dein Vater ist im Himmel. Ein Unfall – der Wagen ist von der Straße abgekommen. Ganz plötzlich hat der liebe Gott ihn zu sich gerufen.

Dein Vater ist kein verzweifelter Trinker gewesen, kein ratloser Arzt, der kaum noch etwas hört und der schon seit einiger Zeit in einer dunklen Wolke gelebt hat …

Ihre eigene Trauer war später gekommen. Nein, eigentlich war sie noch gar nicht gekommen. Eigentlich wartete sie noch darauf, dass sie sich nach dem Mann sehnte, den sie geheiratet hatte und der nach der Geburt von Max allmählich verschwunden war.

In ihren geheimsten Gedanken wusste sie, dass Jakob recht hatte. Robert war tatsächlich absichtlich gegen diesen Brückenpfeiler gefahren – mit fast siebzig Stundenkilometer, wie die Berechnung eines Gutachters ergeben hatte. Bremsspuren hatten sich keine gefunden. Einen Defekt am Auto hatte man ebenfalls ausgeschlossen.

Claudine schlief noch, als sie beide frühstückten. Dann fuhr Kareen ihren Sohn zum Kindergarten. Mit Mütze und Handschuhen sah er aus, als käme er aus dem tiefsten Winter, dabei waren die Temperaturen für Mitte September noch sehr mild.

Kareen verabschiedete sich, indem sie ihm eine Kusshand zuwarf, bevor Max in seine Gruppe trippelte. Mittlerweile kannte man ihn und wusste, was ein Schmetterlingskind war. Niemand ging grob mit ihm um, nur die neuen Kinder zeigten sich noch irritiert wie jeder, der Max zum ersten Mal sah. Allerdings war das am Anfang ganz anders gewesen. Von einem Leprakind hatten einige Eltern geredet und gedroht, ihr Kind abzumelden, wenn Max im Kindergarten bliebe. Erst als Robert mit der Autorität des Arztes mit der Leiterin gesprochen und allen schriftlich versichert hatte, dass die Erkrankung nicht ansteckend sei, hatte sich der Aufruhr gelegt.

Oben in der ersten Etage stand Max am Fenster und winkte mit seiner bandagierten Hand. Das war ihr Ritual. Da stand er immer, wenn Kareen den Kindergarten verließ und auf die Straße hinausging. Sie winkte gleichfalls, und er verneigte sich wie ein Künstler, der seinen verdienten Applaus entgegennahm.

Vielleicht gibt es ja doch noch Hoffnung, dachte Kareen plötzlich, und es geschieht ein Wunder: Max wird gesund, ein normaler Junge mit einer schönen, kräftigen Haut.

Der Gedanken verlor sich, als sie auf die Straße zu ihrem Wagen trat. Risch fuhr an ihr vorbei; allerdings nicht in seinem alten gelben Mercedes, den sie mittlerweile kannte, sondern in einem silberfarbenen BMW. Aber sie glaubte sein Gesicht hinter der Windschutzscheibe erkannt zu haben: die fahlen Wangen eines Kettenrauchers, braune forschende Augen, in denen so viel Misstrauen lag, sein glattes, streng zurückgekämmtes Haar, aus dem sich gelegentlich eine Locke löste.

Sie hätte beinahe vor Wut aufgeschrien und wäre auf die Straße gelaufen, um ihm etwas nachzurufen. Warum ließ er sie nicht in Ruhe? Es war alles ein Irrtum gewesen, wie es eben manchmal passierte – die Verwirrung einer Frau, deren Mann sie im Stich gelassen hatte. Als sie sein Gesicht neben sich gespürt und seinen Schweiß gerochen hatte, war ihr sofort klar gewesen, dass sie einen Fehler gemacht hatte, ohne allerdings zu ahnen, welche Ausmaße dieser Fehltritt annehmen würde.

Der silberfarbene BMW wurde langsamer auf der engen Kopfsteinpflasterstraße, jetzt flammten sogar die Bremslichter auf. Als wolle Risch auf sie warten! Kareen hastete zu ihrem Golf und schloss ihn auf. Fast fürchtete sie, seine große, grobe Hand könne sich jeden Moment auf ihre Schulter legen.

Sie setzte sich hinter das Lenkrad und verriegelte die Tür. Wolfram Risch war ihr Chef. Verdammt, sie konnte doch niemandem sagen, dass ihr Chef sie verfolge, weil er sich einbilde, sie könnten ein Paar werden.

Als sie endlich die Kraft fand, den Wagen zu starten, klingelte ihr Mobiltelefon. Zögernd nahm sie das Gespräch entgegen.

»Spreche ich mit Frau Kareen Hagen?«, fragte eine nüchterne Stimme.

»Ja, am Apparat …« Sofort dachte sie an Max, aber das konnte niemand aus dem Kindergarten sein. Außerdem hatte er vor ein paar Momenten noch unversehrt am Fenster gestanden.

»Hauptwachtmeister Pütz, Polizei Düren. Besitzen Sie ein Haus in Heimbach, unterhalb der Talsperre?«

»Ja, mein Mann … Meinem verstorbenen Mann … und seiner Familie gehört …« Kareen bemerkte, wie sie ins Stottern geriet.

»Nun, das Haus ist heute in den frühen Morgenstunden abgebrannt. Die Feuerwehr konnte nicht mehr viel tun. Ein Nachbar auf der anderen Seite des Sees hat angerufen. Leider zu spät.«

»Verstehe«, sagte Kareen. Dann fiel ihr ein, dass Robert sich in den letzten Monaten vor seinem Tod in das Sommerhaus am See zurückgezogen hatte.

»Könnten sich Personen in dem Haus aufgehalten haben?«, fragte der Polizist. Es klang mäßig interessiert, als müsse er einen Punkt auf einer Liste abhaken.

»Ich weiß nicht«, stammelte Kareen. »Ich glaube nicht ... Nur mein Mann ist in letzter Zeit in dem Haus gewesen ... und er ist vor drei Wochen tödlich verunglückt. Autounfall.«

Der Polizist schwieg einen Moment. »Tut mir leid«, sagte er dann ein wenig sanfter. »Wissen Sie, ob Ihr Mann Chemikalien in dem Haus aufbewahrt hat?«

»Nein, ich glaube nicht. Warum fragen Sie?«

»Die Kollegen der Feuerwehr sind noch vor Ort. Sie haben einen großen verkohlten Benzinkanister gefunden. Sieht alles nach Brandstiftung aus. Gibt es irgendwelche Leute, die Sie oder Ihre Familie nicht besonders mögen?«

Das Haus hatte seine besondere Geschichte. Hier hatte Kareen vor acht Jahren zum ersten Mal mit Robert geschlafen. Er hatte sie an einem Frühlingsabend mit hinausgenommen, als er wusste, dass sie ungestört sein würden, weil sowohl sein Bruder als auch seine Eltern in ihrem Hotel beschäftigt waren. Ein kleines ockerfarbenes Backsteinhaus, irgendwann in den sechziger Jahren an einem Hang erbaut, mit Holzdecken und einer wunderschön geschwungenen Treppe, die in das obere Stockwerk führte, wo sich zwei winzige Schlafzimmer befanden. Vom Bett aus hatten sie auf den kleinen See blicken können, der in unglaublicher Stille dalag. Allenfalls ein Schwan glitt dann und wann auf dem Wasser dahin. Ihr hatte das Haus sofort gefallen, und nach ihrer ersten Nacht waren sie manchmal sogar mitten in der Woche hinausgefahren, nur um die Sonne am See aufgehen zu sehen. Dann war Max auf die Welt gekommen ... Und drei Nächte später war Roberts Vater, Meinhart Hagen, auf der Holztreppe gestürzt und hatte sich tödlich am Kopf verletzt. Danach hatte das Haus meistens leer gestanden, aber seltsamerweise hatte man es nicht verkaufen wollen. Zita, Roberts Mutter, hatte darüber nachgedacht, Jakob war jedoch dagegen gewesen. Schließlich, in den letzten Monaten vor seinem Tod, hatte Robert das Haus zu einer Art Versteck gemacht.

Kurz vor dem Wasserkraftwerk bog Kareen in die Seitenstraße ein, die zum See führte. Der Himmel war grau. An manchen Tagen wirkte dieses Tal wie abgeschnitten von der Welt. Sie hatte rauchende Trümmer erwartet, doch die Feuerwehr hatte bereits ganze Arbeit geleistet. Kareen parkte ihren Wagen und lief dann zum Haus hinüber. Der ganze Stolz, den es früher ausgestrahlt hatte, war dahin. Das Dach war eingestürzt, die Mauern, die noch standen, waren schwarz vor Ruß. Nur ein Stück der Veranda schien unversehrt zu sein. Ein Feuerwehrmann, der einen Metallkasten auf seinen Löschwagen hob, schaute sie an.

»Da ist nichts mehr zu machen«, rief er ihr zu. Er schien sie zu kennen. »Die Flammen schlugen schon aus dem Dach, als wir ankamen. Mit drei Löschfahrzeugen waren wir hier.«

Kareen nickte und spürte, wie ihr Tränen in die Augen traten. So lange war sie nicht mehr hier gewesen! Als Robert hier vor Monaten buchstäblich einzog, hatte er ihr verboten, sie zu besuchen, aber sie hatte ohnehin kaum Zeit gehabt, weil sie sich um Max kümmern musste.

»Sie sind die Besitzerin?«, erkundigte sich der Feuerwehrmann. »Hat die Polizei schon mit Ihnen gesprochen?« Kareen nickte. »Ein Sachverständiger ist unterwegs. Wir müssen die Brandursache prüfen lassen. Es gibt Hinweise …«

»Wer tut so etwas – ein Haus anzünden?«, fragte sie leise. Trauer spürte sie, als wäre das Haus ein lebendiges Wesen, das nun den Tod gefunden hatte. Tatsächlich lief ihr eine Träne über die Wange.

»Verrückte gibt es sogar in dieser Gegend.« Der Mann zuckte mit den Achseln.

Kareen bemerkte, dass ein zweiter Mann im Führerhaus des Löschwagens saß und Radio hörte. Ein Schlager drang herüber. Die Tür war offen, und der Mann wandte sich kurz, aber mäßig interessiert zu ihr um.

Kareen machte ein paar Schritte auf das Haus zu. Durch das geborstene Fenster sah sie, dass auch im Innern alles verkohlt war. Der Boden vor dem Haus war aufgeweicht und matschig. Trotz des Geruchs von verbranntem Holz fiel ihr ein, wie es hier früher gerochen hatte – immer ein wenig nach nassem Laub, selbst in der Hitze des Sommers. Gelegentlich war sie auch mit Robert in den See hinausgeschwommen, obwohl es eigentlich verboten war. Wenn der Mond hoch am Himmel gestanden hatte, hatten sie das Gefühl gehabt, durch flüssiges Silber zu schwimmen. Aber da waren sie jünger und ganz andere Menschen gewesen. Der Tod von Roberts Vater hatte dem Haus eine andere Aura verliehen. Kareen fragte sich, was Robert wohl in den letzten Wochen hier gemacht hatte. Jahrelang hatte er das Haus gemieden, und dann hatte er sich plötzlich hierher zurückgezogen.

»Schön, dass auch meine Schwägerin nach dem Rechten sieht.« Kareen zuckte zusammen. Sie hatte nicht bemerkt, dass Jakob sich näherte.

»Die Polizei hat mich angerufen!« Sie registrierte zu ihrem eigenen Ärger, dass ihre Worte wie eine Rechtfertigung klangen, aber so war es immer mit Jakob gewesen. Er verteilte die Rollen – er war der Chef, der Ankläger, der Antreiber, je nachdem.

»Was macht mein kleiner Freund – ist er im Kindergarten?«, fragte er, als würde ihn das niedergebrannte Haus gar nicht interessieren.

Kareen nickte.

»Seine Großmutter würde Max gern mal wieder sehen, hat richtig Sehnsucht nach dem Kleinen.« Jakob machte einen Schritt an

Kareen vorbei, vorsichtig setzte er einen Fuß auf die Veranda, die aber sofort nachgab. »Kann man abreißen, die Hütte. Hätten wir vielleicht schon vor fünf Jahren tun sollen.«

Jakob drehte sich um und sah Kareen zum ersten Mal an. Er war immer der gut gekleidete Hotelier – hellbrauner Kaschmirmantel, teure italienische Schuhe, die nach diesem Ausflug wieder ordentlich geputzt werden mussten, aber dafür hatte er ja etliche Zimmermädchen, die ihm auf seinen Wink hin auch die Füße küssen würden. Jakob hatte nur eine Schwäche – er war klein, kaum einen Meter siebzig, viel kleiner, als Robert gewesen war. Und er hatte keine Ahnung, dass es neben Bilanzen und Zahlen vielleicht noch ein paar andere Dinge im Leben gab, die eine Bedeutung hatten.

Aus dem Tal zum Gipfel, fiel ihr plötzlich ein. *Der Wind ist wie Musik, wenn er über die Steine streicht.* Nein, Risch konnte nicht der Tibeter sein – und Jakob schon gar nicht.

»Deine Mutter kann Max jederzeit sehen, wenn sie möchte«, erklärte Kareen mit fester Stimme.

»Ja, sicher«, sagte Jakob wie abwesend. Er bückte sich und hob etwas auf, das wie ein Stück Draht aussah. Er besah es und warf es durch das Fenster ins Innere des Hauses. »Kareen«, sagte er dann. »Wir sollten uns bald einmal unterhalten. Wir haben nur abgewartet, dass sich nach Roberts Tod die Dinge ein wenig beruhigen, aber, ehrlich gesagt, glauben wir, dass du allein mit der Pflege von Max überfordert bist. Wir bieten dir unsere Hilfe an.«

Es klang nicht nur wie eine Drohung, es sollte auch eine sein.

Kareen sah, dass die beiden Feuerwehrleute näher kamen, dann aber plötzlich innehielten, als spürten sie, dass da etwas im Gange war, das sie nichts anginge.

»Ich kümmere mich nicht allein um Max. Claudine hilft mir.«

»Ein siebzehnjähriges Mädchen, das kaum Deutsch spricht und den ganzen Tag Musik hört – das kann doch wohl keine Hilfe sein.« Jakob lachte kurz und trocken auf. Es klang, als zerplatze ein Luftballon. Diese Art zu lachen hatte er von seiner Mutter geerbt, und neuerdings hatte auch Esther, seine Frau, diese Angewohnheit übernommen.

»Außerdem hat sich Robert schon vor seinem Tod nicht groß um den Jungen gekümmert.«

»Ich weiß. Auch deshalb machen wir uns Sorgen um dich. Du hast in den letzten Monaten viel zu viel ertragen müssen.«

»Und was habt ihr euch für mich überlegt?« Kareen schob sich näher an Jakob heran. Nun hatte sie Eis in ihre Stimme gelegt – es mochte ihr an der Härte und Skrupellosigkeit fehlen, die Jakob besaß, aber ihre Stimme gehorchte ihr wie ein Instrument. Wenn sie eisig sein wollte, gelang ihr das spielend.

»Denk darüber nach, den Jungen eine Weile zu uns zu geben – und fahr irgendwo ans Meer, um richtig auszuspannen. Die Kanarischen Inseln sind um diese Jahreszeit sehr schön. Vielleicht solltest du auch überlegen, für eine gewisse Zeit aus Köln wegzugehen. Sind doch ziemlich viele schlimme Dinge passiert.«

Kareen hatte plötzlich Schwierigkeiten einzuatmen. »Ihr wollt mich von Max trennen!« Sie keuchte auf, und nun verlor sich schon die Festigkeit ihrer Stimme, auf die sie vorhin noch so stolz gewesen war. »Ihr legt mir tatsächlich nahe, Max zurückzulassen …« Sie starrte Jakob wütend an, aber dieser Blick zeigte keine Wirkung.

Er hob die Arme und flüchtete in ein Lächeln. »Wir legen dir gar nichts nahe … Wir haben uns nur unsere Gedanken gemacht. Wir glauben nicht, dass du das alles schaffst – dich um Max zu kümmern, dann im Sender deine Ansagen zu machen.«

Kareen begriff mit einer plötzlichen Klarheit, dass Jakob ihre Arbeit noch nie geschätzt hatte – *Ansagen machen* … Nun hätte sie all ihre Gründe aufführen können – dass Roberts Praxis nicht so gut gelaufen war, dass er kein Geld von seiner Mutter haben wollte, dass sie also arbeiten musste –, aber sie schwieg. Mit Jakob war nicht zu reden.

Ein grauer Kombi fuhr vor, ein Wagen, der in seiner Farblosigkeit nach Behörde aussah. Zwei Männer stiegen aus und liefen auf die Feuerwehrleute zu.

»Weißt du eigentlich, was Robert hier so getrieben hat?«, fragte Jakob unvermittelt, als er auch die Männer bemerkt hatte. »Hast du ihn hier mal besucht?«

»Nein.« Sie schüttelte den Kopf. »Er wollte das nicht.«

»Könnte er irgendwelche Arzneien hier gehabt haben? Irgendetwas, das sich entzündet hat?«

»Kann ich mir nicht vorstellen. Die Feuerwehr glaubt, dass es Brandstiftung war. Deshalb haben sie einen Gutachter gerufen.«

Die Feuerwehrleute begannen gestenreich etwas zu erklären, und einer der Männer, der einen kittelartigen Mantel trug, nickte.

Jakob starrte wieder zum Haus, als hätte er ihre letzten Worte gar nicht gehört.

Plötzlich lächelte er. »Jammerschade um das Haus. Wenn ich hier so stehe, kommen mir viele Erinnerungen. Als Kinder haben wir hier Frösche gefangen und uns ein Floß gebaut, und einmal haben wir den Nachbarhund mitten auf dem See ausgesetzt und zugesehen, wie er …« Abrupt wandte er sich um. »Könntest du dir vorstellen, dass Robert eine Waffe im Haus hatte?«, fragte er, während er die Männer beobachtete.

»Eine Waffe?« Kareen verstand nicht. »Wieso sollte er eine Waffe gehabt haben?«

»Ich meine«, sagte Jakob, »ich möchte nicht, dass die Leute hier etwas finden, was ein schlechtes Licht auf Robert werfen könnte.«

Ohne eine Erwiderung abzuwarten, straffte er sich und ging auf die beiden Sachverständigen zu.

»Guten Tag, meine Herren, ich bin Jakob Hagen. Mir und meiner Familie gehört dieses Haus«, erklärte er, als wäre Kareen gar nicht da.

3.

Risch hatte ihr aufgelauert. Das erkannte sie sofort, als er den Kopf zur Tür hereinstreckte. Fast hätte sie ihn bemitleidet, wie er sie mit seinem Hundeblick anschaute. Eine kleine Geste von ihr, und er hätte auf Knien vor ihr gelegen, aber nicht die leiseste Art von Entgegenkommen würde sie über sich bringen. Nach ihrer einzigen Nacht, drei Tage vor Roberts Tod, verabscheute sie ihn, seinen Geruch, seinen verfetteten, fahlen Körper ... seine Aufdringlichkeit. Aber nein, vielleicht lag ihre Antipathie auch daran, dass sie sich selbst diesen Fehltritt nicht verzieh.

»Du bist zu spät«, sagte er mit leiser, trotzdem unfreundlicher Stimme, als er ihr abweisendes Gesicht sah.

»Dreizehn Uhr fünfundvierzig stand auf dem Dienstplan«, sagte Kareen, während sie sich an ihren Schreibtisch setzte und flüchtig ihre Hauspost durchsah.

»Der Dienstplan hat sich geändert. Du hättest um eins hier sein sollen, um mit Johan einen Text für das Feature heute Abend zu lesen. Über Alois Alzheimer und seine erste Patientin.« Er zog an seiner Zigarette. »Nun habe ich Babette dafür eingeteilt. Vielleicht passt ihre Stimme auch besser, obwohl sie jünger ist als du.«

Ihr gefiel nicht, wie er das Du betonte. War er tatsächlich in dem silberfarbenen BMW an ihr vorbeigefahren? Sollte sie ihn ganz direkt fragen? Plötzlich war sie sich da nicht mehr so sicher.

»Wann hat sich der Dienstplan geändert?«, fragte sie angriffslustig.

»Ist doch egal.« Er beugte sich an ihr vorbei, um seine Zigarette in dem Aschenbecher auf Babettes Schreibtisch auszudrücken. Seine rechte Hand streifte dabei fast ihre Wange.

Kareen unterdrückte den Impuls, aufzuspringen und ihm ins Gesicht zu schlagen. Stattdessen strich sie sich das Haar zurück. Risch hatte nachträglich den Dienstplan geändert. Eine neue Schikane, die sie noch vor ein paar Tagen nicht für möglich gehalten hätte.

»Noch etwas hat sich geändert. Du musst heute keine Nachrichten lesen. Es reicht, wenn du dich um die Verkehrsmeldungen kümmerst. Wäre schön, wenn du die Versprecher weglassen würdest.«

Er ging hinaus, aber nicht, ohne ihr noch einen eisigen Blick zuzuwerfen, in dem gleichzeitig ein verrücktes Verlangen nach Zuneigung lag.

Als sie ihre Post schon wieder beiseiteräumen wollte, sah sie ein bunt bedrucktes Papier, das ein wenig größer war: *Tibet*, las sie, *das Land, wo der Mensch den Himmel berührt*. Darunter das Foto einer zerklüfteten Berglandschaft. Die Einladung zu einem Dia-Vortrag von einem Fotografen, den sie nicht kannte. In zwei Tagen in der Trinitatis-Kirche.

Hatte Risch ihr den Zettel in die Post geschmuggelt? War er deshalb so unfreundlich und zugleich aufgekratzt gewesen, weil sie ihn beinahe erwischt hatte, wie er seine geheimen Botschaften ablegte?

Kareen steckte das Papier ein und schaffte es eben noch, Claudine anzurufen, bevor sie ins Studio musste. Max sei gutgelaunt aus dem Kindergarten gekommen, erklärte das Mädchen. Nun sitze er auf seinem Bett und sehe sich einen Comic an.

Drei Minuten nach zwei betrat Kareen das Nachrichtenstudio. Johan Waller, ein neuer Kollege, der erst seit zwei Monaten im Sender arbeitete, verlas die letzten Einschätzungen von der Börse, dann, nach einem kurzen Wetterbericht, zwinkerte er ihr zu, und sie war an der Reihe. Es war eine klare Degradierung, sich mit Verkehrsmeldungen abgeben zu müssen, aber Kareen versuchte sich ihren Ärger nicht anmerken zu lassen. Routiniert spulte sie die erste Stauwarnung ab, bis ihr Computerbild plötzlich zu flackern begann und erlosch. Sie verstummte abrupt und wiederholte dann hilflos »Kamener Kreuz, acht Kilometer Stau ...« – die letzten Worte, die ihr im Gedächtnis geblieben waren.

Eine weitere Pause entstand, in der sie nur tief und ratlos einatmete. Schließlich hörte sie, wie Johan ohne jede Aufregung und beinahe so, als wäre es abgesprochen, übernahm, weil sein Computer noch funktionierte. »Am Kamener Kreuz, acht Kilometer Stau in Richtung Köln wegen eines liegen gebliebenen LKW. Ortskundige werden gebeten, das Kamener Kreuz weiträumig zu umfahren ...«

Kareen stürzte aus dem Studio und schlug die Tür heftig hinter sich zu. Seit über vier Jahren war sie im Sender, aber noch nie hatte sie gehört, dass ein Computer inmitten der Nachrichten ausfiel.

An Anna Loos, Rischs Sekretärin, vorbei, die sie nur entgeistert anblickte, stürmte sie in das Büro ihres Chefs. Er saß vor einer Unterschriftenmappe und schien Verträge abzuzeichnen. Aus dem Lautsprecher im Hintergrund drang Johans wohlklingende Stimme, der noch immer Staumeldungen verlas.

Ohne die Tür hinter sich zu schließen, fragte Kareen voller Zorn: »Was soll das alles? Willst du mich aus dem Sender ekeln?«

Risch blickte auf, als hätte er sie noch gar nicht bemerkt. »Was soll was?«, erwiderte er. Seelenruhig nahm er seine Lesebrille ab, mit der er noch älter wirkte.

»Hast du meinen Computer manipuliert? Auf einmal war das Bild weg ...« Sie verstummte abrupt, als sie sein Lächeln sah, das seltsam sanft und verständnisvoll wirkte.

»Was redest du für einen Unsinn?« Er ging ohne Hast oder Zorn an ihr vorbei und schloss die Tür. »Wie kommst du darauf, dass ich deinen Computer manipuliert haben könnte? Die alten Dinger geben von Zeit zu Zeit ihren Geist auf, aber da muss man sich zu helfen wissen und darf nicht den Kopf verlieren. Bei einer Panne zeigt sich, wer ein wahrer Profi ist.«

Sie spürte seine Hände auf ihren Schultern. Vorsichtig, als wolle er ihr auf keinen Fall wehtun, drückte er sie hinunter auf einen Stuhl.

»Wir wissen alle, was du durchgemacht hast – und ich weiß es noch besser als jeder andere«, sagte er, ohne dass ein anderer Tonfall als milde Freundlichkeit in seiner Stimme lag. »Vielleicht hast du doch zu früh wieder angefangen zu arbeiten. Aber ich verstehe dich – du willst vergessen, Arbeit lenkt ab …« Er griff nach einer Zigarette und steckte sie sich an. »Ich würde dir gern helfen …« Der letzte Satz klang wie ein Friedensangebot, nein, nach anderen, viel weiterreichenden Dingen, die sie sich lieber gar nicht vorstellen wollte.

»Heute ist das Haus abgebrannt, in dem Robert die letzten Wochen gelebt hat«, sagte Kareen leise wie zur Entschuldigung für ihren Ausbruch.

Risch runzelte die Stirn, als bereite ihm diese Nachricht Schmerzen. »Wenn ich dir helfen kann, musst du es nur sagen. Und jetzt solltest du nach Hause gehen. In diesem Zustand darf ich dich nicht mehr vors Mikro lassen, wenn ich meinen Job nicht verlieren will.«

Sie hatte sich vorgenommen, den freien Nachmittag mit Max zu genießen; vielleicht mit ihm in den Zoo zu gehen oder zum Rhein hinunter, Schiffe zählen, was er besonders liebte, und im Schokoladenmuseum ein Eis essen, um auf andere Gedanken zu kommen, aber dann fand sie sich an Roberts Grab wieder, scheinbar ohne zu wissen, warum. Der Waldfriedhof in Fühlingen, vor den Toren Kölns, die große, mächtige Marmorgruft der Familie Hagen, in die man schon seine Großeltern bestattet hatte. Kareen hatte es nicht verhindern können, dass man ihn zu seinem Vater ins Grab legte, obwohl er genau das nicht gewollt hatte. Doch Jakob hatte sich rigoros über diesen Wunsch hinweggesetzt. Auch wenn Robert anders gewesen sei als der Rest der Familie, gehöre er an die Seite seines Vaters. Darüber könne es keine Diskussionen geben.

Meinhart Hagen, 1935–2003

Robert Hagen, 1969–2008

Sie konnte ihm nicht verzeihen, dass er ihr keinen Abschiedsbrief hinterlassen hatte, keinen Brief und kein Testament. Wenn es tatsächlich Selbstmord war, dann hätte er ihr etwas erklären müssen. Warum war sein Leben nach der Geburt von Max so aus dem Ruder gelaufen? Sie hatten doch alles versucht – die Krankheit war schlimm, aber doch nicht so schlimm, dass man alle Lebenslust verlor.

Und wenn Robert sie aus Zufall mit Risch gesehen hatte? Dieser Gedanke quälte sie seit seinem Tod. Nein, er hatte sich kaum noch für sie interessiert, und aufgelauert hatte er ihr nie. Eifersucht war ihm selbst kurz nach ihrer Hochzeit fremd gewesen. Trotzdem … Wenn sie die Augen schloss, sah sie sich in einem noblen italienischen Restaurant auf der Luxemburger Straße sitzen, sie hörte sich reden, von Max und der Krankheit und dann, gegen ihren Willen, auch von Robert, der sie mehr und mehr im Stich ließe. Risch hatte zugehört, manchmal genickt und ihr zugeprostet. Irgendwann hatte er nach ihrer Hand gegriffen, und sie hatte sie nicht abgeschüttelt, sondern es geschehen lassen. Wenn sie ehrlich war, hatte ihr diese Berührung in diesem Moment sogar gefallen. Später hatte sie Risch dafür bewundert, wie es ihm gelang, sie aufzuheitern, indem er Anekdoten aus dem Sender erzählte, von dem alten Intendanten, von Betriebsfesten, die zu halben Orgien ausgeartet waren. Zwischendurch hatte sie einen klaren Gedanken gehabt: dass Risch ebenfalls ein Verlierer war. Als vielversprechender Journalist gestartet, war er nun Chef vom Dienst, verantwortlich für kaum mehr als Dienstpläne und Sprecherbesetzungen. Nach einem vollkommen missglückten Interview mit dem Innenminister, das Proteste und fast eine Regierungskrise ausgelöst hatte, hatte er sich nicht mehr vor ein Mikrofon gesetzt. Aber dieser eine klare Gedanke hatte sie nicht daran gehindert, mit ihm in seine Wohnung zu gehen, die nur eine Querstraße entfernt gelegen hatte.

Vielleicht verfolgte Risch sie gar nicht wirklich; vielleicht bildete sie sich alles nur ein. Einzig die Schuldgefühle wegen ihres

Fehltritts verfolgten sie, und darum sah sie überall seinen Schatten. Und darum hatte sie auch noch niemandem von Risch und seinen Nachstellungen erzählt. Allein ihrer besten Freundin Anja gegenüber hatte sie ein paar Andeutungen gemacht.

Nein, wenn schon alles um sie herum in Unordnung geraten war, durfte sie sich nicht irre machen lassen. Zum ersten Mal hatte sie Risch einen Tag nach der Beerdigung vor ihrem Haus bemerkt. Er hatte auf der anderen Straßenseite gestanden und reglos zu ihr hinübergestarrt. Sie war entsetzt und voller Scham zurückgewichen, hatte sich umgedreht und daran gedacht, zurück ins Haus zu laufen, aber im nächsten Moment war er verschwunden gewesen, als besäße er die Fähigkeit, sich in Luft aufzulösen.

Sie starrte auf das Grab, als müsse sie da eine Lösung finden, doch nichts als zwei Namen starrten ihr entgegen, die sie plötzlich als nichtssagend empfand. Von ihrer Mutter wusste sie, dass sie oft zum Grab ihres Mannes gegangen war, weil sie dort seine Nähe zu spüren glaubte, aber Kareen selbst empfand nichts, nur Ferne, als wäre Robert schon länger aus ihrem Leben verschwunden.

Hastig wandte sie sich um und verließ den Friedhof. Wenn sie sich beeilte, konnte sie mit Max noch zum Rhein hinunterlaufen und den Nachmittag genießen.

Laute Musik dröhnte ihr aus ihrer Wohnung entgegen, als sie das Treppenhaus heraufkam. Claudine hörte liebend gerne Hip-Hop, aber eigentlich durfte sie das nur, wenn Max im Kindergarten war und sie sich nicht um ihn kümmern musste.

Als Kareen eintrat, entdeckte sie sofort Claudine, die bei offener Tür im Schlafzimmer, das sie eigentlich nicht betreten durfte, vor dem großen Spiegelschrank Tanzschritte übte. Entrückt, mit verklärtem Gesicht starrte das Mädchen sich an und verfolgte die eigenen Bewegungen.

Wo war Max?

Kareen stürmte in sein Zimmer, aber da war er nicht. Nur seine

Kindergartentasche und ein aufgeschlagenes Comic-Heft lagen auf seinem Bett. Dann eilte sie ins Wohnzimmer und stellte den CD-Spieler ab.

Die plötzliche Stille stürzte auf sie ein; ihr Herz begann schneller zu schlagen. Niemals durfte Max allein auf die Straße hinuntergehen, nicht einmal, um sich am Kiosk Süßigkeiten zu holen.

Claudine tauchte in der Tür auf. Ihr T-Shirt und ihre langen schwarzen Haare waren völlig verschwitzt, als habe sie schon eine geraume Weile so vor dem Spiegel getanzt.

»Oh«, sagte sie atemlos, »ich habe dich nicht gehört. Wieso bist du schon da?«

Kareen bedachte sie mit einem unfreundlichen Blick, der Claudine aber nicht zu stören schien. Sie lächelte, ohne eine Spur verlegen zu sein.

»Wo ist Max? Wieso ist er nicht da?« Kareens Blick fiel auf seine schwarzen Hausschuhe, ohne die er in der Wohnung keinen Schritt tun durfte. Ihr Herz schlug noch einen Takt schneller.

»Oh«, sagte Claudine wieder und wischte sich mit einer übertriebenen Geste über den Mund, als müsse sie ein tieferes Lachen unterdrücken. »Da war diese Frau mit den strengen weißen Haaren …« Sie kicherte nun, als hätte sie einen Witz gemacht.

Kareen brauchte einen Moment, um zu verstehen. Sie spürte, wie ihr eine zornige Röte den Hals hinaufkletterte. Die stolze, vornehme Familie Hagen – oder was von ihr übrig geblieben war – hatte sich augenscheinlich vorgenommen, sich nun besonders intensiv und ohne sie zu fragen um ihren Sohn zu kümmern.

»Die Großmutter von Max war da?«

Claudine nickte heftig und lächelte wieder. »Grandmère – ja! Für einen kleinen Ausflug!«

Am liebsten hätte Kareen ihr das Lachen aus dem Gesicht geschlagen, obschon sie wusste, dass ihr Zorn eigentlich nicht Claudine galt. Kleine Geschenke, kleine Ausflüge – was sollte das? Warum hatte Zita Hagen neuerdings entdeckt, dass sie einen Enkel hatte? Vor wenigen Wochen war es ihr noch peinlich gewesen, mit Max, dem kranken, verunstalteten Kind, gesehen zu werden.

»Hat sie gesagt, wann die beiden zurückkommen?« Kareen versuchte sich zu beruhigen. Vielleicht steckt nichts dahinter, dass erst Jakob und nun Zita aufgetaucht ist, sagte sie sich, obschon sie es besser wusste. Jakob hatte noch nie etwas ohne Berechnung getan.

»Ich weiß nicht«, erwiderte Claudine, plötzlich ernst geworden. »Ich habe ein wenig getanzt ... Ich hoffe, es hat dich nicht gestört.«

»Doch«, sagte Kareen. »Es hat mich gestört – besonders wenn du mein Schlafzimmer behandelst, als würde es dir gehören.«

Sie ging zum Telefon. Zitas Mobilnummer war eingespeichert, obgleich sie sich nicht erinnern konnte, sie jemals angerufen zu haben. Wahrscheinlich hatte Robert sie einprogrammiert.

Es klingelte, bis nach viermaligem Läuten die Mobilbox ansprang. Zitas emotionslose Stimme meldete sich, ohne ihren Namen zu nennen: »Ich kann Ihren Anruf zurzeit nicht entgegennehmen. Bitte hinterlassen Sie eine Nachricht ...«

Kareen legte auf. Von einem Moment auf den anderen hatte sie das Gefühl, als wäre jede Kraft aus ihr gewichen. Sie verstand nicht, was um sie herum geschah, und anscheinend gab es nichts, an dem sie sich hätte festhalten können. Einen kurzen, bitteren Gedanken lang machte sie sogar Max Vorwürfe. Wieso war er mit seiner Großmutter mitgegangen? Er hätte sich weigern müssen, aber natürlich tat sie ihm Unrecht. Auch wenn sich Zita selten gezeigt hatte, liebte er sie, einfach weil sie seine Großmutter war.

Claudine hatte sich in ihr kleines Zimmer verzogen und hockte vermutlich vor ihrem Laptop, den sie aus Kanada mitgebracht hatte. Immer schien es rund um die Welt jemanden zu geben, mit dem sie Botschaften austauschen konnte.

Die Stille kam Kareen unheilvoll vor, als wiese alles sie darauf hin, dass etwas fehlte. Robert würde nie mehr durch die Tür treten, und Max ... Plötzlich fiel ihr auf, dass sie beinahe ebenso von ihm abhängig war wie er von ihr. Keine gute Bilanz für ein zweiunddreißigjähriges Leben.

Auch eine halbe Stunde später erreichte sie Zita nicht. Das Handy war immer noch abgeschaltet. Ihr eigenes Telefon klingelte dann, ohne dass sich jemand meldete, aber das war sie schon gewöhnt. Sie stellte sich Rischs Gesicht vor, wie er konzentriert in den Hörer lauschte und darauf wartete, dass sie sich meldete, aber diesmal tat sie ihm nicht den Gefallen, sich erschrocken zu zeigen. Als nach ihrem kurzen »Ja?« niemand antwortete, unterbrach sie die Verbindung.

Ruhelos lief Kareen in der Wohnung umher. Wo konnte Zita mit dem Jungen hingefahren sein? Früher war sie viel zu ängstlich gewesen, auch nur einen Moment mit Max alleine zu sein. Kareen konnte sich nicht erinnern, dass Zita ihren Enkel einmal umarmt, geschweige denn geküsst hätte.

Einen Moment dachte sie in ihrer Unruhe daran, Anja anzurufen, um sich ein wenig abzulenken, aber um diese Zeit stand ihre beste Freundin noch in ihrer Boutique und bediente Kunden. Ihr Blick fiel auf ein Foto von Robert und ihr, das an der Wand hing und das sie sich noch nicht getraut hatte, abzunehmen, weil Max es liebte. Es war ihr Hochzeitsfoto – Robert im eleganten schwarzen Anzug, sie in einem hellen gelben Kleid. Die fortgeschrittene Schwangerschaft war ihr deutlich anzusehen. *Unser Leben wird wahr*, stand unter dem Foto. Das waren Roberts Worte gewesen, sein Motto für die Hochzeit. Unser Leben wird wahr, als läge eine helle, wunderbare Zukunft vor ihnen. Wie sehr hatte er sich geirrt!

Als ihr Telefon auf der Kommode im Flur klingelte, überlegte sie erst, gar nicht abzunehmen, dann dachte sie an Zita. Vielleicht hatte sie Kareens Nummer auf ihrem Display bemerkt und rief tatsächlich zurück.

»Hallo, spreche ich mit Frau Hagen?«, fragte eine Männerstimme.

Die Polizei, kam Kareen in den Sinn. Das Haus war abgebrannt, und vielleicht hatten die ersten Ermittlungen schon etwas erbracht.

»Ja?«, erwiderte sie unsicher.

»Tut mir leid wegen der Panne von heute Nachmittag. Ich hoffe, Sie hatten nichts dagegen, dass ich übernommen habe … Sie sahen so verwirrt aus – richtig bestürzt …«

Es war Johan Waller, der neue Sprecher. Woher hatte er ihre Nummer?

»Nein, schon in Ordnung.« Kareen spürte, wie unfreundlich sie klang, aber ein Anruf aus dem Sender hatte sie nun am allerwenigsten erwartet. »Hören Sie, ich erwarte einen dringenden Anruf … Mein Sohn … Es war nett, dass Sie angerufen haben.«

Sie legte auf, ohne auf Johans Antwort zu achten. Er war neu in der Stadt, aber wahrscheinlich hatte man ihm hinter vorgehaltener Hand schon von Max und seiner Krankheit erzählt.

Es war sieben Minuten nach fünf, als es an der Tür klingelte. Kareen drückte auf den Summer und riss gleichzeitig die Etagentür auf. Da stand Max – mit seiner gelben Pudelmütze, seiner schwarzen Jacke, die viel zu dick für die Jahreszeit war, und lachte ihr entgegen, dass man seine kleinen Milchzähne sehen konnte. In seinen Händen hielt er einen Plüschbär, der fast so groß war wie er selbst.

»Guck mal, Mama, was ich bekommen habe«, sagte er, als hätten sie sich nur einen Moment nicht gesehen.

Er streckte ihr den Bären wie eine Kostbarkeit entgegen. Kareen registrierte, dass er wie befohlen seine dünnen weißen Handschuhe trug.

»Wo bist du gewesen?« Sie nahm den Bären und umarmte Max, dann erst bemerkte sie den Mann, der etwas abseits im Treppenhaus stand.

Er nickte ihr zu – er trug einen dunklen Anzug, ein weißes

Hemd und eine schwarze Mütze. Ein Chauffeur in klassischer Uniform.

»Ich bringe Ihnen Ihren Sohn zurück – mit freundlichen Grüßen von Frau Hagen«, erklärte er förmlich und brachte es fertig, sich dabei ein wenig zu verneigen. Der Fahrer des Hotels. Zita ließ den Jungen von ihrem Chauffeur zurückbringen.

»Wo ist meine Schwiegermutter?«, fragte Kareen atemlos und zornig.

»Bedaure, Frau Hagen hatte einen wichtigen Termin. Sie musste schon zurück ins Hotel. Wir, der kleine Herr und ich, haben noch eine Spazierfahrt gemacht.« Der Chauffeur lächelte matt.

»Wir sind über alle Brücken gefahren, und dann haben wir vor einem riesigen Geschäft gehalten, und dann hat Zita mir gesagt, dass ich mir einen Bären aussuchen darf.« Max zupfte an ihrer Bluse, um ihre Aufmerksamkeit zurückzugewinnen. Er war glücklich, wie ein kurzer Blick in seine Augen zeigte. Die Bläschen in seinem Gesicht waren kaum noch zu sehen.

»Wie schön!«, sagte Kareen. »Über alle Brücken! Das muss ja eine lange Fahrt gewesen sein.«

Der Fahrer tippte sich an seine Mütze und zog sich zurück. Sie warf ihm einen unfreundlichen Blick nach, aber er war schon im Treppenabgang verschwunden. Solche dienenden Wesen schienen keine bösen Blicke zu bemerken.

Max stürmte an ihr vorbei in die Wohnung und rief aufgeregt nach Claudine, um auch ihr von seinem Abenteuer zu erzählen. Von hinten sah er aus wie ein ganz normales Kind.

4.

Max war so erschöpft, dass er noch ein Brot aß und dann am Tisch einschlief, auf seine schmalen, wunden Hände gestützt, was eigentlich viel zu gefährlich für ihn war. Kareen nahm ihn und trug ihn in sein Zimmer. Während sie ihn vorsichtig auszog, öffnete er kurz die Augen.

»Ich habe heute fast gar nicht an Papa gedacht«, flüsterte er schuldbewusst. »Ist das schlimm?«

Sein Blick rührte sie so sehr, dass ihr beinahe Tränen in die Augen traten.

»Nein«, sagte sie, »überhaupt nicht. Dein Vater hat alles mit angesehen, was du getan hast. Er war den ganzen Tag bei dir.« Solche Sätze gingen ihr nun leicht über die Lippen, weil sie sah, welch beruhigende Wirkung sie hatten. Insgeheim fürchtete sie sich jedoch vor der Zeit, wenn Max älter geworden war und echte Fragen nach seinem Vater stellte. *Er hat deine Krankheit nie verwunden; mit deiner Geburt und dem plötzlichen Tod seines Vaters ist er ein anderer geworden.* Sie hatte keine Ahnung, wie Max auf diese Wahrheit reagieren würde, aber was hatte Anja einmal über ihn gesagt: »Mach dir keine Sorgen! Max leidet viel weniger an seiner Krankheit als ihr. Seine Aufgabe ist, trotz seiner Krankheit Glück zu bringen.« Glück bringen! Anja sagte solche Dinge. Sie legte sich jeden Morgen Tarot-Karten, ging zu spiritistischen Sehern und glaubte an die Wiedergeburt und solche Dinge. Für Robert war das alles Hokuspokus gewesen. Er hatte Anja nicht gemocht.

Als Kareen sicher war, dass Max fest schlief und alle Kissen an ihrem Platz lagen, schlich sie aus dem Zimmer. Draußen war die Dämmerung hereingebrochen. Sanftes Abendlicht fiel durch das Fenster im Wohnzimmer. Irgendwo da zwischen den Häusern verglühte rot die Sonne. Stille hatte sich in der Wohnung ausgebreitet, nicht einmal aus Claudines Zimmer drang ein Laut. Für einen Moment verharrte Kareen in der Diele, unfähig, einen Schritt zu tun, als wäre sie in ihrem Leben festgefroren. Ein kalter Gedanke streifte sie: Was hatte sie nicht früher alles sein wollen? Eine Buchhändlerin, die Gedichte schrieb, eine Sängerin in einer Band, eine gefeierte Schauspielerin, aber hier stand sie nun, eine Sprecherin, die nicht einmal eine richtige Verkehrsmeldung über den Sender brachte. Der Tag war voller kleiner Niederlagen gewesen.

Plötzlich, mit dem nächsten Gedanken, kam die Gewissheit, dass sie ihr Leben ändern würde – mit Max weggehen, Köln verlassen, eine andere Welt finden. Auch wenn Roberts Praxis zuletzt schlecht gelaufen war, weil er sich kaum noch um seine Patienten gekümmert hatte, und er keine Reichtümer hinterlassen hatte, war die Wohnung beinahe abbezahlt, und ein paar Rücklagen besaß sie auch noch. Aber vorher würde sie einige Dinge in Ordnung bringen.

Claudine saß mit Kopfhörern vor ihrem Laptop, als Kareen die Tür zu ihrem Zimmer öffnete.

»Ich muss noch mal für eine Stunde weg«, rief sie ihr zu. »Schau bitte hin und wieder nach Max.«

Claudine nickte und hob die Hand. Offensichtlich hatte sie sich gerade wieder im Internet in irgendeinem Chatroom befunden, wo sie ihre Nachrichten absetzte, halb Englisch, halb Französisch.

Auf dem Weg zu ihrem Wagen schaute Kareen sich besorgt nach Risch um. Stand er wieder an einer Ecke, oder hockte er in seinem alten Mercedes und beobachtete sie? Nichts war zu entdecken. Auch auf dem Weg in die Stadt bemerkte sie nichts Auffälliges. Sie parkte direkt vor dem Hotel auf dem Parkplatz, auf dem Jakob für gewöhnlich seinen schwarzen BMW abstellte. Er war nicht da, was nur bedeuten konnte, dass Zita an diesem Abend das Zepter schwang. Sie war ohnehin der Ansicht, dass ohne sie in ihrem Hotel alles drunter und drüber gehen würde; nicht einmal ihr eigener Sohn überwachte das Personal streng genug.

Mit hoch erhobenem Kopf schritt Kareen in die Lobby. Zwei Japaner saßen da in den teuren Ledersesseln und sprachen laut miteinander. Man konnte nicht sagen, ob sie sich stritten oder nur angeregt unterhielten. Das Hotel Hagen hielt sich für eine Institution – ein Viersternehaus mit persönlicher Note. Eine Tafel verriet, dass sich der Lions-Club, Sektion Köln, im Salon »Konrad Adenauer« traf. Jeder der vier Tagungsräume war nach berühmten Bürgern der Stadt benannt. Wahrscheinlich war Zita deshalb so eilig ins Hotel zurückgekehrt. Gehörte nicht auch der Oberbürgermeister zu diesem Club? Nichts war Zita wichtiger als der gute Ruf ihres Hauses.

Über der Rezeption hing ein schweres Ölgemälde. Meinhart Hagen blickte auf jeden Gast herab: forschende blaue Augen, streng gescheitelte graue Haare und ein mattes, überlegenes Lächeln in den Mundwinkeln. Er hätte auch der Ahnherr eines vornehmen Bankhauses sein können, und so ähnlich hatte er sich auch gesehen. Wenn Kareen ehrlich war, hatte sie sich immer ein wenig vor ihm gefürchtet. Als sie ihn kennenlernte, war sie noch Schauspielschülerin gewesen und fand daher gar nicht erst Eingang in seinen Kosmos. Eine richtige Schauspielerin war man für Meinhart Hagen erst, wenn man eine Hauptrolle in einem Film oder in einer Fernsehserie hatte, die abends zur besten Sendezeit lief.

Den livrierten Portier an der Rezeption kannte sie nicht. An der Art, wie der Mann die Stirn runzelte und sich dann zu einem Lächeln zwang, glaubte sie zu bemerken, dass aber er genau wusste, wer sie war.

»Herzlich willkommen, Frau Hagen«, sagte er mit einem Dialekt, der irgendwie südeuropäisch klang. Ein Schild an seinem Revers wies ihn als »Enrico Schmitz« aus. »Schön, dass Sie unser Haus mal wieder beehren.« Dann neigte er ein wenig den Kopf und zögerte. »Darf ich Ihnen noch mein Beileid aussprechen? Wir alle hier im Haus haben Herrn Robert sehr geschätzt.« Er lächelte wieder, nun echter und offener. Zwei gezackte Narben zogen sich über seine Wange, als hätte er einmal einen schweren Unfall gehabt.

»Vielen Dank«, sagte Kareen. »Ich vermute, ich komme ungelegen, aber ist meine Schwiegermutter vielleicht zu sprechen?«

Aus der angrenzenden Bar wehte Klaviermusik herüber, irgendein leicht verjazzter Popsong. Darauf hielt sich das Hotel Hagen etwas zugute – dass in der Bar immer jemand am Piano saß und spielte, selbst an einem gewöhnlichen Werktag. Robert hatte es gehasst. Als er zwölf Jahre alt gewesen war, hatte seine Mutter ihn gezwungen, sonntags vom Frühstück bis zum Nachmittag klassische Musik zu spielen, so als wäre er eine Art Wunderkind, der geniale Spross der Familie Hagen.

»Die Chefin ist in ihrem Büro«, erklärte Enrico Schmitz beflissen. »Soll ich Sie anmelden?«

Kareen nickte. Ihr Mut begann zu schwinden. Warum war sie überhaupt hier? Das Hotel war feindliches Terrain. Selbst Robert hatte es nach der Geburt von Max und dem Tod seines Vaters gemieden. Nicht einmal in das Restaurant, das wirklich exzellent war, waren sie mehr als zwei-, dreimal im Jahr gegangen, und dann auch nur, wenn Zita sie ausdrücklich eingeladen hatte, an Weihnachten und zu Ostern.

Zitas Büro lag in einem kleinen Trakt, links von der Rezeption. Er war kaum ausgeleuchtet. Die Dunkelheit schien sich in diesem Winkel zu jeder Tageszeit einzunisten, sodass sich selten ein Gast hierher verirrte.

Nach drei Schritten in diffusem Zwielicht erleuchteten verdeckte Strahler den Gang, als hätte man eine Grenze überschritten. Fotos von Zita und Meinhart Hagen zierten die Wände. Wie stolz sie sich mit den Prominenten hatten ablichten lassen, die irgendwann in ihrem Hotel abgestiegen waren! Schauspieler, Musiker, Politiker – es war vollkommen gleichgültig, wer neben ihnen stand, immer lächelten die beiden auf die gleiche erhabene, beinahe huldvolle Weise. Auf den neueren Fotos hatte Jakob die Rolle seines Vaters eingenommen, aber Zitas Lächeln hatte sich keinen Deut verändert. Natürlich gab es keine einzige Aufnahme, auf der auch Robert zu sehen war.

Als Kareen an der Bürotür anklopfte, bemerkte sie, dass sie unwillkürlich tief einatmete. Ja, zu solchen Menschen gehörte Zita: Bevor man vor sie trat, sog man noch Luft in die Lungen, als wäre man ein Taucher, der sich in eine unergründliche Tiefe stürzen musste.

»Komm bitte herein!«, rief Zita.

Sie thronte hinter ihrem alten Mahagonischreibtisch und lächelte geschäftsmäßig. Die fünf Schritte zu ihr kamen Kareen wie eine Ewigkeit vor, Schritte wie auf glattem Eis.

»Schön, dich zu sehen«, sagte Zita und erhob sich, um Kareen ihre weiche, perfekt manikürte Hand zu reichen.

Akten und Rechnungen stapelten sich auf ihrem Schreibtisch. Auf einem kleinen Tisch neben ihr war ein Monitor zu sehen, der die Lobby zeigte. Alle zwei Sekunden sprang das Bild um, sodass man auch die Rezeption und die Straße vor dem Eingang im Blick hatte. Das war wichtig, wenn irgendwelche prominenten Gäste im Anmarsch waren.

»Irgendwie habe ich erwartet, dich heute noch zu sehen«, erklärte Zita, während sie sich setzte. »Ich hoffe, du nimmst mir nicht übel, dass ich mit Max diesen kleinen Ausflug gemacht habe. Du warst nicht zu Hause, und ich war sehr aufgeregt. Dieser Brand nimmt mich sehr mit. Wieso kommt jemand auf die Idee, unser altes Sommerhaus anzuzünden?« Zita verengte die Augen und starrte an Kareen vorbei, als hätte sich da noch jemand ins Zimmer geschlichen.

Noch bevor ihr das erste Wort über die Lippen gekommen war, wusste Kareen, dass ihr Besuch vergeblich sein würde. Zita hatte immer die Kontrolle.

»Ich möchte das nicht«, sagte sie leise. Sie verharrte einen Moment und setzte sich erst auf den antiken Besucherstuhl, nachdem Zita ihr ein Zeichen gemacht hatte.

Zita lächelte, ihre Wangen zogen sich ein wenig zurück, doch gleichzeitig erkalteten ihre blauen Augen.

»Was möchtest du nicht?«

»Max ist gerade dabei, ein wenig über den Tod seines Vaters hinwegzukommen. Jede Kleinigkeit kann ihn aufregen, und seine Krankheit ...«

Zita hob ein wenig den Kopf und hob kurz die Hand. Sie war einmal eine schöne Frau gewesen, doch nun wirkte alles an ihr künstlich: ihr weißes, hoch toupiertes Haar, ihre braune Gesichtsfarbe, ihre farblos lackierten Fingernägel.

»Ich habe es doch schon erklärt – ich wollte den Jungen sehen, meinen einzigen Enkel.«

»Du hättest mir Bescheid sagen müssen.« Kareen versuchte sich nicht einschüchtern zu lassen.

»Ich will ganz offen sein«, sagte Zita. Nun lehnte sie sich ein wenig zurück. »Möchtest du etwas trinken oder essen? Ich kann uns etwas aus dem Restaurant kommen lassen, wenn du Hunger hast.« Als Kareen den Kopf schüttelte, fuhr sie fort: »Jakob und ich möchten uns mehr um Max kümmern. Wir möchten, dass er noch einmal untersucht wird, dass wir noch einmal gemeinsam schauen, ob es nicht neue Therapiemethoden gibt. Bisher ist er mein einziger Enkel. Vor allem beabsichtigen wir, dich zu entlasten.«

»Davon hat Jakob mir auch schon erzählt ...«

»Was ist so schlecht daran? Max gehört zur Familie, und du hast dann ein wenig mehr Zeit für dich.« Zita lächelte wieder. Als ihr Telefon klingelte, warf sie einen Blick auf die Anzeige und drückte den Anruf dann weg.

Kareen begriff, dass dieser letzte, scheinbar beiläufige Satz besagte, dass sie eher nicht zur Familie gehörte.

»Max ist mein Sohn, und Robert ...«

»Robert ist tot. An diesen Gedanken müssen wir uns alle gewöhnen, so schwer es uns fällt.« Zita verengte die Augen wieder. Für eine Sekunde las Kareen Schmerz in ihrem Blick und etwas anderes – pure, stahlharte Entschlossenheit. Als hätte Zita sich nichts anderes auf der Welt vorgenommen, als sich von diesem Schmerz nicht besiegen zu lassen. »Außerdem hätte er gewollt, dass für seinen Sohn alles Erdenkliche getan wird.«

»Ich tue alles Erdenkliche für ihn«, erwiderte Kareen. »Vor allem sorge ich dafür, dass er seinen geregelten Tagesablauf hat. Du kannst deinen Enkel sehen, aber nur, wenn du mir vorher Bescheid gibst.«

Zita runzelte die Stirn, etwas, was sie sich angewöhnt hatte, um ihr Personal einzuschüchtern, wie Kareen wusste. »Wir sollten darüber nicht streiten«, sagte sie. »Max ist nicht dein persönlicher Besitz. Auch eine Großmutter hat gewisse Rechte.« Plötzlich wandte sie den Blick zu der Wand neben ihr.

Ein Foto von Robert, bemerkte Kareen, das irgendwann im letzten Sommer auf Zitas Terrasse aufgenommen worden war. Robert hielt ein Sektglas in der Hand und lachte, doch wer den Ausdruck in seinen Augen sah, erkannte, dass er schauspielerte und sich vollkommen unwohl fühlte.

Zita erhob sich und ging zu dem Bild hinüber. Sie griff danach und nahm es von der Wand, dann schaute sie es an, während sie sprach. »Ich habe dich nie gefragt, ob eure Ehe glücklich war«, sagte sie leiser, »aber nun möchte ich es wissen. Warum hat Robert zuletzt in unserem Sommerhaus gewohnt? Was hat er da gemacht?« Sie bedachte Kareen mit einem forschenden Blick und setzte dann hinzu: »Hat er eine andere gehabt? Oder hast du vielleicht ...«

Es klang wie ein Verhör. Offenbar hatte Zita entdeckt, dass es noch andere Dinge gab als die Leitung eines Viersternehotels – einen Enkelsohn etwa und eine Schwiegertochter.

Dann dachte Kareen an Risch, und es jagte ihr einen Schrecken durch alle Glieder. Wusste Zita von ihm? Von dieser einen verdammten Nacht?

Sie erhob sich gleichfalls und versuchte sich ihren Schrecken nicht anmerken zu lassen. »Ich weiß genauso wenig wie ihr, was Robert im Sommerhaus gemacht hat.« Dann ging sie zur Tür. »Ruf mich beim nächsten Mal vorher an, wenn du Max sehen willst.«

An der Tür, die Klinke in der Hand, widerstand sie der Versuchung, sich noch einmal umzudrehen. Sie meinte, Zitas kalten Blick zu spüren, doch dann klingelte das Telefon, und Zita meldete sich mit tonloser, geschäftsmäßiger Stimme, als wäre sie längst wieder allein in ihrem Büro.

Draußen auf dem Gang hätte Kareen sich am liebsten an die Wand gelehnt und ein paarmal tief eingeatmet. Stattdessen hastete sie den düsteren Gang hinunter. Zwei Schritte vor der Lobby bemerkte sie ihn. Er wirkte abgehetzt, hatte seine Krawatte gelockert und rauchte hektisch eine Zigarette, wie er es im Sender zwischen zwei Konferenzen tat. Risch warf ihr einen Blick zu, nicht so, als hätte er sie erwartet, sondern eher zufällig. Er hielt kurz inne, schaute ihr in die Augen, ohne sie zu grüßen, und verschwand dann aus ihrem Blickfeld.

Kareen erwog, ihm nachzulaufen. Was tat er hier? Stellte er ihr selbst im Hotel ihrer Schwiegermutter nach?

Aber als sie die Lobby erreicht hatte, war von Risch nichts mehr zu sehen. Eine Gruppe lärmender Amerikaner hatte sich vor der Rezeption eingefunden und stritt darum, wer als Erster einchecken durfte.

5.

Sie kroch in das Kinderzimmer wie in eine schützende Höhle und legte sich vor sein Bett, weil sie es nicht wagte, sich neben Max zu legen. Das hatte sie auch in den ersten Nächten nach Roberts Tod getan, dabei hatte sie sich eingeredet, dass sie es für Max tun würde, um bei ihm zu sein, wenn er nachts weinend aufwachte. Im Grunde wusste sie jedoch, dass sie es für sich getan hatte. Um irgendwie die Leere auszuhalten. Irgendwann hatten sie den Boden unter den Füßen verloren, ohne genau zu wissen, wann es passiert war. Kareen versuchte sich zu erinnern, wie Robert vor der Geburt von Max gewesen war, aber manchmal kam ihr diese Zeit vollkommen unwirklich vor. Tatkräftig war er gewesen, voller Elan, was seine Praxis anging, und er hatte an sie geglaubt, daran, dass sie eine gute Schauspielerin sein würde.

Dann war alles anders gekommen. Sie hatte nicht mehr spielen können, weil sie sich um Max kümmern musste – und weil sie ohnehin für die großen Rollen nicht gut genug gewesen war, wie sie sich eingestehen musste. Zum Glück hatte Flock, ihr alter Schauspiellehrer, ihr eine Stelle als Sprecherin im Sender verschaffen können.

Plötzlich kam ihr der Gedanke, dass Robert eine andere Frau gehabt haben könnte, gar nicht mehr so abwegig vor. Vielleicht erklärte das seine Zerrissenheit. Hatte Zita mehr gewusst als sie? War ihre Frage nur ein Hinweis auf etwas gewesen, das sie nie hatte wahrhaben wollen? Kareen hatte schon früh geahnt, dass Robert manchmal in Bars ging und zu viel trank, aber nie waren ihr verräterische Spuren aufgefallen, nie irgendwo Lippenstift am Hemd, nie heimliche Telefonate oder Briefe, die er vor ihr verstecken wollte. Eifersucht hatte auch nie zu ihren Schwächen gehört.

Draußen hatte es zu regnen begonnen. Regen prasselte gegen das Fenster. Dann donnerte es sogar. Das Wetter spielte verrückt. Ein Gewitter Mitte September. Kareen wälzte sich auf ihrer Decke herum, richtete sich schließlich auf und betrachtete Max. Mit offenem Mund lag er da, atmete geräuschlos ein und aus. Im matten Licht, das von einer Laterne auf der Straße hereindrang, sah man die Wunden in seinem Gesicht kaum. Ein schönes, verletzliches Kind. Und doch ... sie hätte sich mehr um Robert kümmern müssen.

Als sie halb eingeschlafen war, hörte sie seine Schritte in der Diele, hörte, wie er seinen Schlüssel ablegte und dann nach ihr rief: »Kari, bist du da?« Nur er durfte sie so nennen. Immer lag ein wenig Unsicherheit in seiner Stimme, doch sie hatten ihr gefallen, seine Zweifel, seine Zärtlichkeit. Er hatte auch manchmal so Klavier gespielt, suchend, vorsichtig, ohne selbstsicheres Gehabe. Am Anfang hatte er ihr sogar Gedichte geschrieben. Sie spürte, wie er sich näherte, sein Geruch ... Immer wenn er aus der Praxis kam, roch er ganz altmodisch nach Zitronenseife. Gleich würde er sich neben sie legen, würde seinen Mund warm an ihr Ohr legen ...

Das Läuten des Telefons schreckte Kareen aus dem Halbschlaf auf. Draußen donnerte es noch einmal, und Max drehte sich im Bett und stieß einen Seufzer aus, aber anscheinend war er nicht aufgewacht. Kareen erhob sich mühsam. Das Telefon läutete unentwegt weiter. Es war halb zwei, wie sie mit einem Blick auf ihre Armbanduhr feststellte.

Risch, dachte sie. Immer endeten ihre Gedanken bei ihm. Er hatte den Verstand verloren, bildete sich ein, er könne sie besitzen.

Als sie in der Diele war, öffnete auch Claudine ihre Tür und blickte verschlafen heraus.

»Erwartest du einen Anruf?«, fragte Kareen. In Kanada war es nun früher Abend.

Claudine schüttelte nur den Kopf und glitt dann wieder wortlos in ihr Zimmer zurück.

Bedrohlich schrillte das Telefon weiter, es mochte das zehnte oder elfte Läuten sein.

Kareen griff nach dem Hörer, als müsse sie eine Bombe entschärfen.

»Ja?«

Schweigen antwortete ihr, aber es war ein bewohntes Schweigen, als läge da jemand auf der Lauer.

»Wolfram? Bist du das? Lass bitte den Unsinn mitten in der Nacht …« Warum nenne ich Risch bei seinem Vornamen?, dachte sie unwillkürlich. Daraus könnte er wieder ableiten, dass ich mir etwas aus ihm mache.

»Wissen Sie, wie Ihr Mann umgekommen ist?«, fragte eine Stimme am anderen Ende der Leitung. Eindeutig eine Frauenstimme, die ihre Worte mehr hauchte, als sie wirklich auszusprechen.

»Ein Unfall«, sagte Kareen irritiert. »Er ist bei einem Autounfall …«

»Manche Dinge sind nicht so, wie sie scheinen. Ihr Mann war der Einzige in dieser verdammten Familie, der ein Gewissen hatte …« Ein seltsames Stöhnen folgte, als breche die Person am anderen Ende gleich in einen Schrei aus oder habe die Fassung verloren. Klang die Stimme betrunken? Kareen wusste es nicht.

»Wer sind Sie?«, fragte sie. »Wovon sprechen Sie?«

»Denken Sie darüber nach!«, sagte die Frau, es klickte in der Leitung, und die Verbindung wurde unterbrochen.

Kareen wankte müde in das Kinderzimmer zurück, aber sie fand keinen Schlaf mehr. Was hatte das alles zu bedeuten? Sie konnte sich keinen Reim darauf machen, wer sie nachts anrief, um Roberts Familie zu beschimpfen. Niemand hatte je daran gezweifelt, dass es ein Unfall gewesen war, den Robert vermutlich selbst herbeigeführt hatte.

Erst als es bereits hell wurde, schlief Kareen ein, doch wenig später beugte Max sich über sie und rüttelte sie an der Schulter.

»Mama«, sagte er, »was tust du hier? Hast du auf meine Träume aufgepasst?« Er lächelte und küsste sie. Träume waren für ihn wichtig, als würde er da ein anderes Leben führen. Lange hatte sie ihn nicht mehr so gesund gesehen.

Sie las die Presseschau ohne jeden Versprecher. Dann saß sie für drei Stunden neben Babette und war für die Verkehrsmeldungen zuständig. Der Computer funktionierte tadellos. Ihre Zuversicht kehrte zurück, was vielleicht auch an Babette lag. Wenn das Mikrofon offen war, kehrte sie die seriöse Nachrichtensprecherin heraus, doch zwischendurch erzählte sie von ihrem neuen Freund, einem Fernsehreporter, der sie jeden Abend in ein anderes Restaurant einlud. Zum ersten Mal hatte sie in seiner Wohnung übernachtet.

»Stell dir vor, er hat einen Whirlpool in seinem Badezimmer. Außerdem sammelt er alte Kameras. Am liebsten hätte er mich nackt fotografiert.« Babette besaß die bemerkenswerte Fähigkeit, ganz im Hier und Jetzt zu leben.

»Und, hast du ihn gelassen?«, fragte Kareen interessiert.

»Natürlich nicht!« Babette tat entrüstet, doch ihr Lachen verriet, wie glücklich sie war.

Kareen hatte sich vorgenommen, ihr von dem nächtlichen Anruf zu erzählen und davon, dass Risch ihr hinterherschlich, aber während Babette in ihrer Verliebtheit schwelgte, ergab sich keine Möglichkeit dazu.

Als sie in ihr winziges Büro zurückkehrte, froh, ihre Arbeit fehlerlos getan zu haben, sah sie einen Umschlag auf ihrem Schreibtisch. Ein weißer unscheinbarer Briefumschlag ohne jede Aufschrift, doch sie ahnte sogleich, dass er Ärger bedeutete. Einen Moment überlegte sie, ihn wie eine lästige Reklamesendung einfach wegzuwerfen. Niemand würde ihr einen Vorwurf machen, doch ihre Hände hatten sich schon verselbstständigt. Ihr rechter Finger riss vorsichtig die Lasche auf. Das Kuvert war leer, keine Botschaft, nein, ein schmaler Streifen Papier segelte daraus hervor. Kareen las den Werbeaufdruck einer Sparkasse und drehte das Papier um. *Tibet – das Land, wo der Mensch den Himmel berührt.* Eine Eintrittskarte für den Abend in der Trinitatis-Kirche. Morgen – am Samstagabend. Sie erschrak und schaute sich um. Jemand hatte ihr eine Eintrittskarte geschenkt. Zwölf Euro kostete es, sich Bilder von Tibet vorführen zu lassen.

Was war das? Eine geheime Einladung?

Glaubte Risch tatsächlich, sie würde sich auf so etwas einlassen?

Babette kam mit einem Becher Kaffee ins Zimmer. Sie lächelte. »Möchtest du Roger mal kennenlernen?«, fragte sie. »Wir könnten am Wochenende zusammen essen gehen.«

Kareen nickte, stürmte jedoch an Babette vorbei. Sie wusste nicht, ob sie wütend oder nur erstaunt sein sollte. Was dachte Risch sich dabei? Sie öffnete das Zimmer seiner Sekretärin, die gerade in einem Hochglanzmagazin blätterte, und lief, ohne sie anzuschauen, in sein Büro.

»Wird das jetzt zur Gewohnheit«, fragte Anna Loos belustigt, »dass du ihm mit hochrotem Kopf auf die Bude rückst? Allmählich kommt mir das verdächtig vor.«

Risch saß nicht an seinem Schreibtisch. Das Büro war auf eine beinahe bedrohliche Art verwaist. Nicht einmal das Radio, das für gewöhnlich ständig lief, war eingeschaltet. Die Stille wirkte feindselig.

Kareen machte kehrt. »Wo ist er?«

Anna Loos lächelte spöttisch. »Er war heute gar nicht da, hat sich krankgemeldet. Hatte wohl gestern einen schweren Abend. Passiert in letzter Zeit ziemlich häufig.« Aufreizend blätterte sie eine Seite um und warf einen Blick darauf. Eine Schauspielerin, die fast fünfzig sein musste, poussierte im Minirock wie ein junges Mädchen. »Vielleicht hat er eine neue Frau«, sagte sie vor sich hin. »Auf jeden Fall braucht er eine. Seit seiner Scheidung ist er vollkommen durch den Wind.« Dabei lächelte sie Kareen an, als wüsste sie genau, was zwischen Risch und ihr vorgefallen war.

II.

Ohne den Tibeter hätte ich diese sechs Monate vielleicht gar nicht überlebt. Als ich zurück war, wieder in meiner fast leeren Wohnung saß, tat ich zwei Wochen lang nichts, als ihn zu suchen.

Ich hatte ihn zweimal gesehen und kannte nur seinen Vornamen. In der Anstalt hatte man mir nicht einmal seinen Nachnamen, geschweige denn seine Adresse sagen wollen. Ich suchte im Internet, fragte bei der Polizei an und forschte über Zeitungsredaktionen nach. Ich überlegte sogar, wie ich Kontakt zu dem Dalai Lama aufnehmen könnte, als müsste der heilige Mann jeden Tibeter persönlich kennen.

Ich fand keine Spur von Gyantse. Es war, als hätte der Tibeter nicht existiert. Doch ich besaß das Foto, das aus irgendeinem Bildband stammen musste. Es war mittlerweile eingerissen, die Farbe war an manchen Stellen verblasst. Trotzdem holte ich es jeden Abend wieder hervor, und obschon ich mir drei dicke Bücher über Tibet besorgte und mir viele andere Fotos ansah, über die Berge und Tempel, gab es keines, das mich so faszinierte: ein Yak, eine karge Ebene, eine Lehmhütte, ein paar Berge, und doch war alles voller Stille und Schönheit.

Gyantse hatte recht gehabt.

Irgendwann begriff ich, dass es gleichgültig war, ob ich ihn fand. Es ging um etwas anderes.

Ich verkaufte meine Möbel, meine Anlage von Bang und Olofson, die größte Kostbarkeit, die ich jemals mein Eigen genannt hatte, und dann ging ich zum letzten Mal ins Theater. Ich saß hinten im dritten Rang: Peer Gynt – eine großartige Inszenierung, in der eigentlich ich die Hauptrolle hätte spielen sollen. Es war, als nähme ich von meinem alten Leben Abschied. In mancher Hinsicht war Peer Gynt wie ich: rücksichtslos, ungeduldig, schuldig.

Dann ging ich zum Grab des Kindes, das ich getötet hatte.

Ich hatte die ganze Zeit den Gedanken daran vermieden: Holger, ein sechsjähriger, leicht behinderter Junge, der das Pech hatte, mit seinem Fahrrad vor meinen Porsche zu geraten.

Nach dem Aufprall hatte ich die Nerven verloren.

Ich war ohne Führerschein gefahren und hatte obendrein eine Menge Alkohol getrunken. Meinen Führerschein hatte ich drei Wochen zuvor verloren, weil ich nach einer Premierenfeier in eine Polizeikontrolle geraten war.

Fahrerflucht mit Todesfolge nannte man das, ein angefahrenes, sterbendes Kind in der Gosse liegen zu lassen.

Der Grabstein war aus schwarzem Marmor. Von weitem hatte die Grabstätte ausgesehen, als hätte ich mich geirrt, als hätte man hier einen Erwachsenen beerdigt, aber da standen die sechs Buchstaben in goldenen Lettern: Holger. Nichts sonst, kein letzter Gruß, nicht einmal zwei karge Jahreszahlen, die viel zu nah beieinander lagen.

Es dauerte eine Weile, bis ich mein eigenes Schluchzen hörte. Tränen liefen mir über die Wangen. Dann dachte ich an Gyantse, sah das Bild, das er mir geschenkt hatte, und hörte seine Stimme: »Dazu musst du dir den Wind vorstellen – Wind, der wie Musik ist, wenn er über die Steine streicht. Vergiss es nicht!«

Einen Tag später kündigte ich meine Wohnung und verließ Berlin.

6.

Jeder Mensch sollte einen Ort haben, wo er hinlaufen kann, wenn er nicht mehr weiterweiß, dachte Kareen, als sie hastig den Sender verließ. Es war fast wie eine weitere Flucht. Früher, als Kind im beschaulichen westfälischen Münster, war ihr Vater der Hort gewesen, wo sie Zuflucht gesucht hatte. Aber dann war er von einem Tag auf den anderen im Krankenhaus verschwunden. Das Herz, hatte ihre Mutter gesagt, als würde das alles erklären. Eine Woche später war er an einem zweiten Infarkt gestorben, obwohl ein ganzes Team von Ärzten um ihn gewesen war. Ich hätte mir keinen Mann aussuchen sollen, der zwanzig Jahre älter ist, hatte ihre Mutter am Grab eigentlich nur zu sich selbst geflüstert.

Robert war nie ihr Zufluchtsort gewesen; dafür hatte er zu sehr mit seinen Zweifeln und Unsicherheiten zu kämpfen gehabt.

Kareen sah sie durch das Schaufenster und war erleichtert. Nichts brauchte sie nun mehr als eine gute Freundin. Anja saß allein in ihrem Laden und schien Lieferantenlisten durchzugehen.

Anja war es gewesen, die in den ersten zwei Nächten nach Roberts Tod bei ihr geblieben war. Nicht einmal Jakob war es gelungen, sie zu vertreiben. Die beiden hatten sofort eine tiefe Abneigung füreinander empfunden, aber auch Robert hatte Anja nicht gemocht.

Anja lächelte ihr zu, als sie den Laden betrat. »Es ist schön, dass du kommst«, rief sie Kareen zu und machte sich sogleich an einer Flasche Wein zu schaffen. Es roch nach Duftkerzen. Anja schaffte es, in ihrer kleinen Boutique eine intime, beinahe private Atmosphäre zu erschaffen. Sie küssten sich auf die Wangen.

»Meine Geschäfte laufen heute so schlecht, dass ich ein Glas

Rotwein vertragen könnte – Rioja, das Beste, was Spanien zu bieten hat.« Anja öffnete geschickt die Flasche, nahm zwei elegante Gläser und schenkte ihnen ein.

Kareen spürte, wie sie sich entspannte, und nun kam es ihr beinahe lächerlich vor, dass sie sich über die anonyme Einladung zu einem Tibet-Abend aufgeregt hatte.

»Wie geht es dem Kleinen?«, fragte Anja, nachdem sie angestoßen hatten. »Warum hast du ihn nicht mitgebracht?«

»Max ist mit Claudine noch mal in den Kindergarten gegangen. Sie wollen dort zum Erntedankfest ein Singspiel aufführen. Max möchte unbedingt mitmachen.«

Anja trank wieder, und wie zur Erklärung sagte sie mit Blick auf den Wein: »Drei Stunden habe ich heute ohne einen Kunden hier herumgesessen, und dann ist zum Glück ein Bekannter von dir gekommen. Hat allerdings nichts gekauft.«

Kareens Anspannung kehrte mit einem Schlag zurück. »Was für ein Bekannter?«

»Niemand, der auf Roberts Beerdigung gewesen war«, erwiderte Anja, die registrierte, wie ernst Kareen geworden war. »Jedenfalls ist er mir nicht aufgefallen. Ich glaube, er arbeitet auch beim Sender. Er hat für seine Frau eine Bluse gesucht und hat sich nach dir erkundigt.«

»Wie sah der Mann aus?«, fragte Kareen.

»Ein großer, dunkelhaariger Typ mit zurückgekämmten Haaren, nicht mehr ganz jung. Warum fragst du?« Anja musterte sie eindringlich. Sie war ein paar Jahre älter als Kareen, hatte zwei Scheidungen hinter sich und war daraus vollkommen befreit und offenbar auch sorgenlos hervorgegangen.

»Wolfram Risch verfolgt mich noch immer – schlimmer als je zuvor. Ich bin einmal mit in seine Wohnung gegangen, und wir haben ... drei Tage vor Roberts Unfall. Seither scheinen ihm eine Menge Fantasien durch den Kopf zu gehen.«

Anja zog ihre Augenbrauen zusammen. Sie verstand diese Andeutungen. »Ich habe ihm nicht viel über dich gesagt; nur, wie sehr dich der Tod deines Mannes mitgenommen hat. Allgemeines Gerede, mehr nicht. Vielleicht solltest du die Polizei einschalten.«

»Und was soll ich den Polizisten sagen? Man wird mir doch bloß erzählen, dass ich Gespenster sehe.« Dann fiel ihr ein, dass wahrscheinlich jemand das Sommerhaus angesteckt hatte, aber damit konnte Risch nichts zu tun haben. Sie holte die Einladungskarte für den Tibet-Abend hervor und schilderte Anja die Einzelheiten.

»Warum sollte er dir nachstellen und dich gleichzeitig auf eine so mysteriöse Weise einladen? Nein, ich glaube nicht, dass dieser Risch dahintersteckt. Das klingt doch sogar irgendwie poetisch.« Anja musterte die Karte. »Bist du sicher, dass du keinen anderen heimlichen Verehrer hast?«

Kareen schloss für einen Moment die Augen. Die Gedanken drehten sich im Kreis. Konnte Jakob das alles arrangiert haben, um sie zu verwirren, sie langsam, Stück für Stück, zu zermürben? Ach, nein, es ergab keinen Sinn.

»Ich verstehe das alles nicht mehr«, sagte sie leise.

Anja schaute sie mitfühlend an. »Du solltest dir mit allem Zeit lassen. Robert ist erst drei Wochen tot. Trotzdem solltest du zu dem Tibet-Abend gehen. Claudine kann bei Max bleiben, und ich passe auf dich auf.«

»Es ist schon morgen Abend. Du würdest mitkommen?«

Anja nickte. »Ich halte mich im Hintergrund. Wenn du nicht hingehst, spielt der Typ sein seltsames Spiel wahrscheinlich munter weiter.«

Auf dem Weg zurück zu Max streifte sie für einen Moment das Glück. Vielleicht lag es an Anjas Entschlossenheit, daran, dass Kareen nun nicht mehr allein war und sie wirklich beschlossen hatte, etwas zu tun. Sie würde mit Anjas Hilfe diesen mysteriösen Tibeter ausfindig machen. Es war, als hätte sie einen anderen, tieferen Atemzug getan. Früher war es ihr manchmal so ergangen, wenn sie mit Robert um den See gelaufen war, das Licht sich auf dem Wasser spiegelte und sie wieder begriff, warum sie ihn liebte. Robert war ein passionierter Läufer gewesen. Wenn er in Bewegung war, hatte er sich wie befreit gefühlt. Er brauchte all das gar nicht: Autos, Straßen, Menschen. Für eine Weile hatte er alles abschütteln können, selbst nachdem Max auf die Welt gekommen war, hatte er das manchmal geschafft. Eigentlich hatte ihn nicht die Krankheit seines Vaters, sondern dessen Tod aus der Bahn geworfen. Kareen erinnerte sich, wie entsetzt er noch in der Nacht ins Krankenhaus gekommen war. Sie hatte schon geschlafen, der winzige Max mit seiner wunden Haut neben ihr in einem Metallbettchen.

»Es ist etwas Entsetzliches passiert«, hatte er geflüstert, kaum dass sie erwacht war, und hatte nach ihrem Arm gegriffen. »Ein Unglück! Mein Vater ist tot.«

Einen Atemzug später, als hätte er das Unfassbare dieser Nachricht im Schlaf verstanden, hatte Max zu weinen begonnen. Robert hatte gezittert, als er seinen Sohn anschaute, und dann, während Kareen ihren Sohn stillte, war er ins Bad gestürzt und hatte sich erbrochen. Nie war ihr so bewusst geworden, wie zerbrechlich das Leben war. Hier war sie und gab ihrem Neugeborenen die Brust, und da, vier Meter weiter und eine ganze Welt entfernt, lehnte ihr Mann röchelnd über einem Waschbecken und kotzte sich die Seele aus dem Leib. Sie hatte den Riss gespürt, der wie ein Blitz durch sie hindurchfuhr. Auf der einen Seite war das Glück, ein warmes, weiches Gefühl ganz nah an ihrer Haut, und auf der anderen Seite das Unglück, das ihr die Luft abschnürte.

Nach einem Moment der Stille, als wäre er ohnmächtig zusammengesunken, stieß Robert einen Schrei aus, den sie noch nie an ihm gehört hatte, keinen menschlichen Schrei, sondern einen Urschrei des Schmerzes. Max hörte auf zu trinken, der Winzling verharrte, und für einen Moment fürchtete sie, sein Herz könnte stehen bleiben vor Schreck. Dann jedoch begann auch er zu schreien. Sie hatte nicht gewusst, was sie tun sollte – ihr Kind trösten, sich um ihren Mann kümmern, der nur noch leise, kaum wahrnehmbar schluchzte. Sie entschied sich, Max wieder an die Brust zu legen, aber im nächsten Moment wurde die Tür geöffnet. Jakob stand da, bleich wie ein Gespenst. Er rührte sich nicht, erforschte sie mit glühenden Augen, in denen die große Frage stand: Weißt du es schon? Sie nickte, aber auch das weckte ihn nicht aus seiner Erstarrung. Erst als Robert lauter zu schluchzen begann, eilte er ins Bad und versuchte seinem Bruder auf die Beine zu helfen.

Kareen hörte ein kurzes Wortgefecht, Sätze wie: »Du bist nicht mein Hüter!« – »Reiß dich zusammen!« – »Was willst du hier?« Max hatte sich mittlerweile beruhigt. Er saugte ein-, zweimal und sank wieder in den Schlaf.

Jakob schleppte Robert zurück ins Zimmer, gab ihm zu trinken, und dann fing er an zu erzählen. Wie der Vater ins Straucheln geraten war, oben auf der Treppe. Dann sei er getaumelt, nicht wirklich gefallen, und unten am Fuß der Treppe sei er mit der Schläfe auf dem gedrechselten Holzknauf aufgeschlagen. Die Wunde habe kaum geblutet. Er sei in Roberts Armen gestorben, bevor der Arzt aus dem Dorf eingetroffen war.

Robert sagte nichts dazu, nickte nicht einmal. Kareen erinnerte sich an den Ausdruck völliger Leblosigkeit in seinen Augen.

»Willst du hierbleiben?«, hatte sie ihn gefragt, auch weil sie nicht allein sein wollte, doch Jakob hatte widersprochen.

»Das Kind und du, ihr braucht Ruhe. Außerdem müssen wir uns um Zita kümmern. Sie hat einen Nervenzusammenbruch erlitten.«

Die vollständige Katastrophe war über die Familie Hagen hereingebrochen. Alles konnte man sich vorstellen, aber nicht, dass der Patriarch, der stolze Hotelier, plötzlich nicht mehr lebte.

Willenlos ließ Robert sich von seinem Bruder mitführen. Später hatte er über diese Nacht kein Wort mehr verloren.

Der Augenblick des Glücks war längst verflogen, als Kareen in ihre Straße einbog. Warum hatten bei Robert Glück und Unglück immer so nahe beieinandergelegen?

Erst beim Aussteigen bemerkte sie, wie sehr sie es sich schon zu Gewohnheit gemacht hatte, sich nach Risch umzuschauen. Die Luft war rein, niemand drückte sich in irgendeinem Hauseingang herum und beobachtete sie.

Eine Nachbarin grüßte sie, und dann ging sie das Treppenhaus hinauf. Vor ihrer Tür sammelte sie sich einen Moment lang, um Max ruhig und scheinbar gut gelaunt gegenübertreten zu können. Quäkende Stimmen drangen heraus. Offenbar schaute er sich einen Zeichentrickfilm an. Als sie ihren Schlüssel hervorholte, blickte sie zufällig auf das Schloss. Eine Schraube stand schief und ragte ein wenig hervor, und die metallene Abdeckplatte war ein wenig verrutscht. Wirkte es nicht, als sei das Schloss abgeschraubt und dann in großer Eile wieder angebracht worden?

Kareen schob den Schlüssel vorsichtig ins Loch. Nach einer kurzen Drehung sprang die Tür ohne ein Geräusch auf. Täuschte sie sich? Oder hatte ihr Schloss immer so ausgesehen?

Die Anspannung kehrte zurück. Nein, sie musste sich irren, redete sie sich ein. Sie hatte bisher nur nie darauf geachtet, dass man ihr Schloss ziemlich schlampig eingebaut hatte.

Max lag auf einer blauen Plastikmatte vor dem Fernseher und schlief. Er hatte sich den Zipfel seines rechten Handschuhs in den Mund geschoben und nuckelte im Schlaf daran. Auf seiner Wange war eine große Blase aufgeplatzt und nässte. Die Wunden auf seiner Stirn jedoch schienen zu verheilen.

In der Küche standen noch die Reste des Abendessens. Milch, Müsli und ein halbes Marmeladenbrot.

Aus dem Bad klang das Rauschen der Dusche. Claudine musste mindestens einmal am Tag baden oder duschen; wenn sie an Heimweh litt, konnte sich die Prozedur auch mal über eine Stunde lang hinziehen.

Kareen versuchte sich mit den Augen eines Einbrechers durch ihre Wohnung zu bewegen. Wenn tatsächlich jemand eingedrungen war – was könnte er gesucht haben? Alles sah unverändert aus. Nichts war durchwühlt worden, nichts schien zu fehlen.

In Ihrem Schlafzimmer bemerkte sie Fingerabdrücke am Spiegelschrank, und ihr fiel auf, dass eine Schublade nicht richtig zugeschoben war. Aber das war ihr vermutlich in ihrer Hast am Morgen passiert. Das Buch auf dem Nachtschrank lag jedenfalls unverändert da. Ein Buch über das Leben nach dem Tod von einem Sterbeforscher, mit einem alten Zettel aus der Reinigung zwischen den Seiten 72 und 73. Das Buch begeisterte sie, weil es ihr zeigte, dass nach dem Tod nichts verlorenging, und manchmal deprimierte es sie auch zutiefst.

Der letzte Raum, in den sie hineinblickte, war Roberts Arbeitszimmer. Sie hatte es bisher vermieden, ihn zu betreten. Nur einmal hatte sie kurz nach einem Abschiedsbrief und einem Testament gesucht. Hier spürte sie seine Abwesenheit am intensivsten, noch viel stärker als in ihrem Schlafzimmer, in dem er in den letzten Monaten ohnehin kaum mehr gelegen hatte. Ein Foto an der Wand zeigte ihn als stolzen Mediziner in einem weißen Kittel. Ansonsten gab es nichts Persönliches. Ein Schreibtisch, ein Computer, ein Regal mit Fachliteratur – mehr hatte Robert nicht gebraucht. Der Kalender zeigte ein Bild aus dem Mai.

Es gelang ihr tatsächlich, das Zimmer zu betrachten, als wäre sie eine Fremde. Robert hatte keine Spur hinterlassen, fiel ihr auf, als hätte er hier gar nicht gelebt, sondern lediglich funktioniert. Das war ein großer Unterschied.

Als sie vor dem Schreibtisch stand, sah sie, dass eine Schublade ganz verschrammt war, als hätte sie jemand aufgebrochen. Zwei, drei tiefe Kerben hatten sich in das Holz gebohrt. Kareen zog die Schublade auf. Sie enthielt nichts als Medikamente, achtlos hineingeworfene Tablettenröhrchen, angebrochene Schachteln und Beipackzettel.

Ein Luftzug ließ sie herumfahren. Max stand in der Tür, er blickte sie weinend an.

»Ich hatte einen schlimmen Traum, und niemand war da«, sagte er und taumelte auf sie zu.

Kareen nahm ihn vorsichtig in den Arm und küsste ihn auf einen gesunden Flecken Haut seiner linken Wange.

»Ich habe nur etwas gesucht«, sagte sie, als müsse sie sich entschuldigen.

Max drückte sich an sie, während sie ihn in sein Zimmer trug. Der Nachmittag im Kindergarten hatte ihn offenbar sehr angestrengt. Manchmal geschah es, dass er zwischen all den Kindern plötzlich die Orientierung verlor oder spürte, dass er doch nicht dazugehörte.

»Du musst mir eine Geschichte erzählen«, flüsterte er ihr ins Ohr. »Von dir und wie ich auf die Welt gekommen bin.«

Kareen nickte und zwang sich zu einem Lächeln. Danach fragte er oft: Wie bin ich auf die Welt gekommen – wie bin ich so geworden, wie ich bin?

Sie legte sich neben ihn und schloss die Augen. Nun musste sie nur noch eine Geschichte erfinden, die richtigen Worte setzen, um Max zu beruhigen. Risch, der Tibeter, die zerschrammte Schreibtischschublade – all das war auf einmal unwichtig.

Sie erzählte von einem kleinen gelben Schmetterling, der von irgendwo tief aus dem dunklen Universum losgeflogen war, weil ihn jemand auf der Erde gerufen hatte.

»Es war ein gefährlicher Flug. Der Schmetterling hatte sich einen Funken Licht auf seine Flügel geladen, die er diesem einen Menschen auf der Erde bringen wollte. Doch ein paar düstere Monster im Weltall wollten ihm dieses Licht stehlen. Sie lauerten ihm hinter Sternen und Meteoriten, kleinen Felsbrocken, auf und griffen nach ihm, doch der Schmetterling war immer schneller und geschickter als sie. Manchmal ritzte er sich aber die Haut auf, wenn er ganz nah an einem Stern vorbeiflog, und als er endlich zum Mond kam, hätte er beinahe schlappgemacht, so müde war er.«

»Aber er ist trotzdem weitergeflogen?«, fragte Max ängstlich.

Kareen nickte. »Klar, schließlich wollte er dem Menschen, der ihn gerufen hatte, das Fünkchen Licht bringen. Dazu musste er noch das fliegende Feuer überwinden, das die Erde umgibt, aber schließlich hatte er es geschafft. Er saß am Bett dieses einen Menschen, der ihn gerufen hatte, und legte ihm im Schlaf einen Funken Licht auf die Stirn.«

»Und wer war dieser Mensch?«, fragte Max. »War ich das?«

»Aber nein«, sagte Kareen und lächelte müde. »Dieser Mensch war ich – du bist doch der Schmetterling.«

III.

Ich hatte keinen Plan, hatte mir nur überlegt, mir eine Fahrkarte Richtung Westen zu kaufen, nachdem ich eine ganze Nacht lang zum Abschied durch Friedrichshain gelaufen war. Ich würde im Zug ein paar Stunden schlafen, und dort, wo ich aufwachte, würde ich aussteigen und bleiben.

Bochum, dachte ich, Bochum liegt auf dem Weg. Dort wird auch tolles, experimentelles Theater gemacht. Ich hatte da mal mit Marie ein Gastspiel gegeben, »Die Katze auf dem heißen Blechdach«. Hinterher hatte man meine intensive Darbietung bewundert. Zu der Zeit war ich noch ein Theaterstar, der junge Rebell, der schnelle Autos fuhr und auf der Bühne die Extreme liebte. Alle meine kleinen Fehltritte wurden mir rasch verziehen. In einer Zeitung hatte sogar gestanden, dass ich manchmal im Theater übernachten würde – natürlich stimmte das nicht, aber mir hatte es gefallen.

Ich erwachte, als eine Hand grob an meiner Schulter rüttelte.

»Aussteigen – der Zug endet hier!«

Ein schnauzbärtiger Schaffner starrte mich freundlich an.

Der Waggon hatte sich längst geleert, ich war der letzte Passagier.

Ich hatte Mühe, mich zu orientieren.

Ich war in Köln gestrandet. Es war kalt und regnete.

An Köln hatte ich nicht gedacht. Aber ich nahm es hin und fand ein billiges Hotel am Bahnhof, wo ich als Erstes mein tibetisches Bild an die Wand klebte.

Später, als die Dunkelheit hereingebrochen war, suchte ich mir eine einsame Stelle am Rhein, ein Stück von den Lichtern der Stadt entfernt. Ich rauchte meine letzte Zigarette und war plötzlich sicher, dass ich mich hier verlieben würde wie nie zuvor.

7.

Als sie am Morgen erwachte, war sie ganz sicher, dass sie am Abend nicht zu dieser Tibet-Show gehen würde. Es war lächerlich, selbst wenn Anja sie begleiten würde. Falls tatsächlich Risch dahintersteckte, würde er sich wieder etwas einbilden. Sie war seit drei Wochen Witwe. Witwe – was für ein Wort! Früher hätte sie sich darunter eine kleine verhutzelte Frau vorgestellt, die, ganz in Schwarz, das sie gar nicht mehr ablegen würde, jeden Tag zum Grab ihres verstorbenen Mannes pilgerte.

Max hatte sich nachts in ihr Bett geschlichen. Mehrmals war er aufgewacht und hatte gejammert, aber nun lag er wieder neben ihr und nuckelte im Halbschlaf an der Daumenspitze seines Handschuhs. Bisher war es ihnen gelungen, dass seine Zehen und auch seine Finger noch nicht zusammengewachsen waren. Bei vielen Kindern mit dieser Hautkrankheit passierte das trotz intensiver Pflege. Manche konnten deshalb gar nicht richtig laufen. Sie hatten verunstaltete, verwachsene Klumpfüße. Allein die Vorstellung verursachte einen üblen Geschmack im Mund.

Einen Moment überlegte Kareen, mit Max zum See zu fahren, heraus aus der Stadt, wo Risch ihr auflauern konnte, aber dann dachte sie an den Brand. Sie hatte Jakob angelogen. Einmal, als sie wusste, dass Robert im Sommerhaus war, hatte sie all ihre Bedenken überwunden und war hinausgefahren. Sie wollte mit ihm reden. In der Praxis hatte er zu viel Arbeit vorgeschützt, und nach Hause war er nur gekommen, um sich die Wunden seines Sohnes anzusehen und zu verarzten. Max hatte schon ein schlechtes Gewissen bekommen. »Wo bleibt Papa?«, hatte er gefragt, als gäbe er sich die Schuld dafür, dass Robert kaum noch da war.

Es war nicht sehr leicht gewesen, sich dem Haus unbemerkt zu nähern, sobald es dunkel geworden war. Sie hatte die Scheinwerfer ihres Golfs abgeschaltet und ihn ein Stück die Straße hinauf abgestellt. Wenn es am See dunkel war und der Mond nicht schien, konnte man kaum die Hand vor Augen erkennen. Doch Robert hatte ein regelrechtes Fenstertheater aufgeführt, das noch aus einiger Entfernung gut zu beobachten war. Das ganze Haus war erleuchtet. Robert lief unentwegt hin und her und redete, doch er war allein. Als sie schon meinte, irgendwo müsse doch eine Frau auftauchen, von hinten aus dem winzigen Schlafzimmer, vielleicht nackt oder nur mit einem Bademantel bekleidet, bemerkte sie, als sie näher heranschlich, dass er in ein Diktiergerät sprach.

Er redete mit seinem Vater, nannte ihn »verdammter Meinhart« und schien ihm etwas zu erklären. Aber kaum hatte Kareen ihn ein paar Minuten beobachtet, tat er etwas, das sie vollkommen überraschte. Er verstummte, setzte sich an den alten Bauerntisch, über den ein kleiner Kronleuchter brannte, der alles in ein viel zu grelles Licht tauchte, fingerte an seinem rechten Ohr herum und holte eine winzige Apparatur hervor. Ein Hörgerät! Sie hatte nicht gewusst, dass er neuerdings so ein Gerät brauchte. Vor drei Jahren hatte er einmal einen Hörsturz erlitten und sich drei Monate lang mit Kortison behandeln müssen, doch dann war seine Hörfähigkeit vollständig zurückgekehrt – hatte er zumindest behauptet. Wie alt er geworden war! Tiefe Falten zogen sich um den Mund, und halblange Haare mit einzelnen grauen Strähnen fielen ihm über die Ohren, um das Hörgerät zu verdecken. Daher hatte er auch keine Musik mehr gehört, die ihm früher so viel bedeutet hatte. Was tat ein Arzt, der seine Patienten nicht mehr verstand? Sie bemitleidete ihn plötzlich, und dennoch hatte sie nicht gewagt, anzuklopfen und einzutreten, denn dann hätte sie unweigerlich preisgegeben, dass sie ihn schon eine Weile beobachtet hatte. Sie stahl sich zum Auto zurück. Zumindest hatte sie keine fremde

Frau bei ihm gefunden, und das verlieh ihr die Hoffnung, dass alles wieder gut würde.

Erst als sie wieder zu Hause bei Max gelegen hatte, war ihr eingefallen, dass es Meinharts fünfter Todestag gewesen war.

Sie verbrachte den Tag mit Max im Zoo. Von Marlar, der kleinen Elefantenkuh, konnte er nicht genug bekommen. Seine Augen leuchteten wie sonst nur an Weihnachten. Jede Bewegung des Elefanten verfolgte er mit Begeisterung, wenn es hinter den großen Kühen hertrottete und sich an ihnen rieb. Max achtete dann nicht einmal auf die argwöhnischen Blicke, die ihm die Erwachsenen zuwarfen. Eine Blase auf seiner Wange war aufgeplatzt und blutete immer wieder leicht, obwohl Kareen sie sofort eingecremt hatte.

Gab es in Tibet Elefanten? Nein, wohl nicht. Yaks grasten auf den Hochebenen, wo kaum etwas wuchs. Sie hatte einmal ein Buch über ein sagenumwobenes geheimes Tal gelesen, in dem es fast tausend Tempel geben solle, aber die Chinesen verwehrten Fremden den Zutritt. Ansonsten wusste sie nicht viel über Tibet, und sie konnte sich auch nicht erinnern, dass im Sender in letzter Zeit ein längerer Beitrag über dieses seltsame Land gelaufen wäre.

Bei den Seelöwen merkte sie, dass Max plötzlich müde wurde. Er nahm ihre Hand und trottete nur noch neben ihr her wie ein Kleinkind, dem man zu viel zugemutet hatte. Die Sonne schien ihn zu blenden. Die letzten Meter zum Auto musste sie ihn tragen. Er legte seinen Kopf so schwer auf ihre Schulter, dass sie beinahe sicher war, dass er sich verletzen würde.

»Wir sind bald da«, flüsterte sie ihm zu.

Er nickte nur und sprach den Namen seines Vaters vor sich hin, wiederholte immer wieder »Robert, Robert«, dabei hatte er ihn früher nie mit dem Vornamen angesprochen.

Vielleicht hat Jakob doch recht, dachte Kareen plötzlich, vielleicht bin ich wirklich überfordert damit, mich allein um den Jungen zu kümmern. Es gab Momente, da spürte sie eine so tiefe

Erschöpfung, dass sie am liebsten alles stehen und liegen gelassen hätte.

Ihr Mobiltelefon klingelte, als sie den Wagen starten wollte.

»Ich habe mir noch eine Karte besorgt«, sagte Anja, und als Kareen nicht sofort antwortete, fügte sie hinzu: »Für heute Abend – in der Trinitatis-Kirche. Du gehst doch hin, nicht wahr?«

Kareen spürte, wie Max sie im Spiegel musterte. Seine kleine Wunde auf der Wange blutete nicht mehr, trotzdem sah er traurig und müde aus.

»Ich glaube nicht, dass ich kommen kann. Max geht es nicht so gut, und außerdem bin ich mir sicher, dass Risch hinter der Sache steckt ... Ich möchte ihm keinen Grund geben ...«

»Du solltest auf jeden Fall hingehen«, sagte Anja resolut. »Ich habe dir heute Morgen die Karten gelegt. Ich weiß, du hältst nichts davon, aber ich bin mir sicher, dass etwas Gutes für dich darin verborgen liegt. Es ist kein einfacher Tag für dich, du hast ein paar Hindernisse zu überwinden, aber dann ...«

»Das klingt, als würdest du mir aus einem billigen Horoskop vorlesen«, unterbrach Kareen. »Ich weiß auch gar nicht, ob Claudine zu Hause ist. Manchmal trifft sie sich mit einer Freundin aus ihrem Deutschkurs ...«

»Du solltest hingehen«, sagte Anja wieder. »Ich habe am Nachmittag noch einen Termin mit einem Lieferanten, aber ich warte um sieben an der Kirche auf dich.«

Max bekam leichtes Fieber. Außerdem waren auf seinem Bauch zwei neue Blasen aufgetaucht, die sie versorgen musste. Wortkarg ließ er alles über sich ergehen. Dann stülpte er sich seinen neuen Discman über und hörte sich die Märchenplatte an, die Jakob ihm geschenkt hatte. Kareen fühlte sich ausgeschlossen. Bemerkte sie an ihrem Sohn zum ersten Mal den Charakterzug, den auch sein Vater besessen hatte – sich ganz von der Welt zurückziehen zu wollen?

Claudine hielt sich in ihrem Zimmer auf, hörte Musik und surfte im Internet. Sie suchte nach irgendwelchen Turnschuhen, die es bisher nur in Kanada gab, und schien ganz in dieser Suche aufzugehen.

Kareen schaltete das Radio an. Im Sender las Johan die Nachrichten und war anschließend auch für die Verkehrsmeldungen zuständig. Er hatte eine gut ausgebildete, wohlklingende Stimme, die jedoch gelegentlich nicht seriös genug wirkte, sondern zu spielerisch, als nähme er das, was er vorlas, nicht wirklich ernst. Offenbar war jemand krank geworden, oder Risch hatte bei der Einteilung erneut einen Fehler gemacht.

Als das Telefon klingelte, meinte Kareen zu wissen, dass Anja sie noch einmal auffordern wollte, am Abend zu kommen. Die Karten logen nicht, Anja war sich da ganz sicher, sie glaubte an alle möglichen Vorzeichen, und oft lag sie mit ihren Vorhersagen sogar richtig.

Niemand meldete sich, als Kareen an den Apparat ging. Im Hintergrund waren Stimmengewirr und eine blecherne Durchsage zu hören, möglicherweise die Ansage für einen Zug. Der nächtliche Anrufer benutzte diesmal offenbar ein öffentliches Telefon

»Hallo?«, rief Kareen in den Hörer.

Einen Moment später wurde eingehängt.

Vielleicht wollte dieser Unbekannte sie kontrollieren, ob sie zu Hause war und sich schon für den Abend fertig machte. Anja hatte vermutlich doch recht. Sie sollte herausfinden, wer ihr die Eintrittskarte hingelegt hatte. In Gefahr brachte sie sich damit nicht – und sollte Risch tatsächlich auftauchen, könnte sie ihn ein für alle Mal zur Rede stellen, und das obendrein vor einer Zeugin.

Kareen machte sich einen Kaffee und deckte für Max und Claudine den Tisch. Dann begann sie sich zu schminken, nicht viel, nur ein wenig Lidschatten und Lippenstift.

Als sie aus dem Bad kam, klopfte es an ihrer Wohnungstür. Ein hartes, energisches Pochen.

Verwundert öffnete Kareen die Tür.

Eine Frau stand da, in einem schwarzen Kleid und mit einem riesigen schwarzen Hut, der ihr Gesicht bedeckte. Ihre Hände waren braungebrannt und voller Altersflecken, die Fingernägel rot lackiert. In ihrer rechten Armbeuge hing eine teure Handtasche aus schwarzem Leder.

»Entschuldigung«, sagte die Frau. »Es hat mir keine Ruhe gelassen. Ich muss Sie unbedingt sprechen.«

Kareen versuchte das Gesicht der Frau zu erkennen. Eine gepflegte ältere Dame mit braunen Augen, die durch den schwarzen Lidstrich noch dunkler wirkten.

»Wer sind Sie?«, fragte Kareen. Sie war sicher, dieser Frau noch niemals begegnet zu sein.

»Sie kennen mich nicht«, erwiderte die Dame. »Ich heiße Lea Montasser. Ich war die Geliebte Ihres Schwiegervaters.«

Kareen brauchte einen Moment, um sich zu sammeln, bevor sie begriff, worauf Lea Montasser wartete.

»Kommen Sie herein!« Sie machte eine einladende Handbewegung. »Ich wollte gerade gehen, aber ...«

»Es wird nicht lange dauern – nur ein paar Minuten.« Lea Montasser nahm den Hut ab. Sie hatte das schwarz gefärbte Haar streng zurückgekämmt und zu einem kleinen Zopf gebunden. Schweiß stand ihr auf der Stirn. Sie sah aus, als wäre sie gerade aus dem Urlaub gekommen oder als wäre sie Dauerkundin in einem Solarium.

Lea Montasser lächelte verlegen, während Kareen sie ins Wohnzimmer führte. »Ich weiß, es muss Ihnen merkwürdig erscheinen, wenn plötzlich jemand vor Ihrer Tür steht und so etwas behauptet.«

Sie setzten sich, und Lea Montasser platzierte ihre Handtasche akkurat neben sich, als trüge sie etwas Wertvolles mit sich.

»Ja, in der Tat merkwürdig«, sagte Kareen. »Ich verstehe auch nicht ganz ...« Sie musterte die Frau. Sie mochte Anfang sechzig sein, war sehr attraktiv, wenn man von den Falten an ihrem Hals und um ihre Augen absah. Sie hielt sich zu viel in der Sonne auf. Plötzlich kam Kareen ein Verdacht. »Haben Sie mich in der Nacht angerufen? Haben Sie nach Roberts Unfall gefragt?«

Lea Montasser neigte den Kopf und betrachtete ihre gepflegten Hände. Sie trug zwei Ringe mit großen funkelnden Steinen, die wirklich wie echte Brillanten aussahen. »Ich war nicht ganz bei mir«, sagte sie leise. »Das passiert mir manchmal nachts, wenn mir zu viele Gedanken durch den Kopf gehen und ich ein wenig Rotwein getrunken … Ich bin im Moment sehr aufgewühlt …« Sie verstummte und blickte Kareen an. »Aber am Telefon kann man über so etwas nicht reden. Deshalb bin ich hergeflogen – von Ibiza.«

Kareen brauchte einen Moment, um zu verstehen. »Sie sind jetzt von Ibiza gekommen, um mit mir zu reden?«

Die Frau nickte. »Ich habe noch eine Schwester hier, bei der ich wohnen kann. Zweimal im Jahr fliege ich ohnehin nach Deutschland. Da muss ich zu meiner Bank, lasse mich beim Arzt untersuchen …«

»Aber was haben Sie mit mir zu besprechen?«

Das Telefon im Flur begann zu klingeln, doch Kareen rührte sich nicht. Anja wollte anscheinend ganz auf Nummer sicher gehen, dass sie schon bereitstand. Gleich nachdem das Telefon verstummt war, schrillte Kareens Mobiltelefon. Ja, es musste Anja sein. Sie war überaus hartnäckig.

Lea Montasser schaute sich unsicher um. »Geben Sie mir nur ein paar Minuten«, sagte sie bittend. »Manchmal schalte ich auf Ibiza Ihren Sender ein, wenn ich Heimweh habe. Kommt in letzter Zeit häufiger vor … Daher kenne ich Sie. Ich freue mich immer, wenn ich Ihre Stimme höre. Sie klingen intelligent und freundlich. Man erkennt schnell, dass Sie eine großartige Frau sein müssen. Das hat auch Meinhart oft gesagt: ›Sie ist ein wenig zurückhaltend, aber genau die richtige Frau für Robert.‹ Ich kann mir vorstellen, was Sie mit Ihrem kranken Kind alles durchgemacht haben, und nun ist Ihr Mann tot. Ich habe es durch Zufall erfahren. Eine frühere Nachbarin hat es mir erzählt.«

Kareen hörte aufmerksam zu und verstand noch immer nicht. Meinhart war seit fünf Jahren tot. Warum tauchte nun diese angebliche Geliebte auf?

»Es war ein Autounfall, hat meine Nachbarin mir erzählt. Gegen einen Brückenpfeiler, ohne Bremsspur, mysteriös.« Zum ersten Mal blickte Lea Montasser ihr offen ins Gesicht. Sie lächelte matt. Sie hatte schneeweiße Zähne, die irgendwie unecht wirkten. »Ich will Sie wirklich nicht aufregen, aber ist Ihnen das Ganze nicht merkwürdig vorgekommen?«

Kareen spürte, wie sie zornig wurde. Was genau wollte diese Frau? »Ich weiß nicht, was Sie meinen«, sagte sie unfreundlich. »Machen Sie nicht solche Andeutungen! Warum genau sind Sie hier?«

Claudine blickte kurz ins Zimmer und zog sich dann zurück, als ahne sie, dass sie nur stören würde. Jeden Moment konnte auch Max hereinschauen, und er würde bestimmt nicht wieder gehen. Er war ein neugieriges Kind.

Lea Montasser strich sich über die Brust und straffte sich. »Vielleicht sollte ich Ihnen lieber von Meinhart und mir erzählen – davon, dass wir uns geliebt haben. Mein Mann war zwölf Jahre älter als ich, er war Vorsitzender der Ärztekammer. Daher kannte ich Meinhart. Wir sind oft in sein Hotel gegangen. Auch nachdem mein Mann gestorben war, kam ich gelegentlich sonntags zum Essen. So hat es angefangen. Dann ist daraus mehr geworden, viel mehr. Zwei Jahre lang haben wir uns heimlich getroffen. Niemand durfte davon erfahren. Meistens haben wir uns in Düsseldorf oder Aachen oder in irgendeinem abgelegenen Dorf in Belgien verabredet. Einmal haben wir sogar eine kleine Reise gemacht … ans Meer.«

Kareen musste unwillkürlich lachen. Was diese Frau da sagte, war schwer zu glauben. Meinhart Hagen und eine heimliche Affäre. Nichts passte weniger zusammen.

»Ich sehe, Sie glauben mir nicht«, sagte Lea Montasser enttäuscht.

Kareen fiel auf, dass sie ihr vor lauter Verwunderung nicht einmal etwas zu trinken angeboten hatte, aber dafür schien es nun zu spät zu sein. »Nein«, sagte sie, »nichts ist weniger glaubhaft, als dass mein Schwiegervater eine heimliche Geliebte hatte.«

»Sie haben recht. Deshalb wollte er ja auch allen die Wahrheit sagen, und deshalb hat er sie an jenem Abend im Sommerhaus zusammengerufen – seine Frau, seine beiden Söhne. Robert, Ihr Mann, war gerade Vater geworden, er wollte Sie und Ihren Jungen nicht alleinlassen, aber Meinhart hat keine Entschuldigung akzeptiert. Er hatte vor, seiner Familie mitzuteilen, was er mit mir besprochen hatte. Er wollte sich scheiden lassen und das Hotel verkaufen. Die eine Hälfte des Geldes sollte Zita bekommen, mit der anderen wollte er auf Ibiza ein neues Hotel aufmachen. Eine klare Sache für alle Beteiligten.«

Kareen stockte der Atem. Eines musste man der Frau lassen – sie klang überzeugend. »Und dann?«, fragte sie.

»Und dann? Sie kennen die Geschichte doch. Der Unfall – der tödliche Sturz. Seltsamer Zeitpunkt, nicht wahr? Ich habe Meinhart nicht mehr gesehen. Abends habe ich in meiner Wohnung auf ihn gewartet, bin unruhig hin und her gelaufen. Wir wollten ja seinen Geburtstag feiern. Haben sie ihn herumgekriegt?, habe ich mich gefragt, aber nein, wenn Meinhart sich etwas in den Kopf gesetzt hatte, brachte niemand ihn von seinem Vorhaben ab. Er war ein Mann mit glasklaren Prinzipien. Mitten in der Nacht habe ich ihn sogar auf seinem Handy angerufen, doch niemand ging an den Apparat. Am nächsten Morgen habe ich es im Radio gehört. ›Der berühmte Kölner Hotelier Meinhart Hagen ist plötzlich und unerwartet …‹« Ihre Stimme begann zu schwanken, dann verstummte sie abrupt. Eine einzelne Träne lief über ihre Wange.

»Ich verstehe trotzdem noch immer nicht, was das alles mit dem Tod meines Mannes zu tun hat«, sagte Kareen. Im Hintergrund hörte sie Max, der nach ihr rief, aber anscheinend hatte Claudine ihn abgefangen und in die Küche dirigiert. Dann klingelte auch wieder ihr Telefon.

Irritiert blickte Lea Montasser sich um. »Ihr Mann war der Einzige, der mich nicht angelogen hat. Natürlich habe ich wissen wollen, was in der Nacht passiert ist. Ich bin zu Zita und Jakob gelaufen. Sie kannten mich als Hotelgast, und ich bin mir sicher, dass Zita auch über mein Verhältnis mit Meinhart Bescheid wusste. Sie waren scheißfreundlich und haben mir bereitwillig alles erzählt, haarklein haben sie den Unfall beschrieben. Und dann haben sie mir hunderttausend Euro angeboten, damit ich verschwinde, nach Ibiza gehe und sie nicht weiter mit Fragen belästige.«

»Hunderttausend Euro – nur damit sie keine Fragen mehr stellen?«

»Eine Menge Geld, nicht wahr? Vor allem wenn man bedenkt, dass das Hotel ein miserables Jahr gehabt hatte und kurz vor der Pleite stand.«

»Vor der Pleite? Was reden Sie da? Das Hotel existiert seit über sechzig Jahren.«

Lea Montasser wischte sich über die Wange, obwohl die Träne längst getrocknet war. »Meine Liebe, mir scheint, Sie wissen eine Menge Dinge nicht. Es gibt viel zu viele Hotels in Köln. Da ist es ein Wunder, dass das Haus Hagen überhaupt noch besteht, und ohne geheime Pokerrunden in Hinterzimmern und gewissen Buchungstricks wäre es schon längst geschlossen worden. Da hätte keine Bank mehr frisches Geld gegeben.«

Kareen hoffte, dass Max nicht jeden Moment hereinkam. Dann hätte sie das Gespräch sofort abbrechen müssen. »Und was hat Robert gesagt, als Sie ihn nach dem Unfall gefragt haben?«

Lea Montasser lächelte matt, als hinge sie einer freundlichen Erinnerung nach. »Nichts. Er hat geschwiegen und konnte mir nicht in die Augen schauen. Dann, als ich noch einmal fragte, hat er gesagt, ich solle mit Jakob reden. Jakob dürfe als einziger Auskunft über den Tod seines Vaters geben. Da habe ich gewusst, dass sie alle lügen.«

»Und was glauben Sie, was passiert ist? Dass sie alle drei ihren Ehemann und Vater die Treppe hinuntergestoßen haben, weil er eine Geliebte hatte? Das ist doch absurd.« Kareen blickte auf ihre Uhr. Es war fünf Minuten vor sieben. Anja würde nun allein in der Trinitatis-Kirche sitzen und sich Fotos von Tibet anschauen, wütend und zugleich neugierig, ob sie einen Bekannten ausfindig machen könnte.

»Ich weiß nicht, was passiert ist«, erwiderte Lea Montasser ruhig. »Ich weiß nur, dass es so, wie sie es geschildert haben, nicht abgelaufen ist. Übrigens habe ich die hunderttausend Euro tatsächlich angenommen und habe mich in mein Haus auf Ibiza zurückgezogen. Doch wenn ich Sie wäre, würde ich mir den Hergang des Unfalls Ihres Mannes noch einmal genau beschreiben lassen.« Sie griff nach ihrer Handtasche und erhob sich, und gleichzeitig wurde die Tür geöffnet. Max trat ins Zimmer. Er hatte ganz verwuschelte Haare und trug keine Handschuhe. Seine Hände sahen übel aus, rissig und wund, und auch auf seiner Wange war eine nässende Wunde.

Mit einem Seitenblick registrierte Kareen, wie entsetzt Lea Montasser war. Es war eine Sache, von einem kranken Kind zu hören, aber eine ganz andere, ihm gegenüberzustehen.

»Hallo, kleiner Mann«, sagte sie nach kurzem Zögern und rang sich ein Lächeln ab.

Max nickte stumm. Seine Wunde auf der Wange glänzte rötlich. »Hast du meinen Vater gekannt?«, fragte er dann unvermittelt und klang viel älter als ein Fünfjähriger. Offenbar hatte er doch einiges mit angehört.

Lea Montasser wandte sich zu Kareen um, fast, als wäre sie erstaunt, dass Max überhaupt sprechen konnte. »Nur flüchtig«, antwortete sie dann. »Ich bin ein- oder zweimal in seiner Praxis gewesen. Er war ein guter Arzt.«

Kareen hob verwundert die Augenbrauen. Stimmte das? War sie Roberts Patientin gewesen?

»Leider muss ich jetzt gehen.« Lea Montasser drückte sich an Max vorbei zur Tür und setzte sich ihren ausladenden Hut wieder auf, unter dem ihr Gesicht kaum zu erkennen war. Er bot eine erstklassige Tarnung, auf die es ihr vermutlich auch angekommen war.

An der Wohnungstür hielt sie kurz inne und öffnete ihre Handtasche. »Ich weiß nicht, ob wir uns noch einmal wiedersehen. Daher möchte ich Ihnen etwas geben.« Sie drückte Kareen eine farbige Postkarte in die Hand.

Nein, erkannte Kareen, als ihr Gast bereits im Halbdunkel des Treppenhauses verschwunden war, es war keine Postkarte, sondern ein Foto in einem etwas größeren Format. Meinhart hielt Lea Montasser im Arm und lächelte selbstsicher in die Kamera. Im Hintergrund zogen auf einem glitzernden See leuchtend weiße Segelboote vorbei. Ein reifes verliebtes Paar in einer Sommeridylle. Auf der Rückseite war in einer eleganten, selbstbewussten Schrift eine lange Telefonnummer notiert – anscheinend mit einer spanischen Vorwahl.

Anja kam um kurz vor elf. Kareen war neben Max eingeschlafen, obwohl es für den Jungen eigentlich viel zu gefährlich war, wenn sie sich neben ihn in sein Bett legte. Eine falsche Bewegung, und sie konnte seine Haut verletzen. Zumindest hatte er sich nicht fiebrig angefühlt und ihre Nähe genossen.

Der Besuch von Lea Montasser hatte ihn beinahe ebenso sehr verirrt wie sie. Er hatte ein feines Gespür, wenn etwas nicht stimmte und Kareen ein Geheimnis vor ihm hatte. Sie hatte versucht, ihn abzulenken, indem sie ihm eine neue Schmetterlingsgeschichte erzählte – von einer kleinen Raupe, die kein Schmetterling werden wollte, weil sie Angst vorm Fliegen hatte. Doch dann wurde die kleine Raupe von einer riesigen Sonne geweckt, und sie sah den endlos blauen Himmel, an dem wunderschöne

Wolken dahinschwebten. Keine besonders originelle Geschichte, und sie schliefen auch beide ein, bevor Kareen ein Ende gefunden hatte.

Anja war ganz aufgeregt. »Warum bist du nicht gekommen? Also, dieser Typ, ein österreichischer Bergsteiger, hat wirklich wahnsinnig tolle Dias gezeigt. Am liebsten wäre ich gleich losgelaufen und hätte einen Flug nach Tibet gebucht. Hast du gewusst, dass es da ein geheimes Tal gibt, Shangri-la, das Paradies auf Erden …«

»Nein«, erklärte Kareen wenig interessiert, »davon habe ich nichts gewusst.« Sie kochte sich einen Kaffee, um die Müdigkeit zu verscheuchen.

»Natürlich kennen nur die alten Lamas, die tibetischen Priester, den Weg dorthin, aber die Chinesen wollen keine Touristen aus dem Westen, die sich nach Shangri-la aufmachen. Man muss sich heimlich einen Führer suchen und …«

»Hast du etwas Auffälliges bemerkt – einen Mann, der sich am Eingang postiert und jeden angestarrt hat?«

Anja ließ sich auch einen Kaffee geben. Sie schüttelte den Kopf. »Nein, es waren vielleicht zweihundert Leute da, aber keinen, der mir bekannt vorkam. Der Mann, der gestern in meinem Laden war und nach dir gefragt hat, war auch nicht darunter. Die meisten waren Ende zwanzig, Studenten oder Leute, die aussahen, als wären sie selbst schon mit Rucksack auf Weltreise gewesen. Weil du nicht gekommen bist, habe ich mit meinem Handy ein paar Fotos gemacht.«

Sie kramte ihr Mobiltelefon aus ihrer Handtasche hervor und zeigte Kareen Bilder, die aber so schlecht und dunkel waren, dass man kaum etwas erkennen konnte. Nirgendwo tauchte auf dem winzigen Display eine Gestalt auf, die auch nur entfernt Risch ähnelte.

»Warum bist du nicht gekommen?«, fragte Anja wieder, diesmal ehrlich interessiert. »Geht es Max besser?«

Kareen erzählte kurz von Lea Montasser und legte das Foto auf den Tisch.

»Könnte es eine Fotomontage sein?« Anja hielt das Bild ins Licht und betrachtete es skeptisch.

Der Gedanke, es könnte manipuliert sein, war Kareen überhaupt nicht eingefallen.

»Ich könnte es mitnehmen und jemandem zeigen, der sich mit der Bearbeitung von Fotos auskennt«, fuhr Anja fort.

»Du glaubst, die Frau fliegt von Ibiza hierher, um mich anzulügen?«

»Sie hat von Zita Hagen hunderttausend Euro erhalten. Es war also einmal ein lukratives Geschäft. Vielleicht taucht sie mit dieser Geschichte nun noch mal auf, weil sie einen Nachschlag möchte.«

Kareen starrte Meinhart auf dem Foto an. Seine Augen – sie lächelten. Diesen Ausdruck hatte sie an ihm noch nie wahrgenommen, er war ein strenger, wortkarger Mann gewesen, der nur dann Charme und Eloquenz an den Tag gelegt hatte, wenn das Geschäft es erforderte. Das Foto war keine Fälschung, neben seiner Frau hätte er nie so ausgesehen.

»Was soll ich tun?«, fragte sie ratlos.

»Entweder lügt diese Frau – aber wenn sie es nicht tut und ihre Geschichte wahr ist, dann musst du Erkundigungen einziehen …« Anja verstummte abrupt. Diesen Satz wollte sie lieber nicht vollenden.

Konnte es sein, dass Robert gar nicht verunglückt war, sondern dass etwas anderes dahintersteckte? Kareen dachte mit Unbehagen an die Szene zurück, wie er mit dem Diktiergerät durch das Sommerhaus gelaufen war und mit seinem toten Vater geredet hatte.

»Ja«, sagte Anja entschieden, als wäre sie für Kareen zu einem Entschluss gekommen. »Ich kenne jemanden bei der Polizei. Ich werde dir helfen und Erkundigungen einziehen.«

IV.

Ich hatte es mir nicht so schwer vorgestellt. Ich war aus meinem Leben gefallen. Was sollte ich tun? Köln gefiel mir nicht. Es gab einige kleinere Theater, aber irgendwie fehlte mir der Mut, mich vorzustellen. Die drei Vorstellungen, die ich besuchte, waren auch grottenschlecht: miese Technik, mittelmäßige Schauspieler in mittelmäßigen Stücken. Niemand erkannte mich. All das war ich aus Berlin nicht gewohnt. Ein paar Leute hatten sich immer wissend nach mir umgeschaut oder die Augenbrauen hochzogen, wenn ich das Theater als Gast besuchte.

Ich hatte Sehnsucht nach meinem alten Leben. Nachts erwachte ich aus Albträumen. Ich saß in meinem Porsche, fuhr schnell bei lauter Musik. Die Beatsteaks oder der gute alte Bruce Springsteen – *Born to run*. Dann hörte ich das Knirschen, Blech traf auf Blech, und im selben Augenblick gab ich Gas, raste mit wild schlagendem Herzen davon. Der Feigling, der in einer Sekunde sein Leben ruinierte …

Trotzdem bereitete ich meine Rückkehr nach Berlin vor. Nicht alle hatten sich von mir abgewendet. Am Theater hatte ich noch Freunde, so glaubte ich zumindest, doch weder Dave, mein Lieblingsregisseur, noch Barbara, die Dramaturgin, mit der ich einmal eine kurze Affäre gehabt hatte, riefen zurück. Und dann war da noch Marie. Nachdem sie mich verlassen hatte, drehte sie nun einen Film nach dem anderen und galt als das neue schöne Gesicht im deutschen Kino. Auf den Filmpremieren ließ sie sich mit einem Schauspieler fotografieren, von dem es hieß, dass er nun ihr ständiger Begleiter sei. Von mir war in keinem Artikel mehr die Rede. Ich hasste sie.

Der Tibeter sagte mir nichts mehr. Plötzlich fand ich das Foto nur noch lächerlich. Was hatte ich mir eingebildet? Welche Kraft hatte ich einem bedruckten Fetzen Papier zugeschrieben? Eine ganze Nacht lang saß ich vor dem Bild, starrte auf den Yak und die Lehmhütte und betrank mich mit dem teuersten Weißwein, den ich in einem Delikatessengeschäft im Bahnhof hatte finden können. Von draußen drang der Lärm der Straße herauf; ich hörte die Zugansagen, das An- und Abfahren der Taxis; manchmal eine Sirene. Ich schwor mir, dass es meine letzte Nacht in Köln sein würde.

Als ich am nächsten Morgen verkatert und mit heftigen Kopfschmerzen in den Frühstücksraum ging, passte mich der Mann an der Rezeption ab.

»Es ist etwas für Sie abgegeben worden«, sagte er.

Zuerst glaubte ich an einen Scherz. Wer wusste, dass ich in Köln war? Niemand kannte mich hier.

Der Portier übergab mir einen Zettel. *Besuchen Sie mich doch mal*, stand da, *Hermann Flock, Ritterstraße 11.* Nichts weiter, keine Telefonnummer, keine E-Mail-Adresse.

Hermann Flock? Ich wusste, dass ich den Namen schon einmal gehört hatte, erinnerte mich aber nicht, wo.

»Und Sie sind sicher, dass dieser Zettel für mich ist?«, fragte ich den Portier.

»Ganz sicher, ein junges Mädchen hat ihn gebracht. Vor einer Stunde.« Er lächelte.

Ein Mädchen? Die Sache wurde immer verwirrender, aber ich beschloss, meine Abreise doch noch zu verschieben. Wenn ich ehrlich war, gefiel es mir, dass jemand nach mir gefragt hatte. War Flock ein alter Theatermann? Irgendein Regisseur, der wusste, dass ich hier gestrandet war? Es blieb rätselhaft, dass er nicht einmal eine Mobiltelefonnummer angegeben hatte.

Die Ritterstraße lag nicht weit entfernt, eine enge, hässliche Straße mit öden Nachkriegsbauten.

Als ich klingelte, dauerte es eine Weile, bis mir aufgedrückt wurde. An einer Tür in der dritten Etage erwartete mich ein alter Mann im

Rollstuhl. Er hatte dichtes graues Haar und sprach mit einer dunklen, lauten Stimme. »Dave hat mich angerufen«, sagte er und streckte mir seine rechte Hand entgegen. »Ich bin ihr neuer Schauspiellehrer …« Er zog seine rechte Hand zurück, bevor ich sie ergreifen konnte, überrascht wie ich war. »Ich weiß, Sie glauben, dass Sie keinen Lehrer brauchen, aber da irren Sie sich, junger Mann. Von Zeit zu Zeit braucht jeder einen Lehrer.«

8.

Kaum dass Anja gegangen war, spürte Kareen eine Unruhe, als würde sie beobachtet oder als würde gleich jemand durch die Wohnung geistern. Ein Fremder, eine Art Unwesen, das gekommen war, um sie zu verwirren. Max schlief selig, Claudine war irgendwo in der Stadt unterwegs, und sie fühlte sich einsam und verlassen.

Gegen ein Uhr ging sie in Roberts Arbeitszimmer hinüber. Was war das für eine Geschichte, die Lea Montasser erzählt hatte? Vielleicht fand sie ja hier eine Spur. Sie sah das Foto an der Wand – der stolze Mediziner im weißen Kittel – und schaltete widerwillig den Computer ein. Es war beinahe, als hinterginge sie Robert damit. Vermutlich würde sie nicht weit kommen. Sie kannte Roberts Passwort nicht und hatte auch keine Ahnung, wo es sie finden konnte. Dann sah sie zu ihrer Überraschung, dass sie gar kein Passwort brauchte. Sie klickte das Symbol »Eigene Dateien« an, doch dahinter verbarg sich nichts. Es gab keine Dateien. Der Computer war leer. Auch hinter »Zuletzt verwendete Dateien« und »Eigene Bilder« befand sich nichts. Ausgeräumt, dachte sie. Robert hatte vor seinem Tod alles gelöscht, weil er nichts hinterlassen wollte.

Oder hatte jemand anderes das getan? War tatsächlich jemand in die Wohnung eingedrungen und hatte herumgeschnüffelt? Konnte ein Experte nicht feststellen, wann der Computer zuletzt angeschaltet worden war? Kareen betrachtete die Schubladen. Sie hatte sich nicht geirrt. Eine war verschrammt, mit zwei tiefen Kerben im Holz. Aber vielleicht hatte Robert das selbst getan, als er sie versehentlich einmal abgeschlossen hatte.

Plötzlich kehrte ihre Wut auf ihn zurück. Warum nur hatte er sie mit so vielen Rätseln zurückgelassen? Sie zog die Schublade heraus und schleuderte sie in den Raum. Tablettenröhrchen, Beipackzettel, zerknitterte Verpackungen, einzelne Pillen und ein Schlüssel segelten umher. Nichts, was eine Bedeutung besaß. Aber, dachte sie plötzlich, wozu hatte Robert einen Schlüssel in der Schublade gehabt? Sie hob ihn auf. Es war ein neuer silberner Schlüssel, der nicht zu dem antiquierten Schreibtisch und auch nicht zu seinem Bücherschrank passte. Er schien eher zu einem Motorrad oder zu einem größeren Vorhängeschloss zu gehören. Als sie alles wieder in die Schublade zurücklegte, entdeckte sie eine kleine bräunliche Visitenkarte. *Dr. Eberhard Merzenich, Praktischer Arzt*, stand da, darunter eine Adresse in Heimbach.

Sie brauchte eine Weile, bis sie sich erinnerte und ein Bild vor Augen hatte. Eberhard Merzenich war ein Freund der Familie, ein uralter, gebückt gehender Landarzt, der auch auf der Beerdigung von Meinhart Hagen gewesen war. Warum nur hatte Robert seine Visitenkarte aufbewahrt? Sie steckte die Karte ein und begann den Raum weiter zu durchsuchen, den Bücherschrank, Roberts Arztkoffer, den Papierkorb und sogar den Mantel, der an dem Garderobenständer hing, aber da war nichts, außer ein paar alten Rezeptblöcken und zerknitterten Kontoauszügen. Auf einem Kontoauszug, der das Datum 24. Juli trug, fand sie allerdings auf der Rückseite eine Notiz, die ihr einen kurzen Stich versetzte: *Geschenk für Minou*, stand da, *Geburtstag nicht vergessen.*

Wer war Minou? Diesen Namen hatte sie noch nie gehört. Hatte Robert doch eine Freundin gehabt? Aber wer hieß schon Minou? Huren mochten sich solch einen Fantasienamen ausdenken. Minou – eine aufgetakelte Blondine, die in einer Bar auf Kunden wartete, auf enttäuschte, verbitterte Männer wie Robert, die mit ihrer Frau nichts mehr zu tun haben wollten.

Kareen steckte auch den Kontoauszug ein, jedoch ohne zu wissen, wo sie nach einer Minou suchen sollte.

Irgendwann war sie so müde, dass sie das Licht ausschaltete und sich in den einzigen Sessel setzte, der in dem Zimmer stand. Niemals hatte sie Roberts Abwesenheit so deutlich gefühlt, und mit einem Mal war ihr auch, als hätte sie ihn nie gekannt.

Max weckte sie am frühen Morgen. Suchend war er durch die Wohnung gelaufen.

»Wie wäre es, wenn wir eine Bootstour machen?«, fragte Kareen ihn, obwohl sie sich ganz zerschlagen fühlte, aber er hatte kein Fieber und war voller Tatendrang. »Wir frühstücken an einem See, und dann lassen wir uns mit einem großen Schiff umherfahren, so lange, wie wir wollen.«

Max strahlte und reckte seine bandagierten Hände wie ein Sieger in die Höhe. »Ja«, sagte er. »Nur du und ich? Oder kommt Claudine auch mit?«

»Nein«, sagte sie. »Wir fahren allein.«

Auf der Autobahn fuhr sie so schnell, als müsse sie geheime Verfolger abschütteln. Dann, als es über die Landstraße ging, nahm sie ein paar Umwege und blickte ständig in den Rückspiegel. Max hörte seine Märchen-CD, auf der anscheinend auch gesungen wurde, denn manchmal summte er selbstvergessen vor sich hin.

In Heimbach suchte sie nach der Adresse von Doktor Eberhard Merzenich. Die Praxis hatte der Anschrift auf der Visitenkarte nach an der Hauptstraße, unterhalb der einzigen Kirche, gelegen, doch das Haus stand leer. Vergilbte Gardinen hingen vor den Fenstern, das Schild, das auf die Praxis hingewiesen hatte, war abgeschraubt worden. An einem hellen Fleck auf dem braunen Putz konnte man aber noch erkennen, wo es gehangen hatte.

Als Kareen wieder in ihren Golf steigen wollte, trat eine ältere Frau aus dem Nachbarhaus. »Interessieren Sie sich für die Immobilie?«, fragte sie gestelzt. »Das regelt ein Makler in Düren.«

»Nein, ich habe eigentlich nur nach Herren Doktor Merzenich gesucht.« Kareen kehrte auf den Gehsteig zurück. Sie bemerkte, dass Max sich in seinem Kindersitz die Kopfhörer abgestreift hatte und ihr nachblickte.

»Oh«, sagte die Frau. »Da kommen Sie zu spät. Der alte Merzenich praktiziert schon seit zwei Jahren nicht mehr.«

»Ist er tot?«

Die Frau musterte Kareen argwöhnisch und schüttelte dann den Kopf. »Seine Frau ist gestorben, und da ist er in ein Altenheim gezogen. Unten in Hasenfeld. Aber was genau wollen Sie von ihm?«

»Nur eine Auskunft«, erwiderte Kareen, während sie schon wieder zu ihrem Wagen zurückkehrte. »Nicht weiter wichtig.«

Als sie davonfuhr, war sie beinahe sicher, dass die Frau sich ihr Kennzeichen aufschrieb, aber nein, redete sie sich ein. Das war ihre Paranoia, dass sie nun überall Verfolger und heimliche Beobachter sah.

»Sind wir gleich am See?«, fragte Max. »Und warum hat dich die Frau so komisch angeguckt?«

»Es ist nichts«, erwiderte Kareen. »Wir sind gleich am See. Vorher müssen wir noch einen kurzen Besuch machen.«

Max nickte, aber sie konnte ihm ansehen, wie enttäuscht er war.

Das Altenheim lag direkt an der Hauptstraße, ein schmuckloses, unauffälliges Gebäude.

Als sie aus dem Wagen gestiegen und Max aus seinem Kindersitz geholt hatte, klingelte ihr Telefon. Claudine meldete sich atemlos. »Was ist das?«, fragte sie. »Jemand ständig anruft und auf legt dann. Ich 'öre ihn atmen, ganz laut, und wieder … klick … aufgelegt.«

»Ganz ruhig!«, sagte Kareen, obwohl sie spürte, wie ihr Herzschlag sich beschleunigte. »Das ist nichts. Ich bin auch bald wieder da.«

»Siebenmal«, redete Claudine hastig weiter. »Siebenmal 'at geläutet – und Schluss.« Sie war so aufgeregt, dass sie ihr gutes Deutsch fast vergessen hatte.

»Geh spazieren«, sagte Kareen. »In irgendein Café, wenn es dich beunruhigt.«

»Ja, werde ich tun«, antwortete Claudine, nun deutlich leiser, »aber sag, was soll das? Wer macht so etwas?«

»Ich weiß nicht.« Kareen blickte Max an, der ungeduldig an ihrem Ärmel zog und laut fragte, wann sie denn endlich auf das Schiff gehen würden.

Sie verabschiedete sich von Claudine und betrat das Altenheim. Zu spät fiel ihr ein, dass es möglicherweise keine gute Idee war, wenn Claudine das Haus verließ. Vielleicht steckte das hinter den Anrufen – dass auch das kanadische Mädchen aus dem Haus ging.

»Hier riecht es unheimlich«, sagte Max flüsternd, während sie sich in der Halle umschauten. Ein alter Mann hockte auf einem Sofa und rauchte. Er starrte vor sich hin, als wäre er blind, doch als er Max wahrnahm, zogen sich seine Augenbrauen zusammen, und sein Kiefer begann mahlende Bewegungen zu machen, als wolle er krampfhaft ein Wort herausbringen.

»Wir bleiben nur ganz kurz«, flüsterte Kareen ihrem Sohn zu. »Außerdem riecht es hier nur nach Bohnerwachs.« Das stimmte nicht; es roch nach Medikamenten und Desinfektionsmittel, aber sie wusste, wie allergisch Max nach seinen vielen Krankenhausaufenthalten auf diese Gerüche reagierte.

Von einer Pflegerin, die sie nach Merzenich fragte, wurden sie mit kargen Worten auf ein Zimmer am Ende eines langen Ganges verwiesen. »Passen Sie bloß auf«, fügte die Frau hinzu. »Er redet nicht viel, und wenn, dann von seinen Toten … Ach, Sie werden es ja erleben.«

Max griff ängstlich nach ihrer Hand und trottete neben ihr her. Ich sollte das nicht tun, dachte sie. Was will ich eigentlich hier?

Ein weißhaariger Mann kauerte mit dem Rücken zur Tür in einem Rollstuhl und blickte in den Garten hinaus. Er drehte sich nicht um, als sie eintraten. Erst als Kareen in sein Blickfeld geriet, wandte er leicht den Kopf. Eberhard Merzenich hatte sich verändert. Er wirkte ein ganzes Stück kleiner, und seine Haut war bleich und wie ausgedörrt. Seine Augen waren rot geädert, seine Wangen von winzigen roten Adern durchzogen. Er saß gebückt da, mit gerecktem Kopf, als müsse er unbedingt erkennen, was sich vor ihm tat.

Kareen stellte sich vor, und er nickte kurz und knapp, aber irgendwie abwesend, als sei er noch immer ganz in Gedanken.

»Eine Frage«, fuhr sie unsicher fort. »Darf ich Ihnen eine Frage stellen?«

Merzenich reagierte nicht, blickte lediglich vor sich hin, doch dann drehte er sich zu Max hin, beinahe, als hätte er ihn eher gerochen als gesehen. Plötzlich kroch ein Lächeln über sein Gesicht und verwandelte ihn. Er entblößte weiße falsche Zähne, die viel zu groß für seinen Mund waren.

»Wer bist du?«, fragte er heiser.

Max trat von einem Bein auf das andere, und Kareen fürchtete, er könnte plötzlich anfangen zu weinen, doch stattdessen sagte er leise: »Ich bin Max Hagen – und das ist meine Mutter.«

Der Alte wandte den Kopf, als würde er Kareen nun zum ersten Mal wirklich bemerken.

»Es geht nur um eine Frage«, sagte sie mit fester Stimme. Irgendwie redete sie sich ein, Merzenich sei lediglich schwerhörig. Deswegen bekam er nicht so viel mit, aber das konnte nicht stimmen, denn er hatte Max gut verstanden.

»Mein Mann ist tot – Robert Hagen. Er hatte vor drei Wochen einen Verkehrsunfall.« Kareen straffte sich. »Sie haben ihn gekannt – auch seinen Vater, Meinhart Hagen. In einer Schublade im Arbeitszimmer meines Mannes habe ich eine Visitenkarte von Ihnen gefunden.« Kaum hatte sie die letzten Worte ausgesprochen, begriff sie, dass sie einen Fehler gemacht hatte. Die Visitenkarte war zu alt, sie war keine Spur, sondern hatte wahrscheinlich schon einige Jahre in der Schublade gelegen. Sie hätte eher nach einer Frau mit dem Namen Minou suchen sollen.

Merzenich hatte den Kopf abgewandt und blickte Max an. Wieder lag ein Lächeln auf seinem Gesicht, doch diesmal fiel es matter und eher bemüht aus, als erinnere er sich an etwas. Er sagte nichts.

Überraschend gelenkig streckte er die rechte Hand aus und griff nach Max. Er berührte ihn am Ärmel. »Er gehört auch zu den Toten«, flüsterte er dann.

Kareen sah, wie Max den Atem anhielt und ihr einen flehendlichen Blick zuwarf. Ihr selbst war auch unheimlich zumute. Trotzdem fragte sie: »Von was für Toten sprechen Sie?«

Der alte Mann zog die Hand zurück und legte sie über die andere, die linke, die reglos in seinem Schoß ruhte. Diese Hand hatte er nicht bewegt. Ein Schlaganfall, dachte Kareen, deshalb sitzt er im Rollstuhl und redet so merkwürdig vor sich hin.

Max hatte wieder ihre rechte Hand ergriffen und drückte sie leicht.

»Er gehört auch zu den Toten«, wiederholte Eberhard Merzenich. Nun schien der Garten wieder seine ganze Aufmerksamkeit in Anspruch zu nehmen.

Kareen verabschiedete sich hastig. Draußen vor der Tür begann Max zu quengeln und schob sich den Daumen in den Mund.

»Der Mann macht mir Angst«, sagte er in einem jammernden Tonfall. »Warum sind wir hier? Wir wollten doch Boot fahren.«

»Wir fahren jetzt zum See. Ich wollte nur etwas herausfinden«, sagte Kareen entschuldigend. Wieder hatte sie das Gefühl, als verlöre sie allmählich den Boden unter den Füßen.

Auf ihrem Wagen saßen zwei Krähen, die krächzend aufflogen, als sie sich näherten.

Während sie den Wagen anließ, klingelte ihr Telefon.

»Blödes Handy!«, rief Max von hinten aus dem Kindersitz.

Kareen sah auf dem Display, dass es Claudine sein musste.

Claudine war kaum zu verstehen. Sie atmete abgehackt und so, als würde sie gar nicht mehr wissen, wie man anständig Luft in die Lungen bekam.

»Ich wollte gerade gehen – ins Café, wie du gesagt ’ast, aber ’ier liegt eine tote Ratte vor der Tür. Ich sterbe mich zu Tode vor Angst.«

Die Ratte lag mitten auf der Fußmatte. Weil sie keine Schiffsfahrt gemacht hatten, war Max so wütend, dass er sofort in seinem Zimmer verschwand. Ihn interessierte das tote Tier zum Glück nicht. Ein wenig Blut war der Ratte aus der Schnauze getropft. Ansonsten sah sie unversehrt aus, als hätte sie sich nur zum Schlafen auf eine bequeme Unterlage gelegt und könnte jeden Moment wieder aufspringen und davonlaufen.

Claudine war bleich und zog nervös an einer Zigarette. Bisher hatte Kareen ihr das Rauchen in ihrer Wohnung verboten, aber nun sagte sie nichts dazu.

»Gibt es 'ier Ratten? Ich zie'e aus, wenn 'ier Ratten wohnen!«, stieß Claudine hervor. Sie hatte sich, nachdem Kareen die Haustür geöffnet hatte, kurz gezeigt und war dann wieder in die Küche geflohen.

Obwohl sie spürte, dass ihr Herz schneller schlug und ihr Mund ausgetrocknet war, versuchte Kareen das Mädchen zu beruhigen. »Es ist ein altes Haus, aber hier gibt es keine Ratten, schon gar nicht im dritten Stock. Jemand hat sich einen bösen Scherz mit uns erlaubt.«

»Man muss die Ratte wegmachen – sofort wegmachen.« Claudine stand tatsächlich am Rand der Hysterie. Sie drehte sich zum Fenster ab und rauchte stumm weiter.

Plötzlich fiel Kareen ein, was geschehen würde, wenn ihr Au-pair-Mädchen von einer Minute auf die andere die Koffer packen würde. Dann müsste sie sich allein um Max kümmern, Tag und Nacht.

Sie holte Gummihandschuhe aus dem Putzschrank und eine Plastiktüte. Ekel stieg in ihr auf. »Ich werde die Ratte beseitigen«, sagte sie und trat wieder in den Flur.

Wer tat so etwas? Und warum?

Mit geschlossenen Augen hob sie das Tier auf, das sich überraschend leicht und harmlos anfühlte, und warf es in den Beutel. Dann ging sie in den Hof zu den Mülleimern hinunter.

War das ein Fall für die Polizei? Sehr geehrter Polizist, da hat mir jemand eine Ratte vor die Tür gelegt, tun Sie etwas!

Nein, beschloss Kareen, sie musste selbst etwas tun. Anscheinend hatte sie einen Feind, der ihr immer näher kam und sie einschüchtern wollte, auch wenn sie den Grund für diese Feindschaft nicht kannte. Sie dachte sofort an Jakob, an Wolfram Risch und an den Tibeter. Bedeuteten Ratten etwas in Tibet, ein Zeichen, das sie nicht verstand? Aber bisher hatte der Tibeter sich nicht von einer hässlichen Seite gezeigt.

Als sie in die Wohnung zurückgekehrt war, saß Claudine am Küchentisch. Sie rauchte noch immer, aber nun wirkte sie bereits ein wenig gefasster.

»Es ist nichts«, sagte Kareen. »Ein harmloser Scherz. Hast du irgendeinem Jungen einen Korb gegeben?«

»Einen Korb gegeben?«, fragte Claudine verständnislos.

»Wollte jemand mit dir ausgehen, und du hast nein gesagt?«

Sie schüttelte vehement den Kopf. »Ich kenne keine Leute, die so was machen.«

»Ja, du hast recht«, erwiderte Kareen. Es war bereits später Nachmittag. Teezeit im Hotel mit sanfter Klaviermusik und vornehm umherhuschenden Kellnern. Jakob würde nun mit seiner Mutter in ihrem Büro zusammensitzen. Das Sonntagsritual. Sie besprachen, was in der kommenden Woche im Hotel anliegen würde, besondere Gäste, Veranstaltungen, den Speiseplan. Kareen hatte ungefähr zwei Stunden Zeit.

Sie ging zu Claudine und legte ihr die Hand auf die Schulter. »Ich muss noch einmal kurz weg. Würdest du nachher Max baden? Sei aber vorsichtig, das Wasser darf auf keinen Fall zu heiß sein, und vergiss nicht, vorher das Öl hineinzugießen.«

Das Mädchen schaute zu ihr auf. »Was hast du vor? Hat es etwas mit der Ratte zu tun?«

Kareen schüttelte den Kopf. »Ich muss kurz etwas erledigen. Ich bin aber bald wieder da. Ich bringe auch etwas zu essen mit.«

Claudine nickte, aber nicht, weil sie überzeugt war, sondern allein aus Erschöpfung.

»Darf ich Joanne anrufen, meine Freundin?«, fragte sie. »Ich möchte jetzt nicht allein sein.«

»Klar. Rufe sie an«, sagte Kareen, »aber wenn du Max badest, muss deine Freundin draußen bleiben. Er mag so etwas nicht.«

Kurz blickte sie in das Kinderzimmer. Max hatte sich auf das Bett gelegt und sich den Kopfhörer seines Discman übergestülpt. Obwohl er sie bemerkte, reagierte er nicht. Manchmal war er genauso störrisch und abwesend wie früher Robert.

Sie nahm ihre Schlüssel und hastete die Treppe hinunter. Im Auto bedauerte sie es beinahe, dass sie die Ratte in der Plastiktüte nicht mitgenommen hatte. Wenn sie den widerwärtigen Kadaver Jakob einfach vor seine ordentliche Tür warf, würde er schon begreifen, dass sie ihn durchschaute und sich zu wehren wusste.

Nachdem sie den Wagen geparkt hatte, sah sie Risch. Er ging mit hochgezogenen Schultern, als fröre er. In seinem Mundwinkel wippte eine Zigarette auf und ab. Den hellen Trenchcoat, den er trug, kannte sie nicht. Einen Moment war sie unsicher, ob sie sich nicht doch irrte. Im Sender bewegte Risch sich anders, ein wenig schneller, ungelenker, aber das musste nichts bedeuten. Kareen wappnete sich, ihm gegenüberzutreten und ihn endlich zur Rede zu stellen, doch plötzlich, vermutlich, weil sie ihn bemerkt hatte, war er stehen geblieben und machte abrupt kehrt. Wie ertappt hastete er nun die Straße in die andere Richtung hinunter. Hinter einem Baum verschwand er und tauchte nicht mehr auf. Es hatte wie eine Flucht ausgesehen.

Was tat Risch hier? In der stillen, abseitigen Straße, in der Jakob wohnte? Zum ersten Mal kam ihr ein Verdacht: Ob es zwischen Risch und Jakob eine Verbindung gab? Risch war eindeutig im Hotel gewesen, als sie Zita aufgesucht hatte, und nun war sie ihm hier über den Weg gelaufen. Aber wenn diese Verbindung tatsächlich bestand, dann musste Jakob wissen, dass sie einmal mit Risch in seine Wohnung gegangen war und sie drei Tage vor dem Tod seines Bruders mit ihm …

Kareen spürte, wie ihr Mut sank. Jakobs Haus strahlte stolz im Nachmittagslicht. Hier ist alles perfekt, sagten die sauberen, frisch gestrichenen Fenster, die glänzend weiße Fassade, an der da und dort Efeu wuchs, der schmale Kiesweg zum Eingang. Ein Haus in Lindenthal in dieser Lage war gut und gerne eine Million Euro wert. Es war lächerlich zu behaupten, dass die Familie Hagen in finanziellen Schwierigkeiten stecke.

Jakobs schwarzer BMW war nirgends zu sehen. Auch hinter den Fenstern war keine Bewegung auszumachen.

Ich werde dreimal klingeln, und wenn Esther dann nicht öffnet, gehe ich wieder, sagte Kareen sich. Ihr Mut war am Nullpunkt angelangt. Vielleicht war Esther ja auch mit ins Hotel gefahren. Aber nein, zu dieser hochheiligen Besprechung zwischen Mutter und Sohn war sie längst noch nicht zugelassen. Da würde sie sich noch ein paar Jahre gedulden müssen.

Nach dem dritten Klingeln nahm Kareen durch das schmale Fenster in der Tür eine verwischte Bewegung wahr. Dann wurde zaghaft die Tür geöffnet.

Dass Esther einen ramponierten Eindruck machte, wäre eine glatte Untertreibung gewesen. Jakobs langweilige, aber immer hübsch frisierte Frau sah aus, als hätte sie drei Tage nicht geschlafen – ungeschminkt, die halblangen dunkelblonden Haare zerzaust, die Augen auf Halbmast, bittere Falten um den Mund.

»Ach, die schöne Schwägerin – welch eine Überraschung!«, stieß sie hervor und öffnete die Tür einen Spalt weiter. Dann machte sie eine ironische Handbewegung, die wohl so viel wie »Hereinspaziert!« bedeuten sollte.

Kein Zweifel, Esther, die graue Maus und ordentliche Hausfrau, war betrunken.

Kareen war einen Moment unschlüssig, was sie tun sollte. Wieder gehen? Oder so tun, als hätte sie nicht bemerkt, in welchem

Zustand ihre Schwägerin sich befand? Esther lief, ohne sich noch einmal umzudrehen, schon durch die weitläufige Diele in das Wohnzimmer vor. Sie war barfuß und hatte sich nur in einen hellgelben Bademantel gehüllt. So betrunken, dass sie taumelte, war sie nicht. Eilig und so entschlossen, wie Kareen sie noch nie erlebt hatte, schritt Esther voraus. Aus dem Wohnzimmer drang Schlagermusik, die nun abrupt verhallte.

Esther stand am Kamin und lehnte sich mit einer Hand an den Sims, direkt neben einer Batterie von Familienfotos, die sie, Jakob und Zita zeigten. Sie lächelte, als posiere sie für ein neues Foto. »Voilà!«, rief sie und wiederholte ihre einladende Geste. »Komm herein!«

Kareen konnte sich nicht erinnern, dass bei Jakob geraucht werden durfte, doch auf dem Sofatisch lagen neben zwei übervollen Aschenbechern und einem leeren Weinglas drei zerknitterte Schachteln Zigaretten.

»Da staunst du!«, rief Esther. »Ja, das hättest du nicht gedacht!« Sie löste sich vom Kaminsims und warf sich auf das Ledersofa. Darüber hingen drei afrikanische Masken an der Wand, die Jakob sammelte und angeblich ein Vermögen wert waren, und starrten ungnädig auf sie herab.

»Tut mir leid, wenn ich ungelegen komme«, erwiderte Kareen unsicher. Sie war unschlüssig, ob sie sich setzen sollte. Plötzlich erschien es ihr sinnlos, Esther Fragen zu stellen und ehrliche Antworten zu erwarten. Was weißt du von Meinharts Tod? Oder von Lea Montasser, seiner angeblichen Geliebten? Sie konnte sich nicht erinnern, in all den Jahren wirklich mit Esther gesprochen zu haben: Esther war die Schweigerin, die Frau, die ihrem Mann bei allem, was er tat, zunickte und ihn nach Hause fuhr, wenn er müde war oder zu viel getrunken hatte.

Esther warf die Arme in die Höhe wie ein Zirkusdirektor nach einer leicht missglückten Nummer und brach in Gelächter aus – ein Gelächter, in das sich Schluchzer stahlen. »So sieht ein Sonntagnachmittag bei uns aus! Der Mann geht ins Hotel, und die Frau betrinkt sich! Egal!« Sie schaute sich plötzlich hektisch um, als hielte sie nach der nächsten Flasche Wein oder Whisky Ausschau.

»Soll ich uns einen Kaffee machen?«, fragte Kareen, nachdem sie sich unsicher in einen Ledersessel gesetzt hatte.

Esther wandte sich wieder zu ihr um. Ihr Blick war nun düster, wie es bei Betrunkenen vorkam, denen ein irritierender Gedanke durch den Kopf gekrochen war, doch dann hellte sich ihre Miene auf. »Kaffee wäre gut – süß und schwarz.«

Dankbar erhob Kareen sich. Durch die Diele gelangte sie in die Küche, die aussah wie ein Ausstellungsstück aus einem Hochglanzkatalog. Gekocht wurde hier anscheinend nie, allenfalls Tee oder Kaffee, aber warum auch? Jakob konnte immer im Hotel essen. Nach einigem Suchen fand sie alle Utensilien und versuchte die moderne Kaffeemaschine in Gang zu setzen, was ihr erst nach einer Weile gelang. Ein merkwürdiges Gefühl der Fremdheit überfiel sie. Was tat sie hier? Stand in einer sterilen Küche und kochte Kaffee, damit ihre betrunkene Schwägerin wieder nüchtern wurde.

Als sie sich umwandte, schlich eine schwarze Katze in die Küche. Das Tier maunzte leise und klagend. Seit wann hatte Esther eine Katze im Haus? Und fingen Katzen nicht auch Ratten und schleppten sie halbtot in ihren Korb? Die schwarze Katze schlich um ihre Beine herum und maunzte, als sei sie tagelang allein gewesen. Kareen beugte sich herab. Das Tier hatte feuerrote Augen und wirkte gepflegt – gar nicht so, als würde es Mäusen oder Ratten nachjagen.

Aus dem Wohnzimmer drang kein Laut von Esther. Kareen entdeckte ein Tablett mit der Aufschrift »Hotel Hagen – hier ist jeder Gast ein König« und belud es mit zwei Tassen, Milch, Zucker und schließlich der Kaffeekanne. Die Katze folgte ihr nicht, als sie zurück ins Wohnzimmer ging, sondern sprang auf die Fensterbank, um in den Garten hinauszustarren.

Esther lag ausgestreckt auf dem Sofa, aber zum Glück war sie nicht eingeschlafen. Sie hatte noch eine Zigarette gefunden und rauchte, den Blick an die Decke oder auf die afrikanischen Holzmasken gerichtet.

»Kannst du mir nicht deinen Sohn verkaufen?«, fragte Esther, ohne sie anzuschauen.

Kareen hätte beinahe gelacht. Was sollte das sein? Ein blöder Scherz?

»Ach, nein«, fuhr Esther fort, als wäre es ihr ernst, »das würde auch nichts nützen. Jakob würde ihn nicht akzeptieren. Die Krankheit – er käme für das Hotel nicht infrage, könnte nicht repräsentieren, was ja ganz wichtig ist, das Wichtigste überhaupt …«

»Was soll das?« Kareen stellte den Kaffee auf den Tisch und schenkte Esther und sich ein. »Was redest du da?«

Esther richtete sich abrupt auf. Ihr Gesicht wirkte nun nur noch müde, nicht mehr betrunken. Mit ihrer linken Hand fuhr sie sich durch das Haar, als wolle sie es weiter in Unordnung bringen. »Er will mich verlassen«, sagte sie. »Weil wir kein Kind haben. Keinen Sohn, der das Hotel übernehmen kann.« Sie nahm einen letzten Zug von ihrer Zigarette und drückte sie dann heftig aus. »Kannst du dir das vorstellen? Er will unbedingt einen Erben – als wären wir hier bei der Queen im Buckingham Palast.«

Kareen setzte sich. Wenn sie ehrlich war, konnte sie sich das gut vorstellen. Wie alt war Esther jetzt? Siebenunddreißig, achtunddreißig? Jakob war zwei Jahre älter als Robert.

»Wann hat er das gesagt?«, fragte Kareen.

Esther griff nach der Tasse und stürzte den Kaffee hinunter. »Heute Morgen.« Sie raffte ihren Bademantel und schaute Kareen an, mutlos und verletzt. »Er redet schon eine ganze Weile so, aber nach Roberts Tod ist alles viel schlimmer geworden. Sie drehen durch, Zita und er. ›Nun gibt es nur noch Max‹, hat er mir heute Morgen gesagt. ›Ein Kind mit … ein Schmetterlingskind, das nicht mal vor die Tür gehen darf.‹ Sie denken nur an ihr Hotel, als gäbe es nichts anderes. Dabei ist gar nicht klar, dass es an mir liegt. Vielleicht sollte ich einmal mit einem anderen Mann ins Bett steigen.« Sie lachte auf, sank aber sofort wieder in sich zusammen, eine Hand um den Kragen ihres Bademantels gekrallt. »Ich kann unter keinen Umständen wieder ins Reisebüro zurück, mich hinter einen Schalter setzen und Leuten Reisen nach Mallorca empfehlen. Das ist einfach ausgeschlossen – ich gehöre doch auch zur Familie Hagen.«

Plötzlich begriff Kareen, wer Esther genau war – sie war der Durchschnitt in Person, nicht groß, nicht klein, hübsch genug, dass man sich nicht für sie schämen musste, und immer bereit, an Jakobs Seite zu treten und zurückzuweichen, wenn er es verlangte. Deshalb hatte er sie ausgewählt, doch nun drohte Esther aus dem warmen Nest gestoßen zu werden.

»Du musst dich wehren«, sagte Kareen.

Esther lachte wieder auf, ein hohles, humorloses Lachen. »Ich kann mich nicht wehren. Nein, Belgien ist meine letzte Chance. Ein Labor in Lüttich, künstliche Befruchtung. Wir haben in der nächsten Woche einen Termin. Dann klappt es vielleicht, und wenn nicht …« Sie hob die Achseln. »Er wird es tun. Jakob ist brutal, was seine Pläne betrifft.«

Kareen hatte plötzlich das Gefühl, als wäre der Kaffee parfümiert, den sie trank, als wäre in Jakobs Haus überhaupt alles mit einem zarten, süßlichen Duft versehen, der jeden wahren Geruch überdeckte.

»Ich habe eine Frau getroffen, die behauptet, die Geliebte vom alten Hagen gewesen zu sein«, sagte Kareen.

»Ach, deshalb bist du hier!« Esther lehnte sich zurück, beinahe ein wenig lauernd.

Ja, dachte Kareen, meine Schwägerin gehört doch schon zur Familie, auch wenn sie viel schwächer als Jakob und Zita ist.

»Die Frau hat mir ein Foto von Meinhart und sich gezeigt, und sie hat mich gefragt, wie Robert genau gestorben ist. Sie glaubt, dass vielleicht nicht alles mit rechten Dingen zugegangen ist – genau wie bei Meinharts Tod.«

Esther schenkte sich selbst eine Tasse schwarzen Kaffee ein. Als der Ärmel ihres Bademantels zurückglitt, entdeckte Kareen einen blutigen Striemen auf ihrem rechten Arm. Offensichtlich war der Streit mit Jakob ziemlich handfest gewesen. Kaum hatte sie die Kanne wieder abgesetzt, schob Esther wie beiläufig den Ärmel zurück.

»Ich kenne die Frau«, sagte sie dann. »Eine Hochstaplerin! Sie ist einmal hier gewesen und wollte mit Jakob reden. Er hat sie hinausgeworfen. Sie wollte Geld. Mit Sicherheit war sie nicht mehr als eine zufällige Bekanntschaft von Meinhart. Wie alle Männer ist auch er gelegentlich fremdgegangen, aber ich glaube nicht einmal, dass er mit ihr im Bett war. Meinhart bevorzugte jüngere Frauen.« Der schwarze Kaffee schien ihr gutzutun. Esther gewann in Rekordzeit ihre Selbstsicherheit zurück. Fast war es, als wollte sie damit kokettieren, dass der alte Hagen auch mit ihr geflirtet hatte.

»Robert ist nicht fremdgegangen«, erwiderte Kareen unwillkürlich. Der Satz war wie ein Trost, den sie sich selbst geben musste.

»Da wäre ich mir nicht so sicher.« Esther richtete sich auf. »Ich glaube, du hast ihn gar nicht wirklich gekannt. Er war nicht immer so unglücklich wie zuletzt.«

»War er an seinem letzten Abend hier? Hat er mit Jakob geredet?«

»Nein, wie kommst du darauf?«

»Ich war immer sicher, dass er hier war, bei Jakob.«

»Er war nicht hier«, sagte Esther. Sie blickte auf die kostbare gläserne Uhr, die auf dem Kaminsims zwischen den Fotos stand.

Kareen begriff, was dieser Blick bedeuten sollte. Noch eine halbe Stunde, dann käme Jakob aus dem Hotel zurück. Sie erhob sich. Einen Moment dachte sie daran, die Ratte zu erwähnen, die Claudine gefunden hatte, dann sagte sie aber nur: »Ich werde herausfinden, wo Robert am Abend seines Todes war. Vielleicht hat Meinharts Geliebte doch recht.«

»Du solltest gar nichts tun.« Esther stand ebenfalls auf. Sie musterte sich in dem antiken Wandspiegel, der auf der anderen Seite des Zimmers hing. Die halbe Stunde, die ihr blieb, würde sie brauchen, um sich einigermaßen zurechtzumachen. »Kümmere dich um Max«, fuhr sie fort. »Bevor Jakob es tut.« Der letzte Satz klang wie eine Drohung.

In der Diele hockte die schwarze Katze und sah Kareen reglos nach.

9.

Sie versuchte sich daran zu erinnern, wer Robert gewesen war, bevor Max auf die Welt gekommen war. Der junge, hoffnungsfrohe Orthopäde, der gerade in eine gut gehende Arztpraxis eingestiegen war und der sich nebenbei um eine Hockeymannschaft kümmerte, in der er selbst auch gelegentlich spielte. So war sie ihm zum ersten Mal begegnet – verschwitzt und abgekämpft in einem schmutzigen Trikot, wie ein glücklicher kleiner Junge, der gerade ein Spiel gewonnen hatte. Sie war nach ihrer abgebrochenen Buchhändlerlehre im ersten Jahr auf der Schauspielschule gewesen. Robert galt als prominent, nur ihr hatte der Name Hagen nichts gesagt. Sie stammte schließlich aus dem Norden, aus dem braven Münster, bis dorthin hatte der Ruf des Hotels Hagen nicht gereicht.

Nie zuvor war Kareen so glücklich gewesen – tagsüber Schauspielschule, abends schlecht bezahlte Kellnerin im »Wippenbeck«, am Wochenende und wann immer es ging verliebte Stunden mit Robert. Sie hatte viele Verehrer gehabt, Männer, die unbedingt ihre Telefonnummer haben wollten oder die ihr Zettel zuschoben, die sie aber nie beachtet hatte. Sie hatte immer nur Robert gewollt.

Alles hatte sich mit der Geburt von Max geändert – da hatte der Gang durch die große Leere begonnen.

Kareen drehte in ihrem Golf die Musik bis zum Anschlag auf – Runrig, »Loch Lomond«, dorthin, an diesen schottischen See hatte sie mit Robert immer hingewollt.

Sie fuhr am »Wippenbeck« vorbei, an der ersten Wohnung, die sie mit Robert gehabt hatte, drei Zimmer mit Blick auf den Auerbachplatz. Nur zwei Tage hatte es gedauert, bis sie die Wohnung gefunden hatten. Der Name Hagen öffnete einem in Köln fast alle

Türen. Auf der obligatorischen Karnevalssitzung im Hotel war es der redselige Oberbürgermeister, der Robert und sie zuerst begrüßt hatte.

Alles war vorbei. Nur der Marsch durch die große leere Ebene war immer noch nicht zu Ende.

Sie fuhr auch an seiner Praxis vorüber. Sein Name hing immer noch da, als würde er hier morgen wieder Patienten empfangen. Dann fuhr sie in den Kölner Norden, zu der Brücke, an der er sein Leben verloren hatte. Eine öde graue Betonkonstruktion, alt und hässlich. *Eine Unachtsamkeit, nasse Straße, überhöhte Geschwindigkeit, Fahrlässigkeit. Vermutlich Vorsatz. Keine Bremsspuren.* Es gab viele Vokabeln, um einen Selbstmord zu umschreiben, und sie hatte es sofort geglaubt, hatte keine Fragen gestellt, kein Misstrauen gehabt. Doch nun kamen die Zweifel. Hatte man den Leichnam untersucht – Medikamente im Blut, ein Schlaganfall am Steuer, irgendetwas in der Art?

Als ein Wagen hinter Kareen aufblinkte, weil sie viel zu langsam fuhr, lenkte sie ihren Golf über den Bordstein und parkte auf dem Gehweg, der hier in der Einöde, wo niemand entlanglief, völlig überflüssig war. Was hatte Robert hier gemacht? Diese Frage war ebenfalls nie beantwortet worden.

Sie stieg aus und ging auf die Brücke zu. Plötzlich stach ihr ein brennender Schmerz in den Magen. Da stand ein schlichtes braunes Holzkreuz mit der Inschrift *Robert – mein geliebter Sohn*. Tränen traten ihr in die Augen, aber, wenn sie ehrlich war, weniger vor Trauer als vor Wut. Zita, dachte sie, was hatte Zita da getan! Es hatte ihr nicht gereicht, dass sie Robert gegen seinen Willen in der Familiengruft beigesetzt hatten. Keinen Ton hatte Zita über das Holzkreuz verloren, fehlte nur noch, dass sie Max in den nächsten Tagen wieder abholen ließ, um mit ihm hierhin zu fahren. – Sieh dir an, lieber Max, was ich für deinen lieben Vater habe aufstellen lassen! – Max wäre sicherlich beeindruckt gewesen. Da gab es nun doch einen Ort, der seinem Vater gehörte. Er würde nicht begreifen, dass seine Großmutter sogar hier ihre Macht demonstrieren wollte. Selbst die Trauer sollte allein ihr gehören.

Kareen widerstand der Versuchung, das Kreuz einfach herauszureißen und es an der Brücke zu zerschlagen. Etwas anderes regte sich in ihr: Trotz. Sie würde den Kampf gegen Zita und den Rest der Familie Hagen aufnehmen.

Zurück in ihrem Wagen, rief sie Claudine an. Das Mädchen hatte sich offensichtlich beruhigt. Claudines Freundin Joanne war gekommen, und nun spielten sie mit Max Memory – ein heiteres, unverfängliches Spiel, das alle ablenkte. Max wollte nicht einmal mit ihr sprechen, aber nicht, weil er noch wütend war, sondern weil er gerade eine Glückssträhne hatte und am Zug war. Kareen hörte ihn aufgeregt im Hintergrund reden.

Sie fuhr in die Stadt zurück, langsam und überlegt. Der größte Fehler wäre, nun den Kopf zu verlieren. Nein, sie musste kühl bleiben, alle Attacken von Panik und Paranoia unterdrücken. Kurz bevor sie im Parkhaus am Dom parkte, versuchte sie Anja zu erreichen, doch sie landete nur in der Mailbox ihrer Freundin, aber vielleicht war es gut, wenn jemand wusste, wohin sie fuhr. Also hinterließ sie eine kurze Nachricht.

An der Rezeption tat wieder der Portier mit dem südländischen Akzent Dienst. Enrico Schmitz zog freundlich die Augenbrauen in die Höhe und begrüßte sie, indem er ihr lächelnd ihren Namen zurief. Sie war nicht für einen Restaurantbesuch gekleidet, eher für eine längere Wanderung, aber darüber sah er geflissentlich hinweg. Nachdem er bemerkt hatte, dass sie das Restaurant ansteuerte, eilte Schmitz an ihre Seite und hielt ihr die Tür auf. »Freut mich, dass Sie uns wieder beehren«, hauchte er ihr zu. Die beiden Narben auf seinen Wangen leuchteten. »Herr Jakob Hagen hat bereits vor einiger Zeit das Haus verlassen, aber Ihre Schwiegermutter arbeitet noch im Büro. Soll ich ihr Bescheid geben, dass Sie da sind?«

»Nein, vielen Dank. Das ist nicht nötig.« Kareen lächelte zurück. Es tat ihr gut, hofiert zu werden, und sie wusste auch, dass ihr kleiner Plan aufgehen würde. Schmitz würde ihren Besuch umgehend melden, und wenn tatsächlich Zita ihr die tote Ratte als kleine, hässliche Aufmerksamkeit vor die Tür hatte legen lassen, würde sie begreifen, dass ihre Schwiegertochter trotz allem keine Angst vor ihr hatte.

Schmitz platzierte sie an einen Zweiertisch, von dem aus sie die Glastür zur Lobby im Blick hatte.

»Erwarten Sie noch jemanden?«

Sie schüttelte den Kopf. Dann fiel ihr etwas ein – ein spontaner Gedanke. »Kennen Sie vielleicht eine Frau, die Minou heißt?«

»Minou?« Er sprach den Namen gedehnt aus, als müsse er ihn förmlich abschmecken. »Bedauere – eine Dame mit diesem Namen ist mir nicht bekannt.« Dann lächelte er entschuldigend und eilte zum Oberkellner, der an einem kleinen Pult mitten im Raum stand, um ihn von dem hohen Besuch zu unterrichten.

Das Restaurant war kaum besucht. An einem Tisch saß eine Frau, die einen großen weißen Hut trug, mit ihrem Sohn, den sie mit schwarzem Hemd und roter Krawatte herausgeputzt hatte. Der Junge, der ein wenig älter als Max war, schaute sich immer wieder interessiert nach Kareen um. Ansonsten saßen noch zwei Männer da, offensichtlich Geschäftsleute, die sich während des Essens gelegentlich Notizen machten, was beinahe den Anschein erweckte, als würde sie sich mit Worten duellieren.

Als der Oberkellner herbeieilte und sie mit Namen ansprach, bestellte sie sich einen trockenen Weißwein und einen Salat. Sie hatte keinen Hunger, aber irgendwie das Gefühl, diesen Abend genießen zu müssen. Robert hatte das Hotel gehasst – warum genau, hatte sie nie ganz verstanden. Vielleicht weil er hier hatte Klavier spielen müssen oder weil sich in seiner Kindheit alle Gespräche um das Hotel gedreht hatten. Einmal nur, weil sie es sich so sehr gewünscht hatte, war er nach einem Feuerwerk am Rhein mit Kareen in der Stadt geblieben und hatte mit ihr im Hotel übernachtet, und nach dem Tod seines Vaters hatte er es fast völlig gemieden.

Der Wein schmeckte fabelhaft, und beinahe gelang es ihr, sich ein wenig zu entspannen, aber natürlich war es eine ungewohnte Situation, allein in einem Restaurant zu sitzen. Während der Salat serviert wurde, rief Anja an.

»Alles in Ordnung bei dir?«, fragte sie besorgt.

Kareen erzählte kurz von der Ratte vor ihrer Tür.

»Vielleicht solltest du zur Polizei gehen«, sagte Anja. »Ich könnte auch mit meinem Bekannten sprechen – na ja, eigentlich ist es mein Exmann.«

»Ich dachte, der hatte eine Spedition.«

»Das war mein zweiter Exmann. Der erste war und ist bei der Polizei. Hat wohl mächtig Karriere gemacht – mit Eichenlaub auf der Schulter und so.«

»Ich brauche jemanden, der sich Roberts Computer ansieht«, sagte Kareen. »Könnte sein, dass alle Dateien gelöscht wurden. Ich möchte wissen, wann genau das passiert ist. Außerdem würde ich gerne in Erfahrung bringen, was die Polizei bei Roberts Unfall genau ermittelt hat.«

»Ich schreibe es mir auf, und wenn ich eine halbe Flasche guten Rotwein getrunken habe, rufe ich Helge an. Der wird sich riesig freuen, mal wieder von mir zu hören.«

Sie verabschiedeten sich.

Eine junge Frau, die ihre schwarzen Haare streng zurückgekämmt hatte, setzte sich in einem hinteren Winkel ans Klavier und begann leise zu spielen.

Für einen Moment schloss Kareen die Augen und wanderte in der Zeit zurück – wenn sie sich Mühe gab, konnte sie sich vorstellen, dass sie in einem Atemzug ein paar Jahre zurückreiste. Sie saß da, wartete auf Robert, frisch verliebt, gleich würde er sich über sie beugen, ihr einen Kuss auf die Wange drücken, er roch nach Aftershave und Zitronenseife …

Als sie die Augen wieder öffnete, sah sie Wolfram Risch. Er ging draußen in der Lobby vorüber, warf beiläufig einen Blick in das

Restaurant, aber ohne sie zu erkennen. Er wirkte außer Atem und so, als hätte er schon eine große Anstrengung hinter sich. Seine Haare waren wie üblich zurückgekämmt, aber eine widerspenstige Locke hing ihm ins Gesicht, was ihm zudem einen gehetzten Eindruck verlieh.

Kareen erhob sich und lief zur Glastür. Nun war sie absolut sicher, dass sie sich nicht irrte und ihn nicht verwechselte – doch klar war auch, dass Risch ihr diesmal nicht nachgelaufen war. Er eilte an der Rezeption vorbei, den Blick geradeaus gerichtet. Er trug eine helle Cordhose und Turnschuhe, ein für ihn seltsames Outfit. Eine Sekunde lang schien er auf Zitas Bürotrakt zuzuhalten, dann bog er ab, Richtung Toiletten. Kareen zögerte. Sollte sie ihm dorthin folgen? Doch schon riss er eine Tür auf, auf der *Notausgang* stand und die krachend hinter ihm ins Schloss fiel. Kareen schaute sich um. Niemand war zu sehen. Hastig öffnete auch sie die Tür. Ein Hauch von Kälte und Dunkelheit schlug ihr entgegen. Die Tür war aus Stahl, sie sah nur von einer Seite genauso aus wie die edlen Holztüren an den Toiletten. Sie befand sich offenbar in einer Art Treppenhaus, der Boden war aus blankem Beton, die Wände waren grau und unverputzt. Hier hörte die Herrlichkeit des Hotels Hagen schlagartig auf, als hätte man eine Grenze überschritten.

Nachdem Kareen die Tür vorsichtig hinter sich geschlossen hatte, verharrte sie einen Moment in der Dunkelheit und lauschte. Nichts was zu hören. Wohin konnte Risch so schnell verschwunden sein? Ein roter Punkt glühte in der Finsternis vor ihr. Langsam tastete sie sich darauf zu. Es war ein Lichtschalter, wie sie erhofft hatte. Eine Neonröhre über ihr sprang an und tauchte den grauen Schacht in ein hartes Licht. Eine schmale Treppe führte in den Keller, eine andere in die erste Etage hinauf. Doch genau vor ihr lag noch eine rot lackierte Stahltür. Kareen legte die Hand auf den Metallgriff, der sich überraschend warm anfühlte. Oder meinte sie das nur? Vielleicht befand sich dahinter auch bloß ganz unspektakulär der Heizungskeller. Aber was sollte Risch im Heizungskeller?

Die Tür ließ sich wider Erwarten leicht und völlig geräuschlos öffnen. Sie führte nicht in einen Heizungsraum, sondern lediglich in eine Art Umkleidekammer, in der zwei nackte Glühbirnen von der Decke hingen und brannten. Weiße, zerschrammte Metallspinde nahmen rechts und links die Wände ein. Auf einem waren große, durchsichtige Plastikkanister gelagert. Hier dürfen sich die Putzfrauen umziehen, dachte Kareen. Sie blickte auf eine ebenfalls rot lackierte Tür auf der anderen Seite des kleinen Raumes. Schräg vor die Tür hatte jemand einen kleinen unbequemen Hocker gestellt. Ein merkwürdiges Utensil in diesem Raum. Fast hatte es den Anschein, als säße da für gewöhnlich jemand, um Wache zu halten.

Kareen spürte, wie ihr Herz klopfte. Mit ein paar Schritten war sie aus der vertrauten Welt des Hotels an einem völlig unbekannten Ort gelandet. Sie wollte umkehren, weil der Mut sie verließ, als sie hinter der Tür eine dumpfe Stimme, gefolgt von einem kehligen Lachen hörte. Sie war sicher, dass Risch gelacht hatte, erschöpft und ein wenig gereizt, wie er es auch manchmal auf Konferenzen tat.

Noch bevor sie genauer nachgedacht hatte, übermannte sie die Neugier. Blitzschnell griff Kareen nach der Metallklinke und drückte sie hinunter. Sie sah Risch direkt ins Gesicht. Er hockte auf der anderen Seite eines mit rotem Samt ausgeschlagenen Tisches, eine brennende Zigarette in der linken Hand, mit der rechten nahm er geschickt zwei Karten vom Tisch. Vier oder fünf andere Männer saßen noch da, so genau konnte sie das nicht sagen, denn Risch wandte plötzlich die Augen zur Tür. Sein Blick traf sie, er verriet keine Überraschung, nichts regte sich in seinem Gesicht, es wirkte hart und abweisend. Sie riss den Arm zurück und zog die Tür wieder zu. Jemand in dem Raum rief etwas, doch da hatte sie bereits kehrtgemacht.

Erst draußen in der Lobby, nachdem sie sich überzeugt hatte, dass niemand ihr gefolgt war, beruhigte sie sich ein wenig.

Eine geheime Pokerrunde, deshalb war Risch hier im Hotel. Er spielte, offenbar um größere Summen. Hatten da nicht auch etliche Geldscheine auf dem roten Samt gelegen? Und hatte nicht auch Lea Montasser von diesen geheimen Runden erzählt?

Kareen eilte ins Restaurant zurück, nahm ihre Jacke und floh in ihren Wagen. An der ersten Ampel bemerkte sie ein Stück Papier, das unter ihrem Scheibenwischer klemmte und im Fahrtwind flatterte. Der Tibeter, dachte sie. Vielleicht ist Risch doch der Tibeter.

Es war eine abgerissene Eintrittskarte zu dem Tibet-Abend in der Trinitatiskirche. *Schade, dass Sie nicht kommen konnten*, stand in einer gestochenen, klaren Handschrift auf der Rückseite. *Was muss ich tun, um Ihnen nahe zu sein?*

V.

Jeden dritten Tag ging ich zu Flock. Er behandelte mich wie einen Anfänger, ließ mich alles von Grund auf neu erlernen. Ich lernte zu gehen, den Kopf zu drehen, eine Tür zu öffnen, zu stolpern, zu fallen, wieder aufzustehen – alles Dinge, die ich auf der Bühne schon tausend Mal gemacht hatte.

Auf den ersten drei Sitzungen sprachen wir kaum ein Wort. Erst an der Tür, wenn er mich verabschiedete und mir fest die Hand gab, wusste ich, dass er zufrieden mit mir war.

Mit Flocks Hilfe fand ich auch eine winzige, billige Wohnung – ein Zimmer plus Küche und Bad. Sie lag drei Straßen von seinem Haus entfernt, ganz in der Nähe des Rheins. Allmählich wusste ich den Fluss zu schätzen, liebte es, morgens auf der Promenade ein Stück aus der Stadt herauszugehen. Auch wenn es um meine Finanzen katastrophal bestellt war, hatte ich das Gefühl, auf dem richtigen Weg zu sein und auf die Bühne zurückzufinden.

Der Zusammenbruch kam vier Wochen nach meiner ersten Begegnung mit Flock. Er hatte mir ein kleines Engagement besorgt. Für eine größere Buchhandlung sollte ich aus dem Roman eines amerikanischen Bestellerautors lesen, der auf einer Deutschlandtour war. Zum ersten Mal stand mein Name wieder auf einem Plakat. Ich freute mich und hatte zugleich Lampenfieber wie zuletzt vor mehr als zehn Jahren bei meinem ersten Auftritt auf der Bühne im Berliner Prater. Außerdem gab es ein recht erfreuliches Honorar, mit dem ich die Miete für den nächsten Monat bezahlen konnte.

Ich lud Flock sogar ein, obschon ich ahnte, dass er seine Wohnung nur noch verließ, wenn ein Krankentransporter ihn zum Arztbesuch abholte. Und sogar Marie hatte ich eine Einladung geschickt, obwohl ich wusste, dass sie nicht kommen würde. In einer Zeitung hatte ich gelesen, dass sie sich von ihrem neuen Freund schon wieder getrennt hatte.

Der amerikanische Autor war in meinem Alter, ein cooler Typ. Unrasiert, unausgeschlafen, in abgewetzter Lederjacke erschien er in der Buchhandlung. Als Erstes fragte er mich, wo er ein Bier bekommen könne. In der Garderobe tranken wir zusammen, erst eines, dann ein zweites Bier. Ich hatte mir geschworen, nie wieder einen Tropfen Alkohol anzurühren, aber nun war ich plötzlich bester Stimmung. Ich war sicher, der Autor und ich, wir würden an diesem Abend viel Spaß zusammen haben.

Dann, in dem Moment, als wir auf die Bühne stiegen, sah ich sie.

Sie saß in der ersten Reihe. Ihre roten Lederstiefel leuchteten zu mir herauf, so wie sie auch damals im Gerichtssaal geleuchtet hatten. Sie trug überhaupt dieselbe Kleidung, dezent, aber hochmodern. Weiße Jeans, eine weiße Bluse, dazu einen Schal in der Farbe ihrer Stiefel. Ihre grünen Augen lagen hinter einer leicht getönten randlosen Brille verborgen. Lediglich ihr Haar schien einen Hauch rötlicher zu sein als bei unserer letzten Begegnung.

Nach dem Urteil war Holgers Mutter auf mich zugekommen und hatte mir so leise zugezischt, dass nur ich es hören konnte: »Sie sind ein Mörder – vergessen Sie das nie!«

Kein Schlag ins Gesicht, keine Kugel hätte mich schmerzhafter treffen können. Aber sie hatte ja recht. Ich stand da in einem Moabiter Gerichtssaal, und ihr Junge lag tot in einem Kindersarg, drei Fuß unter der Erde.

Vom ersten Moment an hatte ich das Gefühl, dass sie in der Buchhandlung saß, um mich zu bestrafen. Ich spürte, wie die Hitze mir ins Gesicht stieg, während ich die ersten Zeilen des Romans las. Waren es die Scheinwerfer, die wieder auf mich wiesen, war es der Alkohol in meinem Blut, oder waren es ihre feindseligen Augen, die auf mich gerichtet waren? Die Worte entglitten mir, fielen mir wie heiße Steine aus dem Mund. Ich verstand nichts von dem, was ich da las. Gemurmel wurde im Saal laut, neben mir begann der Amerikaner, der kein Wort Deutsch sprach, unruhig hin und her zu rutschen, und als ich aufblickte, um mich an irgendetwas festzuhalten, bemerkte ich, dass Holgers Mutter lächelte, zufrieden über meinen völlig missglückten Auftritt. Dann sackte ich von meinem Stuhl, doch ich hörte noch, wie jemand rief: »Der ist ja völlig betrunken!«

Colin, der Autor, brachte mich nach Hause, schleppte mich in meine Wohnung hinauf. Er war wohl der Einzige, der verstand, dass es nicht der Alkohol war, der mich umgeworfen hatte.

Am nächsten Morgen lief ich zu Flock, obwohl ich gar keine Stunde bei ihm hatte. Es war kurz nach acht, und es dauerte eine ganze Weile, bis er an die Tür kam. Ich fürchtete schon, ich hätte ihn aus dem Bett geholt, aber er saß wie stets in weißem Hemd und schwarzer Hose mit Hosenträgern in seinem Rollstuhl. Er musterte mich prüfend, dann nickte er und öffnete die Tür, sodass ich in seinen dunklen Flur eintreten konnte.

»Sie können bleiben«, sagte er streng, »aber Sie müssen in der Küche warten. Eine Schülerin ist da.«

Ich nickte dankbar. Mir war alles recht, ich hätte auch stundenlang in einer Besenkammer gewartet, um mit ihm sprechen zu können.

Die Küche war klein, maß allenfalls zehn Quadratmeter, nicht eben viel für einen alten Mann im Rollstuhl. Die Schränke waren weiß lackiert, an einigen Stellen platzte schon die Farbe ab. Ein schmaler Tisch war ans Fenster geschoben. Man sah, dass Flock hier ständig saß, wenn er nicht unterrichtete. Ein Laptop stand neben einer leeren Teetasse. Ich holte mir aus der Ecke hinter der Tür einen Hocker, das einzige Sitzmöbel im Raum, und wartete. Zu gerne hätte ich den Laptop angeschaltet und mir angesehen, was Flock damit schrieb oder was er sonst mit dem Computer anstellte.

Die Stille beruhigte mich. Ich würde Flock meine ganze Geschichte erzählen. Bisher hatte ich darüber nur Andeutungen gemacht, auch weil ich glaubte, dass er längst alles von Dave oder aus den Zeitungen über mich wusste.

Plötzlich durchbrach eine Stimme die Stille. Die Schülerin, fiel mir ein, aber es war kein junges Mädchen, wie ich gedacht hatte, sondern eine erwachsene Frau, die einen literarischen Text las. Ein Mann, der offenbar ein Verbrechen begangen oder zumindest Schuld auf sich geladen hatte, betrat ein leeres Zimmer und beschrieb seine Empfindungen. Er sah die Sonne Muster werfen, sah Staub tanzen und hatte das Gefühl, am Leben zu sein, indem er nur den kleinsten Dingen Beachtung schenkte. Ich hatte keine Ahnung, von wem dieser Text stammte, aber ich begriff sofort, dass diese wunderbare, faszinierende Stimme von mir sprach – ich war dieser Mann.

Ich schlich zur Tür von Flocks geräumigem Wohnzimmer, in dem er seinen Unterricht abhielt, und spähte durch das Schlüsselloch. Leider sah ich nichts,

Flocks Rollstuhl versperrte mir die Sicht.

Als es halb zehn war, rollte Flock aus seinem Zimmer. Es war, als wolle er mich in die Küche scheuchen. Ich sah kein Gesicht der Frau, nur blondes, langes Haar, das zu einem Zopf gebunden war, und einen schwarzen Mantel. Dann war sie zur Tür heraus wie ein Geisterwesen. Ein fremder Duft hing noch für Momente in der Luft.

»Wer war diese Frau?«, fragte ich Flock, kaum dass er die Tür geschlossen hatte. »Ich muss es wissen.«

Er lächelte nur. »Warum bist du gekommen?«, fragte er, statt mir zu antworten.

Zu meinem Erstaunen duzte er mich.

Und ich erzählte von meinem Zusammenbruch, von dem Kind, das ich umgebracht hatte, vom Gefängnis und von dem Tibeter – zum allerersten Mal.

10.

Zweimal klingelte in der Nacht das Telefon. Kareen erwachte jedes Mal aus dem Tiefschlaf, und als sie den Hörer abhob, der im Flur in der Empfangsstation steckte, war niemand am Apparat. Kein Laut, nicht einmal ein Atmen, und natürlich tauchte die Nummer des Anrufers auch nicht auf dem Display auf. Vielleicht war es wieder Lea Montasser gewesen, so verzweifelt oder betrunken, dass sie sich nicht getraut hatte, etwas zu sagen.

Nach dem zweiten Anruf stand Max weinend in der Tür.

»Etwas will mich eingraben«, sagte er schluchzend. »Es fesselt mich an den Händen und wirft mich in ein Loch. Ein Ungeheuer ...«

Er sah mit seinen Verbänden um Hände und Füße so erbärmlich aus, dass ihr die Tränen kamen. Vorsichtig küsste sie ihn und trug ihn zurück ins Bett. Wie ein Säugling hielt er ihre Hand, während sie vor seinem Bett lag und vergeblich versuchte, wieder einzuschlafen. Max flüsterte im Schlaf vor sich hin. Einmal glaubte sie das Wort »Papa« zu hören, als schliche Robert durch seine Träume. Aber es konnte doch nicht sein Vater sein, vor dem er Angst hatte, dass er ihn eingraben würde. Max hatte seinen Vater verehrt, selbst als Robert die meiste Zeit im Sommerhaus gewesen war und sich viel weniger um ihn gekümmert hatte.

Ich sollte weggehen, sagte Kareen sich wieder, wenn schon nicht nach Mallorca, dann vielleicht zurück nach Münster, wo auch Mutter nach Max sehen würde. Aber in Münster gab es keinen Sender, für den sie arbeiten konnte. Wer brauchte da eine Rundfunksprecherin?

Irgendwann atmete Max ruhiger. Er schien aus seinen Albträumen herausgefunden zu haben. Sie spürte ihre Müdigkeit. Es war halb drei. Sie musste schlafen. Morgen hatte sie Dienst, und dann war Risch wieder da ... Plötzlich schreckte sie auf. Klingelte wieder das Telefon? Nein, alles war still. Ihre Nerven spielten ihr einen Streich.

Auf einmal, als sie auf ihre Matte zurücksank, hatte sie ein Bild vor Augen, das sie nach Roberts Tod beinahe mehr als alles andere erschreckt hatte – mehr als der Sarg und die Kränze mit seinem Namen. Zusammen mit dem ungewöhnlich schweigsamen Jakob hatte sie zu einem Abschleppdienst fahren müssen, wo Roberts Wagen stand. Der Passat war nur noch ein Haufen Blech, ein Symbol der Vernichtung. Die komplette linke Seite sah aus, als wäre sie mit einer Dampframme zusammengeschoben worden. Die Windschutzscheibe war zerbrochen, die Fahrertür völlig demoliert und aus den Angeln gerissen worden. Sie verfluchte sich, dass sie es nicht allein Jakob überlassen hatte, die wenigen persönlichen Dinge abzuholen, die sich in dem Wagen befunden hatten. Ein Mann in einem grauen Kittel drückte ihr zwei Tüten in die Hand – mit Landkarten, CDs, dem Verbandskasten, einer Decke, zwei medizinischen Büchern. Dann, als sie sich abwenden wollte, fragte er sie, was mit der Schaufel und den anderen Werkzeugen sei. Eine Schaufel?, hatte Jakob gefragt. Der Mann nickte und übergab ihnen eine Schaufel, die noch in Zellophan eingepackt war, zwei nagelneue Blecheimer sowie Seile, Plastikplanen, Hammer und eine Zange, ebenfalls unbenutzt.

Was hatte Robert mit diesen Sachen gewollt?

Jakob hatte ihr auch diese Frage gestellt, aber natürlich hatte sie darauf keine Antwort gewusst.

Er wollte etwas vergraben, dachte sie nun. Er hatte doch ein Geheimnis, das ihn umtrieb – seit Max geboren war oder seit dem Unfalltod seines Vaters.

Als das Telefon zum dritten Mal klingelte, zeigte die kleine Digitaluhr sieben Uhr neun. Es war noch dunkel draußen, verhalten drang das Rauschen einer Straßenbahn herauf. Kareen erhob sich mühsam. Max lag reglos auf dem Rücken, das Gesicht starr zur Decke gerichtet, aber seine Augen waren geschlossen. Er schlief noch.

In der Diele war Claudine schon am Telefon. »Moment«, sagte sie verschlafen und hielt Kareen den Hörer hin. »Jemand für dich – ein Mann.«

Zaghaft nannte Kareen ihren Namen. Telefonate so früh am Morgen konnten nichts Gutes bedeuten.

»Können wir uns treffen?«, fragte eine heiser klingende Stimme, die ihr im ersten Moment nicht bekannt vorkam. »Ich bin ruiniert. Ich habe alles verspielt.« Die Stimme räusperte sich, dann folgte ein tiefer Atemzug. Nein, da zog jemand tief und erschöpft an einer Zigarette.

Es war Risch, begriff sie dann, und er redete offenbar von seiner letzten Pokerrunde.

Nachdem sie Max in den Kindergarten gebracht hatte, fuhr sie in die Südstadt. Risch hatte ein Bistro am Rhein vorgeschlagen, das sie nicht kannte, direkt am Fluss, in einem der supermodernen Häuser, die dort gebaut wurden. Werbeagenturen, Galerien und teure Restaurants sollten da einziehen und der ganzen Gegend einen neuen Schick verleihen.

Sie wusste selbst nicht, warum sie zu ihm fuhr, aber wenigstens hatte er ihr nicht wieder aufgelauert, sondern sie direkt angerufen. Vielleicht sollte sie das als Fortschritt betrachten. Sie parkte in einer Tiefgarage, die bis auf vier, fünf Autos vollkommen leer war und in der es nach nassem Beton roch. Ihre Schritte hallten, als sie zu dem Fahrstuhl ging. Es war helllichter Tag. Trotzdem war ihr unbehaglich zumute. Als die Tür aufglitt, stand ihr ein Mann in einem blauen Overall gegenüber. Für eine Sekunde glaubte sie, er hielte eine Waffe in der Hand. Sie holte tief Luft, wie um einen Schrei auszustoßen, aber dann bemerkte sie, dass es keine Waffe, sondern eine überdimensionale schwarze Taschenlampe war. Ein

Bauarbeiter, der irgendetwas überprüfen wollte. Zum Glück hatte sie sich zusammengenommen. Mit einem flüchtigen Nicken und einem unverständlich gemurmelten Gruß schob er sich an ihr vorbei. Auf der kurzen Fahrt nach oben sah sie in der Spiegelwand des Lifts, wie müde und ungepflegt sie ausschaute – als hätte sie die ganze Nacht kein Auge zugetan. Falten und bläuliche Schatten hatten sich unter ihren Augen ausgebreitet. Sie war eindeutig gealtert in den letzten Wochen und Monaten.

Die schmale Straße, zu der sie gelangte, war bereits gepflastert, nur vor einigen Hauseingängen lagen noch Steine und Sandhaufen. Am Ende, ein ganzes Stück entfernt, war die Straße durch einen Bauzaun abgesperrt. Dahinter fuhr ein einzelner Bagger hin und her und schob Schutt beiseite. Sie war allein auf der Straße. Die meisten Büros standen noch leer, lediglich in einer Galerie am Ende des Blocks saß bereits eine Frau hinter einem gläsernen Schreibtisch und starrte auf einen Computerbildschirm. Durch die Fensterfront auf der anderen Seite konnte man den grauen Rhein sehen, der wie gehetzt vorbeifloss.

Kareen ging um das Gebäude herum. Warum wollte Risch sich ausgerechnet hier mit ihr treffen? Es war Viertel vor zehn. Eigentlich hätte er schon im Büro sein müssen, während ihre Schicht erst gegen Mittag begann. Er saß allein unter einem Sonnenschirm auf der Terrasse des einzigen Bistros, das es hier gab. Auf den ersten Blick wurde ihr klar, dass er dieselben Kleider trug wie am Abend zuvor im Hotel Hagen. Erfreut hob er die Hand und winkte ihr, als könne sie ihn verfehlen.

»Eigentlich machen sie hier erst um zehn auf«, sagte er, »aber mir haben sie schon einen Kaffee gebracht.« Er deutete auf eine elegante große Tasse vor sich und gab ihr dann ganz förmlich die Hand, die sich erstaunlich warm und beinahe vertraut anfühlte.

»Schöner Blick«, erwiderte sie verlegen und setzte sich. Der Himmel war verhangen, es roch nach Benzin, und vom Fluss wehte ein kühler Wind herauf.

»Der Rhein ist ein Trostspender«, sagte er. »Ich bin schon früher oft hierhergekommen, als noch die alten Lagerhäuser standen.« Er zündete sich eine Zigarette an. »Rauchen darf man hier auch, und man ist völlig ungestört. Um diese Zeit kommen kaum Leute vorbei.«

»Warum hast du mich angerufen?«, fragte sie.

Risch machte eine Geste, als wolle er sie bitten zu schweigen. Ein Kellner trat aus dem Restaurant, ein schöner Mann mit schokoladenbrauner Haut, der sie höflich anlächelte und ihre Bestellung entgegennahm.

Auch nachdem der Kellner gegangen war, schwiegen sie noch eine Weile. Zwei Möwen standen in der Luft, wie festgefroren, bevor sie in synchronen Bewegungen auf das Wasser hinabstürzten, wo sie einen Moment später auf und ab schaukelten.

»Ich weiß manchmal gar nicht, was ich tue«, sagte Risch. »Dann geht alles durcheinander. Ich denke nur an das nächste Spiel, den nächsten Abend. Ich gehe alte Partien durch. Was habe ich falsch gemacht? Was hätte passieren müssen, damit meine Glückssträhne anhält?«

»Du redest vom Kartenspiel?«, fragte Kareen.

Er nickte. Seine widerspenstige Haarsträhne hing ihm in die Stirn. Nun nahm sie erst wahr, wie sehr er nach Rauch und Alkohol roch. »Poker«, sagte er. »Ich bin eigentlich kein Mensch mehr. Ich bin ein Pokerspieler. Das ist was völlig anderes.«

Der Kellner kehrte zurück und stellte ihr einen Milchkaffee hin. Seine weißen Zähne blitzten auf, als er wieder lächelte. Die beiden Möwen flogen eine Schleife über sie, und ein Fahrradfahrer in einem bunten Trikot rauschte auf der Promenade entlang.

»Deshalb warst du gestern im Hotel«, sagte sie, als der Kellner ihr den Rücken zurückgewandt hatte.

»Einmal im Monat veranstaltet Jakob ein offizielles Turnier – unter Aufsicht, aber das ist natürlich viel zu wenig. Wir möchten am liebsten jeden Abend spielen. Und das tun wir beinahe auch.

Dann ist es allerdings nicht ganz legal.« Risch lächelte matt und sog an seiner Zigarette. »Du hast gesehen, was für einen Raum Jakob uns gegeben hat, aber uns ist das gleichgültig. Solange uns niemand stört, würden wir auch an einem Tisch im Freien, bei Wind und Regen und eisigen Temperaturen spielen.«

Spielsüchtig, dachte Kareen, Risch ist spielsüchtig, und er nennt Jakob beim Vornamen.

»Warum verfolgst du mich?«, fragte sie plötzlich.

Sie musterte Risch, blickte ihm in die braunen Augen, in denen seine Erschöpfung zu lesen war.

»Verfolgen? Nein«, sagte er. »Ich habe gedacht, ich könnte mich retten, indem ich mich in dich verliebe. Du bist schön, du strahlst etwas aus, das wenige Frauen haben; aber dann sitze ich wieder in diesem Hinterzimmer, und alles dreht sich nur um ein paar Karten. Ich hatte gestern gegen Mitternacht dreißigtausend Euro gewonnen. Und dann, drei Stunden später, war alles wieder weg. Ich werde meine Wohnung verkaufen müssen. Meine Bank gibt mir kein Geld mehr. Wenn alles gut läuft, habe ich hinterher vielleicht nur noch hunderttausend Euro Schulden.«

»Und was ist mit dem Sender? Weiß jemand davon?«, fragte Kareen.

Risch winkte ab, als wäre diese Frage für ihn unwichtig, und drückte seine halbgerauchte Zigarette aus. »Vogel weiß es, und wahrscheinlich sogar der Intendant. Ich habe einmal um einen Vorschuss bitten müssen. Sonst hätte ich mit gewissen Leuten Ärger bekommen, richtig gefährlichen Ärger.«

Vogel war der Programmdirektor; wenn er von der Spielsucht wusste, dann hatte er sein Wissen sicherlich mit ein paar seiner Vertrauten in der Nachrichtenredaktion geteilt. Vielleicht war auch das der wahre Grund für Rischs Karriereabsturz.

Kareen bemerkte, wie Risch nach ihrer Hand tastete, zaghaft erst, dann zielsicherer. Im letzten Moment lehnte sie sich zurück und blickte wieder auf den Fluss. Zwei Lastkähne schienen aufeinander zuzusteuern. Gleich würden sie kollidieren – so sah es zumindest aus, aber dann glitten sie aneinander vorbei.

»Ich kann dir kein Geld geben«, sagte sie, ohne ihn anzusehen. »Ich kann dir nicht helfen – falls du mich deshalb angerufen hast.«

Er lachte kurz auf. »Mir helfen? Nein – ich will dir helfen. Jakob hat mit mir gesprochen. Er meint, ich solle dir einen anderen Job besorgen – irgendwo im Ausland, als Korrespondentin. Er meint, du habest in Köln in letzter Zeit zu viel durchmachen müssen. Er macht sich wirklich ernste Sorgen um dich.«

Kareen konnte Risch plötzlich nicht länger ansehen – so sehr erschrak sie bei seinen Worten. Was hatte das alles zu bedeuten? Wusste Jakob, dass sie einmal mit Risch geschlafen hatte? Hatte er es vielleicht sogar Robert erzählt? Sie spürte, wie sich ein Schmerz in ihr ausbreitete, ein Gefühl, als glitte ein Feuer von ihrem Magen aus den Hals hinauf. Rote Flecken mussten an ihrem Hals zu sehen sein, und ihre Stimme klang unkontrolliert, beinahe krächzend. »Hast du es ihm gesagt? Von uns beiden?«

Risch schüttelte den Kopf, doch in seinen Augen glaubte sie zu sehen, dass er log. »Jakob hat mir Geld angeboten, als Ermunterung, dir zu helfen, sozusagen, aber ich habe gesagt, dass ich zuerst mit dir reden muss. Wenn ich ehrlich bin, habe ich daran gedacht, ob wir zusammen weggehen könnten, du und ich, als Team. Der Sender macht so etwas manchmal. Leider wäre bestenfalls etwas in Osteuropa zu kriegen.« Er erhob seine Stimme, als ahnte er bereits ihren Widerspruch und wollte ihm mit Entschiedenheit begegnen. »Ich weiß, dein Mann ist erst seit drei Wochen tot und meine Schulden und die Pokerrunden und überhaupt ... Wir kennen uns noch nicht so gut ... Es spricht einiges dagegen – trotzdem ...« Er verzog den Mund zu einem Lächeln, und sie sah seine schlechten braunen Zähne. Er rauchte zu viel, trank zu viel. Wie hatte sie einmal mit ihm ins Bett gehen können?

»Eher würde ich allein auf den Mond fliegen«, flüsterte sie. »Du hast den Verstand verloren ... Ich habe außerdem ein Kind.«

»Max, dein Sohn, ich weiß, aber das wäre doch kein Grund … Ich mag Kinder. Eva und ich hätten auch gerne Kinder gehabt.« Er lächelte wieder. Zum ersten Mal hatte er ihr gegenüber seine geschiedene Frau erwähnt. Dann schnalzte er mit der Zunge, ein so unpassender Laut, dass Kareen ihm am liebsten ins Gesicht geschlagen hätte.

»Ich werde nicht ins Ausland gehen. Und Jakob soll mich in Ruhe lassen«, rief sie so laut, dass selbst der Kellner im Innern hinter seiner Designertheke aufsah.

Risch griff nach seiner Zigarettenschachtel, und wie aus weiter Ferne hörte Kareen ein Mobiltelefon klingeln. Er langte routiniert in seine Jacketttasche, doch es war ihr Handy, das monoton surrte.

Die Nummer des Kindergartens leuchtete auf der Anzeige auf. Ihr Herz begann sofort zu rasen, als hätte man ihr pures Adrenalin in die Venen gespritzt.

Es war Cecile, die blutjunge Erzieher, die Max wie keine andere in sein Herz geschlossen hatte.

»Frau Hagen«, sagte Cecile mit ihrer Kleinmädchenstimme, die nun noch eine Spur schriller klang als sonst. »Es tut mir leid … aber Max … Wir müssen leider annehmen, dass er verschwunden ist.«

Es gab Gedanken, die führten zu nichts als zu blankem Entsetzen, zu Panik und tiefster Verzweifelung. Alles durfte geschehen, nur nicht, dass Max etwas passiert war. Ihr Leben wäre zu Ende – von einer Sekunde auf die andere.

Ohne ein Wort der Erklärung sprang sie vom Tisch auf, steckte mechanisch ihr Telefon ein und rannte zur Tiefgarage. Risch rief ihr etwas nach, aber sie war unfähig, seine Worte zu verstehen. Es war auch gleichgültig, was er da rief. Sollte Risch sie verfolgen, sich Dinge einbilden – das war nicht wichtig.

Mit zitternden Händen öffnete sie ihren Wagen, raste dann quer durch die leere Tiefgarage zur Schranke an der Ausfahrt.

Wahrscheinlich hat Max sich nur über etwas geärgert und ist deshalb weggelaufen, dachte sie. Sollte ich zuerst nach Hause fahren? Vielleicht sitzt er weinend vor der Tür. Manchmal war er so verzweifelt über seine Krankheit, darüber, dass er nichts richtig berühren konnte, dass er ganz in sich versank. Ich weine in mir drin, hatte er ihr einmal diesen Zustand beschrieben.

Während sie sich in den dichten Verkehr auf der Rheinuferstraße einfädelte, versuchte sie Claudine anzurufen, doch niemand ging an den Apparat.

Kareen wurde wütend, sie sah Max schluchzend mit wundem Gesicht vor ihrer Haustür stehen, und Claudine war nicht da, weil sie irgendwo mit ihrer Freundin durch Edelboutiquen lief und Klamotten anprobierte, die sie sich doch nicht leisten konnte.

Dann fiel ihr das Telefon aus der Hand und rutschte unter den Sitz.

Als wäre das ein böses Zeichen, begann in ihrem Kopf ein schrecklicher Film abzulaufen: Max ist etwas passiert, jemand hat ihn entführt, man hat sich in den Kindergarten eingeschlichen, ihn in einem unbeobachteten Moment verschleppt und in einen Kastenwagen mit verhängten Fenstern geworfen. Der Mann, der sich der Tibeter nennt und in Wahrheit ein Verrückter ist. Oder Jakob, der unbedingt einen Erben will … Aber nein! Ihm traute sie mittlerweile eine Menge zu, doch warum sollte ein Onkel seinen Neffen entführen?

Sie war sicher, dass Max eine Entführung nicht lange durchstehen würde. Seine Haut reagierte auf die kleinste Veränderung. Wunden würden wieder aufbrechen, alle Fortschritte der letzten Wochen zunichte gemacht.

Der Verkehr war immer noch so dicht, dass sie nur langsam vorankam, auch wenn sie ständig die Spur wechselte und auf die Hupe drückte, um die Autos vor sich herzutreiben. An einer Ampel versuchte sie, an ihr Telefon zu gelangen, aber dazu hätte sie aussteigen und den Sitz zurückschieben müssen.

Und sie würde eine Entführung auch nicht durchstehen, dachte sie dann und fühlte sich wie gelähmt. Das Entsetzen konnte tatsächlich lähmen – aber vielleicht war Max ja doch nur in einem Akt der Freiheit, der ihm sonst nie erlaubt wurde, zum nächsten Kiosk gerannt …

Ihre Gefühle wechselten wie die Ampelfarben vor ihr, von einem panischen Rot zu einem beruhigenden Grün, und dann, als sie schon fast am Kindergarten war, begann ihr Telefon zu klingeln. Es lag genau unter ihr, außer Reichweite, und es surrte unentwegt. Alle ihre Telefone schienen sich in Folterinstrumente zu verwandeln. Sie zählte mit, verzählte sich. Sieben, acht, neun Mal – wie oft nur klingelte es? Nicht einmal die Mailbox sprang an.

Vor dem Kindergarten parkte sie schräg in der Feuerwehreinfahrt und musste sich entscheiden, ob sie hineinlaufen oder nach ihrem Telefon suchen sollte.

Sie entschied sich hineinzulaufen und versuchte gleichzeitig, sich für alle möglichen schlechten Nachrichten zu wappnen.

In der kleinen Eingangshalle lag links das Büro der Leiterin, rechts eine schmale fensterlose Kammer, die als Garderobe für die Angestellten genutzt wurde, dann gelangte man in einen Vorraum der einzelnen Spielgruppen. Eine Bank stand da, die sogenannte Arme-Sünderbank, weil dorthin alle Kinder für eine Weile verbannt wurden, die in ihrer Gruppe gestört hatten. Ein Kind saß auf der Bank, umringt von der Leiterin, einer blassen Frau mittleren Alters, die eine Vorliebe für Rüschenblusen hatte, und von Cecile, deren hellrot gefärbter Haarschopf immer sofort ins Auge fiel.

Es war Max, der da saß. Er hatte den Kopf gesenkt und hielt einen zerknüllten Pappbecher in der Hand. Cecile redete auf ihn ein, doch Kareen drängte sie beiseite und nahm Max in die Arme. Er schmiegte sich an sie, und voller Freude sog sie seinen Geruch ein, den Duft der Cremes und der besonderen Seife, die er jeden Morgen benutzte.

»Habe ich etwas falsch gemacht?«, flüsterte er ihr ins Ohr. »Cecile und alle anderen sagen das.«

»Nein«, sagte Kareen und spürte, wie ihr die Erleichterung den Atem nahm. »Du hast bestimmt nichts falsch gemacht.«

Als sie sich von Max löste, sah sie zuerst Cecile ins Gesicht.

Cecile sang abends in einer Band, sie war der Paradiesvogel dieses Kindergartens, nicht nur wegen ihres roten Haarschopfs und ihrer besonderen Art, sich zu schminken, sondern auch, weil sie sich ständig unkonventionelle Spiele ausdachte und weil sie Max immer in alles mit einbezog.

»Tut mir leid, Frau Hagen«, sagte sie reumütig. »Ich habe Sie sofort angerufen, als Max wieder an der Tür stand, aber Sie haben nicht abgehoben.«

»Mir war im Auto vor Aufregung das Telefon heruntergefallen. Was ist denn überhaupt passiert?« Kareen hockte sich neben Max und griff nach seiner Hand, die ein wenig zitterte.

»Ich schlage vor, dass Max mit Cecile wieder in seine Spielgruppe geht, und wir uns kurz unterhalten, Frau Hagen«, erklärte die Leiterin mit strenger Stimme.

Kareen wollte eigentlich widersprechen, sie hatte vor Max keine Geheimnisse, aber er nickte sofort, froh, von der Bank herunterzukommen und einer weiteren Standpauke zu entgehen.

»Gut«, sagte Cecile und legte ihm die Hand auf den Rücken. »Machen wir also mit unserem Wörterspiel weiter.« Während Max schon in sein Spielzimmer ging, drehte sie sich noch einmal zu Kareen um und zwinkerte ihr zu, als wolle sie ihr Mut zusprechen.

Kareen folgte der Leiterin in ihr Büro. Die Frau hieß Sabine Balzer, erinnerte sie sich. Auf der Kondolenzkarte des Kindergartens, die drei Tage nach Roberts Tod gekommen war, hatte sie als Einzige der Erzieherinnen ihren Namen in Druckbuchstaben geschrieben, was seltsam distanziert ausgesehen hatte. Manche Menschen hatten die zweifelhafte Begabung, allein durch ihr Erscheinen die

Temperatur in einem Raum um einige Grad zu senken – Sabine Balzer gehörte dazu.

»Ist bei Ihnen alles in Ordnung?«, fragte die Leiterin. Sie verzog den Mund – das sollte wohl ein aufforderndes Lächeln sein, aber es wirkte nur wie eine Grimasse. »Ich meine, Sie sind nach dem Tod Ihres Mannes sicherlich in eine schwierige persönliche Situation geraten, allein mit Ihrem kranken Kind, daher …«

»Ich verstehe nicht, worauf Sie hinauswollen, aber das ist auch gleichgültig. Sie sind mir eine Erklärung schuldig, nicht ich Ihnen«, erwiderte Kareen.

Sabine Balzer versuchte erneut zu lächeln. »Sie haben ganz recht, aber natürlich sind wir auf die Mithilfe der Eltern angewiesen. Wir tun alles für die Sicherheit, doch wenn ein Kind verfolgt wird …«

»Wie kommen Sie darauf, Max könnte verfolgt werden?«

»In der letzten Woche habe ich beobachtet, wie hier ein Mann hereingekommen ist. Ich habe ihn sofort angesprochen, und er hat nach Max gefragt und sich als dessen Onkel ausgegeben. Als ich ihn bat, sich auszuweisen, ist er unter einer fadenscheinigen Begründung wieder gegangen. Anscheinend ist der Mann heute wieder hier eingedrungen, und weil Cecile wohl etwas abgelenkt war, hat er Max abpassen können und ihn zum Eis essen eingeladen. Leider ist Max mitgegangen, ohne sich abzumelden. Die beiden waren für etwa zwanzig Minuten verschwunden. Dann stand Max mit einem Eisbecher in der Hand wieder da. Einerseits waren wir erleichtert – andererseits … Sie kennen den Mann vermutlich.«

Kareen begriff, was die Leiterin vermutete – irgendeine krude Liebesaffäre; ein Mann, der sich als Onkel ausgibt und sich bei einem Kind einschmeicheln will, weil es bei der Mutter nicht mehr so gut läuft, etwas in der Art.

»Nein, natürlich kenne ich den Mann nicht«, erklärte sie empört. »Ich habe auch gar keinen Bruder. Vielleicht war Jakob Hagen, der Bruder meines …«

Sabine Balzer schüttelte den Kopf. »Jakob Hagen kenne ich natürlich. Ich gehe manchmal zu den musikalischen Abenden in sein Hotel.« Sie zupfte ihre Rüschenbluse zurecht, als könnte Jakob jeden Moment um die Ecke biegen. »Er war es ganz bestimmt nicht. Der Mann war etwas älter, dunkelhaarig, mit einer Locke, die ihm in die Stirn fiel. Er trug eine dunkle Lederjacke, kein teures Stück.«

Risch, dachte Kareen, wenn sie nicht genau in diesem Moment mit ihm zusammengesessen hätte, wäre sie überzeugt gewesen, dass er es war.

»Zum Glück ist Max ja wieder zurück.« Sie versuchte Erleichterung in ihre Stimme zu legen, weil sie das Thema nicht weiter mit der Leiterin besprechen wollte. »Wenn Sie nichts dagegen haben, würde ich Max nun mit nach Hause nehmen. Am besten rufen Sie mich das nächste Mal an, falls der Mann wieder auftaucht. Und vielleicht holen Sie dann auch die Polizei.«

»Ja, nehmen Sie Ihren Sohn für heute am besten mit.« Sabine Balzer nickte, doch in ihrem Blick lag blanker Stahl, als wäre ihr Argwohn Kareens Lebenswandel gegenüber noch größer geworden. »Sie sollten Max allerdings einschärfen, dass er den Kindergarten nicht verlassen darf, und wir werden uns über unsere Sicherheitsmaßnahmen Gedanken machen. Cecile werde ich dringend auffordern, nicht mehr so nachlässig zu sein.«

Kareen verließ das Büro. Ihre Erleichterung war verflogen. Warum lief jemand in einen Kindergarten, holte ein Kind heraus, um ihm ein Eis zu spendieren? Und warum war dieses Kind ausgerechnet Max gewesen?

Sie wusste, dass es kein Zufall war.

Max saß ein Stück abseits an einem kleinen Tisch, neben ihm Cecile, die eine Hand sanft auf seinen Rücken gelegt hatte. Sie beugten sich über ein Puzzle. Nein, erkannte Kareen, es waren Buchstaben aus Pappe, die sie da vor sich hinlegten. Deshalb hatte Cecile von einem Wörterspiel gesprochen – die erste Annäherung an das

Alphabet. Intim und abgeschottet sahen die beiden aus, während in einer anderen Ecke, die mit Schaumstoffmatten ausgelegt war, die anderen Kinder lärmten. Max gehörte nicht dazu, er würde nie irgendwo dazugehören. Kinder mit Glasknochen waren noch übler dran, aber auch für Max musste man eine Welt aus Watte bauen.

Während Max sich anzog, etwas, das er im Kindergarten immer selbstständig tun wollte, trat Kareen mit Cecile ein Stück beiseite.

»Haben Sie den Mann auch gesehen, der Max mitgenommen hat?«

Cecile fuhr sich durch ihren roten Haarschopf. Sie hatte große braune Augen, die unruhig hin und her glitten. »Leider nicht. Wir hatten gerade ein wenig Streit in der Gruppe, und vielleicht ist Max deshalb in den Vorraum gegangen. Sie wissen ja, dass er keinen Lärm ertragen kann. Und dann war er plötzlich weg. Es tut mir wirklich leid, dass wir Ihnen einen solchen Schrecken eingejagt haben.«

Kareen bemerkte, dass Cecile ein Medaillon um den Hals trug – mit dem Bild des lächelnden Dalai Lama. »Waren Sie schon mal in Tibet?«, fragte sie überrascht und deutete auf das Medaillon.

Cecile lächelte. »Ja, ich habe dort einmal ein paar Monate in einer Schule für Blinde gearbeitet, die eine Frau aus Deutschland leitet. Tibet ist großartig und schrecklich zugleich. Die Landschaft und die Klöster sind toll, aber die Höhe ist nichts für uns Europäer. Ich hatte ständig Kopfschmerzen.«

»Wissen Sie, ob es Menschen aus Tibet gibt, die hier in der Gegend wohnen?«

»Nein, keine Ahnung, aber ich könnte meine Freundin fragen. Die hat auch in Tibet gearbeitet. Seit die Chinesen ins Land gekommen sind, haben sich die Tibeter in alle Winde zerstreut.«

Kareen bedankte sich und ging mit Max zum Ausgang.

»Ich wäre gerne noch geblieben«, sagte Max leise. Er warf Cecile einen traurigen Blick zu, als würde er in Ketten abgeführt. »Ist es nur, weil ich dieses Eis gegessen habe?«

»Wir müssen uns ein wenig unterhalten«, sagte Kareen und versuchte freundlich zu klingen. »Und morgen kommst du ja wieder her.«

Sie hatte keine Ahnung, ob Risch in den Sender gefahren war, aber sie würde nach dieser Aufregung einen Tag Urlaub nehmen müssen – so viel stand fest. Vielleicht konnte sie mit Babette tauschen, sodass es nicht gleich wieder Ärger gab.

An der Tür blickte die Leiterin ihnen nach. Wie eine Aufseherin lehnte sie in der Tür. Warum arbeitete so jemand in einem Kindergarten? Robert hatte Max vor fast zwei Jahren hier angemeldet, nachdem er dreimal mit der Leiterin geredet und ihre Bedenken ausgeräumt hatte. Max sei nicht zu krank, um in einen Kindergarten zu gehen, hatte er ihr versichert. Zu der Zeit hatte Kareen noch ein wenig Hoffnung gehabt, dass alles einfacher für Robert und sie werden würde. Hätte sie damals jedoch mit dieser Leiterin zu tun gehabt, wäre sie wahrscheinlich sofort wieder gegangen.

»Was für ein Eis hast du denn gegessen?«, fragte Kareen, als sie an ihrem Golf angekommen waren. Sie klaubte ihr Telefon unter dem Sitz hervor und tat, als würde sie das, was Max antwortete, nicht sonderlich interessieren. Risch hatte ebenfalls versucht, sie auf dem Handy zu erreichen, konnte sie an der Anzeige sehen. Zweimal hatte er ihre Mobilnummer gewählt.

»Drei Kugeln, dreimal Erdbeer«, erklärte Max, während er in seinen Kindersitz kletterte. Er war vollkommen arglos – als wäre er mit Claudine oder Anja ein Eis essen gewesen.

Kareen beobachtete ihn im Rückspiegel. »Und wer hat dir das Eis ausgegeben?«

Max blickte auf. Nun verfinsterte sich seine Miene doch ein wenig. »Ich habe an der Tür gestanden. Matthias hatte mich angeschrien, und da habe ich Angst bekommen, und meine Hände haben schrecklich gejuckt. Der Mann hat gesagt, er würde dich kennen, aus dem Sender – und er würde mir gerne ein Eis ausgeben. Ich habe an Matthias gedacht und an das Eis, und dann bin ich mitgegangen – das kurze Stück bis zur Eisdiele. Das hätte ich nicht tun sollen, nicht wahr?«

»Nein«, sagte Kareen. »Du kannst nicht mit jedem mitgehen, der dich zu einem Eis einlädt. Ich glaube nicht, dass der Mann ein Kollege war. Hat er dir seinen Namen genannt?«

»Er heißt Ralf, hat er gesagt, und er hat gewusst, dass du beim Radio arbeitest und mein Papa tot ist.« Max sah genau in Richtung Rückspiegel.

Kareen hoffte, dass er nicht bemerkte, wie sehr sie erschrak. Sie verschaltete sich, der Motor heulte auf, und fast hätte sie beim Abbiegen einen Radfahrer erwischt, der plötzlich aus dem toten Winkel aufgetaucht war.

»Trotzdem darf man sich nicht von jedem einladen lassen, den man nicht kennt. Wie hat der Mann denn ausgesehen?«

Max war ein guter Beobachter. Der Mann war dunkelhaarig, hatte eine Locke, die ihm in die Stirn fiel, und einen großen Leberfleck am Hals, der fast bis zum Kinn hoch verlief.

»Und dann hat er dich einfach so zurückgebracht?« Die Beschreibung passte auf niemanden, den sie kannte, und auch wenn es eine vage Ähnlichkeit mit Risch gab, so hatte der keinen Leberfleck am Hals. Außerdem waren sie ja zusammen gewesen.

»Ja.« Max nickte heftig. »Er hat sich nicht mal selbst ein Eis gekauft, aber er hat mir noch etwas für dich gegeben. Einen Zettel – den ich niemandem sonst zeigen sollte.« Er griff in seine Jackentasche und holte ein weißes Blatt Papier heraus, das schon ein wenig zerknittert war.

Als sie an ihrem Haus angekommen war, drehte Kareen sich um und nahm den Zettel entgegen. Er war nicht bedruckt und einmal in der Mitte gefaltet.

Liebe Frau Hagen, stand da in einer harten Blockschrift, *man-*

che Kinder verschwinden einfach – und nicht nur für ein paar Minuten. Mit freundlichen Grüßen. Ein Unbekannter.

Sie spürte, wie sie plötzlich Schwierigkeiten hatte zu atmen, als würde ihr etwas die Kehle zudrücken. Und sie ahnte, dass sie in einen schrecklichen Albtraum geraten war, der noch lange nicht zu Ende war.

ZWEITER TEIL

VIER TAGE SPÄTER

11.

Das Wetter wurde schöner. Köln strahlte unter einem blauen Septemberhimmel. Nachdem sie mit Max aus dem Kindergarten gekommen war, hatte sie Risch angerufen. Er hatte wieder im Büro gegessen und getan, als wäre nichts geschehen. Ohne ihr Vorwürfe zu machen oder ihr aufdringliche Fragen zu stellen, hatte er ihr eine Woche Urlaub bewilligt. »Du musst dich ausspannen, und vielleicht können wir uns danach einmal zum Essen treffen«, hatte er gesagt.

»Ja, vielleicht«, hatte sie entgegnet.

»Ich höre mit den Pokerrunden auf«, hatte er hinzugefügt, aber sie hatte darauf nichts erwidert, sondern aufgelegt. Sollte er sich zu Tode pokern oder irgendwo in einem Schuldturm enden – es interessierte sie nicht. Sie wollte nicht einmal mehr an ihn denken, weder an ihn noch an den Tibeter, noch an Zita oder Jakob.

Morgens brachte sie Max in den Kindergarten, und mittags holte sie ihn wieder ab. Dazwischen ging sie einkaufen oder lief am Rhein entlang – wie eine Touristin, wie jemand, der sich über nichts Sorgen zu machen brauchte.

Niemand rief bei ihr an, der seinen Namen nicht nannte. Auch im Kindergarten tauchte niemand auf, der sich nach Max erkundigte oder sich auffällig verhielt.

Sie versuchte an ganz andere Dinge zu denken. Es tat gut, einen gemächlichen, unspektakulären Alltag zu haben. Einmal meldete sich Babette, um sie zu einem Abendessen einzuladen. Roger, ihr neuer Freund, und Johan Waller würden auch mitkommen, doch Kareen lehnte ab. Ihr widerstrebte der Gedanke, Max abends auch nur eine Stunde lang allein zu lassen. Er hatte neue blutige Blasen auf der Stirn, die sie ihm jeden Morgen und Abend gründlich säubern musste.

Der Brief lag gegen Mittag in ihrem Postkasten, ein weißer Umschlag ohne Briefmarke. Ihr erster Impuls war, ihn nicht zu öffnen, sondern ihn zu zerknüllen und wie ein billiges Werbeblättchen gleich in den Mülleimer zu werfen. Der Tibeter war nicht nur im Sender, nun verfolgte er sie auch bis in den heimischen Briefkasten.

Sie ließ Max in sein Zimmer vorauslaufen. Er hatte einen schlechten Tag im Kindergarten gehabt, war wortkarg und wollte sich ins Bett legen, um mit seinem Gameboy zu spielen. Die Wunden in seinem Gesicht bereiteten ihm Schmerzen.

Als sie den Brief vor sich auf den Küchentisch legte, wusste sie, dass ihre kurze Schonzeit zu Ende war. Vier Tage ruhig ein- und ausatmen, alle Schwierigkeiten und Probleme beiseiteschieben.

Sie musste den Tibeter finden und herausbekommen, was er von ihr wollte.

Ihre Hände arbeiteten mechanisch. Vorsichtig rissen sie den zugeklebten Umschlag auf.

Es war kein Gruß des Tibeters, sondern ein Zeitungsausschnitt. Der Express vom Vortag, die Donnerstagausgabe, wie Kareen an der Datumsangabe am oberen Rand erkennen konnte. Jemand hatte sorgfältig einen Artikel herausgeschnitten und ihr in den Briefkasten gesteckt. Den Grund begriff sie erst, als sie das dünne Papier umdrehte. Ein großer Bericht auf Seite drei. Die Überschrift lautete: *Kölnerin stirbt auf Ibiza.* Ein grobkörniges Foto zeigte eine schwarzhaarige ältere Frau, die an einem Geländer lehnte und etwas künstlich in die Kamera lächelte. Im Hintergrund war vage das Meer zu erkennen. *Vermutlich am Dienstagabend starb die lebenslustige Lea Montasser bei einer Wanderung durch die Berge von Ibiza. Die Witwe des bekannten Kölner Arztes Walter Montasser lebte seit Jahren als Malerin mit eigenem Atelier auf der In-*

sel, hatte den Kontakt zu ihrer Heimatstadt jedoch nie verloren. Besonders gern zeigte sie ihre Bilder auf Ausstellungen in Köln. Wie die Polizei der Insel mitteilte, ist sie offensichtlich einen Steilabhang hinter ihrem Haus hinuntergestürzt. Ein Fremdverschulden wird ausgeschlossen. Die Schwester der Toten, die in Leverkusen lebt, erklärte auf Anfrage des Express, *Lea Montasser solle am kommenden Montag auf dem Kölner Melatenfriedhof beigesetzt werden. Lea Montasser wurde neunundsechzig Jahre alt und hatte keine Kinder.*

Ihr Körper reagierte zuerst, nachdem Kareen die Zeilen gelesen hatte. Sie begann zu zittern, das Blatt schwankte in ihren Händen, ihr Hals trocknete aus. Eine Reaktion wie bei einem Alkoholiker, der schon seit Tagen auf dem Trockenen gesessen hatte.

Es gab das perfekte Verbrechen. Hier stand es schwarz auf weiß. *Ein Fremdverschulden wird ausgeschlossen.* Und doch hatte ihr jemand diesen Artikel wie eine Visitenkarte geschickt – oder als eine Warnung, die sie einschüchtern sollte. Wahrscheinlich gab es nur zwei Menschen auf der Welt, die wussten, dass Lea Montasser ermordet worden war – der Mörder und Kareen. Nein, auch der Jemand, der ihr dieses Papier in den Briefkasten geworfen hatte – falls es nicht der Mörder war.

Kareen begriff zum ersten Mal, in welcher Gefahr sie schwebte. Aber warum?

Die einzige Verbindung, die sie zu der Toten gehabt hatte, war Meinhart Hagen gewesen – wenn es stimmte, dass Lea Montasser seine Geliebte gewesen war.

Als sie Jakobs Nummer wählte, war er sofort am Apparat, keine Sekretärin, kein Portier von der Rezeption; wenn sie sich recht erinnerte, hatte sie ihn allerdings noch nie im Hotel angerufen.

Im Hintergrund waren Stimmen zu vernehmen. Jakob klang ein wenig angespannt, trotzdem bemühte er sich, höflich zu sein.

»Kareen, dein Anruf kommt ziemlich ungelegen.« Dann zögerte er einen Moment. »Ist was mit Max? Geht es ihm nicht gut?«

Plötzlich fragte sie sich, ob Esther ihm von ihrem Besuch am Sonntag berichtet hatte. Nein, wahrscheinlich war es ihr zu peinlich gewesen. Andernfalls hätte Jakob sich gewiss schon bei ihr gemeldet.

»Nein, Max geht es gut«, erwiderte sie, auch wenn es nicht stimmte. »Ich habe nur eine Frage. Was sagt dir der Name Lea Montasser?«

»Sie war eine Bekannte von Zita und Meinhart, eine verrückte Malerin. Sie hat auf Ibiza gelebt und ist vor zwei oder drei Tagen gestorben. Stand gestern in der Zeitung. Deshalb rufst du an?«

Esther hatte also tatsächlich nichts erzählt. Jakob wusste nicht, dass sie mit Lea Montasser gesprochen hatte – oder er spielte überzeugend den Ahnungslosen.

»Hast du die Frau gekannt?«, fragte Kareen weiter.

»Hör zu, Kareen«, sagte Jakob, nun merklich gereizter. »Ich habe wichtige Gäste hier, Kernphysiker aus Jülich, die überlegen, ob sie ihren nächsten Kongress bei uns veranstalten sollen. Dreihundert Leute, davon viele Übernachtungsgäste. Da muss ich mich kümmern.«

»Hast du die Frau gekannt?«

Jakob sprach deutlich leiser weiter. »Ist sie also auch bei dir gewesen? Ja, klar habe ich sie gekannt. Sie hat allen erzählt, dass sie ein Verhältnis mit Meinhart hatte und er sie heiraten wollte.«

»Und – hatte sie ein Verhältnis mit deinem Vater?«

»Das glaube ich kaum.« Die Stimmen im Hintergrund waren verstummt. Offensichtlich hatte Jakob ein transportables Telefon, mit dem er sein Büro verlassen konnte. »Aber das ist alles lange her. Wir können gerne zu einer anderen Zeit darüber sprechen.«

»Ich muss es jetzt wissen«, sagte Kareen. Sie wunderte sich über ihre Hartnäckigkeit. Für gewöhnlich war Jakob derjenige, der anderen seine Spielregeln aufzwang. »Hattet ihr eigentlich Streit an dem Abend, als Meinhart starb?«

»Hat Lea Montasser dir das erzählt? Kareen, ich muss nun dringend in meine Besprechung zurück. Nein, es gab keinen Streit. Schließlich hatte Meinhart Geburtstag. Das war für die Familie immer ein Festtag. Außerdem hatten wir allen Grund, guter Stimmung zu sein. Schließlich war gerade das erste Enkelkind auf die Welt gekommen, gesund, wenn auch …«

»Wer hat eigentlich den Totenschein ausgestellt?«, unterbrach Kareen ihn, von ihrem eigenen Gedanken überrascht. »Hat Robert das gemacht?«

Jakob seufzte. »Was sollen all diese Fragen? Natürlich hat Robert nicht den Totenschein ausgestellt, nicht bei seinem eigenen Vater. Esther hat den alten Merzenich angerufen. Tut mir leid, Kareen. Ich muss jetzt wirklich Schluss machen.«

Eine Sekunde später brach die Verbindung ab.

Kareen spürte, dass sie außer Atem war, als sie den Hörer auflegte, wie nach einer großen Anstrengung. Sie hatte eine Frage gestellt, die ihr erst während des Sprechens eingefallen war. Der alte Doktor Merzenich hatte Meinharts Tod festgestellt – und ausgerechnet Esther hatte ihn gerufen! Von Esther war bisher nie die Rede gewesen. Kareen hatte gar nicht gewusst, dass sie an dem Unglücksabend auch in dem Sommerhaus gewesen war. Doch, ja, sie gehörte zur Familie. Wenn Kareen nicht nach der Geburt noch im Krankenhaus gelegen hätte, wäre sie auch zu Meinharts Geburtstag eingeladen worden.

Max spielte selbstvergessen immer noch mit seinem Gameboy. Kareen nutzte die Gelegenheit und rief Esther an, doch nur ihr Anrufbeantworter meldete sich. Mit seriöser Stimme verkündete Jakob, dass weder er noch seine Gattin zu Hause seien. Dann wurde für dringende Angelegenheiten die Nummer im Hotel durchgegeben.

Früher Freitagnachmittag – wo konnte Esther sein?

Manchmal half Esther im Hotel aus, aber meistens nicht mitten in der Woche, sondern am Wochenende oder bei Veranstaltungen. Ansonsten hatte sie die festen Termine einer gut betuchten Hoteliersfrau. Sauna, Massage, Kosmetikerin, Yoga. Oder vielleicht hockte sie bei irgendeinem Frauenarzt, oder in einer Kirche und betete darum, endlich schwanger zu werden.

Für einen Moment amüsierte Kareen sich über diese Vorstellung, dann sah sie wieder nach Max. Er war neben seinem Gameboy in einer merkwürdig verrenkten Haltung eingeschlafen. Aus einer Wunde an seiner Wange tropfte wässriges Blut. Kareen nahm ein Tuch und tupfte es vorsichtig ab. Sie spürte die Wärme, die Max ausstrahlte. Er hatte kein Fieber, aber er war erhitzt, nichts, worüber sie sich ernsthaft Sorgen machen musste, und doch kamen ihr plötzlich die Tränen. Es war, als wäre sie wieder in einem dieser Momente festgefroren, die sie manchmal heimsuchten und in denen es nur Finsternis und Hoffnungslosigkeit gab. Robert fehlte ihr – selbst der wortkarge, abwesende Robert der letzten Wochen und Monate. Wie oft hatte sie sich gewünscht, dass er mit ihr reden würde! Warum waren die meisten Männer nur so verdammte, jämmerliche Schweiger? Sie erinnerte sich daran, wie sie zuletzt miteinander geschlafen hatten. Eine Ewigkeit war das her, letztes Jahr im November. Robert hatte sich spät am Abend zu ihr gelegt, er hatte nach Zigarettenqualm gerochen, aber sein Atem war klar gewesen, kein Alkohol. Er schmiegte sich an sie, und dann zogen sie sich aus, sie ihr raschelndes Seidennachthemd, er seine verräucherten Kleider.

»Weißt du noch, was ich dir an unserer Hochzeit gesagt habe?«, fragte er.

»Unser Leben wird wahr.«

»Und – ist es wahr geworden?«

Statt zu antworten, blickte sie ihn durchdringend an, doch das war Antwort genug. Er küsste sie, lang und intensiv, und sie liebten sich, als gäbe es doch noch eine stille Übereinkunft zwischen ihnen. Es war, als hätten sie die Zeit zurückgedreht, als lägen sie wieder allein im Sommerhaus. Der Mond war gerade aufgegangen und spiegelte sich auf dem Wasser, und ein wenig von diesem Silberlicht fiel auch ins Zimmer auf sie und ihre geheimnisvollen Körper.

Später flüsterte Robert: »Vielleicht können wir von vorn beginnen. Unser Leben wird doch noch wahr.«

Bevor er neben ihr einschlief, küsste er sie noch einmal – es war sein letzter Kuss für sie gewesen. Eine Woche später hatte er einen Hörsturz und schlief meistens in seinem Zimmer oder im Sommerhaus.

Als Claudine von ihrem Deutschkurs zurückkehrte, machte Kareen sich auf, Esther zu suchen. Mit jeder Sekunde spürte sie mehr die Dringlichkeit, mit ihr über den Abend zu reden, an dem Meinhart verunglückt war. Merkwürdige Gedanken kamen ihr. Ob Esther ihr den Zeitungsausschnitt geschickt hatte? Mit ihr zumindest hatte sie über Lea Montasser gesprochen. Vielleicht steckte sie ja auch mit Risch unter einer Decke? Esther schien die Harmlosigkeit in Person zu sein, aber wieso hatte sie in den letzten fünf Jahren nicht ein Mal erwähnt, dass sie den Unfall mit angesehen hatte?

Sie entdeckte Esthers gelbes Beetle-Kabriolett vor der Yogaschule, zu der Anja auch eine Weile gegangen war. Durch ein schmales Fenster neben dem Eingang, das bis zum Boden reichte, ließ sich in das Innere der Schule blicken. Acht Frauen hockten auf blauen Matten in einem großen weiß gestrichenen Raum. Im Hintergrund standen ein überdimensionaler Gong und eine Vase mit Sonnenblumen. Die Frauen machten alle einen entspannten Eindruck – bis auf Esther. Sie schien Yoga als eine Art Leistungssport zu betrachten, dabei erwies sie sich als äußerst gelenkig und hatte eine gute Figur. Der Streit mit Jakob, dachte Kareen, die Aussicht, bald auf der Straße zu stehen, wenn sie kein Kind bekommt – das setzt ihr zu. Esther hatte wohl begriffen, dass sie in eine Familie eingeheiratet hatte, in der man mit gewissen Dingen keinen Spaß verstand.

Kareen setzte sich in ihren Golf und behielt den gelben Beetle im Blick. Als Esther kam, stieg sie nicht aus, sondern folgte ihr. Es war nur ein Instinkt, die vage Ahnung, dass sie etwas Überraschendes erfahren könnte.

Die Yogaschule lag in der Nähe des Senders. Darum war Kareen nicht überrascht, zu sehen, wie ein alter gelber Mercedes aus einer Seitenstraße vor ihr einbog. Doch die Nummer stimmte nicht, und es saß auch eindeutig nicht Risch am Steuer.

Esther fuhr sehr schnell, wechselte die Spur, wann immer es möglich war. Kareen glaubte schon, dass sie ganz unspektakulär nach Lindenthal raste, heim an ihren kalten Herd, als sie, ohne den Blinker zu setzen, unvermittelt abbog und so auf dem winzigen Parkplatz neben Anjas Laden hielt, dass sie zwei andere Wagen blockierte.

Esther schob offenbar noch eine kleine Einkaufstour ein, brauchte vielleicht noch etwas Aufreizendes für den Abend – aber ausgerechnet bei Anja?

Eine Überraschung, die Kareen einen Stich versetzte.

Hatte Anja einmal erwähnt, dass Esther bei ihr einkaufte? Nein, da war Kareen sich sicher. Die beiden hatten sich einige Male in der Yogaschule getroffen – von etwas anderem hatte Anja nie gesprochen. Und etwas anderes wäre auch Verrat gewesen. Kareen spürte einen ausgesprochenen Unwillen und ein Misstrauen Anja gegenüber, das sie noch nie gehabt hatte. Bisher war Anja immer die ältere, verständnisvolle Freundin gewesen, die zwar mit Robert wenig hatte anfangen können, aber dafür von Anfang an Max sehr zugetan gewesen war. So hatten sie sich überhaupt kennengelernt – beim Hautarzt im Wartezimmer, weil Anja gelegentlich mit Schuppenflechte zu tun hatte.

Kareen parkte ohne Rücksicht hinter dem Beetle und stürmte in die Boutique. Mit einem schnellen Blick hatte sie die Szene erfasst. Anja stand hinter ihrem gläsernen Ladentisch neben der Kasse und schien Rechnungen zu sichten, und Esther besah sich an einem schmalen Ständer Kleider. *Besondere Mode für Schwangere*, war an einem Aufhänger zu lesen. Kareen war dieses Schild noch nie aufgefallen.

Mit einem schmerzlichen Ausdruck in den Augen blickte Esther sie an, dann zuckte sie mit den Achseln, wie bei einer Dummheit ertappt. »Ich mache das manchmal«, sagte sie. »Stöbere ein wenig herum.«

Anja kam um ihren Ladentisch und umarmte Kareen. »Was für eine Überraschung! Schön, dich zu sehen.« Ihre Herzlichkeit wirkte nicht gespielt. »Wie geht es Max?«

»Er ist zu Hause und schläft«, entgegnete Kareen. »Ich bin zufällig vorbeigekommen und habe Esthers Wagen gesehen.« Die letzten drei Worte betonte sie besonders.

»Deine Schwägerin kommt hin und wieder, wenn sie etwas Besonderes braucht – oder nur um sich gewisse … Sachen anzusehen.« Anjas Worte klangen nicht entschuldigend, aber ihr Zögern verriet, dass sie von Esthers Problem wusste.

Esther hängte den Bügel mit einem gelben Umstandskleid zurück. Wenn sie darüber überrascht war, wie gut Kareen und Anja sich kannten, zeigte sie es nicht. Sie trat ein paar Schritte auf Kareen zu. Sie sah gut aus, beinahe erholt, als hätte sich ihr Problem mit ihrem Mann in Luft aufgelöst. Und vielleicht war sie ja auch schon in Belgien gewesen.

»Ich habe Jakob nicht erzählt, dass du da warst«, sagte sie leise. »Falls du deswegen gekommen bist.«

»Lea Montasser ist tot«, sagte Kareen. »Angeblich ein Unfall in den Bergen.« Sie registrierte, dass Anja erschrak. Esther hingegen zeigte mit keiner Regung, ob sie diese Nachricht schon kannte.

»Jakob hat es in der Zeitung gelesen«, sagte sie nach einem Moment der Überlegung. »Bist du darum so aufgeregt?«

Esther musterte sie mit kühlem Blick. Sie hat sich vorgenommen, sich vor mir nie wieder eine Blöße zu geben, dachte Kareen. Es ist schlimm für sie, dass sie in einem Augenblick der Schwäche ihr Geheimnis preisgegeben hat.

»Nicht nur deswegen«, erwiderte Kareen ruhig. »Auch weil ich nun erst erfahren habe, dass du am Abend, als Meinhart starb, ebenfalls im Sommerhaus warst. Stimmt es, dass du den alten Arzt aus Heimbach gerufen hast?« Sie bemerkte, dass eine ältere Frau auf den Laden zusteuerte und sich dann wieder abwandte, als spüre sie, dass sie besser nicht stören sollte.

Esther schaute Anja an. »Kann ich einen Kaffee haben?«, fragte sie sanft. »Am besten einen Espresso, sehr schwarz und süß.«

»Klar, mache ich gern«, erklärte Anja mit geschäftsmäßiger Stimme. »Können wir wahrscheinlich alle vertragen. Du auch, Kareen?«

Kareen nickte. Esther kannte demnach auch Anjas Espressomaschine, die in der winzigen Küche des Ladens stand. So vertraut waren die beiden immerhin. Anja verschwand in den Nebenraum. Aber vielleicht hatte Esther das auch nur bezweckt.

»Ich rede nicht gern über diesen Abend. Mir wird immer schlecht, wenn ich daran denke. Eigentlich will ich das alles vergessen, genau wie Jakob.« Ohne auf Kareen zu achten, steuerte sie auf die kleine Sitzecke zu und nahm in einem Lehnstuhl Platz. Dann kramte sie in ihrer teuren Handtasche und holte eine Schachtel Zigaretten hervor. Dass man bei Anja nicht rauchen durfte, kümmerte sie nicht, und Kareen wies sie auch nicht darauf hin.

Für einen Moment, bevor Esther den ersten Zug inhalierte, hörten sie nur Anja an der Espressomaschine hantieren.

»Ich habe noch nie jemandem die Wahrheit gesagt.« Esther schaute an Kareen vorbei, als stände da noch jemand hinter ihr, dem ihr Geständnis eigentlich galt. »Darauf habe ich mich mit Jakob geeinigt. Deshalb habe ich ihn auch gebeten, mich aus dem Spiel zu lassen. Aber es stimmt: Ich habe den Arzt angerufen. Es war ja alles ein großes Durcheinander.«

»Was ist genau passiert?«, fragte Kareen, als Esther unvermittelt schwieg und wider Erwarten doch nicht zu einem längeren Bericht ansetzte. »Und warum hast du nicht die Wahrheit gesagt?«

Esther lächelte. »Jakob hat mich darum gebeten. Wir sollten als Familie auftreten. Damit es keine Missverständnisse gab. Aber die hat es dann ja auch nicht gegeben – wenn man von dieser verrückten Lea Montasser einmal absieht.«

Anja kehrte mit einem goldumrandeten Tablett, auf dem drei Espressotassen standen, zurück. Es war ihr anzusehen, dass sie sich unwohl fühlte, doch Kareen nickte ihr verhalten zu. Bleibe bitte, sollte das bedeuten, es ist wichtig, dass du bleibst. Sie war sicher, auf etwas Bedeutsames gestoßen zu sein.

Versonnen vor sich hin lächelnd, nahm Esther eine Espressotasse entgegen und führte sie mit einer langsamen Bewegung an die Lippen.

Auch Kareen setzte sich und trank. Der Espresso war viel zu bitter für ihren Geschmack, aber irgendwie wirkte es nun wie ein Ritual, dass sie alle drei schweigend und mit Blick auf ihre Tasse die heiße schwarze Flüssigkeit tranken. Nur Anja war stehen geblieben und richtete den Blick gelegentlich zur Tür, doch niemand kam herein.

Erst nachdem sie ausführlich an ihrem Espresso genippt hatte, hob Esther wieder den Kopf. »Die Wahrheit ist«, sagte sie und sah Kareen an, »dass wir gar nicht dabei waren. Ich hatte einen Migräneanfall. Deshalb kamen wir zu spät zum Sommerhaus, zwei Stunden zu spät, genauer gesagt. Jakob war ziemlich wütend und machte mir Vorwürfe, während er wie ein Irrer nach Heimbach fuhr. Und dann lag er da, der alte Meinhart, als wir eintraten, am Fuße der Treppe. Es war gerade passiert, der Sturz, wenige Minuten zuvor. Sein Kopf war abgewinkelt, die Wunde konnte man gar nicht richtig sehen, und viel Blut hatte er auch nicht verloren. Trotzdem sah man sofort, dass etwas Fürchterliches geschehen sein musste. Robert kauerte am Boden, über seinen Vater gebeugt, und versuchte ihn irgendwie wiederzubeleben. Dabei schluchzte er wie ein kleines Kind. Und Zita saß auf einem kleinen Hocker, mit zerzausten Haaren, die Hände vors Gesicht geschlagen. Jakob hat sich sofort um sie gekümmert. Man hatte das Gefühl, sie würde gleich einen Herzinfarkt bekommen. Deshalb habe ich auch den Arzt angerufen, eigentlich wegen Zita. Für Meinhart gab es keine Hoffnung mehr.«

Kareen wusste nicht, was sie erwartet hatte, aber gewiss nicht diese Geschichte. »Also hast du den Sturz gar nicht gesehen?«

Esther trank ihren Espresso aus und verzog das Gesicht zu einer Grimasse. »Nein, habe ich nicht! Jakob hat aber gemeint, wir sollten sagen, alles hätte sich genauso abgespielt, wie Zita und Robert es beschrieben hatten. Damit keine Missverständnisse aufkommen könnten.«

Missverständnisse, dachte Kareen, ja, davor hatten Zita und Jakob immer Angst gehabt, dass etwas ihrer Reputation abträglich sein könnte – ein mysteriöser Todesfall zum Beispiel.

»Wann ist der Arzt aus Heimbach dann gekommen?«, fragte sie.

Esther nahm ihre Handtasche und erhob sich. »Ich muss gehen. Ich habe keine Zeit mehr für diese alten Geschichten. Und ich verstehe auch deine Fragerei nicht.« Sie bedachte Kareen mit einem düsteren Lächeln. »Du musst dich damit abfinden, dass du nun allein bist – und dass du ein krankes Kind hast.«

Ohne sich noch einmal umzudrehen, lief sie zur Tür und verschwand.

VI.

Was war das für eine Schülerin gewesen? Ihre Stimme und ihr Geruch waren in meinem Kopf, doch wer sie war, fand ich nicht heraus. »Sie kommt manchmal, um an ihrer Stimme zu arbeiten.« Mehr verriet Flock mir nicht.

Verzweifelt versuchte ich mich zu erinnern, ob ich diese Stimme schon einmal gehört hatte. Ich war mir beinahe sicher, aber ich konnte mich nicht erinnern, wann und wo. Ich wusste lediglich, dass ich mit dieser Frau noch nie zusammengearbeitet hatte. Flock hatte unter seinen Klienten auch ein paar gestandene Fernsehschauspieler, die ihn heimlich aufsuchten, um sich auf größere Rollen vorzubereiten. Vielleicht gehörte diese Frau auch dazu, und er war darum so schweigsam.

Eine Woche lang ertappte ich mich dabei, dass ich wie zufällig zwei-, dreimal am Tag an seinem Haus vorbeiging, um einen Blick auf seine Tür zu werfen, doch eine blonde Frau sah ich nie. Stattdessen lief ich ihm über den Weg. Eines Morgens rollte er aus seiner Hofeinfahrt hinter mir, sodass ich ihn viel zu spät bemerkte.

»Du brauchst nicht zu warten. Sie kommt heute nicht«, erklärte er mit einer leisen, leicht ironischen Stimme, die mich sofort herumfahren ließ.

»Wie kommen Sie darauf, dass ich auf jemanden warte?« Ich versuchte den Ahnungslosen zu spielen, jedoch vergebens.

Flock lächelte. Über seinem üblichen weißen Hemd trug er eine schwarze Jacke, dazu einen altmodischen Hut. »Aber du kannst mich begleiten. Ich muss zu einem Termin.«

Nie hatte ich jemanden gekannt – auch unter den großen Schauspielern nicht –, der seiner Stimme so viele feine Nuancen geben konnte wie Flock. Belustigung und Ernst lagen zu gleichen Teilen darin.

Während ich ihn durch die Stadt schob, erfuhr ich, dass er sich im Hinterhof einen Lastenaufzug hatte einbauen lassen. Ich hatte mich wieder einmal geirrt. Natürlich verließ er seine Wohnung, etwa um unerkannt ins Theater oder Kino zu gehen. Doch ihm gefiel der Gedanke, dass alle Welt meinte, er habe sich in seine drei Zimmer zurückgezogen und sei ganz und gar auf seine Arbeit als Schauspiellehrer konzentriert.

Der Termin, zu dem er wollte, war ein Vorsprechen – nicht für ihn, sondern für mich, als hätte er geahnt, dass ich vor seiner Tür stehen würde. Für ein Literaturfestival suchte man Vorleser, die eine markante Stimme und eine Sprechausbildung besaßen. Als mir mein missglückter Auftritt in der Buchhandlung einfiel, wäre ich beinahe wieder gegangen, doch dann dachte ich an die blonde Frau. Vielleicht gehörte sie auch zu den Vorlesern und war deshalb zu Flock gekommen.

Ich las so gut, dass selbst Flock mich hinterher lobte und die drei Zuhörer am Ende applaudierten.

»Nun können Sie mir doch verraten, wer die blonde Frau bei Ihnen war«, sagte ich zu ihm, während wir zurückgingen. Dass ich den Job in der Tasche hatte, war so gut wie sicher.

»Sie ist nichts für dich«, sagte er nur. »Zu viele Probleme.«

Ich hatte keine Ahnung, ob er damit meinte, dass ich zu viele Probleme hatte oder die Frau. Ich fragte ihn auch nicht danach.

Stolz und aufrecht dirigierte er aus seinem Rollstuhl den Weg zu seiner Wohnung. Niemand, der ihn so sah, hätte denken können, dass ausgerechnet dieser alte Mann der beste Schauspiellehrer des Landes war. Ich nahm mir vor, herauszufinden, warum er im Rollstuhl saß und seit wann. Darüber wusste ich nichts.

Dann sah ich sie vor seiner Tür stehen.

Sie war ganz in Schwarz gekleidet, mit langen schwarzen Stiefeln.

Ihr schwarzes Haar war zurückgebunden und damit etwas gebändigt. Trotzdem fielen Locken über ihre schmalen Schultern.

Marie lächelte, als sie uns sah, und ich spürte, wie sich mein Magen zusammenzog.

12.

Als Kareen nach Hause kam, saß Risch mit Max in ihrer Küche. Claudine hatte ihn hereingelassen, weil er ihr seinen Senderausweis gezeigt hatte. Außerdem hatte er einen Strauß Blumen dabei – üppige gelbe Rosen, mehr als dreißig Stück.

»Ein netter Mann«, sagte Claudine, »aber er hustet und sieht ein wenig krank aus.«

»Wie lange ist er schon hier?«, fragte Kareen, während sie durch den Türspalt blickte und ihre Augen auf Risch richtete.

Claudine zuckte mit den Achseln. »Keine Ahnung. Max zeigt ihm seinen Gameboy.«

Am liebsten hätte Kareen wieder kehrtgemacht. Warum ließ Risch sie nicht endlich in Ruhe? Sie hatte sich um andere Dinge zu kümmern – um die tote Lea Montasser und um die Umstände, wie Meinhart Hagen und Robert gestorben waren. Anja hatte versprochen, endlich ihren Exmann von der Polizei anzusprechen, der in den letzten Tagen noch auf einer Fortbildung gewesen war. Vielleicht konnte er etwas herausfinden. Zudem sollte er sich Roberts Computer und den Zettel ansehen, den Max von dem Fremden bekommen hatte.

Max plapperte unentwegt auf Risch ein und erklärte ihm jede Funktion seines Gameboy. Risch nickte dazu und lächelte gelegentlich. Er machte seine Sache erstaunlich gut. Fast wirkte es, als interessiere er sich tatsächlich für Max und seine Erklärungen. Zumindest schien ihn die Krankheit des Jungen nicht zu irritieren. Die Blumen lagen, in Folie eingewickelt, auf dem Tisch. Plötzlich begriff Kareen, wie wenig sie Risch kannte. Einmal hatte er seine geschiedene Frau erwähnt und dass er sich auch Kinder gewünscht hätte.

Mit einem kurzen Gruß trat sie ein und bedachte Risch mit einem harten Blick.

Er erhob sich von seinem Stuhl. »Tut mir leid, dass ich hier so eingedrungen bin, aber Claudine meinte …«, begann er, doch Kareen unterbrach ihn mit einer Geste, die ihren Unwillen ausdrückte.

»Schon gut«, sagte sie. Wieso kannte er sogar Claudines Namen?, fragte sie sich. Dann wandte sie sich an Max. »Geht es dir besser? Hast du schon was gegessen?«

Er nickte mit ernster Miene, lächelte aber einen Moment später wieder über das ganze Gesicht. »Wolfram ist nett. Er hat echt Ahnung von einem Gameboy.«

Wolfram – in den wenigen Minuten, die er angeblich erst da war, hatte Risch offenbar schon einen bleibenden Eindruck hinterlassen.

»Ich schlage vor, dass du dich schon mal ausziehst. Ich komme gleich und creme dich ein«, sagte Kareen.

Max wollte widersprechen, begriff jedoch nach einem kurzen Blickwechsel, dass jeder Einwand vergeblich sein würde. Mit einem Seufzer schob er sich von seinem Stuhl und ging an Risch vorbei, dessen Arm er kurz mit der rechten Hand berührte, zur Tür. Die Wunde auf seiner Wange hatte sich geschlossen. Auch sonst machte er einen gesunden Eindruck.

»Ein prachtvoller Junge«, sagte Risch, nachdem Max verschwunden war.

»Warum bist du hier?«, fragte Kareen. Ohne dass sie es darauf angelegt hatte, hatte sie feindselig geklungen.

»Max hat mir von seiner Entführung erzählt«, fuhr Risch ungerührt fort. »Ich verstehe jetzt, warum du bei unserem letzten Treffen so voller Panik weggerannt bist. Bist du zur Polizei gegangen? Mit so einer Sache ist nicht zu spaßen, nur weil der Junge nach ein paar Minuten wieder da war.«

»Das alles geht dich nichts an«, sagte Kareen. »Du bist im Sender mein Chef, aber nicht hier in meiner Küche.«

»Wahrscheinlich bin ich nicht mehr lange dein Chef.« Er nahm die Blumen vom Tisch und hielt sie ihr hin, eine rührend unbeholfene Geste. »Ich habe um meine Versetzung gebeten. Als Korrespondent nach Warschau oder Kiew – am besten mit dir.«

Obwohl sie es eigentlich nicht wollte, nahm sie die Blumen entgegen. Es war eine Art Antrag, begriff sie, mit ihr wegzugehen.

»Ich weiß nicht, ob das eine so gute Idee ist.« Sie wandte sich ab, um die Blumen auszupacken und in eine Vase zu stellen.

Aus dem Bad war Max zu hören, der mit heller Stimme etwas rief. Claudine antwortete ihm, und dann wurde eine Tür geschlossen.

Kareen spürte, wie Risch jede ihrer Bewegungen mit den Augen verfolgte. Er war ihr lästig; es war lästig zu reden und sogar, seine Blicke zu ertragen. Für einen winzigen Moment hielt sie inne, während Wasser in die Vase lief. Nichts wünschte sie sich mehr, als für ein paar Tage allein zu sein – oder nein, nicht allein, sondern mit Robert, dem jungen, freundlichen Robert im Sommerhaus im Bett zu liegen und seine Haut zu riechen.

»Ich weiß, dass du dir vor allem über deinen Jungen Gedanken machst«, sagte Risch. Er war aufgestanden und plötzlich nur noch einen Schritt von ihr entfernt. »Max ist so ein freundlicher kleiner Kerl«, fuhr er fort. »Aber natürlich kann er *nachkommen*, nachdem wir uns eingerichtet haben. Und gute Ärzte gibt es auch in Warschau oder Kiew.«

Sie hätte beinahe die Vase fallengelassen. »Was redest du da von *nachkommen*?«, rief sie empört. Dann hatte sie eine Eingebung. »Wie lange kennst du Jakob schon? Hat er dir auch Geld geliehen, damit du es bei ihm im Hinterzimmer wieder verspielen kannst?«

Risch wich einen Schritt zurück und hätte beinahe einen Stuhl umgerissen. Kareen konnte sehen, dass er tatsächlich geglaubt hatte, sie mit einem Blumenstrauß und ein paar freundlichen Worten für sich gewinnen zu können.

»Natürlich kenne ich Jakob ganz gut. Ich bin auch früher schon oft in seinem Hotel gewesen. Der Sender bringt dort gerne Gäste unter, aber das hat doch alles nichts mit ihm zu tun!« Er schnaufte und leckte sich über seine schmalen Lippen, sodass sie seine braunen Zähne sehen konnte. Auch die Locke fiel ihm wieder ins Gesicht.

»Wie viele Schulden hast du bei meinem Schwager?«

Er wandte sich ab, starrte zum Fenster. Kareen begann zu begreifen, wie schwach er tatsächlich war.

»Dreißigtausend Euro«, murmelte er.

Seine Antwort nahm ihr den Atem. Es war also nicht blanke Paranoia gewesen, dass Risch ihr nachgestellt hatte. »Für dreißigtausend Euro rennst du mir also nach und überwachst mich?«

»Aber das tue ich doch gar nicht. Jakob hat einmal mit mir über dich geredet, und davon habe ich dir sofort erzählt.« Er begann zu husten und fingerte aus seiner Jackentasche Zigaretten hervor, ohne sich jedoch eine anzustecken. »Mit Jakob habe ich eine ganz andere Abmachung. Ich bringe ihm neue Gäste. Wenn sie mehr als dreimal kommen, kriege ich für jeden, den ich anschleppe, tausend Euro Provision.«

»Dann hast du in nächster Zeit ja eine Menge zu tun – bevor du nach Kiew gehst.« Verächtlich schaute sie ihn an. Er strich sich die Locke zurück und lächelte gequält. Wahrscheinlich gab es im Leben eines jeden Menschen ein, zwei Momente, in denen er einen riesengroßen Fehler beging. Bei ihr war es der Abend und die halbe Nacht mit Risch gewesen. Wie nur hatte sie mit ihm schlafen können?

»Hast du eigentlich auch Robert gekannt?«, fragte sie.

»Robert?« Er zog die Augenbrauen hoch, als hätte er diesen Namen tatsächlich noch nie gehört.

Sie unterdrückte ihre Wut. »Jakobs Bruder – meinen Mann!«, sagte sie voller Schärfe und Ungeduld.

»Ach nein«, erwiderte er. »Du hast seinen Namen erwähnt, aber begegnet bin ich ihm nie. Er hat nie mit uns Poker gespielt, falls du das meinst.«

»Und du hast auch Jakob nie von mir und dir erzählt?«

Risch zögerte einen Moment und schaute sie forschend an. Wahrscheinlich wusste er genau, wie bedeutsam seine Antwort für sie war.

»Nein«, sagte er, »und das werde ich auch nie tun, gleichgültig, was passiert.«

Als Kareen ihn zur Tür brachte, lief ihnen Max entgegen. Er trug schon einen Schlafanzug mit bunten Schmetterlingen und seine dünnen weißen Handschuhe.

»Musst du schon gehen?«, fragte er Risch.

Kareen war überrascht, welch großes Zutrauen er bereits für Risch empfand, obwohl er sonst bei Fremden eher misstrauisch war.

»Ja, leider. Ich muss zu einer Verabredung.«

»Kommst du denn wieder? Ich habe noch andere Spiele für meinen Gameboy.«

»Bestimmt«, sagte Risch und öffnete die Tür. Bevor er ging, drückte er Kareen einen flüchtigen Kuss auf die Wange. Sie hoffte, dass Max es nicht gesehen hatte.

Sie hatte keine Ahnung, wie man in einem Altenheim lebte. Ging man früh ins Bett, oder dämmerte man bis spät in die Nacht vor dem Fernseher vor sich hin? Gab es so etwas wie eine feste Nachtruhe oder bestimmte Besuchszeiten? Eberhard Merzenich konnte sich als pensionierter Arzt wahrscheinlich ein gutes Altenheim leisten, obwohl das Haus in Heimbach keinen besonders noblen Eindruck gemacht hatte.

Anja war sofort nach Ladenschluss gekommen, um auf Max aufzupassen. Es war noch hell, als Kareen sich auf den Weg machte. Sie würde sich als eine entfernte Verwandte von Merzenich vorstellen, beschloss sie nach einigem Überlegen: Sie sei auf der Durchreise und wolle ihren Großonkel besuchen. Dann würde sie ein paar ungestörte Minuten mit ihm haben.

Die Dämmerung brach herein, als sie Heimbach erreichte – kurz vor acht Uhr. Sie hatte ein umtriebiges Hin und Her erwartet. Alte Menschen in einem Speisesaal oder in einem Fernsehzimmer, andere, die sich für das Zubettgehen fertigmachen, doch als Kareen die Eingangstür öffnete, blickte sie in eine hell erleuchtete, vollkommen menschenleere Halle. Auch auf dem Gang war niemand zu entdecken. In einer kleinen Küche, die sich hinter einer Glastür befand, brannte nur ein Notlicht, die Tür zu einem Badezimmer stand offen. Ein Pflegewagen stand da mit Einlagen, Laken und zwei Flaschen Desinfektionsmittel unter einer flackernden Neonröhre. Es war, als gälte in diesem Haus plötzlich eine andere Zeit, als wäre es schon tiefste Nacht. Ohne dass jemand sie bemerkte, lief sie bis zum Zimmer von Eberhard Merzenich.

Während sie vor seiner Tür verharrte, kam ihr Plan ihr auf einmal widersinnig vor. Warum war sie hier? Damit er ihr tatsächlich erzählte, was vor fünf Jahren mit Meinhart Hagen passiert war?

Hätte sie noch eine Sekunde länger überlegt, wäre sie wahrscheinlich wieder gegangen. Also klopfte sie rasch an und trat ein. Am meisten hatte sie sich davor gefürchtet, in ein stockdunkles Zimmer zu treten, doch ein Licht über dem Bett brannte. Eberhard Merzenich saß aufrecht da, in einem weißen Schlafanzug, und starrte auf einen Fernseher, der etwa drei Meter von ihm entfernt unter der Decke hing. Irgendeine Soap lief – eine junge, blond gefärbte Frau und ein Mann mit ebenso blondiertem Haar liefen hektisch in bunten Kulissen hin und her. Der Ton war abgeschaltet. Trotzdem schien der alte Arzt von diesem Schauspiel so fasziniert zu sein, dass er Kareen nicht bemerkte.

Sie schloss leise die Tür. Das Gefühl, etwas Gefährliches zu tun, breitete sich in ihr aus. Man würde sie für eine Diebin halten, wenn man sie entdeckte – oder der alte Merzenich könnte plötzlich losschreien, weil er um sein Leben fürchtete.

»Herr Doktor Merzenich!« Sie räusperte sich und wiederholte seinen Namen. Dann stellte sie sich betont deutlich vor, doch erst nachdem sie ihn sanft am Arm berührt hatte, wandte er sich ihr zu. Sein Blick wirkte so verschleiert, als hätte er mit offenen Augen geschlafen.

»Oh«, sagte er, ein freundlicher, überraschter Laut. Er lächelte. Seine Wangen waren blass und wie aus Pergament.

»Ich bin schon einmal hier gewesen, mit meinem Kind, neulich … Vielleicht erinnern Sie sich.« Kareen spürte, dass ihm ihre Berührung gefiel, und umfasste seinen Arm noch einmal.

»Oh ja, vor ein paar Minuten«, sagte er. »Ein nettes Kind.« Er nickte seinen Worten hinterher, und sie hatte das Gefühl, dass ein wenig Leben in seine leeren Augen zurückkehrte.

»Vor ein paar Tagen«, korrigierte sie ihn sanft. »Und nun habe ich noch eine Frage an Sie.« Sie musterte ihn forschend. »Sie haben den Totenschein für meinen Schwiegervater, Meinhart Hagen, ausgestellt, nicht wahr? Können Sie sich an den Abend erinnern? Es ist fünf Jahre her. Zita, meine Schwiegermutter, und Robert, mein Mann, waren bei ihm.«

Merzenich drehte sich plötzlich ein wenig ab und machte eine unwirsche Bewegung mit der linken Hand, während seine rechte schlaff herabhing. Für einen Moment fürchtete sie, jemand könnte eingetreten sein, doch dann begriff sie, dass er auf eine Wasserflasche neben seinem Bett deutete. Er wollte etwas trinken. Sie schenkte ein und reichte ihm den durchsichtigen Plastikbecher. Auf dem Bildschirm waren nun ein brennendes Hochhaus zu sehen und ein Helikopter, der in den Rauchschwaden zu trudeln begann. Ein Katastrophenfilm.

»Der Durst bringt mich um«, sagte Merzenich. Er sprach nuschelnd, war aber nun eindeutig zu verstehen. »Ich habe Zucker, dazu kommt die Vergesslichkeit. Zita war eine wunderbare Frau. Wissen Sie, dass wir aus einem Dorf ganz aus der Nähe stammen? Dreiborn … Da hat sie nach der Schule in einer Näherei angefangen. Ich habe ihr ein paarmal geholfen, als sie noch jung war und als sie mit dem Kind in Schwierigkeiten steckte …«

»Mit was für einem Kind?« Auf seine Geste hin füllte sie ihm den Plastikbecher noch einmal nach.

»Sie war schwanger – bevor sie Meinhart kennenlernte ... Peinliche Sache damals.«

Merzenich lächelte vor sich hin. Kareen versuchte den Ausdruck in seinen Augen einzuschätzen. Hielt er sie zum Narren? Verwechselte er Dinge, oder fantasierte er senil vor sich hin? Von einem unehelichen Kind war nie die Rede gewesen. Robert hätte es ihr mit Sicherheit erzählt, wenn er davon gewusst hätte.

»Was war das für ein Kind? Was ist mit ihm passiert?«, fragte sie drängend.

Der Alte begann zu husten, so laut und röchelnd, dass sie sicher war, dass gleich eine Pflegerin ins Zimmer stürzen würde.

»Ich glaube, es ist gestorben, ganz früh in einem Heim«, sagte er, nachdem er sich wieder beruhigt hatte. Seine Augen suchten den Bildschirm. Ein Mann mit einem kahl geschorenen Kopf ging durch Trümmer, ein Gewehr über der Schulter. Merzenich schien das Interesse an ihr zu verlieren.

»An jenem Abend vor fünf Jahren, als man sie rief und Meinhart tot an der Treppe lag«, begann sie und ergriff erneut seinen gesunden Arm. »Was haben Sie da gemacht?«

Merzenich hustete, leiser und gekünstelt. Ohne den Blick vom Fernseher zu nehmen, sagte er: »Ich habe Meinhart nie richtig leiden können. Zita hätte etwas Besseres verdient gehabt, aber sie wollte ja in die große Stadt, weg von allem ...«

Draußen auf dem Gang wurde ein Karren vorbeigeschoben, eine Frau rief etwas, dann verhallten Schritte. Kareen schaute auf die Uhr. Ein paar Minuten gab sie sich noch, dann würde sie gehen, um nicht entdeckt zu werden.

»Was war mit Meinhart, als Sie ankamen?«, fragte sie wieder.

Merzenich fingerte an seinem Bettlaken herum, als würde er nun doch ein wenig unruhig, vielleicht weil auf dem Bildschirm geschossen wurde und ein Mann in einem Graben ins Wasser fiel.

»Er lag da, mit einem großen Loch im Kopf, vom Sturz. Zita hat mir alles erzählt.«

»Und dann haben Sie den Totenschein ausfüllt, nicht wahr? Ist die Polizei gekommen, um etwas zu untersuchen?«

Er drehte sich abrupt zur ihr um. Empörung lag in seinen Augen. »So etwas brauchen wir nicht – Polizei. Meinhart war tot, lag an der Treppe. Das war alles.«

»Und was war mit Robert, meinem Mann? Was hat er gesagt?«

Merzenich kniff die Augen zusammen und sah plötzlich wütend aus. Seine Kiefer mahlten, als kaue er Worte. »Ich weiß nicht«, stieß er dann hervor. »Was wollen Sie überhaupt?« Er zerrte an seinem Laken herum und machte Anstalten aufzustehen. Ein nacktes weißes Bein glitt unter der Bettdecke hervor.

Kareen wich einen Schritt zurück und hob beschwichtigend die Arme. Offenbar war es an der Zeit, den Rückzug anzutreten. »Es war schön, mit Ihnen zu reden«, sagte sie betont freundlich. »Leider muss ich jetzt gehen.«

Sie bewegte sich zur Tür, und Merzenich sank kraftlos zurück in seine Laken, die Augen wieder auf den Bildschirm gerichtet.

»Besucht Zita Sie manchmal?«, fragte Kareen, als sie ihre Hand schon auf die Klinke gelegt hatte.

Merzenich lächelte vor sich hin. »Ja, nachts, wenn ich allein bin«, flüsterte er.

Draußen, auf der Straße, spürte Kareen, wie sehr der kurze Besuch sie verwirrt hatte. Was hatte der alte Arzt da geredet? Von Zita und einem heimlichen Kind, das gestorben war? Aber eigentlich hatte sie nichts erfahren, was sie weiterbrachte.

Obwohl sie an der Hauptstraße stand, war es unheimlich still. Die Luft war hier anders, registrierte sie, kühler und würziger als in Köln. Auch die Sterne am Himmel wirkten klarer und größer. Deshalb war Robert so gerne hierhergefahren, erinnerte sie sich, wegen des Lichts und weil er sich hier den Dingen näher glaubte.

Einmal hatten sie einen halben Tag in einem Flusslauf gestanden und das Wasser beobachtet, so lange, bis Kareen gemeint hatte, die Zehen seien ihr in dem eiskalten Wasser abgefroren. Und einmal hatten sie an einem See einen Fischreiher beobachtet und sich anschließend geliebt, am helllichten Tag an einem schmalen Uferstreifen. Niemand hatte sie gestört.

Als sie zu ihrem Auto ging, hatte sie das Gefühl, jemand würde sie aus der Dunkelheit beobachten. Weiter unten im Tal wurde ein Wagen angelassen, hinter ihr im Altenheim flammte in einem Fenster ein Licht auf.

Ich bin diese Stille und Finsternis nicht gewöhnt, sagte sie sich. Daher meine Unruhe und das Gefühl, permanent beobachtet zu werden.

Am liebsten wäre sie zum Sommerhaus gefahren, das nun nur noch eine ausgebrannte Ruine war, und hätte auf den See gestarrt, um nachzudenken. Was hätte Robert in ihrer Lage getan, der gesunde, freundliche Robert?

Bevor sie den Wagen startete, rief sie Anja bei sich zu Hause an.

Anja war sofort am Apparat. Es tat gut, die ruhige Stimme der Freundin zu hören.

»Sei ganz beruhigt. Bei uns ist alles klar«, sagte Anja und lachte. Sie hatte anscheinend schon ein, zwei Gläser Rotwein getrunken. Im Hintergrund waren Stimmen aus dem Fernseher zu hören. »Max ist gerade eingeschlafen. Und bei dir? Hast du etwas herausbekommen?«

»Nein, leider nicht viel«, erwiderte Kareen. »In einer Stunde bin ich zu Hause. Dann erzähle ich dir alles.«

Zwei Scheinwerfer tauchten hinter ihr auf, erhellten für einen Moment das Wageninnere, bevor sie ein Stück hinter ihr abbogen. Kareen unterbrach die Verbindung und startete den Motor. Sie wollte das Sommerhaus doch noch einmal sehen, auch wenn der Anblick ihr wahrscheinlich das Herz brechen würde. Was nur hatte Robert da in seinen letzten Tagen getan? Und wer war

Minou – war doch eine Frau bei ihm gewesen? Die Wut und Enttäuschung kehrten zurück, dass er einfach so gestorben war, ohne eine Erklärung, ein letztes Wort. Darüber würde sie nie hinwegkommen. Es war, als müsse sie sich auf ewig den Kopf über seinen Tod zerbrechen. Sie spürte mit einem Schlag ihre Müdigkeit. Die letzten Wochen hatten sie zu sehr erschöpft. Vielleicht hatte Jakob doch recht. Sie sollte Urlaub machen, allein oder vielleicht mit Anja.

Der Wagen wurde schneller, weil sie ins Tal hinunterrollte. Plötzlich tauchte ein grelles Licht vor ihr auf, ein einzelner gleißender Scheinwerfer. Sie hielt sich die Hand vor die Augen. Was für ein Idiot kam ihr da auf dem Motorrad entgegen? Aber das Licht schien sich nicht zu bewegen, schien sie festhalten und lähmen zu wollen. Sie riss den Kopf herum und versuchte sich irgendwie zu orientieren. Panik stieg in ihr auf. Sie war in diesem Licht gefangen. Ihr Herz begann zu rasen, schlug einen harten Takt. Adrenalin schoss in ihre Adern. Sie bremste abrupt, lichtblind und ohne Orientierung. Eine Sekunde später krachte es auch schon. Metall prallte auf Metall. Der Wagen wurde hochgehoben, schwebte einen Moment in der Luft, als wäre er ganz leicht. Riesenhafte Bäume tauchten im fahlen Licht ihrer Scheinwerfer auf und schienen sich über sie zu beugen. Dann sackte der Wagen krachend herunter. Glas splitterte, Metall kreischte. Sie spürte, wie sich die Welt auf die Seite legte. Einen Moment später stach ihr ein furchtbarer Schmerz durch den Kopf. Es war, als würde sie aufgespießt, als bekäme sie einen Speer durch die Schläfe gestoßen. Sie schloss die Augen, presste sie voller Panik zusammen, nahm sich aber vor, sie gleich wieder zu öffnen.

Im nächsten Moment raubte ihr ein neuer, noch stärkerer Schmerz den Atem.

Als sie die Augen öffnete, war das grelle Licht verschwunden. Zunächst sah sie nichts, alles war dunkel. Sie spürte nur eine unheilvolle Stille und eine eisige Kälte. Sie lag auf der Seite, war irgendwo tief in die Sicherheitsgurte gerutscht. Ihr Herz schlug schnell, und sie bemühte sich um einen klaren Gedanken. Ein Unfall, dachte sie, ein Zusammenstoß. Ich bin verunglückt. Sie versuchte etwas zu sehen und wischte sich über das Gesicht. Sie schmeckte Blut und spürte kleine Glassplitter, die ihr in die Hand stachen. Immerhin konnte sie nun in der Dunkelheit etwas erkennen. Bäume, abgerissene Äste, verbogenes Blech, ein Stück Himmel, der irgendwie verkehrt wirkte, Sternenlicht.

Ein heftiger Schmerz fuhr ihr durch den Kopf, als sie versuchte, sich zu bewegen. Dann hörte sie Schritte. Jemand lief, näherte sich. Eine Stimme erklang.

Sie sah ein Gesicht, das sie kannte, für das sie aber keinen Namen hatte. Einen Moment lang kam ihr das Gesicht bedrohlich vor, aber nein, wahrscheinlich war es nur die Sorge, die es so wirken ließ.

»Ich habe angerufen«, sagte das Gesicht. »Gleich kommt ein Krankenwagen … Ich war zufällig da – zufällig …« Die Stimme war noch vertrauter als das Gesicht.

Als Kareen sich wieder über das Gesicht reiben wollte, hielt eine Hand sie sanft zurück. »Nicht, da ist überall Glas … Das ist gefährlich … Können Sie Ihre Beine bewegen?«

Sie wusste es nicht. Sie war sich so fremd. Dann versuchte sie es. Ja, es ging. Sie nickte.

»Gott sei Dank«, sagte die Stimme. »Bleiben Sie ganz ruhig …«

»War das ein Zusammenstoß?« Sie konnte nur flüstern. Ihre Beine begannen zu zittern. »Ist noch jemand verletzt?«

»Zusammenstoß?« Sie hörte, wie der Mann überrascht keuchte. »Nein …«

»Und das Licht? Haben Sie das Licht gesehen?«, fragte sie.

Sie bekam seine Antwort nicht mit. Auf der Straße hielt ein anderer Wagen, Stimmen riefen aufgeregt durcheinander. Kareen ließ sich zurücksinken. Der Schmerz in ihrem Kopf kehrte in einer wütenden Attacke zurück – und plötzlich hatte sie Angst, Angst um

Max. Was würde aus ihm werden, wenn sie nun starb? In einem Autowrack – genau wie Robert?

Die Sirene, die irgendwann später erklang, hörte sie lediglich dumpf und unwirklich. Auch dass sie hochgehoben und auf eine Trage gelegt wurde, nahm sie kaum wahr.

Dann aber, während man sie unter lautstarken Kommandos in einen roten Krankenwagen verfrachtete, fiel ihr der Name zu dem Gesicht ein. Es war Waller gewesen, Johan Waller, der neue, ein wenig zu forsche Kollege aus dem Sender. Oder war das nur eine Halluzination gewesen?

VII.

»Du musst einen Schritt nach dem anderen machen«, hatte Flock einmal zu mir gesagt. »Glaub mir, ich bin ein Experte, was das Gehen betrifft.« Er hatte gelacht und dabei auf seine leblosen Beine gedeutet.

Marie stand etwas ratlos vor Flocks Haustür, einen Briefumschlag in der Hand.

Ich widerstand meinem ersten Impuls zu fliehen. Stattdessen schob ich Flocks Rollstuhl gemächlich auf sie zu. Meine Unsicherheit übersah sie, schaute an mir vorbei und reichte Flock die Hand. Ich begriff, dass sie nicht wegen mir gekommen war, mich vielleicht aufgespürt hatte, sondern dass sie nun auch zu Flocks geheimen Klienten gehören wollte und offenbar einen Termin hatte. Erst nachdem sie sich Flock vorgestellt hatte, ein wenig zu beflissen, wie ich fand, sah sie mich an und nannte meinen Namen; es klang überrascht, beinahe wie eine Frage, als sei sie plötzlich unsicher, ob ich wirklich so heiße.

Dass sie mich nach dem Unfall verlassen hatte, war der größte Schmerz für mich gewesen. Im Gefängnis hatte ich oft an sie gedacht, während ich vor dem Bild des Tibeters gesessen hatte. Ihr Name war im ersten Licht gewesen, das morgens durch mein Fenster gefallen war, im Knarren der Tür hatte ich ihren Namen gehört und im dumpfen Hall der Schritte auf dem Gang. Auf dem Hof, in der Sporthalle und in den Waschräumen hatte mich ihr Name verfolgt. Und selbst im Mondlicht auf dem Bild des Tibeters hatte ich ihren Namen entdeckt.

Ich antwortete mit unverfänglichen Worten und war sicher, dass Flock mich wegschicken würde, doch er ließ sich von mir zu dem

Lastenaufzug bringen. Gemeinsam fuhren wir beide mit dem klapprigen Ungetüm in seine Wohnung hinauf.

Marie wartete schüchtern wie eine Anfängerin vor der Tür, und so behandelte Flock sie auch. Er ließ sie durch sein Wohnzimmer spazieren, sich setzen und aufstehen und hörte sich einige Sätze aus dem neuen Film an, in dem sie neben einem Hollywoodstar eine Hauptrolle spielen sollte.

Mich hatte Flock in einen Sessel neben dem Fenster platziert. Wie ein Richter saß ich da, und gelegentlich fragte mich Flock nach meinem Eindruck. Ich antwortete wortkarg und ausweichend, doch Flock war unerbittlich.

»Sie spielen, als hätten Sie noch nie Schmerzen gespürt, richtige Schmerzen«, sagte er zu Marie mit harter Stimme, die keinen Widerspruch duldete. Seine wässrigen Augen hinter der dicken Hornbrille funkelten sie an.

Es war unschwer zu sehen, wie schockiert Marie war. Sie war als ein Filmstar hierhergekommen, und nun wurde sie vor meinen Augen klein und kleiner gemacht. Dabei erkannte sie nicht, dass Flock sie auf die Probe stellte, dass er wollte, dass sie Statur zeigte und gegen ihn und seine Unerbittlichkeit anspielte. Stattdessen wurde sie immer schlechter und brachte am Ende nicht einmal mehr einen fehlerfreien Satz heraus.

Ich war sicher, dass sie nicht mehr wiederkommen würde, und ich wusste plötzlich: Ich liebte sie nicht mehr.

Während Marie sich anzog und auf einmal meinen Blick suchte, als müsse ich ihr Trost spenden, dachte ich plötzlich an die blonde Frau. Wie anders, wie viel klüger und sanfter hatte ihre Stimme geklungen!

Kaum hatte Marie sich kleinlaut verabschiedet und die Tür hinter sich zugezogen, fragte ich Flock wieder: »Wer ist die blonde Frau? Warum kann ich sie nicht kennenlernen?«

Ich sah ihm an, dass er viel lieber über Marie gesprochen hätte und längst wusste, dass sie und ich ein Paar gewesen waren.

»Du musst erst eine richtige Stimme werden«, sagte er. »Dann kehrst du auf die Bühne zurück und dann …«

»Und dann?«, fragte ich, als er verstummte.

»Wer weiß«, erwiderte er lächelnd. »Ich bin kein Wahrsager, aber du wirst eine Menge Glück brauchen.«

13.

Machten Schmetterlinge Musik? Konnte es sein, dass ein leichtes Flügelschlagen zu einem besonderen Klang wurde, der die Luft vibrieren ließ? Von einer solchen Musik träumte sie, den Klängen der kleinen Dinge. Auch Max kam mit sanften Atemzügen in dieser Musik vor, und Robert, der leise lachte, so wie er eigentlich nie gelacht hatte.

Unser Leben wird wahr. Ich bin der Regen, und du bist der See.

Dann aber kehrten die Angst und der Schmerz zurück, zogen erneut in ihren Traum ein. Sie hatte wieder dieses schreckliche grelle Licht vor Augen und erwachte abrupt.

Sie lag in einem Krankenhausbett. Sanftes Tageslicht fiel durch ein Fenster zu ihrer Linken herein. Zwei Stühle standen daneben. Ein zweites Bett war leer. Vor ihr hing über einem blanken Holztisch ein Fernseher.

Als Kareen sich aufrichten wollte, spürte sie einen heftigen Schmerz in ihrem Kopf. Sie hob mühsam die rechte Hand und erwartete beinahe einen Verband zu fühlen, aber da war nichts. Lediglich auf ihrer Stirn klebte ein großes Pflaster. Dafür aber war ihr linkes Bein umwickelt, auch ihre Unterarme waren verbunden.

Der Unfall, fiel ihr ein. Sie war mit dem Golf verunglückt, weil da dieses gleißende Licht gewesen war. Jemand hatte sie geblendet, ein Motorrad oder … Sie wusste es nicht.

Und dann war Johan Waller gekommen … Nein, das musste sie sich eingebildet haben. Jedenfalls war ein Mann aufgetaucht, der einen Krankenwagen gerufen hatte. Man hatte sie nach Euskirchen ins Krankenhaus auf die Notfallstation gebracht.

Kareen versuchte aus dem Bett zu klettern und zur Tür zu gehen. Zerschlagen fühlte sie sich, als hätte man sie gewaltsam durchgerüttelt. Wie in einem fremden Leben fühlte sie sich in dem weißen Nachthemd, das nicht ihr gehörte.

Während sie sich, um Atem ringend, an ihrem Bett aufstützte, wurde die Tür geöffnet. Max stand da. Er trug eine Mütze und seine weißen Gazehandschuhe. Sein dunkler Blick hellte sich sofort auf, als er sie sah. Seine blauen Augen begannen zu leuchten, und er trippelte, so schnell er konnte, zu ihr und umarmte sie.

»Wie schön …«, sagte er so aufgeregt, dass sie ihn kaum verstand, »wie schön!«

Kareen hatte das Gefühl, dass ihm gleich Tränen über die Wangen laufen würden. Hinter ihm war Anja ins Zimmer getreten. Sie zögerte einen Moment, als wolle sie Max nicht stören.

»Wir haben einen ziemlichen Schreck bekommen«, sagte Anja schließlich.

Max setzte sich neben Kareen auf das Bett und schob seine Hand in ihre. Er zitterte kaum merklich und leckte sich unentwegt über die Lippen, als wolle er etwas sagen, brachte aber kein Wort heraus. Auf seiner linken Wange war eine neue wässrige Blase entstanden. Kareen versuchte ihm aufmunternd zuzulächeln. In seinen Augen standen nun wirklich Tränen.

»Ein Unfall«, sagte sie. »Jemand hat mich geblendet, und da habe ich wohl die Kontrolle verloren.« Sie berichtete kurz und in einem möglichst nüchternen Tonfall, was passiert war.

Max und Anja hörten aufmerksam zu.

»Ich bin heute Nacht schon einmal hier gewesen«, sagte Anja dann, »aber da haben sie dir gerade die Glassplitter aus der Stirn und den Armen geholt. Du hast Glück gehabt. Gehirnerschütterung und schwere Prellungen, hat der Arzt gesagt. Der Airbag hat das Schlimmste verhütet.«

»War heute Nacht noch jemand da?«, fragte Kareen. »Der Mann, der den Krankenwagen gerufen hat?«

»Keine Ahnung«, entgegnete Anja. »Auf der Unfallstation war ziemlich viel los. Ich konnte auch nicht so lange bleiben, weil …« Sie warf Max einen Blick zu.

Kareen konnte sich vorstellen, welche Ängste er ausgestanden hatte. Manchmal erwachte er mitten in der Nacht und kroch zu ihr ins Bett. Wahrscheinlich hatte Anja alle Mühe gehabt, ihn zu beruhigen.

»Zum Glück ist ja nicht viel passiert«, sagte Kareen. Sie versuchte möglichst unbeschwert zu klingen und drückte Max die Hand. »Ich werde bestimmt bald wieder entlassen.«

»Anja hat gesagt, dass alles nicht so schlimm war«, sagte er matt, »aber ich habe es nicht geglaubt. Ich möchte nicht, dass du wieder Auto fährst. Lieber bleibst du immer zu Hause. Ich muss auch nicht mehr in den Kindergarten gehen.« Er umklammerte ihre Hand, dass es ihr fast wehtat und sie Angst hatte, er könne sich selbst verletzen.

»Klar«, sagte Kareen, »demnächst fahren wir nur noch Taxi. Oder wir gehen nur noch zu Fuß.«

»Oder Zitas Chauffeur soll uns fahren«, sagte Max und lachte.

»Von mir aus«, sagte Kareen mit betonter Leichtigkeit. »Soll Zitas Chauffeur uns den ganzen Tag durch die Gegend kutschieren.« Sie spürte, dass ihr übel wurde. Lange würde sie ihre gute Miene vor Max nicht durchhalten können.

Anja musterte sie forschend. Fragen waren in ihren Augen zu lesen, die sie vor dem Jungen nicht aussprechen konnte. Was war das für ein Unfall gewesen? Was genau ist passiert?

Kareen zuckte mit den Schultern. Ich weiß es nicht, sollte das heißen. Ich werde aus der ganzen Sache selbst nicht schlau.

»Claudine hat auch Angst bekommen«, sagte Max. »Sie ist ganz weiß geworden. Sie ist zu Hause und wartet. Ich soll dir einen Kuss geben und …«

Einen Moment später wurde die Tür erneut geöffnet.

Johan Waller, dachte Kareen und war über diesen Gedanken

selbst verwundert. Er kommt. Und dann kann ich ihn endlich fragen, was er gestern Abend auf der Straße gewollt hat.

Ein Polizist in Uniform schob sich räuspernd ins Zimmer, und hinter ihm näherte sich Jakob Hagen.

Als sie den Polizisten sah, einen älteren Mann in Uniform mit schütterem Haar und einem grauen Schnauzbart, brach ein Gedanke wie ein bösartiges Geschwür in ihr auf: Jemand hatte sie absichtlich geblendet, damit sie von der Straße abkam! Es sollte wie ein Unfall aussehen, war aber gar keiner – ein perfektes Verbrechen wie bei Lea Montasser in den Bergen von Ibiza.

Der Polizist stellte sich als Rudolf Martens vor, Hauptwachtmeister. »Wenn Sie nichts dagegen haben, möchte ich Ihnen ein paar Fragen stellen«, erklärte er, an Kareen gewandt.

Kareen nickte und spürte einen schweren Kloß im Hals, dann blickte sie Anja an. Mit niemandem, den sie in den letzten Jahren getroffen hatte, verstand sie sich so gut wie mit ihr. Ein Blick reichte, und Anja streckte Max die Hand mit freundlicher Miene entgegen.

»Was hältst du davon, wenn wir irgendwo ein Eis essen?«, fragte sie. »Deine Mama muss mit der Polizei reden, und danach will sie bestimmt ein wenig schlafen.«

Max wirkte nun einigermaßen beruhigt und protestierte nicht. Er küsste Kareen sanft auf den Mund, und sie versprach, ihn anzurufen und spätestens morgen nach Hause zu kommen, obschon sie gar keine Ahnung hatte, wann man sie entlassen würde.

Wie selbstverständlich zog Jakob sich einen Stuhl ans Bett, nachdem Max und Anja gegangen waren. Offensichtlich kannte der Polizist ihn und hatte nichts dagegen, dass er blieb. Wie beiläufig reichte Jakob ihr die Hand und erkundigte sich höflich, mit forschendem Blick, nach ihrem Befinden.

Warum ist er immer da?, dachte Kareen, während sie vage antwortete. Jakob der Allgegenwärtige. Doch sie hatte keine Kraft, sich gegen ihn zu wehren und dafür zu sorgen, dass er ging.

»Ihr Schwager hat uns dankenswerterweise schon ein paar Fragen zu Ihrer Person beantwortet«, erklärte der Polizist, als hätte er ihre Gedanken erraten. Er zögerte und räusperte sich wieder. »Der Hergang des Unfalls wirft einige Fragen auf, denen wir nachgehen müssen: Ihr Wagen war in einem einwandfreien Zustand? Oder hatten Sie in letzter Zeit Probleme? Das Fahrzeug ist sechs Jahre alt. Könnte es sein, dass etwas nicht in Ordnung war?«

Sie blickte an Jakob und dem Polizisten vorbei zum Fenster. »Mit dem Wagen war alles in Ordnung«, sagte sie schließlich. Der Kloß in ihrem Hals wich nicht. »Ich bin geblendet worden. Da war ein einzelnes grelles Licht genau vor mir. Daher konnte ich nichts mehr sehen.«

»Sprechen Sie von einem Motorrad?«, fragte Martens.

»Ich weiß nicht, wovon ich spreche. Für ein Motorrad war das Licht eigentlich viel zu grell. Außerdem hatte ich nicht den Eindruck, dass es sich bewegt hat.«

Der Polizist runzelte die Stirn und zog einen kleinen Block hervor. »Sonderbar«, sagte er. »Wir haben keine Bremsspuren gefunden. Und auch keine Spuren eines zweiten Fahrzeugs.«

Kareen spürte, wie gereizt sie wurde. »Sie müssen mir schon glauben, dass ich nicht absichtlich in eine Böschung gefahren bin.«

»Ich hoffe, Sie haben nichts dagegen, dass wir Ihnen in der Nacht haben Blut abnehmen lassen. Was haben Sie überhaupt auf dieser Straße gewollt? Ich meine, Sie wohnen in Köln. Sind Sie bei Freunden gewesen und haben vielleicht etwas getrunken?« Martens sah sie erwartungsvoll an. Seine Stimme klang liebenswürdig und vollkommen unaufgeregt.

Jakob hörte ihm scheinbar gleichmütig zu, ohne Kareen aus den Augen zu lassen.

»Ich bin bei niemandem gewesen«, erwiderte sie. »Ich bin spazieren gefahren. Das tue ich manchmal, wenn ich nachdenken muss.« Sie wusste selbst nicht, warum sie ihren Besuch bei Merzenich verschwieg, aber irgendwie glaubte sie, dass Jakob nichts davon erfahren sollte. Vielleicht hatte er es ohnehin schon.

Der Polizist verzog das Gesicht und lächelte matt. »Sie sind also den ganzen Abend herumgefahren, ohne einmal anzuhalten?«

Er weiß es längst, sagte sie, natürlich bin ich doch in dem Altenheim gesehen worden.

»Einmal«, erklärte sie mit zögernder Stimme. »Ich habe kurz an dem Altenheim angehalten, weil ich jemanden besuchen wollte. Eine private Angelegenheit.«

Martens atmete tief durch. »Frau Hagen«, sagte er ein wenig ungeduldig, »ich frage nicht ohne Grund. Es würde die Sache erleichtern, wenn Sie mir einfach mitteilen würden, was Sie vor dem Unfall gemacht haben.«

»Ich war vielleicht eine Viertelstunde in dem Altenheim«, erwiderte sie ausweichend.

»Fahren Sie da häufiger hin?«

»Nein«, sagte sie. »Ich war erst einmal da.«

»Das heißt, Sie haben jemanden kurz besucht?«, fragte der Polizist weiter, während er sich eine Notiz machte. »Darf ich fragen, wen?«

»Einen alten Arzt – Doktor Merzenich«, erwiderte sie leise. »Es war nicht weiter wichtig.«

Jakob runzelte die Stirn und schien etwas sagen zu wollen, doch er brachte kein Wort heraus. Sein Blick war ihr unangenehm. Er schaute sie an, als wäre sie bei irgendetwas Verbotenem erwischt worden und hätte einen Betrug begangen – an ihm und vielleicht auch an seinem toten Bruder.

»Und getrunken haben Sie bei diesem Besuch nichts? Und auch keine Medikamente zu sich genommen?«, fragte der Polizist weiter. Ihm schien der Name Merzenich nichts zu sagen.

»Nein.« Sie schüttelte mit düsterer Miene den Kopf.

»Nun«, fuhr Martens fort, als sie stumm blieb. »Wir haben einen Gutachter beauftragt, Ihr Fahrzeug genau zu untersuchen. Bisher hat sich kein Anhaltspunkt ergeben, dass ein zweites Fahrzeug in den Unfall verwickelt war. Wir werden aber nach Zeugen Ausschau halten.«

Kareen spürte, wie sie die Luft anhielt und dann wie nach einer schweren Anstrengung ausatmete. Kein Anhaltspunkt, dass ein zweites Fahrzeug in den Unfall verwickelt war. Polizistendeutsch. Nein, ein zweites Fahrzeug hatte es auch gar nicht gegeben. Zumindest keines, das ihr auf der Straße entgegengekommen war.

»Du hast dich also gut gefühlt, als du die Straße entlanggefahren bist?«, fragte Jakob. »Keine Kopfschmerzen? Keine Müdigkeit?« Argwohn lag in seiner Stimme, als könnte sie tatsächlich einen Selbstmordversuch unternommen haben.

Hat er dem Polizisten von Robert und dessen Unfalltod erzählt?, überlegte Kareen. Nein, wahrscheinlich nicht. Sonst hätte Martens anders gefragt und hätte sich noch mehr für ihren persönlichen Hintergrund interessiert.

»Natürlich habe ich mich gut gefühlt«, sagte sie so ruhig wie möglich, ohne Jakob anzusehen. »Was werden Sie nun tun?« Ihre Augen richteten sich auf den Polizisten.

»Wir werden sehen, ob es Zeugen gibt. Die Gegend ist aber ziemlich einsam, wie Sie ja wissen. Aber wir haben den Zeugen, der den Krankenwagen geholt hat. Vielleicht ist ihm etwas aufgefallen.«

Johan Waller, dachte sie. War er wirklich da und hat den Krankenwagen gerufen? Aber warum sollte er auf dieser Straße gewesen sein?

Martens schaute sie plötzlich argwöhnisch an. »Oder haben Sie Ihre eigene Theorie, was diesen Unfall angeht? Glauben Sie, dass da jemand absichtlich sein Fernlicht angeschaltet hat?«

Was hätte sie gesagt, wenn Jakob nicht dabei gewesen wäre? Die Wahrheit? Dass sie in die Eifel gefahren war, um herauszufinden, wie ihr Schwiegervater gestorben war? Sie dachte an Risch und an

Johan Waller. Sollte sie die beiden erwähnen? Oder den rätselhaften Tod von Lea Montasser auf Ibiza? Und dass ihr Kind vor ein paar Tagen für eine kurze Zeit aus dem Kindergarten verschwunden war?

Sie schüttelte den Kopf. »Ich weiß es nicht«, sagte sie. »Mir ist nur gerade eingefallen, dass jemand unser Sommerhaus angezündet hat. Brandstiftung! Hat sich da etwas Neues ergeben?«

Der Polizist blickte Jakob fragend an. Ganz überrascht schien er von dieser Mitteilung jedoch nicht zu sein.

»Wir wissen mittlerweile, dass eine Gruppe Rumänen in der Nähe im Wald campiert hat«, erwiderte Jakob. »Vermutlich sind ein paar von ihnen ins Haus eingedrungen, haben es verwüstet und dann angezündet.«

Kareen schloss die Augen und drückte ihren schmerzenden Kopf in die Kissen. Das hieß also, dass die Polizei nichts herausgefunden hatte. Herumstreunende Rumänen! Das war beinahe zum Lachen.

»Können Sie mir sagen, wie der Mann hieß, der den Krankenwagen gerufen hat?«, fragte sie flüsternd. »Dieser Mann, der zuerst an meinem Wagen war und mit mir geredet hat …«

Kareen hörte, wie die Tür erneut geöffnet wurde, und schlug abrupt die Augen auf.

Eine ältere Schwester eilte mit finsterer Miene herein. »Sie sollten jetzt gehen!«, erklärte die Frau mit Bestimmtheit. »Die Patientin braucht vor allem Ruhe. Außerdem kommt der Stationsarzt gleich zur Visite.«

Dann komplimentierte sie den Polizisten und Jakob hinaus.

Der Arzt, ein junger Mann mit modisch gegelten schwarzen Haaren, der einen polnisch klingenden Namen trug, machte ihr Mut. In ein paar Tagen könne sie entlassen werden. Die Prellungen seien lästig, aber nicht gefährlich, die Schnittwunden nicht sehr tief. Nein, wenn sie Glück habe, würden nicht einmal Narben zurückbleiben. Das Schlimmste sei die Gehirnerschütterung. Deshalb solle sie noch das Bett hüten.

Kareen hätte erleichtert sein können, stattdessen aber wuchs ihre Angst. Wenn sie für Momente in einen leichten, oberflächlichen Schlaf sank, brach diese Angst hervor. Sie sah wieder dieses grelle Licht und hörte dann das kreischende Metall. Dann sah sie Risch vor sich und Johan Waller. Die beiden steckten unter einer Decke, arbeiteten irgendwie zusammen, um sie zu zerstören.

Sie fühlte sich leer und hilflos in ihrem Bett und wünschte sich, dass sie nicht allein in ihrem Zimmer wäre. Zum Glück hatte sie ein Telefon. Anja hatte ihren Laden gar nicht aufgemacht, obwohl sie samstags das meiste Geld einnahm, und war bei Max geblieben.

»Wir spielen schon wieder Memory«, sagte Anja, als Kareen sie anrief. »Und ich verliere immer. Sogar Claudine ist besser als ich.«

Kareen hörte Max im Hintergrund lachen, das unbeschwerte, heitere Lachen eines Fünfjährigen. Sie wurde ein wenig ruhiger. Wenigstens ist Max in bester Obhut, sagte sie sich.

»Wann kann ich deinen Exmann treffen?«, fragte sie und senkte die Stimme, als fürchte sie, Max könne sie hören. »Diesen Polizisten.«

»Helge war schon hier. Ich habe ihm alles erklärt ... nun, zumindest so viel, wie er wissen muss. Er hat den Computer mitgenommen und lässt ihn diskret untersuchen. Allerdings darf niemand wissen, dass er sich um deine Angelegenheiten kümmert. Das musste ich ihm versprechen. Sonst kriegt er mit seinem Polizeipräsidenten Ärger.«

Anscheinend hatte Anja das Wohnzimmer verlassen, denn es waren keine Stimmen mehr im Hintergrund zu vernehmen.

»Natürlich. Kein Wort werde ich darüber verlieren, aber meinst du, dein Exmann kommt auch an die Akten von Roberts Unfall?«

Anja schwieg einen Moment. Eine düstere Stille breitete sich in der Leitung aus.

»Du meinst wirklich«, sagte sie langsam, »dass bei dem Unfall irgendetwas nicht gestimmt haben könnte?«

Kurz berichtete Kareen, was der Polizist sie gefragt hatte, und erzählte auch von Johan Waller, der plötzlich wie aus dem Nichts nach dem Unfall aufgetaucht war. Sie hörte, wie Anja die Luft einsog und heftig schluckte. Für einen Moment schien es ihr die Sprache verschlagen zu haben, aber sie fasste sich wieder.

»Klar«, sagte sie. »Ich werde Helge bitten, sich umzuhören. Wir haben uns ganz gut verstanden, und weil ich so schön brav war und nach der Scheidung kein Geld von ihm genommen habe, ist er mir noch einiges schuldig.«

Dann rief Max etwas und stürmte an den Apparat. Kareen hörte sich geduldig an, was für einen schönen Nachmittag er gehabt hatte – mit Eis essen und Pfannkuchen backen.

»Wann kommst du nach Hause?«, fragte er, und zum ersten Mal zitterte seine Stimme ein wenig.

»Bald«, sagte sie. »Ich bin bald wieder bei dir.«

Als sie den Hörer auflegte, fiel ihr ein, dass am Montag Lea Montasser beerdigt wurde. Auch darum musste Anjas Exmann sich kümmern. Er war ihre große Chance, mehr über den angeblichen Unfall in den Bergen von Ibiza zu erfahren. Am Montag musste sie auf jeden Fall die Klinik verlassen.

Plötzlich erinnerte sie sich an Meinhart Hagens Beerdigung. Es war eine richtige Inszenierung gewesen. Der Fühlinger Friedhof war viel zu klein für all die Menschen gewesen. Der Oberbürgermeister war gekommen, Mitglieder des Stadtrats, einige bekannte Schauspieler, der Präsident vom FC Köln und sogar ein Minister aus Düsseldorf. Zita hatte ihr Gesicht hinter einem dichten schwarzen Schleier verborgen, Jakob und Esther hatten riesige Sonnenbrillen getragen. Und Robert? Er hatte am Morgen gar nicht das Haus verlassen wollen. Sein neugeborenes Kind war krank, sein Vater war tot. »Ich gehe nicht«, hatte er Kareen gesagt. »Ich schaffe das nicht.« Erst als sie ihn bedrängt hatte, war er zu seinem Medikamentenschrank gegangen, hatte hastig, weil sie es nicht sehen sollte, ein paar Beruhigungstabletten geschluckt und war mit ihr zum Friedhof gefahren. Der kleine Max war für einige Spezialuntersuchungen noch in der Kinderklinik gewesen. Die Beileidsäußerungen hatte Robert vollkommen teilnahmslos entgegengenommen, mit starrem Gesicht und ohne jede Erwiderung. Aber als Jakob ihn anfuhr, er solle sich zusammenreißen, hatte er seinem Bruder einen Faustschlag versetzt. Fast wäre Jakob mitten auf dem Friedhof gestürzt, hätte Esther ihn nicht gehalten. Danach war Robert verschwunden. Erst mitten in der Nacht war er zurückgekehrt.

»Wo bist du gewesen?«, hatte sie ihn gefragt, wütend, weil er sie zwischen all den Trauergästen allein gelassen hatte.

»Im Sommerhaus«, hatte er geantwortet, sonst nichts. Damit hatte sein großes Schweigen begonnen.

Am späten Nachmittag gelang es Kareen endlich, einzuschlafen. Eine Krankenschwester hatte ihr zwei Tabletten gebracht, die angeblich gegen die Kopfschmerzen waren. Sie träumte von Lea Montasser, sah, wie die ältere, braun gebrannte Frau in einem weißen Kleid auf eine wacklige Holzleiter kletterte und versuchte hinaufzusteigen. Im Schlaf begann ihr Herz schneller zu schlagen, und dann bemerkte sie Flock, ihren alten Schauspiellehrer, am Fuße dieser Leiter.

Sie erschrak, weil die Tür geöffnet und leise geschlossen wurde. Einen bitteren Geschmack hatte sie im Mund, und noch immer schlug ihr Herz viel zu schnell. Irgendetwas signalisierte ihr, dass sie in Gefahr war. Sie entschied, sich schlafend zu stellen, beinahe wie ein ängstliches Kind, und öffnete nur kurz die Augen. Es war bereits dunkel im Zimmer. Eine Gestalt trat zögernd auf sie zu, die sie lediglich als langen Schatten wahrnahm. Sie blinzelte, meinte einen Blumenstrauß auszumachen, den jemand vor sich hinhielt. Ja, plötzlich roch es nach frischen Blumen. Dann presste sie die Augen wieder zusammen. Es war weder Anja noch Claudine oder

Babette. Risch, dachte sie, es ist Risch. Was würde er tun? Seine Blumen hinlegen und wieder verschwinden?

Der Eindringling trat an das Bett, und sie hörte ein leises Geräusch. Jemand entsichert eine Waffe!, dachte sie und schlug entsetzt die Augen auf.

Johan Waller wich überrascht von ihrem Bett zurück und wäre fast gestolpert.

»Habe ich Sie erschreckt?«, fragte er.

Kareen musterte ihn. Er hatte die Blumen auf den Nachttisch gelegt und war dabei wohl gegen das halbvolle Wasserglas gestoßen. Daher das merkwürdige Geräusch.

»Was wollen Sie?«, fragte sie unfreundlich und schaltete das Licht in der Leiste über ihrem Bett ein. »Was tun Sie hier?«

Er versuchte zu lächeln und hob die Hände. Er roch nach Aftershave, und sein dunkles, halblanges Haar war sorgsam gekämmt. Unter einer schwarzen Lederjacke trug er ein weißes Hemd. Er schien sich für einen Krankenbesuch zurechtgemacht zu haben. Ich habe mich nicht geirrt, dachte sie, er ist nach dem Unfall am Wagen gewesen.

»Wie geht es Ihnen? Ich war beunruhigt. Am Telefon wollte man mir keine Auskunft geben, und da dachte ich, ich besuche Sie einfach …« Seine Stimme schwankte ein wenig und verriet Unsicherheit.

Sie sah auf seine schlanken Hände – die Hände eines Pianisten. Allerdings schien er sich verletzt zu haben. Ein großes Pflaster klebte auf seinem rechten Handrücken.

»Was haben Sie gedacht?«, fragte sie forschend. Seine Augen waren hellblau und wirkten irgendwie unecht.

»Ich dachte, Sie haben vielleicht nichts dagegen, wenn ich vorbeikomme.«

Sie nickte und versuchte ihren Argwohn beiseitezuschieben, aber es gelang ihr nicht. Bisher war sie Waller unbewusst immer aus dem Weg gegangen. Er war seit knapp drei Monaten beim Sender. Babette, die ihn natürlich duzte, hatte er erzählt, dass er nebenbei als Schauspieler auftrat, auf irgendeiner kleinen Bühne in Köln, die nicht gerade für großes Theater bekannt war. Einmal hatte sie gesehen, wie er sich draußen, auf dem Parkplatz, lange und sehr eindringlich mit Risch unterhalten hatte. Risch protegierte Waller und zog ihn neuerdings anderen Sprechern vor.

Kareen richtete sich auf und bat ihn mit einem Wink, sich zu setzen. Plötzlich fiel ihr auf, dass sie fürchterlich aussehen musste. Zerzauste ungewaschene Haare, kein Make-up, ein geliehenes Nachthemd.

»Muss ich mich bei Ihnen bedanken?«, fragte sie, während er sich einen Stuhl heranschob und nach Worten zu suchen schien. »Sie haben doch den Krankenwagen gerufen, nicht wahr?«

Er nickte. »Ich konnte mein Telefon kaum halten, so aufgeregt war ich. Sie hingen da in ihren Sicherheitsgurten. Es war schrecklich. Einen Augenblick lang habe ich Sie für tot gehalten.«

»Haben Sie das Licht gesehen?«, fragte sie.

»Das Licht?« Er schwieg und lächelte nachdenklich. »Was für ein Licht?«

»Das Licht vor mir auf der Straße, das mich geblendet hat.«

»Tut mir leid. Da war kein Licht. Ich habe die Leitplanke gesehen, die vollkommen verbeult war und einen schwachen roten Lichtschein. Das war ihr Rücklicht, das noch funktionierte.«

»Da war kein anderer Wagen, kein Motorrad?«

»Nein.« Er fuhr sich unsicher durch sein dunkles Haar. »Ich verstehe nicht …«

»Warum waren Sie überhaupt da? Wohnen Sie in der Eifel?« Sie registrierte, dass sie fast wie eine Polizistin klang.

Johan Waller spürte ihren Argwohn. Eine Falte erschien auf seiner Stirn, und seine Augen zogen sich unmerklich zusammen. »Es war alles Zufall. Ich fahre manchmal einfach durch die Gegend, schaue mir die Landschaft an. In Köln wohne ich an einer sehr lauten Straße. Da sehnt man sich nach ein wenig Ruhe.«

Ich fahre manchmal einfach durch die Gegend – diese Lüge hatte sie auch benutzt, als sie vor ein paar Stunden mit dem Polizisten gesprochen hatte.

Sie glaubte ihm nicht.

»Mein Mann hat immer gesagt, dass es gar keine Zufälle gibt«, sagte sie. »Vielen Dank für die Blumen! Könnten Sie vielleicht von draußen eine Vase holen?«

Er sprang auf und eilte hinaus, offensichtlich erfreut, ihren Fragen zu entkommen.

Er war so schnell bei ihr gewesen, dass er auch derjenige gewesen sein konnte, der sie geblendet hatte. Aber warum hatte er sie dann gerettet?

Hatte er vielleicht nur nachsehen wollen, was mit ihr passiert war?

Kareen spürte, wie ihre Kopfschmerzen heftiger wurden, und ihre Gedanken sich immer mehr verwirrten. Für einen Moment war sie sogar unsicher, ob sie dieses grelle Licht tatsächlich gesehen hatte. War es doch ein Sekundenschlaf gewesen – ein seltsamer Traum von einem schwebenden Licht? Nein, sie durfte nicht an ihren eigenen Wahrnehmungen zweifeln. Außerdem war sie nach dem Besuch bei Merzenich viel zu aufgeregt und überhaupt nicht müde gewesen.

Nun trug Johan Waller eine schlichte weiße Vase herein und füllte sie mit Wasser.

»Was ist eigentlich genau passiert?«, fragte er, während er die Vase auf ihren Nachttisch stellte. »Wollen Sie es mir erzählen?«

Sie richtete sich auf und packte die Blumen aus. Aus den Augenwinkeln bemerkte sie, wie er sie musterte. Es war wie ein Duell – als würde jeder darauf warten, dass der andere etwas Falsches sagte oder etwas von sich preisgab.

Kareen entschied sich für die grobe Wahrheit. »Ein Wagen hat mich geblendet. Ich glaube, jemand wollte, dass ich verunglücke.«

Waller zuckte zurück, als hätte sie ihn mit einem brennenden

Gegenstand berührt. »Nein«, sagte er dann mit einem Stöhnen. »Wer sollte so etwas tun? Und warum?«

»Vielleicht können Sie mir das sagen?« Sie ließ sein Gesicht nicht aus den Augen, folgte ihm mit ihrem forschenden Blick, während er zum Fenster ging. Da drehte er sich um und schaute hinaus. Er schien nachzudenken. Sie beobachtete, wie er sich mit der verletzten Hand über das Gesicht fuhr. Plötzlich wusste sie, wer er war. Der Tibeter – er hatte ihr diese Nachrichten hingelegt und sie verfolgt, wahrscheinlich auch an dem Abend, als der Unfall geschah.

»Verfolgen Sie mich?«, fragte sie. »Waren Sie deshalb auf der Straße?«

Johan Waller drehte sich um und lächelte unsicher. »Wie kommen Sie darauf?«

»Haben Sie mir all diese seltsamen Nachrichten geschrieben?«, fragte sie weiter.

Plötzlich ertönte ein lautes, dröhnendes Geräusch – es klang wie ein Wasserfall.

Er griff hektisch in seine Tasche und zog ein Mobiltelefon hervor. »Hallo«, sagte er. »Nein … Es ist gerade ungünstig …«

Kareen wusste sofort, dass er mit einer Frau sprach. Oder war es Risch?

Johan Waller nickte ihr zu, entschuldigend oder wie zum Abschied, sie wusste es nicht genau. Jedenfalls ging er hinaus und kehrte nicht zurück. Als die Tür das nächste Mal geöffnet wurde, kam eine junge Schwester mit rot gefärbten Haaren herein, um ihren Blutdruck zu messen und ihr einen neuen Verband am Bein anzulegen.

14.

Konnte ein Licht einen Menschen töten? Sie schaffte es nicht, diesen Gedanken aus ihrem Kopf zu verbannen. Was war das für ein Licht gewesen? Am liebsten wäre sie in die Nacht hinausgelaufen, genau zu der Stelle, an der sie in die Leitplanke gerast war, aber nicht einmal aufrichten konnte sie sich, ohne dass ihr Kopf schmerzte. Vergeblich versuchte sie ein paar Dinge zu ordnen – all die merkwürdigen Todesfälle von Meinhart bis zu Robert und Lea Montasser.

Spät am Abend rief Anja sie an. Es war immer beruhigend, mit ihrer Freundin zu sprechen. Max sei ohne Schwierigkeiten eingeschlafen. Sie werde auch die zweite Nacht bei ihm verbringen. Außerdem habe sie eine gute Nachricht. Die erste Überprüfung durch ihren Exmann habe ergeben, dass Robert seine Festplatte am Computer selbst gelöscht habe. Jedenfalls habe ein Experte der Polizei keine offenkundigen Manipulationen feststellen können.

»Vielleicht gibt es doch für alles eine simple Erklärung«, sagte Anja. »Irgendein Irrer ist mit Fernlicht durch die Gegend gefahren, und Lea Montasser ist wirklich abgestürzt. Könnte doch sein.«

»Du meinst, ich sehe eine Verbindung, wo es vielleicht gar keine gibt«, erwiderte Kareen.

»Du bist sehr angespannt. Die letzten Wochen und Monate waren alles andere als leicht für dich.«

»Ja, möglicherweise hast du recht«, erwiderte Kareen und berichtete kurz von dem Besuch, den Johan Waller ihr abgestattet und der so abrupt geendet hatte.

»Scheint ein merkwürdiger Typ zu sein. Vielleicht sollte sich Helge auch einmal um ihn kümmern«, erklärte Anja.

Sie verabredeten sich für den nächsten Tag. Früh am Morgen wollte Anja mit Max vorbeikommen.

Die halbe Nacht verbrachte Kareen auf einem Stuhl am Fenster. Die Unruhe, die sie erfasst hatte, konnte sie nicht bezwingen. Geräusche vom Gang hallten mitunter herein, zweimal war ein Martinshorn zu hören. Ansonsten war alles still. Sie konnte sogar Sterne am Himmel sehen. So ähnlich war der Himmel auch am Sommerhaus gewesen. Gelegentlich hatten Robert und sie unter freiem Himmel geschlafen und einmal sogar auf einem Boot mitten auf dem See. Nirgendwo war Robert glücklicher gewesen; er schwamm im See und lief barfuß in den Wald, und er träumte davon, einen Hund zu haben und ein Kind mit ihr und eine Praxis oben in Heimbach. Was hatte er in den letzten Wochen im Sommerhaus gemacht? Und warum war es abgebrannt? Aber all die Fragen führten zu nichts.

Mitten in der Nacht ließ Kareen sich von der Nachtschwester einen Tee machen, und erst gegen Morgen schlief sie ein.

Man weckte sie zum Blutdruckmessen und um ihr ein paar Medikamente zu verabreichen.

Als dann die Tür geöffnet wurde, stand Jakob da. Es war kurz vor halb neun, man hatte eben erst ihr Frühstück serviert. Er trug legere Sonntagskleidung, ein beigefarbenes Hemd, eine Cordjacke und teure Schuhe, die aussahen, als hätte Esther sie ihm vor fünf Minuten noch geputzt.

Kareen bedachte ihn mit einem Lächeln, das er nicht erwiderte. Nach einem kurzen Gruß zog er sich den Stuhl heran, der noch am Fenster stand.

»Geht es dir besser?«, fragte er und fuhr fort, ohne ihre Antwort abzuwarten. »Wir müssen etwas besprechen, etwas sehr Ernstes.«

Sie schenkte sich Kaffee ein, der ziemlich dünn und lauwarm war.

»Dann müssen wir uns beeilen. Anja kommt gleich mit Max.«

Jakob schüttelte den Kopf. »Sie werden nicht kommen«, sagte er. »Nicht heute Vormittag. Ich habe Anja gebeten, dir noch ein wenig Ruhe zu gönnen.«

»Was soll das?«, fragte sie ärgerlich. »Ich entscheide, wann ich meinen Sohn sehe. Max hat durch den Unfall einen Riesenschreck bekommen.« Rechtzeitig, bevor sie es erwähnte, fiel ihr ein, dass Jakob von dem Vorkommnis im Kindergarten nichts wissen konnte.

»Warum bist du zu Merzenich gefahren?«, fragte er. »Was sollte das?«

Es klang drohend.

»Mich beschäftigen ein paar Dinge«, sagte sie ausweichend. Sie trank noch einen Schluck Kaffee und biss von einem Brot ab, auf das sie Marmelade geschmiert hatte, doch der Appetit war ihr vergangen.

»Was soll diese ganze Fragerei, wie Meinhart gestorben ist und wer den Totenschein ausgestellt hat? Was bezweckst du damit? Hat Lea Montasser dir irgendeinen Unsinn erzählt?«

Sie schwieg. Jakob war so anders als sein Bruder Robert. Wo Robert sich nicht zurechtgefunden hatte, war für ihn die Welt klar unterteilt: Gewinner und Verlierer, Freunde und Feinde, Leute, die ihm nützten, und Leute, die ihm schadeten. Kareen schien gerade endgültig in das Lager derer überzuwechseln, die auf der anderen Seite standen.

»Meinhart ist tot, Robert ist tot. Das sind die Fakten, und daran ist nichts mehr zu ändern«, sagte er und rüttelte ein wenig an ihrem Nachtschrank, als wolle er ihre Aufmerksamkeit gewinnen. »Die Familie, die noch da ist, muss zusammenhalten. Darum geht es.«

Für einen flüchtigen Moment dachte sie daran, wie verzweifelt Esther versuchte, schwanger zu werden. Als sie Jakob anschaute, war sein Blick noch kälter geworden.

»Ich verstehe nicht, warum du herumschnüffelst. Was glaubst du zu finden?«

»Ich möchte ein paar Dinge verstehen«, sagte sie zaghaft. Jakob schaffte es offenbar wieder, sie einzuschüchtern. »Roberts Tod – ich begreife es nicht. Und Meinhart – was Lea Montasser über ihn gesagt hat. Und nun ist sie auch tot.«

»Ein Unfall«, sagte er und atmete stöhnend aus. »Das kommt vor. Zufall. Beide waren schon alt.«

Für einen Moment dachte sie daran, Risch zu erwähnen, den Jakob wegen dessen Spielschulden in der Hand hatte und der sie verfolgte – und den Mann, der im Kindergarten aufgetaucht war und Risch offenbar ähnlich gesehen hatte.

»Was hat Merzenich dir eigentlich erzählt? Hat der Alte überhaupt seine fünf Sinne noch zusammen?«

»Wann hast du ihn zuletzt gesehen?«, fragte sie, statt zu antworten.

Er verzog nachdenklich das Gesicht. »Ich glaube, auf Vaters Beerdigung, also vor fünf Jahren; ich weiß, dass er zwei Jahre später seine Praxis aufgeben musste. Er war schon damals ein alter Zausel.«

»Er kommt aus demselben Dorf wie deine Mutter, hat er gesagt. War er mal in sie verliebt?«

Jakob lachte kurz auf, und für einen Moment schien seine Ernsthaftigkeit von ihm abzufallen. »Das kann ich mir nicht vorstellen. Er war doch viel älter als sie. Außerdem hatte mein Vater eine ganz andere Klasse als dieser Dorfarzt.«

Kareen starrte ihn an. Er sah seinem Vater nicht ähnlich, hatte nicht diese aristokratischen Züge. Auch Robert hatte Meinhart kein bisschen ähnlich gesehen.

»Merzenich hat gesagt, dass deine Mutter schon vor deinem Vater ein Kind hatte – unehelich. Stimmt das?«

Jakob zuckte kaum merklich zusammen. »Unsinn! Was hat der Alte da geredet? Hat er dich überhaupt erkannt? Wusste er, mit wem er spricht?«

Das ist der Punkt, überlegte sie. Hat er das wirklich gewusst? Nun, er hatte immerhin von Zita gesprochen – und von Meinhart.

»Er mag alt und senil sein, aber er wusste genau, wovon er sprach«, erwiderte sie mit fester Stimme.

»Und was hat er von dem Totenschein gesagt? Bestimmt hast du ihn auch danach gefragt.« Er klang schneidend – wie ein Verhör.

Die Ehre der Familie ist bedroht, dachte Kareen.

»Ich möchte, dass du jetzt gehst«, sagte sie. »Ich bekomme wieder Kopfschmerzen. Und ruf bitte Anja an und bitte sie, mir ein paar Sachen zum Anziehen mitzubringen, wenn sie nachher kommt.«

Jakob musterte sie feindselig. »Ich möchte wissen, was du mit Merzenich gemacht hast«, sagte er. »Ganz genau, Wort für Wort. Du hast ihn umgebracht.«

Sie schrak in ihrem Bett auf und hätte fast den Nachtschrank mit dem Frühstück umgeworfen. »Wieso umgebracht?«

»Er ist vorgestern Abend gestorben. Kurz nach deinem Besuch. Plötzlicher Herztod. Sein Herz hat einfach aufgehört zu schlagen.«

Vier Tote – vier Unglücke. Nur sie war davongekommen. Nachdem Jakob gegangen war, zornig und voller Ungeduld, weil sie ihm keine Erklärung für ihren Besuch bei Merzenich gegeben hatte, war sie hinaus auf den Gang gegangen und hatte sich bei einer Frau, die in einer Warteecke hockte, eine Zigarette geliehen. Sie konnte sich nicht genau erinnern, wann sie die letzte Zigarette geraucht hatte. Da war sie noch ein halbes Kind gewesen, irgendwann in Münster, nach einem missglückten Rendezvous mit einem Jungen aus ihrer Schule.

Die Zigarette tat ihr gut. Tief inhalierte sie und saß mit geschlossenen Augen da. Vier Tote – so viele Zufälle konnte es nicht geben. Und Jakob hatte ihr die Schuld gegeben, dass Merzenich gestorben war. Sie versuchte ihren Besuch noch einmal durchzugehen, Wort für Wort. Der alte Mann war kein bisschen aufgeregt gewesen, als sie ihn verlassen hatte. Eigentlich hatte er nur über Zita gesprochen, Zita und seine Beziehung zu ihr, und über das Kind, das sie gehabt hatte, bevor sie Meinhart heiratete und nach Köln zog.

Max kam gegen Mittag. Claudine und Anja begleiteten ihn. Stolz schleppte er eine Tasche mit ihren Sachen hinter sich her. Neue eitrige Blasen überzogen seine rechte Wange, aber er war so fröhlich, dass Kareen sich alle Mühe gab, unbeschwert zu wirken. Eine Stunde saßen sie gemeinsam in der Cafeteria, meistens redeten Max und Claudine. Dann glaubte Kareen für einen Moment, Johan Waller am Eingang zu sehen. Er schaute suchend in den Raum und zog sich sofort wieder hastig zurück, als er ihren Blick bemerkte. Oder hatte sie ihn doch wieder verwechselt? Noch immer machten ihr Kopfschmerzen zu schaffen, ein unaufhörlicher Druck, der irgendwo hinter ihren Augen lag. Wenig später verabschiedete sie sich und kehrte in ihr Zimmer zurück.

Es war kurz nach vier Uhr, als sie sich anzog. Die Station war verlassen, in einer Kammer füllte eine Schwester ein Regal mit Wäsche auf, ein Arzt war nicht zu sehen.

Kareen hatte sich die Haare so in die Stirn gekämmt, dass man das Pflaster nicht sofort bemerkte. Der Verband am linken Bein war unter der Hose kaum zu sehen und behinderte sie auch nicht sonderlich. Niemandem, der ihr auf dem Gang begegnete, schien etwas an ihr aufzufallen. Sie sah aus, als hätte sie einen kleinen Sonntagsbesuch gemacht.

Vor dem Krankenhaus saß ein Taxifahrer hinter einer Zeitung in seinem Wagen. Der Mann, ein älterer Türke mit einem buschigen Schnauzbart, der sich ein paar verbliebene Haarsträhnen über die Glatze gekämmt hatte, blickte nur kurz auf, als sie hinten einstieg, und drehte sofort den Zündschlüssel herum. In der Nacht war ihr die Fahrt ins Krankenhaus recht kurz vorgekommen, allenfalls zehn, fünfzehn Minuten. Nun aber dauerte es fast dreißig Minuten, bis sie Heimbach erreicht hatten. Zum Glück herrschte auf den Landstraßen kein Verkehr, sodass sie sicher war, dass niemand sie verfolgte.

Unterhalb des Altenheims ließ sie den Fahrer anhalten und am Straßenrand warten. Misstrauisch sah er ihr nach, wie sie zu der Stelle ging, wo sie von der Straße abgekommen war. Die Leitplanke war aus der Verankerung gerissen worden und völlig verbogen, Glassplitter hatte man nur nachlässig zur Seite gefegt. Die Böschung hinter der Leitplanke war nicht tief, zwei, drei Meter vielleicht. An einem Baum war die Rinde abgesplittert, zwei Büsche wirkten, als hätte sie jemand mit einer Säge zerlegt. Tiefe Reifenspuren hatten sich in den Boden gegraben. Man musste kein Experte sein, um etwas zu begreifen: Wäre die Böschung nur ein wenig steiler gewesen oder wäre sie frontal gegen den Baum geprallt, wäre sie auf der Stelle tot gewesen.

Erschöpft setzte Kareen sich auf die verbogene Leitplanke und starrte die Böschung hinab. Sie spürte, dass ihre Beine zitterten. Nun hätte sie eine zweite Zigarette gebraucht. Sie hatte einen Feind, jemanden, der sie umbringen wollte – ohne dass sie wusste, warum.

Robert, dachte sie, er ist der Schlüssel, nach seinem Tod hat alles begonnen. Lea Montasser war aufgetaucht, Risch und der Tibeter.

Ein paar Autos rauschten an ihr vorbei, einmal wurde auch dröhnend gehupt.

Plötzlich nahm sie eine Bewegung neben sich wahr. Der Türke stand da und lächelte sie an. Auffordernd nickend hielt er ihr eine Schachtel Zigaretten hin.

Sie nahm eine Zigarette heraus, und er gab ihr Feuer. Wenn das so weiterging, würde sie noch zur Kettenraucherin.

»Kein schöner Platz für einen Ausflug«, sagte er und lächelte wieder. Dann blickte er die Böschung hinunter und furchte die Stirn. »Ihr Unfall?«

»Vorgestern Abend.« Sie spürte einen Kloß im Hals. Dann inhalierte sie. Die Zigarette war so stark, dass sie ein Husten unterdrücken musste.

»Warum gucken Sie sich das an?«, fragte er und setzte sich neben sie. »Man darf nicht gucken. Muss wieder ins Auto steigen und weiterfahren.«

»Ich bin geblendet worden«, sagte sie. »Irgendwo hier hat jemand gestanden und einen Scheinwerfer auf mich gerichtet.«

Der Türke nahm seine Zigarette aus dem Mund und warf sie verächtlich neben sich. »Geblendet?«, fragte er ungläubig. »Mit einem Scheinwerfer?«

Kareen zuckte die Achseln. »Ich weiß es nicht. Da war ein einzelnes Licht vor mir, das sich nicht bewegt hat. Ich konnte nichts mehr sehen und dann ...« Sie deutete auf die verbogene Leitplanke.

»Ich war bei türkisches Militär«, sagte der Mann. »Marine – da gibt es solche Scheinwerfer – wenn jemand über Bord gefallen ist. Sogar mit Akku, über eine Millionen Candlepower. Viel Licht.«

Der Türke erhob sich und trat hinter die Leitplanke. Er begann den Boden abzusuchen. *Candlepower* – sie konnte mit diesem Wort nichts anfangen, aber offenbar gab es extrem starke Scheinwerfer, für die man nicht einmal ein Stromkabel brauchte. Mit Licht jemanden töten ... Robert war auch in der Dunkelheit verunglückt. Vielleicht waren alle Gedanken an einen Selbstmord in die falsche Richtung gegangen ...

Sie nahm noch einen Zug aus der Zigarette. Dann stand sie auf und trat neben den Türken. Ihre Beine fühlten sich bleiern an. Sie wankte ein wenig und begriff, dass sie zurück ins Krankenhaus musste, um sich auszuruhen.

Er ging einen Schritt weiter und bückte sich. »Vielleicht haben Sie recht. Hier hat jemand gestanden.« Lächelnd hob er eine Dose hoch. Bitter Lemon. »Die hat noch nicht lange hier gelegen. Kein Rost, kein Dreck.« Mit spitzen Fingern, so als müsse er Fingerabdrücke sichern, hielt er ihr die Dose hin. Kareen wickelte sie in ein Papiertaschentuch und steckte sie ein. Wenig später wurde der Türke wieder fündig.

»Ein Mann hat gewartet, Bitter Lemon getrunken und Zigarillo geraucht.« In einer Handfläche hatte er drei braune Stummel gesammelt. »Der Mann war nicht sehr vorsichtig. Wir sind gute Detektive.« Wieder lächelte er.

Die Zigarillos steckte Kareen ebenfalls ein. Vielleicht könnte Anjas Exmann damit etwas anfangen.

Dann musste sie sich wieder für einen Moment setzen.

»Ich hatte also recht«, sagte sie vor sich hin. Die Position, wo der Mann gestanden hatte, mochte stimmen. Ein Stück die Straße hinunter, vor der Stelle, wo sie in die Leitplanke gerast war.

Der Türke hockte sich vor sie und berührte sie am Arm. »Könnte sein«, sagte er. »Aber warum hat der Mann das getan?«

Kareen schüttelte den Kopf. Dann sah sie, wie ein Leichenwagen an ihr vorbeifuhr, ein glänzendes schwarzes Ungetüm, das nicht wie die anderen Autos vorbeirauschte, sondern beinahe in Schrittgeschwindigkeit die Straße entlangrollte – Richtung Altenheim.

Sie holen Merzenichs Leiche ab, dachte sie, aber das war natürlich Unsinn. Schließlich war der alte Arzt schon vor zwei Tagen gestorben.

»Bringen Sie mich zurück?« Sie blickte den Türken an, der sofort den Arm ausstreckte und ihr auf die Beine half.

»Und dann müssen Sie noch ein paar andere Dinge für mich tun. Zuerst müssen Sie mich morgen Früh nach Köln fahren. Zum Melatenfriedhof. Wir gehen auf eine Beerdigung.«

VIII.

In meiner Zelle hatte es nur wenige Momente gegeben, an die ich mich gerne erinnere. In manchen Nächten hatte ein voller Mond durch die Gitterstäbe geschienen. Dann hatte ich das Bild des Tibeters so hingelegt, dass es im Mondlicht lag. So, im Silberschein, wirkte es noch geheimnisvoller. Doch eines gelang mir im Gefängnis nie, obwohl ich immer eine Einzelzelle hatte – auch nur eine Nacht durchzuschlafen und nicht aufzuschrecken, weil ich hörte, wie ein Motor losdröhnte und Metall auf Metall traf.

Zwei Wochen, nachdem ich Marie bei Flock getroffen hatte, erwachte ich plötzlich im hellen Licht. Die Sonne schien herein. Ich war so verblüfft, dass ich für einen Moment orientierungslos war und beinahe meine kleine Wohnung, das Tibet-Bild an der Wand, das schwarze Regal, das Fenster zum Hof nicht wiedererkannte.

Dann begriff ich, dass ich zum ersten Mal nicht in der Nacht aufgeschreckt war. Im nächsten Moment schrillte das Telefon. Es war kurz nach halb neun.

Das Klingeln hatte etwas Alarmierendes. Hastig hob ich ab. Flock war am Apparat. Er hatte mich in der letzten Woche zweimal angerufen, damit ich mit ihm am Rhein entlangging. Daher war ich nicht überrascht, dass er es war.

»Die Leute vom Literaturfestival waren sehr zufrieden mit dir«, sagte er. »Nächste Woche sollst du ein Hörbuch einlesen – irgendeinen neuen Krimiautor.«

Ich wusste es schon, deshalb war ich nicht sonderlich enthusiastisch. »Sehr schön«, flüsterte ich, immer noch auf der Suche nach einem Albtraum, an den ich mich aus irgendeinem Grund nicht mehr erinnern konnte.

»Außerdem musst du um Punkt zehn im Sender sein«, fuhr er wie beiläufig fort. »Sie suchen einen Sprecher. Ich habe dich empfohlen. Theater spielen kannst du dann immer noch.«

Ich verstand nicht sofort. »Ein neuer Job?«, fragte ich.

»Nein.« Flock wurde streng. »Eine Anstellung«, sagte er, nannte einen Namen, bei dem ich mich melden sollte, und legte auf.

Der Sender lag etwas außerhalb der Stadt, in einer öden Gegend, in der ich noch nie gewesen war. Als ich im Taxi saß, war ich nervös wie ein Schauspielschüler vor dem ersten Vorsprechen.

Der Chef vom Dienst, bei dem Flock mich angekündigt hatte, ließ mich eine halbe Stunde in seinem Vorzimmer warten. Ich spürte, wie ich langsam wütend wurde. Ich kannte diese Machtspielchen und hatte sie immer gehasst. Als ich schon gehen wollte, bat mich ein mürrischer Mann mit einem schroffen Wink in sein Büro. Risch wirkte müde und irgendwie verbittert, wie eine Pflanze, die viel zu lange kein Licht mehr gesehen hatte. Sein Anzug war abgetragen, die Krawatte hing ihm lose um den Hals. Solch eine Gestalt hätte ich eher in einem miefigen Finanzamt als in einem Sender erwartet. Er bat mich, vor seinem Schreibtisch Platz zu nehmen.

»Mir gefällt Ihre Stimme«, sagte er, obschon sein Tonfall Langeweile und Desinteresse ausdrückte. »Ich habe Sie bei einer Lesung erlebt, und Flock hat Sie empfohlen. Wir suchen kurzfristig einen Sprecher. Neuerdings gehen hier auch Männer in Schwangerschaftsurlaub.« Er lachte kurz auf, aber es klang wie ein verächtliches Schnauben.

Ich mochte Risch auf den ersten Blick nicht.

»Eine Festanstellung kann ich Ihnen nicht sofort versprechen, aber vielleicht ergibt sich bald etwas ... Ihre Vergangenheit allerdings ...« Er breitete die Arme aus und musterte mich zum ersten Mal. Seine braunen Augen funkelten. So sieht also jemand aus, der ein Kind getötet hat, mochte er denken.

Ich fühlte, wie sich mein Herzschlag beschleunigte. Noch vor ein paar Monaten hätte ich Menschen wie Risch Prügel angedroht oder schlichtweg mit Verachtung gestraft. Wie nur hatte Flock mich hierhin empfehlen können?

Ich wollte mich schon erheben und Risch sagen, dass er sich einen anderen Aushilfssprecher suchen solle, als ich die Stimme hörte – aus dem Lautsprecher, der über ihm hing und aus dem leise das Programm des Senders drang.

Ein Zufall?

Nein, ich dachte an Flock und den Tibeter.

Vielleicht war mein Glück zurückgekehrt.

Die blonde Frau, die bei Flock an mir vorbeigehuscht war, las mit einer ruhigen, selbstsicheren Akzentuierung die Nachrichten vor. Ihre sanfte Stimme machte wieder einen ungeheuren Eindruck auf mich. Hatte der alte Lehrer gewusst, dass sie in diesem Moment hinter dem Mikrofon saß, und alles genau getimt? Auf jeden Fall hatte ich plötzlich einen sehr guten Grund, diesen Job anzutreten und sogar Risch auszuhalten.

»Wann kann ich anfangen?«, fragte ich mit betont entschlossener Stimme.

15.

Morgens, als der Arzt mit den gegelten Haaren zur Visite kam, saß sie schon angezogen auf dem Bett. Sie lächelte, bemüht, einen möglichst lebhaften Eindruck zu machen, obwohl sie wieder die halbe Nacht nicht schlafen konnte.

Der Arzt blickte überrascht auf ein Klemmbrett mit ihren Daten. »Meines Wissens haben wir noch nichts von Entlassung gesagt, geschweige denn, dass man sich hier selbst entlassen kann«, erklärte er bestimmt und blickte eine der beiden Schwestern, die ihn begleiteten, streng an, als wäre sie schuld daran, dass Kareen etwas missverstanden hatte. »Wegen der Schwere der Gehirnerschütterung ist es dringend geboten, mindestens zwei weitere Tage ...«

»Nein.« Sie war ihm ins Wort gefallen. »Sie können mich nicht zurückhalten. Mein Kind ist krank. Ich muss nach Hause, aber ich verspreche, jeden Tag vorbeizukommen, wenn Sie wollen.« Die Lüge ging ihr leicht von den Lippen.

Der Arzt runzelte die Stirn. Er wirkte irritiert und ein wenig hilflos, weil er solch einen Widerspruch nicht gewöhnt war. Dann wandte er sich an die ältere der Schwestern. »Machen Sie die Papiere für Frau Hagen fertig, die Sie für Ihren Hausarzt braucht. Außerdem muss sie eine Erklärung unterschreiben, dass sie auf eigenes Risiko die Klinik verlässt.« Ohne einen Gruß drehte er sich um und verließ das Zimmer.

Keine dreißig Minuten später saß Kareen in dem Taxi des glatzköpfigen Türken, der sie schon erwartet hatte. An einem kleinen Ausweis, der über seinem Rückspiegel hing, sah sie, dass er Saner mit

Vornamen hieß, einen unaussprechlichen Nachnamen hatte und in Euskirchen wohnte.

»Ich wette, dass Sie wieder einfach abgehauen sind«, sagte er und lächelte, doch sie hielt ihm den weißen Umschlag entgegen, den die Schwester ihr gegeben hatte.

»Vorzeitig wegen guter Führung entlassen«, sagte sie und schaute sich argwöhnisch um, ob jemand sie beobachtete, aber da war niemand zu sehen.

In einer Apotheke besorgte Kareen sich Kopfschmerztabletten, von denen sie gleich zwei nahm. Dann fuhren sie nach Köln zum Melatenfriedhof.

Der Türke parkte sein Taxi so, dass sie den Eingang im Blick hatte. Es war erst halb zehn. Sie hatte nicht in Erfahrung gebracht, wann genau die Beerdigung von Lea Montasser stattfand, ihre Geduld wurde jedoch nicht auf eine lange Probe gestellt. Gegen kurz vor zehn kam eine kleine Trauergesellschaft, die sich um eine Frau gruppierte, die Lea Montasser wie aus dem Gesicht geschnitten war – ihre Schwester mochte ein paar Jahre jünger sein, aber auch sie schien eine Vorliebe fürs Sonnenbaden und gefärbte schwarze Haare zu haben. Sie war ganz in Schwarz gekleidet, lediglich ein weißer Schal verriet, dass sie sonst helle Kleidung schätzte.

»Warten Sie hier?«, sagte Kareen fragend, während sie sich anschickte auszusteigen. »Ich bezahle Sie für den ganzen Tag.«

»Ich mache Ihnen einen guten Preis«, erwiderte der Türke, »und nachher zeige ich Ihnen die schönste Teestube von Köln. Bester Tee und beste türkische Spezialitäten weit und breit. Wird Ihnen gefallen.«

Sie nickte und hastete auf den Friedhof, um Lea Montassers Schwester nicht zu verlieren, doch es war unschwer zu erkennen, dass die kleine Gruppe ohne Umwege auf die Trauerhalle zuhielt. Kareen suchte sich eine Bank in der Nähe und beobachtete, wer sich der schmucklosen Kapelle näherte. Lea Montasser schien trotz des Artikels im *Express* keinen großen Bekanntenkreis mehr in Köln gehabt zu haben. Allenfalls dreißig Personen verschwanden nach und nach in der Trauerhalle. Erst als Kareen hörte, wie eine Orgel zu spielen begann, traute sie sich auch hinein und schlich in die letzte Bank. Nur ein Mann in einem eng geschnittenen dunklen Anzug saß da, am anderen Ende, offenbar ebenfalls ein Zaungast, der nicht die Nähe der anderen suchte. Kurz schaute er auf und senkte dann hastig den Blick, aber Kareen war sicher, ihm schon einmal begegnet zu sein. Die Orgel hörte auf zu spielen. Ein Priester trat vorne neben den aufgebahrten Sarg. Er wandte sich an die Trauergemeinde und bat alle, sich zu erheben. Plötzlich, während sie den Mann neben sich aus den Augenwinkeln beobachtete, wusste sie, woher sie ihn kannte. Er trug dicke graue Lederhandschuhe, als wäre er aus eisiger Kälte hierhergekommen. Das war Zitas Fahrer, nicht der vornehme Chauffeur, der für das Hotel die prominenten Gäste fuhr, sondern ihr Mann für alles, eine Art Privatsekretär, den sie kurz nach Meinharts Tod eingestellt hatte. Kareen war nur einen Moment überrascht. Zita hatte ihn geschickt, weil sie Angst vor Gerüchten hatte; wollte wissen, was für Reden auf Lea Montassers Beerdigung gehalten wurden.

Kareen wandte ihren Blick nach vorn. Nach der kurzen Begrüßung durften sich die Gäste wieder setzen. Der Priester erwähnte voller Pathos, dass Lea Montasser eine gläubige Katholikin gewesen sei, für die der Tod keinen Schrecken gehabt habe, und sprach umständlich ein Gebet, in dem es vor allem um Buße und Gnade ging. Anschließend trat eine Frau nach vorn, deren lange, grau gelockte Haare durch ein rotes Band zurückgehalten wurden. Wortreich und mit besonderen Betonungen rühmte sie das künstlerische Wirken der Verstorbenen, wobei sie abwechselnd drei Bilder hochhielt, die Lea Montasser zuletzt gemalt hatte. Fast sah es aus, als böte sie die bunten Ölgemälde, die abstrakte Landschaften zeigten, zum Kauf an.

Zita hatte sich umsonst Sorgen gemacht. Der Namen Hagen fiel kein einziges Mal. Als die Trauerfeier zu Ende war und Kareen zu Zitas Fahrer hinüberspähte, war er bereits verschwunden.

Die Kapelle leerte sich. Die Trauergäste schritten gemächlich und mit gefassten Mienen hinter dem Sarg her, den zwei Totengräber auf einen Wagen gestellt hatten, den sie dann gemeinsam zogen. Niemand weinte, doch Kareen spürte ein Frösteln, das sie zwang, sich zu setzen. Wenn es stimmte, was sie glaubte, dann irrten sich alle; dann war Lea Montasser gar nicht durch ein Unglück gestorben, sondern durch jemanden, der sie mit einem grellen Scheinwerfer in den Tod geschickt hatte.

Das ausgehobene Grab lag in einem abseitigen Winkel des Friedhofs. Dem prächtigen Grabstein nach war auch der Mann der toten Lea Montasser hier begraben. An einen Baum gelehnt, beobachtete Kareen, wie der Sarg herabgelassen wurde. Plötzlich stand der Türke neben ihr und hielt ihr eine Zigarettenschachtel hin. Sie nahm eine Zigarette heraus und ließ sich von ihm Feuer geben, ohne die Trauergesellschaft aus den Augen zu lassen.

»Warum tun Sie das?«, fragte Saner mit unverhohlener Neugier. »Stehen hier und gucken zu, wie fremde Leute ihre Toten begraben.«

»Weil ich die Wahrheit wissen muss«, sagte sie, noch immer ohne einen Blick für den Türken. Die Zigarette schmeckte bitter, und trotzdem tat es ihr gut, den Rauch in ihren Lungen zu spüren. Vor kaum mehr als vier Wochen hatte sie selbst da gestanden, bei leisem Regen vor Roberts düsterem Grab. Ihr war so schlecht gewesen, dass sie kaum etwas wahrgenommen hatte. Nur weil Max neben ihr stand und ihre Hand umklammerte, hatte sie sich aufrecht gehalten. Auf der anderen Seite hatte sich Jakob an sie gedrückt, als befürchte er, sie könne ins Grab stürzen. Zita hatte sich hinter ihr postiert, schluchzend und manchmal Worte vor sich hin murmelnd, die klangen, als würde sie mit ihrem toten Sohn reden, obwohl ihr das eigentlich gar nicht ähnlich sah.

»Die Wahrheit?«, fragte der Türke, nachdem er eine Weile auf eine Erklärung gewartet hatte.

Plötzlich fiel ihr etwas ein. »Haben Sie ein Mobiltelefon mit einer Kamera?«

Er nickte und zog, als könnte sie ihm nicht glauben, ein supermodernes Handy aus der Jackentasche.

»Laufen Sie umher und machen Sie unauffällig ein paar Fotos von den Leuten hier«, sagte sie. Dann näherte sie sich der Trauergemeinde wieder. Sie hatte keine Ahnung, was sie sagen sollte: Herzliches Beileid – ich bin die Schwiegertochter von Meinhart Hagen, vorgestern wollte jemand auch mich umbringen, und ich muss unbedingt etwas wissen.

Sie spürte ihre Schwäche wieder, das dumpfe Dröhnen in ihrem Kopf. Gleichzeitig kam sie sich seltsam fremd vor – als säße ihr Bewusstsein für Momente in einer Kamera, die sie verfolgte: eine blonde Frau, die mit unsicheren Schritten über einen schmalen Friedhofsweg irrte.

Als die Frau, die sie für Lea Montassers Schwester hielt, sich ein wenig vom Grab entfernt hatte, ging sie auf sie zu. Aus der Nähe war die Ähnlichkeit noch verblüffender – man konnte beinahe glauben, die beiden Frauen wären Zwillinge gewesen.

Kareen versuchte sich ein paar unverfängliche Worte zur Begrüßung zurechtzulegen, doch die Schwester kam ihr zuvor. Sie kniff die Augen zusammen und verzog den Mund, als würden die Worte, die sie sprechen musste, ihr Schmerzen bereiten.

»Ich kenne Sie«, flüsterte Lea Montassers Schwester. »Sie haben uns die ganze Zeit beobachtet. Warum sind Sie hier?«

Kareen sah, dass Saner von der anderen Seite heimlich Fotos machte – als wäre er ein Privatdetektiv, der so etwas ständig tat.

»Ich bin Kareen Hagen«, sagte sie und neigte leicht den Kopf. »Mein Mann ist vor ein paar Wochen gestorben, und Ihre Schwester war bei mir ...«

»Ich weiß«, sagte die Frau. Sie schaute sich um. Ein Mann mit längeren grauen Haaren war auf dem Weg stehen geblieben und blickte abwartend herüber. Offenbar der besorgte Ehemann. Er rührte sich nicht von der Stelle. »Lea hat es mir erzählt. Hat sie Ihnen auch gesagt, dass man Meinhart ermordet hat?«

»Ermordet?« Kareen spürte das Entsetzen aufbrechen, das irgendwo in ihr gelauert hatte. Endlich hatte jemand eine lang verdrängte Vermutung ausgesprochen.

»Ja, das war ihre Vermutung. Es war wie eine fixe Idee. Lea hat nie verwunden, dass Meinhart Hagen sich nicht offen zu ihr bekannt hat. Dabei war er die Liebe ihres Lebens und nicht Walter, ihr Mann. Aber neben dem liegt sie jetzt auf alle Ewigkeit.« Lea Montassers Schwester senkte für einen Moment den Blick. Nun lag doch eine bittere Trauer auf ihrem Gesicht.

»Wie ist sie genau gestorben?«, fragte Kareen. »Ich muss das wissen.«

Der grauhaarige Mann war der Einzige, der noch dastand und den Kopf in ihre Richtung hob, als wittere er eine Gefahr. Auch der Türke war verschwunden.

»Warum fragen Sie das? Es hat sogar in der Zeitung gestanden. Sie ist gestürzt, vielleicht ein Schwächeanfall, und einen Abhang hinuntergefallen. Gleich hinter ihrem Haus geht es in die Berge.«

»Wissen Sie, wann genau das Unglück passiert ist? War es schon Abend? Könnte jemand Ihre Schwester gestoßen haben – oder mit einem Licht geblendet?«

»Deshalb sind Sie gekommen? Um all diese Fragen zu stellen? Niemand weiß genau, wann Lea abgestürzt ist. Man hat sie erst am nächsten Morgen gefunden. Vielleicht hat sie sogar noch eine Weile gelebt.« Die Frau begann zu schluchzen, als stelle sie es sich gerade vor, wie ihre Schwester gestorben war – einsam in der Dunkelheit an einem steinernen Hang.

»Gehen Sie!«, sagte die Frau dann. »Meine Schwester ist tot. Ich möchte von all diesen Sachen nichts wissen.«

Der Grauhaarige hatte sich nun von der Stelle bewegt. Mit zielstrebigen Schritten eilte er auf sie zu, um seiner Frau zur Hilfe zu kommen.

»Ja, ich gehe jetzt.« Kareen nickte. »Vielleicht bin ich auch in Gefahr«, erklärte sie zum Abschied, ohne genau zu wissen, warum.

Der Türke wollte mit ihr nach Ehrenfeld fahren, zu einer Teestube, die ein Cousin von ihm hatte, doch Kareen lehnte freundlich ab.

»Ich muss zu Max, meinem Sohn. Ihn hat mein Unfall noch mehr mitgenommen als mich«, sagte sie.

Saners Schnauzbart hüpfte auf und ab. Er kniff die Augen zusammen und furchte die Stirn, als betrübe ihn diese Antwort wirklich.

»Vielleicht später«, sagte sie. Dann fiel ihr etwas ein. »Gibt es in Heimbach oder in der Gegend eine Bar, wo man Mädchen treffen kann, die sich für Geld ...«

»Sie meinen Prostituierte, die nicht an der Straße stehen, bessere Mädchen?«, erwiderte Saner in der Offenheit, die ihm eigen war.

»Ja«, sagte Kareen, »so etwas meine ich wohl.«

»Klar, ich kenne ein paar Häuser, nicht direkt in Heimbach. In Euskirchen haben wir allerdings die besten Mädchen ... Wenn Sie aber von Köln sprechen ...«

»Ich weiß nicht genau«, unterbrach sie ihn. »Ich suche nach einer Frau, die Minou heißt. Haben solche Frauen nicht Namen, die so klingen?«

Der Türke zuckte mit den Achseln, während er sich in den Verkehr Richtung Kölner Süden einordnete. »Keine Ahnung. Ich kenne keine Minou. Ist das die Freundin Ihres Mannes? Sind Sie deshalb so traurig?«

Für einen Moment nahm ihr die Ernsthaftigkeit, die in seiner Stimme lag, den Atem. *Sind Sie deshalb so traurig?* Wie gerne hätte sie ihm alles erzählt, ihn ins Vertrauen gezogen, wie sie es nur mit Anja konnte. Doch stattdessen sagte sie nur: »Mein Mann ist tot. Ein Autounfall vor vier Wochen.«

»Tut mir leid«, sagte Saner. »Da passieren viele Unglücke in Ihrer Familie, wenn Sie mich fragen.«

Sie sah seine braunen Augen im Rückspiegel. Bevor sie aber etwas entgegnen konnte, waren sie am Kindergarten angekommen. Während sie ausstieg, spürte sie seinen ruhigen, forschenden Blick auf sich.

Anja hatte am Morgen versprochen, Max zum Kindergarten zu bringen, wenn er sich danach fühlte. Tatsächlich saß er neben Cecile in seiner Gruppe am Tisch und malte still vor sich hin.

Als er aufblickte und sie entdeckte, leuchteten seine Augen, und er stürmte, so schnell er konnte, auf sie zu. »Du bist da«, rief er. »Endlich!«

Seine Hände steckten in Handschuhen. Er sah schlimm aus. Warum hatte sie das gestern nicht bemerkt?

»Bist du wieder gesund?«, fragte er und wollte sie gar nicht mehr loslassen.

»Ja, mir geht es wieder gut. Was hältst du davon, wenn wir nächste Woche Urlaub machen? Eine Woche auf eine spanische Insel? Mallorca oder ... Ibiza?« Die Idee war ihr ganz spontan gekommen. Vielleicht konnte sie auf Ibiza noch ein paar Dinge über Lea Montasser herausfinden.

»Ja, das wäre toll.« Er lachte über das ganze Gesicht. »Nehmen wir Claudine auch mit?«

»Wir können sie ja fragen.« Kareen winkte Cecile zu, die sie besorgt anschaute. Offenbar sah sie mit dem Pflaster auf der Stirn noch reichlich mitgenommen aus. »Hat Anja gut auf dich aufgepasst?«

Seine Miene verdüsterte sich. »Anja war nicht immer nett. Außerdem hat sie viel telefoniert.«

Kareen war überrascht. Bisher waren Anja und Max immer bestens miteinander ausgekommen. Sie setzte sich zu Max an den Tisch und ließ sich von ihm das Bild erklären, das er angefangen hatte zu malen: Ein Mann mit längeren braunen Haaren saß in einem weißen Gewand auf einer riesigen Wolke und fing mit einem großen Netz Sonnenstrahlen ein. Kareen spürte, wie ihr für einen Moment übel wurde. Sie presste die Augen zusammen und versuchte sich zusammenzureißen, aber irgendwie war es, als wäre sie plötzlich in ein schwarzes Loch gestürzt. Max wob seinen Vater in all seine Gedanken mit ein, aber gleichzeitig rückte er Robert in diesem Bild in eine ferne Welt, wohl wissend, dass er ihn nie wiedersehen würde. Auch Max war sie es schuldig, herauszufinden, wie sein Vater wirklich gestorben war.

Sie verabschiedete sich hastig und versprach, ihn am frühen Nachmittag abzuholen.

Saner wartete noch draußen vor dem Kindergarten und fuhr sie zu Anja. Er schien sich darauf eingerichtet zu haben, einen langen Tag ihren Chauffeur zu spielen.

»Habe ein bisschen telefoniert«, sagte er. »Niemand kennt eine Frau, die Minou heißt. Tut mir leid.«

»War vielleicht auch nicht wichtig«, erwiderte Kareen. Sie sollte sich in Roberts alter Praxis nach Minou erkundigen, fiel ihr ein. Vielleicht war sie eine Patientin, die er besonders gut gekannt hatte.

Als ihr Telefon klingelte und sie auf dem Display sah, dass Jakob versuchte, sie zu erreichen, schaltete sie den Apparat kurz entschlossen aus.

Anja stand in ihrem Laden und packte Ware aus, dicke orangefarbene Pullover – die Kleidung für den nächsten Ski-Urlaub ihrer wohlhabenden Kundschaft. Sie wirkte bleich und müde, und als sie aufblickte, lag in ihrem Gesicht eine Härte, die Kareen so noch nie an ihr bemerkt hatte.

»Ach, da bist du!« Sie lächelte und kam auf Kareen zu, um sie zu umarmen. Ihre Augen waren dunkel, ohne das Funkeln, das sonst in ihnen lag. »Ich mache uns einen Kaffee, wenn du magst. Haben sie dich tatsächlich aus dem Krankenhaus entlassen?«

»Habe ich dir doch gesagt, dass ich gehen werde, egal, was der Arzt sagt«, erwiderte Kareen, während Anja in ihrer Küche verschwand, um die Espressomaschine anzuschalten. Dann ging sie zu den Sesseln hinüber, und Kareen berichtete kurz von ihrem Gespräch mit dem Arzt. Dann nahm sie die beiden Plastiktüten mit der Dose Bitter Lemon und den Zigarillos hervor, die der Türke gefunden hatte. »Kann ich deinen Exmann treffen?«, fragte sie. »Ich habe hier etwas – eine Spur. Kann wirklich sein, dass jemand mir aufgelauert hat, um mich zu blenden.« Sie erzählte von ihrer Fahrt zur Unfallstelle.

Anja verschwand ohne ein Wort in ihrer kleinen Küche. Die beiden Nächte mit Max hatten sie so sehr angestrengt, wie Kareen es niemals erwartet hätte. Mit dem Kaffee auf einem Tablett kehrte sie zurück.

»Ich kann das einfach nicht glauben«, sagte sie. »Jemand soll gewollt haben, dass du von der Straße abkommst – doch warum?«

»Ich glaube, es hat mit Meinharts und Roberts Tod zu tun.«

»Aber wer sollte dahinterstecken?«

»Ich weiß es nicht.« Kareen trank einen Schluck Espresso und spürte ihre Erschöpfung. Das Dröhnen in ihrem Kopf kam allmählich zurück. Sie nahm noch eine Tablette. »Daher möchte ich deinen Exmann treffen. Kann er diese Sache untersuchen lassen? Man macht so etwas doch. Wegen DNA-Spuren, oder nicht? Ich bezahle auch alles.«

Anja nickte. »Ich kann ihn fragen, aber es wird ihm nicht angenehm sein. Eigentlich kann er solche Dinge nicht neben seiner Arbeit erledigen.«

»Oder vielleicht sollte ich eine offizielle Anzeige machen. Ach nein, so wie der Polizist im Krankenhaus reagiert hat, wird man mir ohnehin nicht glauben.« Kareen lehnte sich zurück. Am liebsten hätte sie ein paar Stunden geschlafen. Wie schön wäre das – sich zurückzulehnen, die Augen zu schließen und in ein dunkles Vergessen abzutauchen.

Anja nahm die beiden Tüten vorsichtig in die Hand und legte sie dann neben sich. »Willst du die Sachen hierlassen? Ich rufe Helge an und frage ihn, ob er was tun kann.«

»Ich weiß nicht, wie ich das alles ohne deine Hilfe durchstehen sollte«, sagte Kareen leise.

Anja beugte sich vor und nahm ihre Hand. »Ich verstehe das alles nicht. Kann es nicht sein, dass du Gespenster siehst? Obwohl ...« Sie verstummte und zögerte. »Ich habe etwas geforscht ... im Internet ... Es muss vielleicht nichts bedeuten, aber ...«

»Aber was?« Kareen richtete sich auf, plötzlich alarmiert.

»Ich habe den Namen Johan Waller bei Google eingegeben, weil du gesagt hast, er sei plötzlich nach dem Unfall an deinem Wagen aufgetaucht. Ich war wirklich neugierig auf ihn. Ich kenne ja nur seine Stimme aus dem Radio.«

»Ja und?«

»Es gibt ihn gar nicht. Ich meine, ich habe zwei kümmerliche Einträge gefunden, die zu ihm passen – von eurem Sender und von einer Lesung, die er irgendwo abgehalten hat. Sonst nichts. Kein Bild, keine Vita.«

»Ist das so ungewöhnlich?«, fragte Kareen.

»Hast du nicht erzählt, dass er Schauspieler war? Jeder, der auch nur zwei-, dreimal im Jahr irgendwo auftritt, hat mittlerweile seine eigene Homepage. Außerdem müsste es irgendwo Kritiken über ihn geben, Zeitungsartikel, Ankündigungen. Auch der Sender schreibt so gut wie nichts über ihn. Über dich gibt es eine ganze Seite mit einem sehr schönen Foto.«

»Waller ist noch nicht lange beim Sender. Drei Monate bestenfalls«, entgegnete Kareen, die Anjas Argwohn übertrieben fand.

»Aber was hat er vorher gemacht? Wo kommt dieser Waller her? Das ist doch alles merkwürdig. Und warum steht er plötzlich neben deinem Auto, zehn Sekunden, nachdem du einen Unfall hattest?«

Eine Kundin kam herein, eine stark geschminkte ältere Frau,

die einen Pelzmantel trug, und Anja erhob sich, um sie zu bedienen. Draußen stand der Türke neben seinem Auto und rauchte. Er strahlte eine Gelassenheit aus, die Kareen gefiel – als könne ihn nichts aus der Ruhe bringen. Als sie ihr Mobiltelefon wieder einschaltete, sah sie, dass Jakob noch einmal angerufen hatte.

Kaum hatte sie auf ihr Display geschaut, klingelte ihr Telefon wieder.

»Warum hast du mir nichts von deinem Unfall gesagt?«, fragte Risch vorwurfsvoll. »Brauchst du Hilfe? Soll ich mich um Max kümmern?« Sie hörte die Sorge und Verzweiflung in seiner Stimme. Am liebsten hätte er sich in seinen Wagen gesetzt und wäre vorbeigekommen.

»Vielleicht«, sagte sie. »Wann hat Johan Waller wieder Dienst?«

Saner hatte noch etwas zu essen vorbeigebracht – türkische Falafel, über die Max sich mit großem Hunger hermachte –, bevor er sich wieder in sein Taxi gesetzt hatte und abgefahren war. Hundert Euro hatte Kareen für seine Dienste bezahlt, nicht viel, wenn sie bedachte, dass sie sich in seiner Gegenwart sicher gefühlt hatte wie schon lange nicht mehr. Doch kaum hatte Saner die Wohnung verlassen, war sie vor Erschöpfung zusammengebrochen. Sie musste sich auf das Sofa legen und die Augen schließen. Im Hintergrund hörte sie Claudine mit Max im Badezimmer alte deutsche Kinderlieder singen, die sie liebte. *Der Mond ist aufgegangen.* Irgendwie bedeuteten diese Töne Normalität und die Abwesenheit von Gefahr.

Als es an der Tür klingelte, schreckte Kareen aus leichtem Schlaf auf. Ihr erster Impuls bestand darin, die zwei Lampen, die brannten, auszuschalten und die Tür zu verriegeln. Max schien im Bett zu sein, nichts rührte sich in der Wohnung. Es war, als hielte auch Claudine den Atem an und verstecke sich. Ein zweites, längeres Klingeln zerriss die Stille. Kareen wollte nicht öffnen, doch dann hörte sie Schritte im Flur. Claudine näherte sich unschlüssig und blickte zu ihr ins Wohnzimmer.

»Sollen wir öffnen?«, fragte sie ängstlich.

»Klar, mach schon auf!«, sagte Kareen, als müsste sie das Mädchen besänftigen. Für einen Moment hoffte sie, der Türke könnte zurückgekehrt sein, weil er sich Sorgen machte, weil er doch etwas über eine mysteriöse Minou herausgefunden hatte.

Dumpf klang Jakobs Stimme aus dem Flur, dann fiel eine zweite, verhaltene Stimme ein, die sich bei Claudine für die Störung entschuldigte. Ihr Schwager hatte Esther mitgebracht, einen Schutzschild, damit sein Besuch nicht so bedrohlich wirkte.

Kareen richtete sich auf und ging ihnen entgegen. Esther verharrte einen Moment vor Schrecken, als sie ihr entgegentrat, während Jakob sie nur stumm musterte.

»Sehe ich so schrecklich aus?«, fragte Kareen unfreundlich.

»Du siehst aus wie jemand, der eigentlich noch im Krankenhaus sein sollte«, meinte Jakob tonlos.

»Es ist mir lieber, wenn ich bei Max bin«, erwiderte Kareen. »Außerdem fühle ich mich hier sicherer«, fügte sie hinzu.

»Wir haben uns Sorgen gemacht«, erklärte Esther. »Wir dachten, am besten …« Sie verstummte und schaute Jakob an, als wäre er für ihre gemeinsamen Gedanken zuständig.

Plötzlich fragte Kareen sich, ob er wusste, dass sie heute auf der Beerdigung von Lea Montasser gewesen war, oder ob Zita ihre eigenen Geheimnisse hatte.

»Ist Max schon im Bett?«, fragte Jakob.

»Natürlich.« Aus den Augenwinkeln bemerkte Kareen, dass Claudine zwar in ihrem Zimmer verschwunden war, die Tür aber nicht ganz geschlossen hatte. Es war gut, wenn sie ihnen zuhörte. »Warum willst du das wissen?«

»Wir möchten, dass Max eine Weile zu uns kommt«, erklärte Jakob förmlich, als läse er einen Bescheid von einem Blatt ab. »So lange, bis du dich wieder um ihn kümmern kannst.«

Kareen hatte nicht angenommen, dass er aus echter Sorge hier war, doch seine Härte und Unverfrorenheit nahmen ihr für einen Moment den Atem. Sie schluckte, suchte nach einer Entgegnung.

»Zurzeit bist du eindeutig nicht in der Lage, dich angemessen um ihn zu kümmern. Dein Unfall hat das ganz deutlich gezeigt. Die Polizei hat keinerlei Anzeichen, dass jemand daran beteiligt war.« Jakob machte Anstalten, an ihr vorbei ins Kinderzimmer zu gehen, doch sie vertrat ihm hastig den Weg.

»Ich verstehe immer noch nicht ganz, was eigentlich geschehen ist – mit Meinhart, mit Robert«, sagte sie leise, »aber eines weiß ich genau. Zita und du, ihr werdet Max nie zu euch nehmen – nur über meine Leiche.«

Jakob starrte sie an, ohne ein Wort zu sagen. Nein, fiel ihr auf, er blickte an ihr vorbei zur Tür des Kinderzimmers. Als sie sich umblickte, stand Max da. Verschlafen rieb er sich die Augen. Mit seinen dünnen Handschuhen sah er aus, als hätte er künstliche Gliedmaßen.

»Es ist besser, wenn ihr jetzt geht.« Kareen wandte sich Max zu. »Es ist nichts«, sagte sie. »Du hast schlecht geträumt, und Jakob und Esther wollten ohnehin gerade gehen. Sie kommen mal zu einer anderen Zeit wieder.«

Max schmiegte sich an sie. Er roch nach Salbe und nach Krankheit. Kareen schloss die Wohnungstür und legte ihren Sohn sanft auf sein Bett, doch er wollte sie gar nicht loslassen.

»Da war ein schwarzer Vogel«, flüsterte er mit geschlossenen Augen, »der hat mir immer was ins Ohr geflüstert.« Er schluchzte. »Warum kann ich nicht schönere Träume haben? Warum kann ich nicht wie andere Kinder sein?«

Diese Frage stellte er neuerdings immer häufiger.

»Schlechte Träume hat jeder einmal«, versuchte sie ihn zu beruhigen. Eine Blase an seiner Wange nässte. »Aber dein Vater passt auf, dass dir im Schlaf nichts passiert.«

»Warum ist er jetzt nicht da? Er hat mir doch so viel versprochen.«

Kindlicher Zorn schwang in seiner Stimme. So hatte er über seinen toten Vater noch nie geredet.

»Was hat er dir denn versprochen?«, fragte Kareen. Sie dachte daran, dass Robert in den Wochen vor seinem Tod manchmal allein mit Max unterwegs gewesen war.

Der Junge schluchzte wieder. »Er wollte mit mir über den See rudern, mir ein Fahrrad kaufen und ein Baumhaus bauen.«

Kareen musste unwillkürlich schlucken. Warum hatte sie mit Max nie über seine letzten Erlebnisse mit seinem Vater gesprochen? Stattdessen hatte sie ihm märchenhafte Geschichten erzählt, etwa wie Robert im Himmel Sonnenfische in Wolkenflüssen angelte.

»Ein Baumhaus hat er dir versprochen?«, fragte sie.

Max nickte heftig. »Ja, hinten im Wald, beim Sommerhaus. Wir wollten es zusammen bauen. Ich sollte ihm aufmalen, wie ich es haben wollte.«

»Wann hat er das gesagt?«, fragte sie. Max neigte nicht wie andere Kinder dazu, sich Dinge einzubilden, und wenn Robert ihm tatsächlich solche Versprechungen gemacht hatte, dann wurde sein Unfall noch mysteriöser und unerklärlicher.

»Ach, ich weiß nicht mehr«, sagte Max. Nun ließ er sie los und rollte sich zusammen. Tränen liefen ihm über das Gesicht. Vorsichtig schob sie sich neben ihn, sodass er spürte, dass sie noch da war. Nach einer Weile hatte sie das Gefühl, dass er wieder eingeschlafen war. Aus der Wohnung drang kein Laut mehr. Offenbar hatte sie Jakob und Esther in die Flucht schlagen können, aber eines war klar: Die beiden würden wiederkommen. Lag ihr neues besonderes Interesse an Max daran, dass Esther keine Kinder bekommen konnte, oder steckte Zita dahinter?

Kareen spürte, dass sie immer verwirrter und mutloser wurde. Plötzlich war sie beinahe sicher, dass Lea Montasser recht gehabt hatte. Meinhart Hagen war nicht die Treppe hinuntergestürzt – etwas anderes war in jener Nacht geschehen, das viel schrecklicher gewesen war und das Robert aus der Bahn geworfen hatte. Und nun hatte jemand Angst, dass sie dieses Geheimnis lüften würde. Deshalb tauchte Jakob nun immer häufiger auf, deshalb schickte Zita ihren Privatsekretär sogar zu einer Beerdigung. Ja, es war die Familie Hagen, ihr kümmerlicher Rest, vor der Kareen sich fürchten musste.

Übelkeit überkam sie, ihr Herz begann erneut zu rasen wie bei einer viel zu großen Anstrengung. Aber was, wenn auch Robert am Tod seines Vaters beteiligt gewesen war? Hatte er ihn vielleicht die Treppe hinuntergeworfen aus Zorn, aus einer unbedachten Bewegung heraus? Hatte er deshalb nie mit ihr über diese Nacht gesprochen? Am besten war es, wenn sie darüber nicht nachdachte. Das waren Gedanken, die in ihrem Kopf zu Gespenstern wurden, weil sie müde und erschöpft war und das Alleinsein nicht ertrug.

Als Kareen sich schwerfällig erhob, sah sie das Bild, das Max vor einiger Zeit über das Bett gehängt hatte, genau neben den bunten Schmetterling. Sie hatte es noch nie genau betrachtet, weil es für sie ein Bild wie jedes andere gewesen war, das Max in den letzten Wochen gemalt hatte. Ein großer Baum, aus dem Zweige mit runden grünen Blättern wuchsen, und oben in der Krone war ein Haus mit einem Fenster und einem roten Dach. Unten stand eine Figur mit langen gelben Haaren und blickte zu dem Haus herauf. Ganz rechts, am Bildrand, irgendwie kaum dazugehörend, waren zwei blasse Strichmännchen zu sehen, die sich an den Händen hielten. Dabei – wann hatten Robert und sie sich zuletzt an den Händen gehalten?

Nachts war ihr der Sender immer ein wenig unheimlich. Das fahle Licht in den langen, leeren Gängen, die seltsame Stille, die in den Ecken nistete. In Rischs Büro brannte tatsächlich noch Licht, obwohl es kurz vor Mitternacht war. Was tat er hier? Saß er schlaflos an seinem Schreibtisch und grübelte darüber, wie er seine Spielschulden loswerden könnte? Fast war sie versucht, kurz bei ihm hereinzuschauen, aber dann hätte er ihr wahrscheinlich Fragen gestellt – über ihren Unfall, über Waller.

Ruth, die Technikerin, eine farblose, immer gelangweilt wirkende Frau, saß im Vorraum und blickte kurz auf, als Kareen eintrat.

»Noch im Dienst?«, fragte sie teilnahmslos, als wäre ihr nächtliches Erscheinen im Grunde nichts Ungewöhnliches.

»Hatte etwas vergessen«, erklärte Kareen vage und wandte sich ab. Sie sah durch die Trennscheibe, dass Johan Waller schon an seinem Sprecherplatz saß. Er hatte die Kopfhörer nachlässig übergestreift und blickte auf den Computerbildschirm.

»War bisher eine ruhige Nacht«, sagte Ruth. »Nur Risch wandelt noch umher. Ich habe gehört, wie er Johan nach dir gefragt hat.« Stirnrunzelnd musterte sie Kareen. Also war ihre Teilnahmslosigkeit nur vorgeschoben gewesen.

Kareen zuckte mit den Schultern. Die Studiouhr zeigte eine Minute vor Mitternacht. Langsam blendete Ruth die klassische Musik aus, ein Stück von Händel, und dann erklang der Trailer für die Nachrichten. Johan Waller blickte kurz auf und schaute in den Vorraum. Er hielt kurz inne, als er Kareen bemerkte, lächelte verlegen und las dann routiniert die Nachrichten. Einzig dass er sich unentwegt mit der linken Hand über das Haar strich, verriet eine gewisse Nervosität. Kareen fiel auf, dass sie ihn noch nie wirklich angeschaut hatte. Er sah gut aus, groß, dunkelhaarig, wie ein typischer Motorradfahrer, aber sie wusste nicht einmal seine Augenfarbe. An Robert waren das Schönste seine grünen Augen gewesen.

»Risch sagt, dass du einen Unfall gehabt hast?«, fragte Ruth, die sie immer noch neugierig betrachtete.

»Ja«, sagte Kareen. »Zum Glück nichts Ernstes.«

Ruth tippte sich an die Stirn, da, wo die Ärzte Kareen das Pflaster aufgeklebt hatten. »Aber du warst im Krankenhaus?«

Kareen nickte und hielt weiterhin Waller im Blick. Er sprach sehr akzentuiert, mit wohlgesetzten, kurzen Pausen, dabei immer ein wenig spielerisch, als nähme er die Nachrichten nicht wirklich ernst. Gute Sprecher taten das manchmal – eine leichte, spöttische Überlegenheit in ihre Stimme zu legen. Risch würde das nicht gefallen, aber plötzlich wusste sie, bei wem Waller in die Schule gegangen war. Flock schätzte dieses selbstsichere, kontrollierte Sprechen.

»Neulich ist seine Freundin hier aufgekreuzt – oder Exfreundin, keine Ahnung«, sagte Ruth scheinbar gleichmütig. »Marie Berger – die Schauspielerin, die vor ein paar Wochen in den Schlagzeilen war.«

Kareen hatte nichts von irgendwelchen Schlagzeilen mitbekommen. Offenbar wollte Ruth ihr nun einen Köder für weitere Auskünfte hinwerfen, aber Kareen biss nicht an.

Dann hatte Waller die Nachrichten beendet. Verkehrsmeldungen gab es um diese Zeit keine. Er streifte die Kopfhörer ab, und Ruth blendete wieder klassische Musik ein.

Als Johan Waller aus dem Studio kam, reichte er Kareen förmlich die Hand. »Schön, dass es Ihnen wieder besser geht«, sagte er. Dann warf er einen Blick auf Ruth und fuhr fort: »Ich habe mir eben einen Kaffee gekocht. Wenn Sie Lust haben, gehen wir in mein Büro.«

Kareen folgte ihm und erwiderte nicht einmal den Gruß, den Ruth ihr nachrief.

»Tut mir leid, dass ich neulich im Krankenhaus so klammheimlich verschwunden bin«, erklärte Johan Waller, als sie in seiner winzigen Kammer saßen, für die das Wort »Büro« eine echte Übertreibung darstellte. Er hatte tatsächlich Kaffee gekocht und schenkte ihr und sich eine Tasse ein. »Die Krankenschwester hat mich nicht mehr ins Zimmer gelassen, weil Sie Ihnen Blut abnehmen wollte, und ich konnte nicht länger warten … wegen eines Termins.«

Waller gibt es gar nicht – Anjas Worte fielen ihr ein. Ja, es stimmte, ihn umgab ein Geheimnis. Sie glaubte es ganz deutlich zu spüren.

Kareen schaute ihn über ihre Tasse hinweg an. Nur eine Lampe auf seinem Schreibtisch brannte. Alles war aufgeräumt, nirgends persönliche Dinge wie Fotos oder Andenken. Dieses Büro könnte Waller in weniger als zehn Minuten räumen. »Ich muss wissen, warum Sie auf dieser Straße waren – nach dem Unfall«, sagte Kareen mit Bestimmtheit. »Was haben Sie da gemacht? Warum waren Sie so schnell an meinem Wagen?«

Er musterte sie. Seine Augen sind blau, meinte sie in dem matten Licht zu ahnen. Dann verzog er den Mund und atmete tief ein. »Sie glauben doch nicht etwa, dass ich etwas mit Ihrem Unfall zu tun habe?«

»Ich versuche gar nichts zu glauben«, sagte sie. »Ich weiß nur, dass mich jemand absichtlich geblendet hat, ich bin von der Straße abgekommen, und dann waren plötzlich Sie wie aus dem Nichts da.«

Auf dem Gang hörten sie zögernde Schritte, die einen Moment verharrten, bevor sie weitergingen. Waller lauschte den Geräuschen angespannt hinterher.

»Sind Sie mir nachgefahren?«, fragte Kareen, als sie sicher war, dass Risch nicht hereinkommen würde.

Langsam trank Johan Waller seinen Kaffee und schaute sie an – mit einem beinahe schmerzhaften Gesichtsausdruck. »Ehrlich gesagt – ja«, sagte er. »Ich war zu einer Mikrofonprobe auf der Burg in Heimbach, weil ich da am nächsten Tag eine Lesung hatte. Und dann bin ich ein wenig herumgefahren, und plötzlich habe ich Ihren Wagen vor dem Altenheim entdeckt. Ich war neugierig und habe angehalten, und ein paar Minuten später sind Sie …« Er verstummte. »Vielleicht habe ich doch etwas gesehen«, sagte er dann. »Einen großen schwarzen Geländewagen, sehr elegant – könnte ein Porsche Cayenne gewesen sein, der auch vor dem Altenheim geparkt hatte und dann plötzlich losfuhr.«

»Haben Sie mitbekommen, wer in dem Wagen saß?«

»Nein, ich war ziemlich überrascht, als der Wagen auf einmal auf die Straße ausscherte. Ich hätte nicht gedacht, dass da jemand am Steuer saß.«

Sie wusste nicht, ob sie ihm glauben konnte. Mittlerweile konnte er sich eine Menge Lügen zurechtgelegt haben.

»Was ist das überhaupt für eine Geschichte?«, fragte er. »Wer sollte Ihnen etwas antun wollen?«

»Ich weiß es nicht«, antwortete Kareen erschöpft. Sie strich sich über die Augen. Sie hätte nicht mitten in der Nacht herkommen sollen – nur weil sie gemeint hatte, Waller hier allein sprechen zu können.

»Sie müssen mir nichts erzählen«, sagte er sanftmütig, »aber es würde mich interessieren. Bisher sind Sie mir aus dem Weg gegangen, als hätte ich …« Er brach ab. »Ich weiß, dass Ihr Mann kürzlich verstorben ist.«

»Auch ein Autounfall«, flüsterte sie. »Alle dachten an Selbstmord, aber nun habe ich immer mehr Zweifel.« Sie blickte ihn herausfordernd an. »Wer hat es Ihnen erzählt?«

»Ich weiß nicht mehr«, sagte er. »Wahrscheinlich jemand in der Kantine …«

Sie begriff, dass er ein guter Lügner war – nicht nur mit der Stimme, auch mit den Augen. Lediglich seine Hände, die überraschend zart aussahen, wanderten unruhig über den Schreibtisch.

»War es Risch?«, fragte sie. »Oder vielleicht Flock?«

Bei dem Namen »Flock« legte er die Stirn in Falten. Es war ein Schuss ins Blaue gewesen, aber sie hatte getroffen.

»Nein«, sagte er irgendwie ermattet, als hätte sie ihn ertappt. »Ich habe Flock zwar nach Ihnen gefragt, aber er hat nur erklärt, dass Sie Probleme haben, mehr nicht.«

»Und warum haben Sie ihn nach mir gefragt?«

»Ich habe zufällig gesehen, dass Sie bei ihm waren – und ich wollte Sie gerne kennenlernen. Mehr von Ihnen wissen als das, was man sich in der Kantine erzählt.« Er sagte das mit einem Ernst, der sie erschreckte.

»Erzählen Sie mir etwas von sich«, sagte sie.

»Sie meinen, wie ich in diesen Sender gekommen bin?« Er stand auf und schenkte sich noch einmal Kaffee ein. Als er sie fragend anschaute, ob sie auch etwas wolle, schüttelte sie den Kopf. »Keine interessante Geschichte«, sagte er dann. »Ich war Schauspieler, aber da ging es irgendwie nicht mehr weiter. Deshalb brauchte ich einen neuen Job. Flock hat mir geholfen.«

»Schauspieler – in Köln? Wo haben Sie gespielt?«

Er lächelte matt. »In Köln, Berlin, überall. Was sich so anbot.«

Anja hat recht, dachte sie. Er lügt. Über jeden einigermaßen professionellen Schauspieler gibt es Hunderte von Seiten im Internet.

»Aber eigentlich möchte ich gar nicht von mir sprechen«, fügte er schnell hinzu. »Kann ich Ihnen helfen? Was ist das für eine Geschichte, in der Sie da stecken?«

Sie sah, wie die Tür ganz langsam aufgeschoben wurde, Stück für Stück.

Risch sah fürchterlich aus, als hätte er mindestens zwei Tage nicht mehr geschlafen. Schatten lagen unter seinen Augen. Er öffnete den Mund, aber kein Laut kam über seine Lippen. Er wirkte jedoch nicht überrascht, sondern eher völlig entkräftet.

»Waller«, krächzte er. »Sie müssen sofort ins Studio. Oder soll Ruth nun die Ansagen machen? Schwerer Autounfall auf der A 1. Die Durchsage hätte schon vor fünf Minuten erfolgen sollen.«

Johan Waller erhob sich schwerfällig. »Bin gleich zurück«, sagte er leise zu Kareen und bat sie mit einem langen Blick zu bleiben.

Sie nickte ihm zu.

»Fast halb eins«, erklärte Risch mit festerer Stimme, nachdem Waller fort war. »Gehörst du nun auch zu den Schlaflosen?«

»Ich musste etwas klären«, antwortete sie. »Hast du mir aufgelauert?«

»Etwas klären mit Waller?« Ihre Frage überhörte er geflissentlich. Er trat näher und legte ihr eine Hand auf die Schulter, die sie aber sofort abschüttelte. »Ich erzähle dir etwas«, sagte er und schaute zu dem Stuhl hinüber, auf dem Waller gesessen hatte. »Es war einmal ein Schauspieler, ein ziemlich selbstsicherer Typ, spielte gern den wilden Mann, trank, legte reihenweise die Frauen flach. Bis er im Suff ein Kind umbrachte und ins Gefängnis musste. Heute …« Er zuckte mit den Achseln.

Nun erst begriff sie, dass Risch getrunken hatte. Ein deprimierender Alkoholrausch steckte ihm in den Knochen.

»Was soll das?«, fragte sie, stand auf und ging an ihm vorbei. Sie bemerkte noch, wie er sich fahrig die Locke aus der Stirn schob. Er öffnete den Mund, aber dann entgleisten seine Gesichtszüge, und er sackte in sich zusammen.

Der Nachtpförtner rief ihr ein Taxi. Erst als sie schon eingestiegen war, sah sie einen schwarzen Geländewagen. War das Zufall? Der Wagen parkte ein Stück abseits, da, wo um diese Zeit niemand mehr stand.

»Kennen Sie sich mit Autos aus?«, fragte sie den Taxifahrer, einen jungen Burschen mit kurzen, blond gefärbten Haaren, ein Student vielleicht. »Könnte das da ein Porsche Cayenne sein?«

Der Fahrer blickte in die Richtung, die sie ihm wies, und nickte. »Geile Karre – kostet so um die hunderttausend. Da dürfen Sie keinen Kratzer reinmachen, schon sind Sie einen Monatslohn los.« Er lachte auf.

Kareen stieg aus, um auf den Wagen zuzulaufen, doch zu ihrem Schrecken wurden im nächsten Moment die Scheinwerfer eingeschaltet, riesige leuchtende Ungeheuer. Der Porsche raste dröhnend vom Parkplatz. Unheimlich sah er aus, wie ein Blechmonster, ein Dämon aus Metall, der zum Leben erwacht war.

Das ist mein Feind, dachte sie. Zum ersten Mal war sie ihm begegnet.

Und sosehr sie sich anstrengte, das Nummernschild konnte sie nicht erkennen. Es war nicht beleuchtet gewesen.

IX.

Ich war der Neue im Sender, der Mann für die undankbaren Dienstzeiten, für die Texte, die sonst niemand lesen wollte, doch mir machte all das nichts aus. Als ich die blonde Frau zum ersten Mal wirklich sah, ging sie achtlos an mir vorüber. Es war der zweite Juni, acht Uhr zehn. Ich grüsste sie, doch sie schenkte mir nicht einmal einen Blick und lief stumm, einen Kaffeebecher in der Hand, an mir vorbei. Ich hatte mich nicht geirrt. Sie war genauso schön wie ihre Stimme – die langen Haare streng zurückgekämmt, die Haut weiß und zart, ein roter Mund, der elegant und zugleich verschwiegen wirkte, die Augen wie nach innen gerichtet. Trauer und Stille umgaben sie. Ich war sicher, dass ich so einer Frau noch nie begegnet war.

Mein erster, leichter Sieg bestand darin, dass ich ihren Namen herausfand. Dann erfuhr ich, dass sie verheiratet war. Seltsam, dass ich daran nie gedacht hatte. Klar, dass so jemand nicht allein war. Und doch ... Ich sah eine schöne, unglückliche Frau, ich sah keinen Glanz, ich sah jemanden, der sich bewegte, als liefe er mit jedem Schritt einen Berg hinauf.

Auch wenn ich ihr nun beinahe täglich begegnete, blieb sie für mich nur die Stimme. Ihre Stimme, die ich aus dem Lautsprecher hörte, wenn sie auf Sendung war, warm und klug und einladend wie Musik, doch sie selbst beachtete mich nicht, sah durch mich hindurch, als wäre ich aus Glas. Eine kleine Feier zu meinem Einstand, zu der ich ein paar Sprecher und Techniker einlud, gab ich im Grunde nur für sie – aber wie ich befürchtet hatte, erschien sie gar nicht.

Was hätte der Tibeter an meiner Stelle getan, fragte ich mich.

Nie in meinem Leben hatte ich mir etwas mehr gewünscht, als

diese Frau kennenzulernen. War ich verliebt? In eine Stimme? Ich kannte mich selbst nicht mehr.

In meiner Verzweiflung versuchte ich sogar, sie vor ihrem Haus abzupassen. Ich dachte, der Zufall würde mir helfen, ich würde sie treffen, sie zu einem Kaffee einladen und endlich einmal außerhalb des Senders ein paar Worte mit ihr wechseln. Doch statt ihr zu begegnen, machte ich eine seltsame Entdeckung. Risch saß in seinem Wagen vor ihrem Haus. Einen Moment war ich mir sicher, dass er eine geheime Verabredung mit ihr hatte. Er wartete auf sie, doch dann verging die Zeit, zehn, zwanzig Minuten, ohne dass sie sich zeigte, und ich begriff, dass er ebenso wie ich auf der Lauer lag. Risch stellte ihr nach. Schon im Sender war mir gelegentlich aufgefallen, dass er sich veränderte, wenn sie den Raum betrat. Er wurde fahriger, unkonzentrierter, beachtete sie auf eine auffällige Art nicht.

Irgendwann ging ich, ratloser als zuvor. Im dunklen Treppenhaus kauerte eine Gestalt vor meiner Tür. Marie hockte da – betrunken, weinend, in einem zerrissenen schwarzen Kleid, das aussah, als hätte sie sich mit jemandem geprügelt.

»Du musst mir helfen«, flüsterte sie schluchzend. »Dieser Scheißkerl … dieses arrogante Schwein … wollte mich ficken … nur ficken … und jetzt macht er mich fertig.«

Man hatte sie aus der Produktion mit dem Hollywoodstar geworfen, und auch eine andere Filmrolle – immerhin waren zwanzig Drehtage für sie geplant gewesen – hatte man abgesagt.

Sie schmiegte sich an mich. Ich roch ihr Parfüm, das sie jeden Morgen und Abend auftrug, roch Alkohol und Tränen.

»Ich kann dir nicht helfen«, sagte ich.

Dann hörte ich, wie in meiner Wohnung das Telefon klingelte. Wer konnte das sein? Außer Flock rief mich niemand an, und für den alten Lehrer war es viel zu spät.

Marie folgte mir in die Wohnung und legte sich sofort, ohne sich umzublicken, auf mein Sofa, als wäre sie hier zu Hause.

»Ihr Mann ist tot«, sagte Flock. »Ein Autounfall.«

16.

Sie rollte sich bei Max zusammen, lag auf einer Matte vor seinem Bett und versuchte für den Rest der Nacht ein wenig Ruhe zu finden, doch unentwegt trieb ihr ein düsterer Gedanke durch den Kopf: Sie hatte etwas übersehen, irgendetwas, das all ihre Fragen lösen könnte. Zwei Namen steuerten aufeinander zu wie zwei Schlachtschiffe: Zita und Minou. War es das? Hatten die Namen etwas miteinander zu tun?

Als Max sie gegen halb sieben weckte, indem er ihr einen Kuss auf die Wange hauchte, schrak sie auf, erschöpft und mit heftigen Kopfschmerzen. Die Gehirnerschütterung – der gestrige Tag: Sie hatte sich eindeutig zu viel zugemutet.

Kareen kochte sich einen starken Kaffee und schaffte es mit Mühe, Max Frühstück zu machen. Sie war froh, dass Claudine sich einen Wecker gestellt hatte und aufgestanden war, um Max in den Kindergarten zu bringen. Kaum waren die beiden gegangen, rief sie Anja an, doch ihre Freundin meldete sich nicht – weder in ihrem Geschäft noch an ihrem Mobiltelefon. Eine Seltenheit! Eigentlich hatte Anja ihr Telefon stets bei sich – selbst wenn sie im Park joggte oder Einkäufe machte. Sie versuchte es noch einmal und hinterließ eine kurze Nachricht in der Mailbox. Mit irgendjemandem musste sie über Johan Waller und den schwarzen Geländewagen sprechen. Was sollte sie tun? Die Dinge wurden immer komplizierter.

In Claudines Zimmer stellte sie den Laptop an und loggte sich ins Internet ein. Anja hatte recht gehabt. Unter »Johan Waller« fanden sich lediglich zwei simple Hinweise. Immerhin schien zu stimmen, dass er gelegentlich Lesungen übernahm. Eine Veranstaltung auf der Burg in Heimbach wurde jedoch nicht erwähnt. Dann gab sie »Zita Hagen« ein. Über tausend Einträge zählte Google. Sogar bei Wikipedia gab es eine Art Biografie, die ganz so klang, als hätte Jakob sie geschrieben oder schreiben lassen. Zita hatte sich aus einfachen Verhältnissen hochgearbeitet und war tatsächlich, wie Merzenich es gesagt hatte, in Dreiborn in der Eifel geboren. Ihre Mutter war Näherin gewesen, ihr Vater Schuster. Beide starben früh. Geschwister wurden nicht erwähnt. Anfang der sechziger Jahre hatte Zita in Köln den bekannten Hotelier Meinhart Hagen geheiratet. Das Paar hatte zwei Söhne, von denen Jakob, der Erstgeborene, 1987 den Preis als Jahrgangsbester im Fach »Hotelgastronomie« erhalten hatte und in ihre Fußstapfen getreten war. Sogar Kareen wurde beiläufig erwähnt – als »ausgebildete Schauspielerin, die sich nun vor allem als Nachrichtensprecherin betätigt«.

Ein anderer Beitrag rühmte Zitas Verdienste um den Verein »Mutter und Kind«, der in Bad Münstereifel ansässig sei und den sie seit über dreißig Jahren als Förderin großzügig unterstütze. Der Verein hatte es sich zum Ziel gemacht, jungen ledigen Müttern zu helfen, die unverschuldet in eine Notlage geraten waren, und sprach sich gegen Abtreibung und für geregelte Adoptionen aus. Ein Foto, das aus dem Jahr 2003 stammte, zeigte, wie die Vorsitzende des Vereins, eine Frau mit einem grauen Zopf, die ein Trachtenkleid trug, einer lächelnden, stolzen Zita eine Anstecknadel an das Revers heftete. Kareen hatte gewusst, dass Zita in Köln vielen Komitees und Vereinen angehörte und sich bei allen möglichen Gelegenheiten gerne als edle Spenderin feiern ließ, aber sie war sicher, dass von dem Verein »Mutter und Kind« niemals die Rede gewesen war.

Als sie sich schon wieder ausklicken wollte, fiel ihr Blick noch einmal auf das Foto. Offenbar hatte die Feier mitten in einem Saal in Bad Münstereifel stattgefunden. Im Hintergrund sah man einige Frauen, die lachend applaudierten. Eine Frau mit modischem Kurzhaarschnitt tat sich besonders hervor. Sie hatte eine Hand erhoben und schien etwas zu rufen, einen enthusiastischen Glückwunsch, ein frenetisches Bravo. Kareen spürte einen schmerzhaften Stich. Diese Frau war Anja, ihre beste Freundin. Wie konnte das sein? Nie hatte sie gehört, dass Anja etwas mit einem Verein in Bad Münstereifel zu tun hatte, der sich für alleinstehende Mütter einsetzte. Es war jedoch kein Zweifel möglich. Niemand anders als Anja Feininger applaudierte der weithin bekannten Hotelierin Zita Hagen.

Kareen spürte, wie ihr die Hände zitterten, als sie den Namen »Anja Feininger« eingab, aber da fand sich nichts Besonderes. Allein ihre Modeboutique war mit Adresse und Homepage aufgeführt. Besonders ergiebig waren die Auskünfte nicht. Sie hatte ihre Boutique 2003 in Köln-Lindenthal eröffnet und führte vor allem italienische Mode, die sie im Frühjahr und Herbst höchstpersönlich in Mailand einkaufte. Ein paar Fotos aus ihrem Geschäft, auf denen sie in einem roten Kleid zu sehen war, komplettierten die Homepage. Was hatte Anja getan, bevor sie sich kurz nach der Geburt von Max kennengelernt hatten? Kareen versuchte sich zu erinnern. Dass sie angeblich zweimal verheiratet gewesen war, hatte sie erst neulich erfahren. Einmal hatte Anja erwähnt, dass sie eine Schneiderlehre gemacht hatte – genau wie Zita. Damals war Kareen diese Parallele gar nicht aufgefallen. Und dann hatte Anja eine Zeit lang in Trier bei einer Versicherung gearbeitet. Eltern oder Verwandte hatte Anja noch nie erwähnt. Zu ihrem letzten Geburtstag hatte sie lediglich Kundinnen und Frauen aus ihrem Yoga-Club eingeladen.

Kareen schaltete den Laptop aus und versuchte erneut, Anja anzurufen, obschon sie keine Ahnung hatte, was sie ihr sagen würde, doch wieder meldete sich niemand. Dann, nachdem sie sich kurz bei Claudine versichert hatte, dass Max wohlbehalten im Kindergarten angekommen war, rief sie Saner an.

Der Türke lachte. »Ich dachte schon, Sie hätten heute nichts für mich«, sagte er gutgelaunt. »In einer halben Stunde bin ich bei Ihnen.«

Für einen Moment war Kareen versucht, Saner zu sagen, er solle sie in die Ehrenstraße fahren. Da lag eine Edelboutique, die einer ehemaligen Fernsehansagerin gehörte. Manche Frauen hatten einen Schuhtick, ihr Tick bestand darin, teure Kleider anzuprobieren. Sie war mit Robert fast nie zu den Bällen gegangen, die im Hotel Hagen stattfanden. Er war kein guter Tänzer gewesen und hatte das ganze vornehme Getue und Gerede verabscheut, und nach Meinharts Tod hatte sie ihn gar nicht mehr überreden können, mit ihr auf solche Feste zu gehen. Dabei fand sie, wenn sie ehrlich war, nichts schöner als Ballkleider. Drei Tage nach seinem Tod hatte sie sich ein langes schwarzes Kleid gekauft, das fast zweitausend Euro gekostet hatte. Sie hatte es am selben Abend angezogen, nur für sich, hatte es nicht einmal Max gezeigt. Es war verrückt, aber danach war es ihr für wenige Stunden besser gegangen. Vielleicht hatte sie auch deshalb nach ihrer langweiligen Lehre Schauspielerin werden wollen – um in andere Kleider, in andere Rollen zu schlüpfen.

In so einer Boutique konnte sie alles um sich für eine Weile vergessen, konnte beim Anprobieren ganz bei sich sein. Aber sie wusste auch, dass es eine kleine, vergebliche Flucht wäre. Sie musste hinschauen, den Dingen auf den Grund gehen. Das war vielleicht ihr Fehler mit Robert gewesen – sie hatte nicht genau genug hingeschaut. Sie hatte nicht wissen wollen, warum er so abweisend und einsam geworden war.

Saner fuhr langsam an Anjas Geschäft vorbei. Ein Blick reichte aus, um zu sehen, dass es geschlossen war. Dienstagvormittag um halb elf – entweder war Anja ernsthaft krank oder … Nein, einen anderen Grund konnte es eigentlich nicht geben. In den all den Jahren, seit sie sich nun kannten, hatte Anja ihren Laden immer pünktlich um halb zehn geöffnet.

Auch in ihrer Wohnung, die drei Straßen weiter in einer stillen Seitenstraße mit Kopfsteinpflaster lag, war Anja offenbar nicht. Jedenfalls öffnete niemand. Kareen fiel auf, dass sie diese Wohnung niemals betreten hatte. »Drei Zimmer mit einem hässlichen Bad mit braunen Kacheln«, hatte Anja sie einmal beschrieben. »Leider total vollgestopft. Ich kann einfach nichts wegwerfen – Kleider, Bücher, Souvenirs, Zeitungen, Schallplatten, alles türmt sich bei mir.«

Wer, verdammt, war ihr Freundin? Warum war Kareen nie aufgefallen, dass sie so wenig von Anja wusste?

»Ich verstehe, dass Sie etwas suchen«, sagte Saner. »Aber ich bin neugierig. Können Sie mir verraten, was? Hat es etwas mit dieser Minou zu tun?«

»Nein«, erwiderte Kareen. »Ich glaube nicht. Ich begreife allmählich, dass ich die Menschen um mich herum überhaupt nicht gekannt habe – weder meinen Mann noch meine Schwiegermutter, noch meine beste Freundin.«

»Verstehe«, sagte Saner. »Geht mir mit meiner Frau manchmal auch so ... Dann kommt sie mit einer neuen Frisur nach Hause ... oder sie hat sich einen Ring gekauft, einfach so. Na. Sie ist Kurdin ... Da weiß man nie so genau.« Er lachte. Seine Gelassenheit und Sorglosigkeit gefielen ihr.

»Kennen Sie Dreiborn in der Eifel?«, fragte sie.

Er nickte. »Eine Kneipe und eine Näherei – kein großes Geschäft zu machen. Ein Kollege von mir wohnt da – fährt auch Taxi.«

»Vielleicht sollten wir Ihrem Kollegen einen Besuch abstatten, aber vorher müssen wir meinen Sohn aus dem Kindergarten abholen.«

»Haben wir jetzt auch einen Chauffeur?«, fragte Max aufgeregt, als Kareen ihn aus dem Kindergarten abholte und er Saner vor seinem Taxi stehen sah.

Saner lächelte und war offensichtlich kein bisschen verwundert, dass Max Handschuhe und eine Mütze trug und sein Gesicht voller kleiner Blasen war. »Klar«, sagte er und verneigte sich zur Begrüßung leicht. »Ich bin euer Chauffeur, und ich fahre dich und deine Mutter, wohin ihr wollt.«

»Auch bis ans Ende der Welt?« Max schaute ihn voller Ernst an, während Saner ihm mit spielerischer Eleganz die hintere Tür öffnete.

»Und noch viel weiter.«

»Fürs Erste fahren wir nur in die Eifel«, erklärte Kareen, nachdem auch sie eingestiegen war.

»Machen wir endlich unsere Bootsfahrt?« Max klatschte in die Hände und wirkte so freudig wie schon lange nicht mehr.

»Vielleicht.« Kareen blickte in den Rückspiegel, um zu sehen, ob ihnen jemand folgte, aber da war nichts Auffälliges zu entdecken.

Max begann Saner nach Autos auszufragen, und Kareen war überrascht, wie viel ihr fünfjähriger Sohn davon verstand. Unwillkürlich zuckte sie zusammen, als er sagte: »Einmal bin ich mit meinem Vater in einem Cabriolet gefahren – ohne Verdeck, ganz schnell und über eine riesig lange Brücke.«

»Woher hatte dein Vater denn so ein besonderes Auto?«, fragte Saner und schaute Kareen neben sich dabei an, weil er ahnte, wie sehr sie diese Antwort interessierte, doch Max wusste es nicht – zumindest antwortete er ausweichend. »Keine Ahnung. Wir sind zum Sommerhaus gefahren und haben uns Bäume angeguckt.« Dann erzählte er von dem Baumhaus.

Kareen schloss die Augen. Voller Schmerzen dachte sie an Roberts letzte Wochen. Zu ihr hatte er kaum etwas gesagt, aber offensichtlich war er Max so nahe gewesen wie schon lange nicht mehr. Doch welche Schlüsse konnte sie daraus ziehen? Dass er wieder voller Pläne gewesen war oder dass er trotz allem an Selbstmord gedacht hatte und seinem Sohn ein paar schöne Erinnerungen verschaffen wollte?

Dreiborn war ein kleines Dorf, das malerisch auf einer Anhöhe lag. Eine Hauptstraße, zwei, drei Nebenstraßen – größer war der Ort nicht.

»Wollen wir zu der einzigen Kneipe fahren?«, fragte Saner. Wieder musterte er sie neugierig. »Vielleicht hat der Junge Hunger. Zum Glück ist heute kein Ruhetag. Josef, der Wirt, macht das beste Schnitzel weit und breit.«

»Nein«, sagte Kareen so leise, dass Max sie nicht hören konnte. »Ich möchte zuerst zum Friedhof, falls es dort einen gibt.«

Saner nickte und hielt vor der Dorfkirche.

»Es dauert nicht lange«, sagte Kareen. »Wartet hier!«

Sie stieg aus und lief zum Friedhof hinüber. Kein Mensch war auf der Straße zu sehen. Lediglich aus der Kirche klang Orgelmusik herüber – anscheinend übte dort jemand. Für einen Moment war sie überwältigt, wie friedlich es hier war. Eine weite grüne Landschaft breitete sich vor ihr aus. Windräder waren in der Ferne zu sehen, sonst bewegte sich nichts.

Der kleine Friedhof bestand lediglich aus drei, vier schmalen Wegen und lag hinter der Kirche, wie es früher üblich gewesen war. Die Gräber waren sehr gepflegt mit mächtigen Steinen, auf denen die Namen aus goldenen oder silbernen Lettern weithin zu sehen waren. Dreiborn schien im Wesentlichen aus vier Familien zu bestehen – jedenfalls hatten die Familien Esser, Pütz, Hergarten und Schmitz das Areal größtenteils für sich erobert.

Langsam lief Kareen die Reihen ab. Die Musik aus der Kirche war abrupt verstummt. Eine alte Frau in einem hellen Mantel ging auf der Straße entlang und blickte misstrauisch herüber. Fremde war man hier nicht gewöhnt. Kareen grüßte und schritt dann weiter. Sie hatte erwartet, hier eine Antwort zu finden – ein Kindergrab, das Merzenichs Geschichte bestätigte, aber das Einzige, was sie fand, war ein überwuchertes schmales Grab mit einem verwitterten Sandstein, dessen Inschrift kaum noch zu lesen war: *Hier ruhen in Frieden Maria und Joseph Hauser.* Ohne Geburts- und Sterbedaten. Zitas Eltern – brave katholische Menschen, die wahrscheinlich viel zu früh gestorben waren.

Kareen trat näher. Sie beugte sich vor und stützte sich mit einer

Hand auf dem Grabstein ab, der daraufhin bedrohlich wackelte. Mit einem einzigen Stoß hätte man ihn vom Sockel stoßen können. Mit der linken Hand wischte sie über den Stein. Nein, sie hatte sich nicht getäuscht. Da waren ein großes Kreuz und nur zwei Namen eingraviert. Kein dritter. Aber würde man ein uneheliches Kind, das kurz nach der Geburt gestorben war, zu den Großeltern ins Grab legen? Irgendwann in den sechziger Jahren? Vermutlich nicht. Ein Kindergrab mit dem Namen Hauser hatte sie jedoch nirgendwo gesehen.

»Interessiert sich endlich mal wieder jemand für Maria und Joseph!«, sagte eine Stimme hinter ihr.

Kareen erschrak und wandte sich um.

»Vorsicht – sonst kippt der Stein! Das passiert manchmal bei Sturm.«

Ein Hundertjähriger stand mit hocherhobenen zarten Händen vor ihr – ein Männlein, gebeugt, mit grauem Haar und dicker Hornbrille.

»Dreimal habe ich den Stein schon wieder aufgerichtet«, fuhr der Alte fort, obwohl er dafür viel zu zerbrechlich wirkte.

Kareen blickte an ihm vorbei. Woher war der Mann so schnell gekommen? An der Kirche stand eine hintere Tür offen.

»Sie sind der Organist?«, fragte Kareen.

»Ganz recht. Seit fast fünfzig Jahren, neunundvierzig Jahre und acht Monate, um genau zu sein – aber Sie habe ich hier noch nie gesehen. Gehören Sie zu der Verwandtschaft von Maria und Joseph?« Er sprach die Namen ein wenig spöttisch aus, als wären die beiden Toten gute Freunde, die sich dann und wann einen kleinen Spaß mit ihm erlaubten.

Sie hatte sich auf dem Weg hierher eine Geschichte zurechtgelegt – dass sie eine Journalistin sei und ein Buch über die Familie Hagen schreiben wolle, aber nun sagte sie einfach: »Zita Hagen ist meine Schwiegermutter. Ich war mir nicht ganz sicher, ob ihre Eltern hier begraben sind.«

Der Mann betrachtete sie einen Moment, als müsse er sich doch an sie erinnern. »Zita kommt niemals her.« Sein Blick fiel nun beinahe mitleidig auf den Grabstein. »Sie hat unser Dorf gehasst – die Schule, das Gemeindehaus, die Näherei, einfach alles.« Er machte mit seinen zarten weißen Händen eine Bewegung, als wolle er die ganze Landschaft in seine Worte einschließen.

»Sie kennen Zita?«, fragte Kareen. Im Hintergrund sah sie, wie Saner und Max das Taxi verließen, aber nicht in ihre Richtung gingen. Ein frischer Wind war aufgekommen und zerzauste dem Alten das Haar.

»Hier kennen sich alle«, sagte er fest und schob dabei sein Kinn ein wenig vor, was ihn sofort strenger wirken ließ.

»War Zita die einzige Tochter – und gab es noch andere Verwandte?« Kareen versuchte beiläufig zu klingen, erkannte aber sofort, dass der Alte aus ihrer Frage seine Schlüsse zog.

»Ja, Zita hatte keine Geschwister – ein Einzelkind, das hat man ihr auch immer angemerkt. Sie wissen offenbar nicht viel über Ihre Schwiegermutter.« Er verstummte, sodass Kareen beinahe sicher war, er würde nichts mehr sagen, doch dann fuhr er fort: »Aber das wundert mich bei Zita auch nicht. Sie wollte von ihrer Herkunft nichts mehr wissen. Ich bin einmal in ihrem Hotel gewesen – eine Einladung vom Erzbischof persönlich für alle Organisten seiner Diözese, aber sie hat so getan, als würde sie mich nicht kennen. Innerlich habe ich gelacht. Sie ist nun was Besseres, habe ich mir gedacht, die Frau eines reichen Hoteliers. Welchen ihrer Söhne haben Sie denn geheiratet? Ich vermute den Arzt, der gestorben ist, nicht wahr?«

»Ja …« Kareen geriet ins Stottern. Konnte es tatsächlich sein, dass irgendein fremder Mensch in der tiefsten Eifel über sie Bescheid wusste? »Aber wieso wissen Sie …«

Der Alte lächelte und wagte es nun, die Hand auszustrecken und sie sanft und vertraut am Arm zu berühren. »Für uns Ältere gehört Zita noch dazu«, sagte er leise. »Es interessiert uns, wie es ihr geht und was sie tut, auch wenn sie uns vergessen hat. Und es gibt das Internet.« Er lächelte verschwörerisch.

»Das Internet?«

»Ja, da schaue ich nach, was die Leute aus unserem Dorf so machen, die in die Welt hinaus sind – manche bis nach Kanada und Australien. Jedes Jahr zu Weihnachten bekommen all diese Menschen von unserer Gemeinde einen Gruß aus der Heimat, per Post oder als E-Mail. War eine Idee von unserem Pfarrer.«

Der Alte schien sich an ihrer Verwirrung zu erfreuen. Dann blickte er auf die Uhr und schaute sie an. »Leisten Sie Maria und Joseph noch ein wenig Gesellschaft; waren ehrbare Leute. Und kommen Sie bald wieder, vielleicht zum Gottesdienst – jeden Sonntag um zehn. Wenn Sie wollen, spiele ich hinterher noch etwas für Sie.« Er neigte leicht den Kopf und wollte sich schon abdrehen, doch Kareen hielt ihn zurück.

»Es gibt da noch etwas«, sagte sie zögernd. »Ein altes Familiengeheimnis … Gerüchte … Sie verstehen?«

Er sah sie mit seinen wachen blauen Augen erwartungsvoll an, ohne jedes Zeichen, ob er ahnte, was sie fragen würde.

»Robert, mein verstorbener Mann, hat es einmal erwähnt … Und nun würde ich gerne Genaueres wissen … Es hieß, dass Zita ein uneheliches Kind gehabt hat, das kurz nach der Geburt gestorben ist.«

Ein anderer Ausdruck trat in seine Augen: Misstrauen und Argwohn. Sein Mund zog sich zusammen, doch als er ihn dann öffnete, holte er nur tief Luft.

»Gerüchte«, sagte er dann. »Ja, es gab Gerüchte. Zita war achtzehn, ein Mädchen, jung, aber nicht so naiv, wie sie aussah. Ach, am besten fragen Sie Ihre Schwiegermutter selbst danach. Sie kann nicht so vergesslich sein, dass sie nicht mehr weiß, was sie damals getan hat.« Mit einem kurzen Nicken, das nun eindeutig nicht mehr freundlich war, wandte er sich ab. Eine Windböe war aufgekommen, gegen die er sich mühsam stemmte. Kareen war plötzlich sicher, dass sie tatsächlich einem Geheimnis auf der Spur war.

Mit drei hastigen Schritten war sie neben dem Alten. Sie schaute ihn an. »Es ist sehr wichtig für meinen Sohn und mich«, sagte sie. »Mein Mann ist tot ... Vielleicht war es gar kein Unfall ...« Die Kirchenglocken begannen zu läuten, dröhnend und irgendwie gewichtig, und auf der Straße näherte sich ein älterer Mann in schwarzem Habit dem Gotteshaus, offenbar der Priester. Er winkte dem Alten kurz zu.

»Fragen Sie Ihre Schwiegermutter«, sagte der Alte leise. »Aber wenn sie behauptet, dass die Kinder gestorben sind, dann lügt sie. Meine Frau hat ihr damals geholfen, weil ihre Eltern ...«

»Die Kinder?« Kareen brauchte einen Moment, um zu begreifen.

Der Alte schaute sie eindringlich an. Seine Augen hinter den dicken Gläsern funkelten. »Es waren Zwillinge, zwei gesunde Kinder ... Kurz nach der Geburt ist jemand aus unserem Dorf hastig versetzt worden, ein junger Vikar, aber mehr kann ich Ihnen wirklich nicht verraten. Der Pfarrer wartet auf mich.«

Max und Saner saßen in dem Dorfgasthof und sahen kaum auf, als Kareen sich zu ihnen gesellte. Zwei Teller mit zwei riesigen Schnitzeln standen vor ihnen. Max kämpfte mit Messer und Gabel und hatte vor Eifer rote Wangen.

»Ich dachte, Türken essen kein Schweinefleisch«, sagte Kareen, während sie sich einen Stuhl zurechtrückte und ebenfalls Platz nahm.

Saner lächelte. »Fleisch vom Kalb«, erklärte er. »Spezialität des Hauses. Da hat Allah nichts dagegen.«

Zwei weitere Tische waren besetzt, Ehepaare mittleren Alters, offensichtlich harmlose Wanderer, die ganz mit sich selbst beschäftigt waren.

»Schmeckt wirklich gut«, brachte Max mit vollem Mund hervor.

»Gibt's bei uns nie. Saner ist schon mal mit einem richtigen Rennwagen gefahren. Machen wir gleich noch eine Bootstour?« Er war voller Tatendrang.

»Vielleicht möchte deine Mutter auch etwas essen.« Saner versuchte Max ein wenig zu bremsen. »Außerdem ist deine Mutter eigentlich noch krank. Bis gestern war sie noch im Krankenhaus.«

Kareen bestellte sich einen Kaffee bei einer Kellnerin, die ganz in Schwarz gekleidet war. Sie spürte Saners forschenden Blick. Er wollte wissen, was sie auf dem Friedhof herausgefunden hatte. »Erst machen wir eine Bootstour, und dann fahren wir nach Bad Münstereifel. Ich muss noch etwas klären.«

»Toll«, sagte Max und schob sich ein so großes Stück Fleisch in den Mund, dass sie beinahe Angst hatte, er könne sich verletzen.

Das Klingeln ihres Telefons war ein schrilles, unangebrachtes Geräusch, das sogar Saner aufschreckte. Hastig zog sie es hervor. Anja, dachte sie, endlich meldete Anja sich. Doch auf dem Display stand ihre eigene Kölner Nummer.

»Komm schnell!« Claudine war so hysterisch, dass sie kaum zu verstehen war. »Komm, oder ich werde noch verrückt!«

X.

Konnte ich Marie wegschicken? Wenn jemand verstanden hatte, wie es ist, aus seinem Leben zu fallen, dann war ich es. Ich schleppte sie zu Flock, obwohl sie Ausflüchte und alle möglichen Entschuldigungen suchte, doch plötzlich konnte der Alte liebenswürdig sein. So wie er sie vorher mit beiden Füßen auf den Boden geholt hatte, lobte er sie nun für Kleinigkeiten, die jeder mittelmäßige Schauspieler beherrschte. Aufgeregt wie ein Kind kehrte sie vom Unterricht zurück und richtete sich in meinem Wohnzimmer ein. Wir rührten uns nicht an, begegneten uns wie alte Freunde, und doch spürte ich eine neue Erwartungshaltung in ihr. Bis Marie von dem toten Jungen anfing: wie es genau passiert sei und dass es vielleicht ja gar nicht allein meine Schuld gewesen sei …

»Es war meine Schuld!«, schrie ich sie an.

Ich floh aus der Wohnung – und fand mich vor Kareens Haus wieder. Ihr Mann war seit fast zwei Wochen tot. Nicht ein Mal war sie in der Zeit im Sender gewesen, und selbst Risch und Babette hatten kein Wort über sie verloren, als gäbe es da ein tiefes Geheimnis. Plötzlich, während ich da stand, wurde ihre Haustür geöffnet, und ich sah sie zum ersten Mal mit ihrem Kind. Es traf mich wie ein Schlag. Für einen Moment kam es mir wie ein Geist vor, das Gespenst, das mich verfolgte: Der tote Holger war zum Leben erwacht. Das Kind war dick eingemummt, die Hände waren bandagiert, und es bewegte sich schwerfällig. Vielleicht hatte es auch einen Unfall gehabt, hatte mit seinem Vater im Wagen gesessen.

Mit einem Mal begriff ich, dass alles kein Zufall war. Ich hörte die Stimme des Tibeters und wusste, dass ich sie sprechen musste, auch wegen ihres Kindes. Ich entschied mich, ihr entgegenzugehen, bis ich bemerkte, dass ich nicht allein auf sie und ihr Kind achtete. Eine Frau mit kurzen schwarzen Haaren, die einen eleganten dunklen Mantel trug, verfolgte sie geschickt wie eine Privatdetektivin. Ich heftete mich an ihre Fersen, doch dann stieg Kareen mit dem Kind in einen Bus, und ich verlor ihre Spur. Auch die Detektivin war auf der Strecke geblieben. Wir schauten uns kurz an und hasteten weiter, jeder in eine andere Richtung.

Abends sagte ich Marie, dass sie ausziehen müsse; sie solle sich ein Zimmer nehmen, wenn sie nun doch weiter zu Flock gehen wolle.

In der Nacht kam ich auf die Idee mit den geheimen Botschaften. Ich würde sie nicht verfolgen. Ich wollte sie so neugierig machen, dass sie nach mir suchen würde.

17.

Ein grauer Karton lag genau vor der Wohnungstür. Claudine war nach Hause gekommen, hatte voller Neugier den Deckel angehoben und war dann panisch ans Telefon gestürzt. Danach hatte sie nicht mehr gewagt, sich der Tür auch nur drei Schritte zu nähern.

Es war ein totes Kaninchen mit großen braunen Augen, die einen fragend anstarrten. Das Fell hatte man ihm abgezogen; nackt sah es aus, aber auch so, als habe es eben noch gelebt und sei frierend und schutzlos durch die Gegend gerannt.

Erst die tote Ratte, nun das Kaninchen. Da gab sich jemand mächtig Mühe, sie zu erschrecken.

Die Botschaft entdeckte Kareen erst, als sie den Karton anhob. Ein weißes Stück Papier, das an die Seite gerutscht war. *Sie sind in Gefahr. Am besten halten Sie sich aus allem heraus. Der Tibeter.*

Das Ganze machte den Eindruck, als wäre da jemand in Panik geraten. Die Buchstaben waren in Blockschrift gekritzelt, ziemlich ungelenk, als hätte ein Rechtshänder mit links geschrieben. Die Zettel des Tibeters hatten bisher anders ausgesehen. Die Schrift war schön und gleichmäßig gewesen. Entweder war dem Tibeter in der Zwischenzeit etwas widerfahren, was ihn aus dem Gleichgewicht gebracht hatte, oder ein anderer hatte diese Botschaft verfasst. Allerdings musste dieser Jemand von dem Tibeter wissen.

Kareen trug den Karton in die Küche. Zu ihrem eigenen Erstaunen spürte sie keine Angst. Sie war auf dem Weg, eine gefährliche Wahrheit herauszufinden, das war nicht zu leugnen, aber es gab kein Zurück.

Um Max abzulenken, hatte Saner ihn in sein Zimmer geführt, wo er sich alles genau ansehen musste. Durch die halboffene Tür waren ihre Stimmen zu hören. Max jedenfalls schien kein bisschen erschreckt zu sein. Voller Eifer erklärte er, wie sein Gameboy funktionierte, und fing dann schon wieder von seinem Baumhaus an. Das war offenbar zu einer fixen Idee geworden.

Kareen ging zu Claudine, die in ihrem Zimmer saß und sich Kopfhörer übergestülpt hatte. Ein Koffer auf dem Boden und ihr offener Schrank verrieten, dass sie überlegt hatte zu packen, sich inzwischen jedoch anders entschieden hatte. Oder die Kräfte hatten sie verlassen.

Kareen nahm das Mädchen in den Arm und versuchte es zu trösten. »Hier gehen ein paar merkwürdige Dinge vor«, sagte sie. »Ich kann es dir nicht verdenken, wenn du nach Hause fahren willst.«

Claudine schüttelte den Kopf. »Ich will eigentlich bleiben, aber ich habe Angst, wenn so ein totes Tier daliegt. Ich verstehe das alles nicht.«

»Ich verstehe auch nicht, was das soll, aber ich werde es herausfinden«, sagte Kareen und kniete sich vor Claudine. »Es wäre schön, wenn du dich in der Zwischenzeit um Max kümmern könntest.«

»Werden bald noch mehr tote Tiere vor der Tür liegen? Wer tut so was? Hat Robert irgendetwas Böses gemacht?«

Es verwunderte Kareen einen Moment, dass Claudine auf so eine Idee kommen konnte. »Nein«, sagte sie. »Das glaube ich nicht.«

»Und wird bald noch etwas Schlimmeres passieren?« Claudine griff nach einer Schachtel Zigaretten, die sie in der obersten Schublade versteckt hatte.

»Ich hoffe nicht«, erwiderte Kareen. Sie hatte keine Antwort darauf. Wo konnten sie hingehen? Wo waren sie sicher? Wenn sie die Stadt verließen? Nicht einmal mehr bei Anja konnten sie Zuflucht suchen.

Saner trat ins Zimmer, und Kareen stellte ihn kurz vor.

»Saner hilft uns«, sagte sie. »Er ist unser Chauffeur. Vielleicht kann er heute Nacht hierbleiben, damit wir ruhig schlafen können.« Fragend blickte sie ihn an. Sie wusste nicht, was genau er mitbekommen hatte, doch aufgeregt schien er nicht zu sein.

»Muss meine Frau fragen, aber für eine Nacht dürfte kein Problem sein. Zahnbürste habe ich immer im Auto – falls mal längere Tour kommt.«

Im nächsten Moment klingelte Kareens Telefon. *Anja*, leuchtete auf dem Display auf.

Kareen wandte sich ab und ging in den Flur hinaus, um den Anruf entgegenzunehmen. Mit ruhiger Stimme nannte sie ihren Namen und spürte doch, wie ihr Herzschlag sich beschleunigte, was sonst noch nie geschehen war, wenn ihre Freundin anrief.

»Schätzchen, du hast versucht mich zu erreichen!«, stieß Anja hervor. Sie bemühte sich, normal zu klingen, doch untergründig meinte Kareen, eine seltsame Aufregung zu spüren. Sie wirkte freundlich überdreht, eine Spur zu atemlos. »Geht es dir gut?«, fügte sie hastig hinzu. »Was macht Max? Soll ich zu euch kommen?«

»Nein«, erwiderte Kareen. »Alles in Ordnung. Ich habe noch ein wenig Kopfschmerzen und werde gleich ins Bett gehen. War ein ruhiger Tag, nichts Besonderes.«

»Ich war den ganzen Tag beim Zahnarzt«, sagte Anja in einem ungewohnten Tonfall der Rechtfertigung. »Wurzelbehandlung – ziemlich schmerzhaft. Deshalb konnte ich heute auch nicht im Geschäft sein. Falls du dich gewundert haben solltest …«

Plötzlich war Kareen sicher, dass Anja log. Deshalb ihre unterschwellige Aufgeregtheit. Ein Zahnarztbesuch war eine jämmerliche Erklärung für ihr Verschwinden. Der Arzt hatte seine Praxis um die Ecke, allenfalls ein paar hundert Meter von ihrer Wohnung entfernt. Ihr Wagen hätte am Morgen vor ihrem Haus stehen müssen.

»Ich würde gerne deinen Exmann treffen – Helge«, sagte Kareen. »Ich habe ein paar Fragen an ihn. Hat er wegen der Zigarillos schon was rausgefunden? Kann ich ihn morgen oder übermorgen sehen?« Sie wartete auf Anjas Reaktion. Diese dringende Bitte war ein letzter Test.

Anja zögerte einen Moment. »Ich werde versuchen, ihn zu erreichen. Kann aber sein, dass er auf einer Fortbildung ist. Helge ist viel unterwegs.«

»Vielleicht kannst du mir seine Telefonnummer geben. Dann mache ich selbst einen Termin mit ihm aus.« Für einen Moment wünschte Kareen sich, dass Anja ihr nun ganz arglos eine Nummer gab, dass ihr Gefühl, betrogen zu werden, sich mit einem Schlag in Luft auflöste.

»Lass mich ihn erst fragen, ob ihm recht ist, dich zu treffen«, sagte Anja nun ohne jede Unsicherheit. »Du weißt ja, wie Polizisten sind. Er hat mir einen Gefallen getan, aber das darf er natürlich nicht an die große Glocke hängen.«

»Verstehe.« Kareen sah das Foto im Internet vor sich – Zita und Anja. Das Gefühl, hintergangen worden zu sein, ließ sich nicht mehr vertreiben.

»Was machst du morgen?«, fragte Anja scheinbar heiter. »Wollen wir uns sehen?«

»Das wird nicht gehen«, erwiderte Kareen. Ohne wirklich darüber nachzudenken, warf sie den nächsten Köder aus. »Ich muss in die Eifel. Ich glaube, ich weiß jetzt, was damals passiert ist, als Meinhart Hagen starb.«

»Mein Gott!« Anja stöhnte auf und wirkte ehrlich entsetzt. »Tu nichts, was gefährlich sein könnte! Soll ich nicht besser mitkommen? Wir könnten –«

»Tut mir leid. Ich muss aufhören. Max ist gestürzt und weint. Wir telefonieren später noch mal.« Dann unterbrach sie die Verbindung und hörte noch, wie Anja aufgeregt ihren Namen rief.

Saner stand hinter ihr und lächelte so heftig, dass sein Schnauzbart auf und ab hüpfte, als wäre er lebendig.

»Einen tollen Sohn haben Sie«, sagte er, »aber kein Wunder – Sie sind ja auch eine großartige Frau. Haben Sie schon wieder was herausgefunden?«

Was hatte sie bisher herausgefunden? Dass sie, ohne es zu wissen, in einem Lügengespinst gefangen war und dass Anja mittendrin steckte, ihre beste Freundin, die scheinbar fürsorglichste Person, die sie jemals getroffen hatte. Nur Robert hatte Anja nicht gemocht, ihm war sie stets aus dem Weg gegangen. Beim Hautarzt hatte Anja gesessen, hatte sich im Wartezimmer unverfänglich nach Max erkundigt, und später hatte sie Kareen auf einen Kaffee eingeladen. Sie sei neu in der Stadt, aus Trier, auf der Suche nach Arbeit. Von einer Boutique war da noch nicht die Rede gewesen. Drei Tage später hatten sie sich wie zufällig im Park getroffen. Aber nein – vermutlich war das gar kein Zufall gewesen. Anja hatte es darauf angelegt, sie zu treffen.

Konnte das sein? Oder waren das schon wieder Hirngespinste? Warum sollte Anja sie verfolgt haben? Konnte man fünf Jahre mit jemandem befreundet sein, der es gar nicht ernst meinte?

Manchmal reichten auch drei Tage aus, um sich mit jemandem anzufreunden. Saner hatte sich zu Max gesetzt, als würde er den Jungen schon immer kennen, und er hatte keinen Moment gezögert, ihr seinen Autoschlüssel zu geben. Er hatte sie nur gebeten, das Funkgerät nicht einzuschalten, weil seine Frau sonst auf merkwürdige Gedanken kommen könne.

Der alte Mercedes rauschte breit und gelassen durch die Dämmerung, ein Auto, dem scheinbar nichts etwas anhaben konnte. Über 253 000 Kilometer standen auf dem Tacho. Amüsant bemerkte Kareen, wie ihr an zwei Kreuzungen Passanten zuwinkten, dass sie anhalten sollte. Sie suchte auf dem Armaturenbrett, fand aber keinen Knopf, um ihr Taxischild auszustellen, das offenbar leuchtete.

Saners Frau schwebte ein Stück vor ihr, ein kleines Schwarzweißfoto, genau auf den Drehzahlenmesser geklebt – eine korpulente Frau mit dunkler Haut und mit langem schwarzem Haar, die den Kopf wie bei einem lauten Lachen zurückgeworfen hatte.

Unwirklich kam Kareen sich vor. Hier saß sie nun, hinter dem Steuer eines Taxis, vier Tage nach ihrem Unfall, einem rätselhaften Licht auf der Spur, von dem sie sicher war, dass es sie hatte töten sollen.

Als sie von der Autobahn abgebogen war und nach Chorweiler hineinfuhr, meldete Saner sich am Telefon.

»Sie passen auf sich auf, nicht wahr?«, sagte er. »Keine komischen Sachen?«

Dass seine Besorgnis ihr galt und nicht seinem Taxi, gefiel ihr.

»Ja«, sagte sie. »Ich möchte nur etwas überprüfen und verlasse den Wagen höchstens für fünf Minuten.« Dann beschrieb sie ihm, wo sie sich befand.

Sie bog auf die Landstraße nach Fühlingen ab. Ein kurzes Waldstück, rechts der See, auf dem Robert früher manchmal gerudert hatte, aber das war vor Meinharts Tod gewesen. Danach war er kaum noch hier gewesen. Am nördlichen Ende des Sees lag der Friedhof. Ich hätte nicht zulassen dürfen, dass er im Familiengrab bestattet wird, dachte sie wieder. Jakob hat meine Schwäche ausgenutzt und mich mit seiner Entscheidung vor vollendete Tatsachen gestellt.

Kareen parkte an der Pfarrkirche und stieg aus, aber plötzlich war es, als wäre sie nicht nur fünfzehn Minuten unterwegs gewesen, sondern mehrere Stunden. Mit der kühlen Luft, die vom Fühlinger See heraufzog, traf sie ein stechender Kopfschmerz. Die Nachwirkungen der Gehirnerschütterung oder ein Migräneanfall.

Nein, dachte sie, es ist ihre Nähe. Eigentlich hatte sie immer Angst vor Zita gehabt – jeder hatte Angst vor Zita. Darauf beruhte Zitas Macht. Die eiserne Frau mit den hoch toupierten grauen Haaren, gerecht, unnahbar, gefühllos.

Als sie die Straße passierte, hätte Kareen beinahe einen Sportwagen übersehen, der aus einer kleinen Nebenstraße heranrauschte.

Der Fahrer hupte und tippte sich an die Stirn. Sie würde sich darauf verlassen müssen, dass ihr die richtigen Worte in dem Moment einfielen, wenn sie vor Zita stand. Ich möchte etwas über deine Vergangenheit wissen: Was ist mit deinen unehelichen Kindern? Nein, diese Frage würde sie niemals über die Lippen bringen.

Sie hatte nie wirklich darüber nachgedacht, was es bedeutet haben musste, der Sohn von Zita Hagen zu sein. War Robert deshalb so schweigsam gewesen, wenn es um Konflikte ging, so zurückgezogen und sonderbar, weil er bei Zita niemals die Gelegenheit gehabt hatte, Dinge auszusprechen, die ihn bewegten?

Das Anwesen lag ein wenig abseits der Hauptstraße. Ein hoher Zaun sowie eine hohe Hecke schirmten das Haus von allen Blicken ab, als wohne ein Prominenter darin. Eigentlich war es ein Doppelhaus, doch nicht einmal Jakob hatte hier einziehen wollen.

Kareen schritt am Zaun entlang, versuchte durch die Hecke zu spähen, aber alles, was sie erkennen konnte, war ein helles Licht. Jemand war zu Hause. Entweder war die Lampe auf der Terrasse eingeschaltet oder der Kronleuchter im Wohnzimmer.

Dann hörte sie plötzlich eine Stimme – Zita, die aufgebracht sprach, und einen Moment später antwortete jemand, eine Frau, leiser, zaghafter.

Kareen ging weiter. Eine bittere Ahnung überfiel sie.

Als sie an der Pforte war, klingelte sie nicht, sondern drückte die Klinke herunter. Für gewöhnlich war das Tor immer geschlossen, doch heute ließ es sich öffnen. Kareen trat ein, sie schritt aber nicht auf den Eingang zu, sondern hielt sich rechts, Richtung Terrasse. Links lagen die drei Garagen, deren mächtige Stahltore geschlossen waren, kein Wagen parkte davor. Sie drückte sich zwischen Gebüsch hindurch, vermutlich irgendwelche exotischen Gewächse, die Zitas Gärtner hegte und pflegte, und schlich an der Hecke entlang. Wie ein Kind kam sie sich vor, das etwas Verbotenes tat. Wenn Zita sie nun erwischte ... Sie versuchte sich zu erinnern, ob man von der Terrasse über den feinen englischen Rasen freie Sicht auf die Hecke hatte, oder gab es da weitere exotische Gewächse, die Schutz boten? Sie wusste es nicht – sie war zu lange nicht mehr hier gewesen.

Die Stimmen waren wieder zu hören, allerdings nicht zu verstehen.

Vier, fünf vorsichtige Schritte, dann war Kareen auf Höhe der Hauskante und hatte freien Blick auf die Terrasse. Es war bereits dunkel, und zum Glück strich hier auch kein Hund herum, der alle Eindringlinge sofort mit seinem Bellen verriet. Irgendwelche Gräser wuchsen in Kübeln um die Terrasse herum.

Zita lehnte, gut ausgeleuchtet von der einzigen Lampe, die brannte, in der halb offenen Terrassentür und redete, wobei sie immer wieder mit der linken Hand ausholte. Die Frau, der ihre Worte galten, saß am Tisch im Schatten auf der Terrasse, vor sich ein Glas Wein. Trotz des schwindenden Lichts konnte Kareen ohne Schwierigkeiten erkennen, dass es Anja war. Sie stritten sich – oder diskutierten heftig, kein gemütlicher Abendplausch jedenfalls. Aber noch etwas war zu erkennen: dass sie sich gut kannten, dass selbst im Streit eine innige Vertrautheit zwischen ihnen herrschte.

»Dann musst du eben etwas tun«, sagte Zita im lauten Befehlston. »Wir müssen Gewissheit haben. So geht das nicht weiter. Das hält niemand aus …«

Was Anja erwiderte, war nicht zu verstehen, aber sie schien unsicher zu sein, eindeutig in der Defensive. Zweimal strich sie sich über das kurze Haar, hob dann wie zur Beschwichtigung die Hände.

Zita schien Anjas Entgegnung nicht zu gefallen. Sie verzog das Gesicht und streckte eine zur Faust geballte Hand vor, während sie sagte: »So geht das auf keinen Fall. Dafür habe ich dich nicht aus der Gosse geholt.«

Ein untrügliches Gefühl übermannte Kareen – dass sie sich in Gefahr befand wie vielleicht noch nie in ihrem Leben. Der Unfall, das grelle Licht – da hatte sie die Gefahr, die sich näherte, gar nicht empfinden können, aber nun wusste sie es. Dieses Gespräch zu belauschen bedeutete ein Risiko, das sie nicht eingehen durfte.

Langsam machte sie einen Schritt zurück und bemerkte erst da, dass noch jemand auf der Terrasse saß, ein Stück versetzt neben Anja. Ein Mann, der nun ebenfalls das Wort ergriff.

Jakob ist also auch da, dachte Kareen, während sie weiter zurückwich und inständig hoffte, bloß nicht ins Stolpern zu geraten. Wenn es Schwierigkeiten gab, hatte er an der Seite seiner Mutter zu stehen, der gute, loyale Sohn, das weiße Schaf der Familie.

Dann, nach einem weiteren Schritt zurück, sah sie das Profil des Mannes. Seine Haare waren länger, die Nase war viel markanter, die Lippen wirkten wulstiger. Sie hielt inne. Es war nicht Jakob, der da saß und offenbar besänftigend auf Zita einsprach, sondern ihr privater Chauffeur, der Mann, den sie zu der Beerdigung von Lea Montasser geschickt hatte.

Ein neuer Schrecken überkam sie, ohne dass sie den Grund verstand. Klar, es war doch nichts Besonderes, dass der Mann bei Zita war, und dennoch …

Plötzlich geriet sie aus dem Tritt. Ihr linker Fuß traf einen Blumentopf und warf ihn um. Ein hohles Geräusch entstand, und sie konnte ihr Gleichgewicht nur halten, indem sie zur Seite sprang und in ein Beet trat. Das würde einen schönen Abdruck geben, doch sie hatte keine Zeit, sich darum zu kümmern. Sie hastete zur Pforte. Als sie den Weg zum Eingang erreicht hatte, sah sie, wie im Flur des Hauses das Licht ansprang. Wenn nun jemand die Haustür öffnete, würde man sie entdecken. Sie begann zu laufen, griff, ohne hinter sich zu schauen, nach dem Tor und riss es auf. Sie war bereits auf der Straße, als es krachend hinter ihr zufiel, und rannte auf die Seitenstraße zu. Hinter sich hörte sie eine männliche Stimme. Hatte der Chauffeur sie entdeckt? Es war ihr auf einmal gleichgültig. In ihrem Kopf schlug im Takt ihres Herzens ein stechender Schmerz. Beinahe wäre ihr Saners Autoschlüssel aus der Hand gefallen. Sie sprang in den Wagen und fuhr los, doch schon nach wenigen hundert Metern spürte sie, wie ihre Kräfte sie verließen. Langsam und so, als hätte sie Angst, der Wagen würde ihr im nächsten Moment nicht mehr gehorchen, steuerte sie den Mercedes in einen Waldweg hinein, der zu einem verfallenen Haus führte. Dann ließ sie sich auf den Beifahrersitz sinken, rollte sich zusammen und zog sich wie ein ängstliches Kind die Jacke über dem Kopf.

Sie wusste nicht, ob sie geschlafen oder einfach nur als atmendes Etwas dagelegen hatte, als ihr Telefon klingelte.

»Alles in Ordnung?«, fragte Saner.

»Klar«, sagte sie mit heiserer Stimme. »Bin gleich wieder zurück.«

Er lachte. »Max steht im Bad und putzt sich die Zähne. Wirft einen Kuss herüber.«

»Einen dicken Kuss zurück.« Kareen spürte, wie ihr vor Erschöpfung und Ratlosigkeit Tränen in die Augen traten.

Es war, als würde die Trauer aus ihr herausströmen – das Gefühl des Verlustes sie übermannen, das sie die ganze Zeit zurückgehalten hatte. Über vier Wochen war Robert nun tot, aber eigentlich hatte sie es nicht begriffen. Sie fuhr umher, suchte Gründe für seinen Tod, doch in Wahrheit hatte sie noch gar nicht erfasst, dass er nie wieder da sein, nie seine Hand in ihre legen, nie mehr ihren Namen rufen würde ... Auch wenn sie immer das Gefühl gehabt hatte, er hatte sich verändert, weil er Meinharts Tod, die Krankheit ihres Kindes nicht verkraftet hatte, so war er doch am Leben gewesen und hätte zu Max und ihr zurückkehren können. Und vielleicht hatte er das ja auch vorgehabt.

Sie weinte zwanzig Minuten lang, zitterte und schluchzte in ein altes Kissen hinein, das hinten in Saners Taxi gelegen hatte.

Dann richtete sie sich auf und fuhr los.

Es gab nur einen Menschen, dem sie so derangiert gegenübertreten konnte.

XI.

Ich legte das Foto der tibetischen Landschaft auf mein Armaturenbrett und fuhr ihr nach. Ich wusste, dass ich das nicht tun sollte – es war lächerlich und peinlich obendrein, falls sie mich entdeckte. Ich war zu einem Mann geworden, der einer schönen Frau nachlief. Aber da war noch etwas anderes, redete ich mir ein, das möglicherweise mit ihrem kranken Kind oder mit ihrem toten Mann zu tun hatte. Sie war nicht zu dem tibetischen Abend gekommen, wie ich gehofft hatte; stattdessen hatte ich die Frau mit den kurzen schwarzen Haaren gesehen, die ebenfalls gelegentlich vor ihrer Tür lauerte. Was hatte all das zu bedeuten? Warum observierte diese Frau sie, warum war auch Risch manchmal in ihrer Straße und ein Mann, der Risch ähnlich sah, der zumindest sein Haar genauso zurückgekämmt hatte, als wolle er wie Risch aussehen?

Das Geheimnis um sie schien immer größer zu werden.

Als ich sah, dass ihr Wagen von der Straße abgekommen war, telefonierte ich mit Marie.

»Stell dir vor«, sagte Marie mit aufgesetzter Kleinmädchenstimme. »Wir können in einem Film mitspielen – gemeinsam. Kein Liebespaar, sondern ein Gaunerduo. Ich kenne den Regisseur. Das wäre doch etwas. Alle Zeitungen würden darüber schreiben.« Ihre Stimme klang so flehend, wie ich sie noch nie gehört hatte. Sie konnte es nicht verwinden, dass ich nichts mehr mir ihr zu tun haben wollte.

»Ich glaube nicht, dass ich schon so weit bin«, sagte ich vage.

Dann schaltete ich das Telefon aus und sprang aus dem Wagen. Die Leitplanke war demoliert, ein einsames rotes Rücklicht strahlte aus dem Abgrund herauf, das andere war zerbrochen.

Ich war überzeugt, dass sie tot war, und fühlte mich schuldig daran.

Als ich sie mit Blut auf der Stirn und offenen Augen in ihrem Golf entdeckte, wusste ich, dass mein Versteckspiel zu Ende war.

Ich versuchte sie zu beruhigen, rief den Krankenwagen. Später fuhr ich zu Flock, obwohl es mitten in der Nacht war.

»Wer man ist – dieser Wahrheit kann man sich meistens nur langsam nähern«, sagte Flock. »Ich habe vier lange Jahre gebraucht, bis ich mich als einen alten Mann sehen konnte, der im Rollstuhl sitzt.«

Ich hatte ihm zuvor nichts von meinen Zetteln und meiner Einladung erzählt.

»Du bist nicht der Tibeter«, fuhr er fort. »Hör mit diesen geheimen Botschaften auf und kümmere dich offen um Kareen und den Jungen.«

Als ich Flocks Wohnung verließ, war es fast zwei Uhr in der Nacht. Aus dem hinteren Reifen meines Renaults stach ein nagelneuer, im Laternenlicht blinkender Schraubenzieher hervor, auf dem noch ein Preisschild klebte.

Marie, dachte ich sofort, nun wird sie auch noch eifersüchtig und dreht völlig durch.

Doch unter meinem rechten Scheibenwischer klemmte ein Stück Papier.

Lass sie in Ruhe!, stand da in einer kantigen Handschrift. Wie um mich zu verhöhnen, hatte der Unbekannte unterschrieben: Der andere Tibeter.

Da begriff ich, dass sie in etwas hineingeraten war, das sie nicht kontrollieren konnte.

18.

Sie betrat Flocks Haus niemals durch die Vordertür, sondern ging immer über den Hof und nahm den Lastenaufzug. Bei den meisten Gebäuden nahm sie ohnehin nicht den Haupteingang, ein Tick seit ihren Mädchentagen. Schon an ihrer Schule in Münster hatte sie stets eine Nebentür benutzt, die eigentlich Lehrern vorbehalten war. Bei Flock kam hinzu, dass sie sich so nicht anmelden musste. Er hörte das Rumpeln des Fahrstuhls, selbst wenn er Schüler hatte oder sich Videos von Theateraufführungen ansah, was er mitunter nächtelang tat, da er allenfalls vier, fünf Stunden schlief. Flock war der beste Lehrer, den sie je gehabt hatte. Er konnte nicht mehr gehen, aber er hatte wie kein anderer begriffen, wie man sich richtig bewegte und selbst durch eine winzige Geste Angst, Freude oder Unsicherheit ausdrückte. Nachdem er ihre Stimme geschult hatte, wusste sie zumindest, dass sie eine gute Sprecherin war, gleichgültig, ob sie Nachrichten las, eine Passage aus einem Roman oder ein schwieriges Feature.

Bei ihrem letzten Besuch hatte Flock schon an der Tür auf sie gewartet. Das war vor genau neun Tagen gewesen, vor ihrer Rückkehr in den Sender. Sie waren ein paar simple Sprechübungen durchgegangen, und er hatte ihr Mut gemacht und ihr zum ersten Mal erzählt, wie es gewesen war, als er im Krankenhaus aufgewacht war und seine Beine nicht spürte. Ein Sturz von einem nicht gesicherten Podest auf der Bühne – Schillers »Räuber« –, achtundzwanzig Jahre war das nun her. »Ich habe mich immer noch nicht daran gewöhnt«, hatte er gesagt. »Das werde ich auch nie. In meinen Träumen laufe ich am Rhein entlang, Nacht für Nacht.«

Ganz gegen seine Gewohnheit musste Flock nun doch in ein Video vertieft sein. Zumindest erwartete er sie nicht an der Tür, als sie das Drahtgestell des Fahrstuhls hinter sich zuzog. Es war halb neun. Also bestand keine Gefahr, dass sie ihn aus dem Schlaf riss. Vor zwei Uhr in der Nacht schien er ohnehin nie ins Bett zu gehen.

Als sie klingelte, fiel ihr auf, dass sie dieses Geräusch noch nie gehört hatte – ein schreckliches Dröhnen, das beinahe wie eine Alarmglocke klang.

Dann vernahm sie einen Laut, der sie noch mehr verwirrte. Hektische Schritte näherten sich auf dem Parkett des Flurs. Schließlich wurde die Tür geöffnet.

Johan Waller stand vor ihr.

»Hallo«, keuchte er. Entsetzen war ihm ins Gesicht geschrieben. »Gut, dass Sie kommen … Flock … Ihm geht es nicht gut.«

Kareen brauchte einen Moment, um zu verstehen. »Flock ist krank?«

»Kommen Sie!« Waller griff nach ihrem Arm, zog sie hinein und schloss die Tür. »Er hat mich vor zwanzig Minuten angerufen. Weil er keine Luft mehr bekommt und ihm übel ist.«

Kareen registrierte beiläufig, dass ihre Vermutung richtig gewesen war. Waller gehörte zu Flocks Schülern. Wahrscheinlich hatte der Alte ihm auch den Job im Sender verschafft.

Schweigend eilten sie den langen Flur hinunter, Waller immer einen Schritt voraus. An der Tür zu Flocks Übungszimmer wandte er sich kurz um, als fürchtete er, sie könne sich in Luft aufgelöst haben.

»Er darf nicht sterben«, sagte er beschwörend, mit einem Funkeln in den blauen Augen.

Kareen nickte. Dann traten sie ein.

Flock lag auf dem gelben Sofa, auf dem seine Schüler während der ersten Stunden Platz nahmen. Seine Beine wirkten seltsam verrenkt – wie bei einer verdrehten Gliederpuppe. Er starrte zur Decke. Sein Brustkorb hob und senkte sich, als müsse er sich furchtbar anstrengen, Luft in seine Lungen zu bekommen.

Kareen spürte das Erschrecken wie eine heiße Welle, die durch ihren Körper wogte. Der alte Mann sah tatsächlich wie ein Sterbender aus.

Mit drei Schritten war sie am Sofa. Flock senkte den Blick erst, als sie seinen Arm berührte. Schweiß stand auf seiner Stirn und perlte über die Wangen.

»Meine Prinzessin.« Der Alte brachte ein flüchtiges Lächeln zu Stande. So hatte er sie noch nie genannt.

»Was ist mit Ihnen?«, fragte Kareen ängstlich und wischte ihm über die Stirn. Seine Haut war eiskalt.

»Kriege keine Luft«, hauchte Flock. »Ganz plötzlich …«

Sie wandte sich rasch zu Waller um, der hinter ihr stand und den sie heftig atmen hörte. »Wir müssen seine Füße hochlagern und dann einen Krankenwagen rufen. Flock muss sofort ins Krankenhaus.«

Der Lehrer machte eine wedelnde Handbewegung, doch Kareen beachtete ihn gar nicht. Waller hatte ein Kissen gegriffen und schob es unter Flocks Füße, während sie versuchte, ihn ein wenig aufzurichten. Auch sein Hemd war verschwitzt. Mühsam nur brachten sie ihn in eine halb sitzende Position.

»Ein Schwächeanfall, nichts weiter …«, flüsterte Flock. Seine Augen hinter der dicken Brille wirkten noch wässriger als sonst. »Warum bist du gekommen?« Seine Neugier hatte er noch nicht verloren.

Kareen zog ihr Telefon hervor und wählte den Notruf. Mehr als ein paar Minuten würden die Sanitäter nicht brauchen.

»Ehrlich gesagt, habe ich mir gewünscht, dass du kommst«, sagte Flock, als sie sich ihm wieder zuwandte. »Ihr beide seid meine besten Schüler. Zwei wunderbare, kluge Stimmen – viel zu gut, um nur Ansagen zu machen.«

»Herr Waller ist doch auch Schauspieler«, sagte Kareen aus einem Impuls heraus. »Auch wenn nichts über ihn im Internet steht – so als würde er gar nicht existieren.«

Flock lächelte mühevoll. »Da gäbe es manches zu erklären.« Dann griff er sich an die Brust und verzog das Gesicht.

Kareen holte ein Papiertaschentuch aus der Tasche und tupfte ihm die Stirn ab. Ein anderer Ausdruck lag auf einmal in seinen Augen – Erschöpfung, aber auch Zufriedenheit, weil Kareen nun da war.

Waller schob sich mit einem Glas Wasser neben sie und machte Anstalten, es dem alten Lehrer an die Lippen zu setzen, doch Flock hob abwehrend die Hand und schloss die Augen, als müsse er sich ganz auf seine Atmung konzentrieren.

»Früher, in meinem anderen Leben, nannte ich mich Jan«, sagte Waller vor sich hin. »Doch Risch meinte, es sei keine gute Idee, unter meinem alten Namen Nachrichten vorzulesen ... Die Menschen würden sich erinnern, und das könne sich ein seriöser Sender nicht leisten ...«

Flock keuchte plötzlich auf; es klang wie ein letzter, verzweifelter Atemzug. Ängstlich sah Kareen ihn an, und es dauerte einen Moment, bis sie begriff, dass er lediglich gelacht hatte.

»Risch«, presste er hervor und öffnete die Augen wieder. »Risch versteht einfach nichts ... nicht mal sich selbst.« Erneut folgte ein Keuchen, das ein Lachen war.

Dann war ein Martinshorn zu hören, und Waller lief wortlos zur Tür. Als Kareen sich auch abwenden wollte, griff Flock nach ihrer Hand. »Bleib«, flüsterte er. »Vielleicht sterbe ich heute Nacht. Kümmer dich um Waller! Er hat ein paar Fehler gemacht und ist aus der Bahn geraten.«

Kareen nickte. Sie spürte, wie sich ihr die Kehle zuschnürte. Sie hatte selbst so viele Fragen, deshalb war sie hier, und nun hielt sie Flocks kraftlose Hand und brachte kein Wort heraus.

Zwei Sanitäter und ein Notarzt, der eine orangefarbene Weste trug, stürmten ins Zimmer. Der Arzt klappte routiniert seinen Metallkoffer auf und beugte sich über Flock.

»Kein Problem, das kriegen wir schon hin«, sagte er mit einem freundlichen Blick auf Flock und schob ihm den Ärmel seines Hemdes in die Höhe, während er gleichzeitig den Sanitätern ein Zeichen machte, die daraufhin das Zimmer verließen.

Kareen ging einen Schritt zurück. Neue Zuversicht erfüllte sie. Der Arzt verstand sein Handwerk. Flock würde nicht sterben.

»Vielleicht habe ich wieder einen Fehler gemacht«, sagte Waller neben ihr. »Ich hätte den Arzt sofort rufen sollen.« Seine Stimme bebte.

»Warum hat er ausgerechnet Sie angerufen?«, fragte Kareen. Sie bemerkte, dass ein Sanitäter mit einer Trage zurückkehrte. Der andere sprach im Flur unaufgeregt in sein Funkgerät.

»Ich weiß nicht«, erwiderte Waller und sah sie zum ersten Mal an, seit sie bei Flock waren. »Vielleicht, weil er mir vertraut.«

»Ich habe bei Flock Ihre Stimme gehört, und dann bin ich Ihnen nachgelaufen«, sagte Waller. »Ich wollte Sie unbedingt kennenlernen. Es war, als müsste ich mir selbst etwas beweisen. Vielleicht, dass es richtig war, was ich bei Flock tat … Wahrscheinlich war das lächerlich – aber ich habe es getan.«

Kareen folgte mit Saners Taxi dem Krankenwagen, der sich mit mäßiger Geschwindigkeit einen Weg durch die engen Straßen der Kölner Altstadt bahnte. Offenbar bestand keine Lebensgefahr.

»Ich bin Ihnen auch gefolgt, als Sie in die Eifel gefahren sind, aber ich habe mit Ihrem Unfall wirklich nichts zu tun. Ich habe nicht einmal das Licht gesehen, von dem Sie gesprochen haben. Nur diesen schwarzen Geländewagen. Dann, als ich Ihren Wagen im Graben sah, bin ich einfach losgelaufen.«

Waller starrte auf den Krankenwagen vor ihnen. Nur seine Hände, die er manchmal hochriss, verrieten seine Aufregung. Sie wusste nicht, ob sie ihm glauben sollte. Er war also ihr geheimnisvoller Verfolger gewesen.

»Sie haben mich auch mit meinem Kind gesehen«, sagte sie, und es klang wie ein Vorwurf.

»Ja, mit Ihrem Kind, und ich habe gesehen, dass Risch vor Ihrem Haus gewartet hat und dass manchmal eine Frau da war, die sie beobachtet hat – genau wie ich.«

»Eine Frau?«

»Hören Sie, es tut mir leid. Ich habe so etwas noch nie gemacht, ich habe mich wie ein Idiot aufgeführt, aber …«

Der Krankenwagen bog auf die Universitätsstraße ein. Flock wurde in die Uniklinik gebracht. Als ihr Telefon klingelte, zog sie es hervor. Offenbar sorgte Saner sich allmählich um sein Taxi. Sie war seit mindestens einer Stunde überfällig, doch das Display verriet, dass es Risch war. Die Schonzeit, die er ihr gewährt hatte, war zu Ende.

Sie hielt Waller das Telefon hin. »Risch – sagen Sie ihm, dass ich nicht mit ihm sprechen will. Er soll mich in Ruhe lassen!«

Erstaunt blickte Waller sie an. Zögernd streckte er die Hand aus, während das Telefon unvermindert weiter klingelte.

»Warum soll ich …?«

Sie lächelte ihn an. »Sagen wir, es ist eine Art Test – ob ich Ihnen auch vertrauen kann.«

Als er nach dem Telefon griff, berührten sich ihre Finger, und er zog sie hastig zurück, als hätte er sich verbrannt. Seltsam, dachte sie, wenn sie überhaupt etwas über ihn gedacht hatte, so hatte sie Waller für stark und selbstbewusst gehalten, und nun saß er schwach und unsicher neben ihr.

»Hallo«, meldete er sich, und dann glitt ein Lächeln über sein Gesicht, offenbar, weil Rischs Verwirrung ihn belustigte.

»Sie kann und möchte jetzt nicht mit dir reden«, sagte Waller. Er sah Kareen an und nickte ihr zu. Seine Augen sind wirklich blau, dachte sie, ein dunkles geheimnisvolles Blau. »Wir haben einen Notfall. Darüber können wir morgen sprechen.« Dann unterbrach er die Verbindung und reichte ihr das Telefon.

»Danke«, sagte sie.

Der Krankenwagen war an der Uniklinik angekommen und verschwand in einer Tiefgarage. Kareen hielt vor dem hell erleuchteten Gebäude. Ihre Zuversicht schwand plötzlich wieder, und sie spürte ihre Erschöpfung.

»Noch eins«, sagte Waller neben ihr. »Ich habe ein Kind umgebracht – deshalb bin ich überhaupt hier in Köln. Ein Autounfall – es war meine Schuld.«

Sie nickte. »Ich weiß«, sagte sie. »Risch hat es mir gesagt.«

Er schaute sie an, als wolle er noch ein Geständnis machen. Gleich würde er ihr sagen, dass er der Tibeter war, dass all die Zettel von ihm stammten. Dann kam ihr ein anderer Gedanke. »Wie hat die Frau ausgesehen, die vor meinem Haus gestanden hat?«

Waller atmete tief ein. Verwunderung lag in seinem Blick. »Sie hatte kurze schwarze Haare«, antwortete er zögernd, »so schwarz, als wären sie gefärbt. Sie trug einen langen beigefarbenen Mantel und …« Er verstummte, weil wieder ein Telefon klingelte. Diesmal war es sein Handy.

Anja, dachte Kareen, während er das Gespräch annahm. Sie hat auch vor meinem Haus gestanden, hat mich beobachtet.

»Marie«, sagte Waller mit leiser, unsicherer Stimme. »Ich kann jetzt nicht reden …« Er blickte zum Krankenhaus hinüber. »Ja, Flock hatte einen Herzanfall. Wir wissen nicht, ob er den überlebt.«

19.

Es war kurz vor Mitternacht, als Kareen in ihre Wohnung zurückkehrte. Sie war so müde, dass sie das Gefühl hatte, kaum noch denken zu können. Saner empfing sie an der Tür. Seine wenigen Haare standen zu allen Seiten ab, als hätte er im Sessel geschlafen. Obwohl er lächelte, waren ihm die Müdigkeit und die Sorge anzumerken.

»Alles in Ordnung mit dem Wagen«, sagte sie und drückte ihm den Schlüssel und einen Hundert-Euro-Schein in die Hand.

Er strich ihr über die Schulter. »Sie müssen schlafen«, sagte er. »Schlafen und vielleicht Urlaub machen. Ich habe einen Vetter in der Türkei – er hat ein Ferienhaus, schöne Aussicht aufs Meer, Sonderpreis, nicht teuer …«

Sie nickte und schob ihn sanft zur Tür heraus.

Dann ging sie in das Zimmer von Max hinüber und legte sich, ohne sich auszuziehen, vor sein Bett. Anscheinend wurde es ihr zur Gewohnheit, dass sie nachts seine Nähe suchte. Sie hörte seine ruhigen Atemzüge und sog den Duft ein, den er verströmte, doch während sie die Augen schloss, fühlte sie sich gleichzeitig wie vergiftet. Wem konnte sie noch trauen? Anja nicht, Zita und Jakob nicht – oder sah sie überall Gespenster? Und was war mit Johan Waller?

Während man Flock in die Intensivstation gebracht hatte, um ihn mit einem Herzkatheder zu behandeln, hatte Waller kaum mehr ein Wort gesagt, als hätte das Telefonat ihn völlig aus dem Tritt gebracht. Und dann war Marie Berger aufgetaucht, eine Schauspielerin, die Kareen aus dem Fernsehen kannte. Ganz in Schwarz war sie den Gang hinuntergeschritten, so als trauere sie um jemanden. Sie hatte Waller auf die Wange geküsst und Kareen feindselig angestarrt.

»Was willst du hier?«, hatte Waller unfreundlich gefragt, und sie hatte mit stahlhartem Blick auf Kareen geantwortet: »Er ist auch mein Lehrer. Ich war mit ihm verabredet.«

Der Schlaf umfing sie. Kareen nahm noch wahr, wie Max im Traum Worte vor sich hin murmelte. »Papa«, hörte sie wie von Ferne, dann etwas »Mou« oder »Moumou«.

Jemand rüttelte an Kareens Schulter. Max beugte sich über sie. Sein Gesicht war schlaftrunken, drei große wässrige Blasen waren in der Nacht über seiner Oberlippe entstanden. Er sah mitleiderregend aus. Sie hatte sich in den letzten Tagen viel zu wenig um ihn gekümmert.

»Es klingelt«, murmelte er ängstlich. »Das Telefon ...«

Dann hörte sie es auch. Ein schrilles, drohendes Läuten aus der Diele.

Mit einem Blick auf den Radiowecker auf dem Nachtschrank registrierte sie, dass es fünf vor sieben war.

»Schlaf noch ein wenig«, sagte sie, doch Max war schon zurück in seine Kissen gesunken.

Das Klingeln wirkte immer drängender und unheilvoller.

Einer von Claudines Freunden hat vergessen, dass es in Deutschland noch früh am Morgen ist, versuchte sie sich einzureden. Das war schon häufiger vorgekommen. Oder rief Waller an, weil Flocks Zustand sich verschlechtert hatte? Sie wollte diesen Gedanken gar nicht verfolgen.

Vorsichtig griff sie nach dem Hörer.

Jemand schluckte am anderen Ende der Leitung, bevor eine heisere Stimme ertönte, die sie im ersten Moment nicht zuordnen konnte.

»Worauf haben Sie sich eingelassen?«, fragte Saner traurig. Nein, es war keine Trauer in seiner Stimme, sondern Angst – blanke Angst. Der gutmütige Türke klang zittrig.

»Saner, wie meinen Sie das?«, fragte Kareen. Sie rieb sich den

Hals. Es war keine gute Idee gewesen, schon wieder auf der dünnen Matte bei Max zu schlafen.

»Es war jemand in der Nacht hier oder am frühen Morgen«, erklärte Saner. Wieder schluckte er. »Meine Frau ist ganz aufgeregt. Sie will, dass ich die Polizei hole, aber ich weiß nicht …«

Im Hintergrund war eine Tür zu hören, die laut ins Schloss fiel, dann eine weibliche Stimme, die auf Türkisch etwas rief. Kareen meinte, ihren eigenen Namen aus diesem Wortschwall herauszuhören.

»Mein Taxi …«, hauchte Saner, »alles kaputt, Reifen, Scheiben … Es wäre besser, wenn Sie mich nicht mehr anrufen würden. Tut mir ehrlich leid … Meine Frau …«

Er räusperte sich wieder, bevor ein Klicken verriet, dass er aufgelegt hatte.

Wie lange kannte sie Saner? Vier Tage? Trotzdem hatte sie das Gefühl, plötzlich einen Freund verloren zu haben.

Sie machte sich einen Kaffee, stark und bitter. Sie begriff, dass sie dabei war, ihre Orientierung endgültig zu verlieren. Wer tat so etwas – Saners Taxi zerstören? Und warum? Um ihn einzuschüchtern und dafür zu sorgen, dass er aus ihrem Leben verschwand? Sie verstand all das nicht mehr. Und was war mit Anja? Wieso hatte sie bei Zita auf der Terrasse gesessen?

Kareen versuchte sich an die Worte zu erinnern, die sie mitbekommen hatte. Was hatte Zita gesagt? »So geht das auf keinen Fall. Dafür habe ich dich nicht aus der Gosse geholt.« Ja, darin lag das Rätsel. Den Sinn dieses Satz musste sie entschlüsseln.

Als sie zu Max hinübergehen wollte, sah sie, dass Claudine im Flur stand, angezogen und mit ihrem pinkfarbenen Plastikkoffer in der Hand. Überrascht und ein wenig verschämt, blickte sie Kareen an. Ganz offensichtlich hatte sie sich zur Tür schleichen wollen.

»Pardon«, sagte sie leise und mit gesenktem Kopf. »Ich ’abe mit *maman* gesprochen … Sie will, dass ich auszie’e. Nur vorüberge’end – vielleicht.«

Kareen rang sich ein Lächeln ab, obwohl sie sich fühlte, als habe ihr jemand einen Schlag versetzt. »Ich verstehe«, sagte sie. »Das ist alles zu viel ... Mir geht es ja genauso ... Ich weiß auch nicht, was das alles zu bedeuten hat ...«

Claudine duckte sich ein wenig. Ihr Gesicht lag hinter ihren langen schwarzen Haaren verborgen. »Meine Mutter will nicht, dass ich Angst 'abe ... Ich ge'e zu Joanne ... und dann ich denke nach, ob ich nicht nach Kanada zurückfliege ...« Sie sprach nicht mehr weiter, sondern schlich so langsam auf die Tür zu, als dürfte sie kein Geräusch verursachen.

»Sag mir Bescheid, wenn du tatsächlich abfliegst.« Kareen hatte ihre Hand nach dem Au-pair-Mädchen ausgestreckt, ließ sie jedoch sogleich wieder sinken.

Claudine nickte nur, ohne ein Wort zu sagen. Dann war sie an der Tür. Sie sagte etwas auf Französisch, das Kareen nicht verstand – es mochte eine Entschuldigung oder ein zaghafter Fluch sein. Einen Moment später klappte die Tür zu, und das Mädchen war verschwunden.

Kareen war versucht, zum Fenster zu stürzen, als müsste sie sich davon überzeugen, dass Claudine tatsächlich aus freien Stücken gegangen war und da unten nicht von Jakob oder Zita erwartet wurde, die sie zu diesem Auszug überredet hatten. Stattdessen jedoch ging sie zu Max hinüber. Er war noch einmal eingeschlafen. Blut klebte auf seinem Kissen. Wie lange würde er dieses Leben noch aushalten?

Eine Welle der Zuneigung übermannte sie. Wenn sie ehrlich war, hatte sie niemanden auf der Welt, der ihr etwas bedeutete – nur dieses wunderbare Kind mit seiner rätselhaften Krankheit. Das war schon immer so gewesen, seit der Geburt, seit Robert sich so sehr verändert hatte.

Sie saß da, blickte auf das Bild mit dem Baumhaus, das über seinem Bett hing, und wartete, dass Max erwachte. Dass die Wohnung hinter ihr leer war, spürte sie wie einen stechenden Schmerz.

Niemand würde kommen, keine Claudine, kein Saner, auch Anja nicht.

Als Max irgendetwas im Schlaf vor sich hin flüsterte, das sie nicht verstehen konnte, fiel ihr ein, was er gestern Nacht gemurmelt hatte. »Moumou« – was mochte er da geträumt haben?

»Moumou« klang beinahe wie »Minou« – oder irrte sie sich?

Max drehte sich plötzlich herum, als hätte er schon eine Weile nicht mehr geschlafen, und richtete sich auf. Während er sie ohne Überraschung ansah, tastete er seine wunde Lippe ab und sagte: »Claudine ist weg, nicht wahr?«

»Woher weißt du das?«, fragte Kareen.

»Ich habe ihre Stimme gehört«, erwiderte Max. »Das tote Kaninchen … Ich habe auch Angst gekriegt …« Er brach ab und verzog das Gesicht.

»Wir müssen jetzt allein zurechtkommen, aber das werden wir schon schaffen«, sagte sie, bemüht, zuversichtlich zu klingen; doch sie spürte, dass es ihr nicht gelang.

Max nickte stumm. Für einen Moment wirkte er niedergeschlagen, dann ging er ins Bad. Er bestand darauf, sich alleine zu waschen und anzuziehen. Irgendwie hatte Kareen das Gefühl, als wolle er sie aufheitern. Sie hörte ihn leise ein englisches Lied singen, das er im Kindergarten einstudiert hatte, während sie in der Küche das Frühstück zubereitete. Sollte sie Max nach Minou fragen? Was bedeutete es, wenn ein Kind im Schlaf einen Namen vor sich hin flüsterte? Plötzlich war sie sicher, dass Minou eine geheime Freundin Roberts gewesen war, die er irgendwann in den letzten Monaten seinem Sohn vorgestellt hatte. Manchmal hatte Robert allein mit Max etwas unternommen, sie waren im Sommerhaus gewesen oder waren nach Hellenthal ins Wildgehege gefahren. War eine unbekannte Frau auf Roberts Beerdigung gewesen? Sie konnte sich nicht erinnern. Viele Patienten waren da gewesen, ein paar Kollegen, alte Freunde, denen Robert in den letzten Jahren aus dem Weg gegangen war.

Als das Telefon wieder klingelte, zuckte sie unwillkürlich wie unter einem leichten Stromschlag zusammen.

»Schätzchen«, sagte Anja, »sollen wir uns treffen? Du hast mir gestern einen echten Schreck eingejagt. Was soll das heißen: Du weißt endlich, was damals passiert ist, als Meinhart starb?«

Es war noch keine acht Uhr. Für gewöhnlich lag Anja um diese Zeit noch im Bett und gönnte sich eine letzte Stunde Schönheitsschlaf. Ihre Boutique öffnete sie doch erst um halb zehn. Sie musste sehr beunruhigt sein.

»Ich habe es nur so gesagt«, erwiderte Kareen. Misstrauen lag in ihrer Stimme – das konnte sie selbst erkennen. »Was ist mit deinem geschiedenen Mann? Wann kann ich ihn sprechen?«

»Helge ist in Brüssel«, sagte Anja, als wäre sie gewohnt zu lügen. »Ich gebe dir Bescheid, wenn er wieder zurück ist.«

Für einen Moment trat eine Pause ein, ein unbehagliches Schweigen.

»Ich möchte nicht, dass du eine Dummheit machst«, erklärte Anja dann mit fester Stimme.

Kareen dachte daran, wie Anja neben Zita gesessen hatte, und für einen winzigen Moment war sie versucht zu fragen: Was hast du bei Zita gemacht? Woher kennt ihr euch überhaupt? Vom Verein alleinstehender Mütter – hast du auch ein uneheliches Kind gehabt? Doch dann sagte sie nur: »Ich komme nachher im Laden vorbei«, und legte auf.

Voller Unruhe ging sie in das Kinderzimmer und versuchte es zu betrachten, als hätte sie es noch nie gesehen. Gab es hier irgendetwas, das sie nicht kannte? Das Geschenk einer anderen Frau? Nein, das hätte sie mitbekommen. Da war allein der Teddybär, den Zita Max geschenkt hatte. Sie wurde allmählich paranoid, bildete sich Dinge ein – nur weil Max etwas vor sich hin gemurmelt hatte.

Max schob seine Hand in ihre, nachdem er sich ihr auf Zehenspitzen genähert hatte. »Bist du traurig?«, fragte er. »Wegen Claudine? Weil sie jetzt auch weg ist?«

Er schaute sie aus großen leuchtenden Augen an.

»Es gibt etwas, das ich mich frage«, entgegnete Kareen. »Hatte dein Papa eine Freundin, die Minou hieß? Kennst du eine solche Frau?«

Max schien einen Moment zu erstarren, dann lächelte er und hielt sich die linke Hand vor den Mund, als müsste er gleich loslachen.

»Aber, Mama«, flüsterte er verschwörerisch hinter der Hand. »Minou ist doch keine Frau.«

XII.

Ich dachte an Peer Gynt, meine letzte große Rolle, als ich in der Nacht das Krankenhaus verließ, in das man Flock gebracht hatte. War auch mein Leben so wie das von Peer Gynt gewesen – voller Lügen und Ausflüchte, ein Leben wie eine Zwiebel: viele Hüllen, aber kein Kern?

»Beschütze sie!«, hatte Flock mir zugeflüstert, als man ihn auf die Intensivstation geschoben hatte.

Ich hatte nur genickt und kurz seine Hand berührt.

Wenig später war Marie gekommen und hatte mir, als wir allein waren, ins Gesicht geschlagen, sodass meine Lippe aufgesprungen war und geblutet hatte. Seltsamerweise hatte ich mich erleichtert gefühlt.

Mitten in der Nacht ging ich zu Flocks Haus zurück, schloss die Tür mit seinem Schlüssel auf und betrat die Wohnung, als würde ich hierhingehören. Die Küche und sein Sprechzimmer kannte ich, nicht aber den Raum, in dem er schlief. Ein modernes Krankenbett, das sich hoch- und herunterfahren ließ, stand mittendrin. Ein großer Bildschirm beherrschte eine Wand, an der anderen, größeren hingen gerahmte Fotos. Als ich mich auf das Bett legte, glaubte ich beinahe, die Bilder würden meine Geschichte erzählen. Da war eine schmächtiger Junge in einem Overall unter Bühnenarbeitern, ein junger Mann, der auf einem Stuhl gekonnt einen Handstand machte, ein älterer gestandener Schauspieler in einem wallenden Gewand, ein Ritter mit einer Lanze, ein Schurke in einem Ledermantel, ein Clown mit Zylinder. Das letzte Bild zeigte Flock im Rollstuhl. Neben ihm stand Kareen Hagen. Offenbar hatte sie ihn zum Rhein geschoben.

Ich nahm das Bild ab und legte es neben mich. Ich hatte keine Ahnung, wie mein Geständnis auf sie gewirkt hatte, aber ich war froh, die wenigen Minuten in ihrem seltsamen Taxi genutzt zu haben.

Gegen Morgen schlief ich auf Flocks Bett ein.

Als ich erwachte, war es fast halb neun.

Ich nahm mein Handy und rief die Nummer an, die ich zwar eingespeichert, aber noch nie gewählt hatte.

Holgers Mutter wusste sofort, wer am Apparat war.

»Was wollen Sie?«, fragte sie.

»Ich werde es immer bereuen und niemals vergessen, dass ich Ihren Sohn getötet habe«, sagte ich, »aber trotzdem muss ich weiterleben.«

Sie schwieg einen Moment, dann sagte sie: »Ja, da haben sie vermutlich recht.« Dann legte sie auf.

Ich überlegte, ob ich sie noch einmal anrufen sollte, um ihr zu sagen, dass ich wieder Auto fuhr, einen alten Renault, rot, 45 PS, Baujahr 1984, aber das wäre vielleicht lächerlich gewesen.

Zwei Minuten später klingelte das Telefon wieder.

Marie, dachte ich, sie will sich entschuldigen, doch es war nicht Marie.

20.

Sie brachte Max zu Fuß zum Kindergarten. Der Golf war nur noch ein Haufen Schrott, und Saner würde sich nicht mehr blicken lassen. Zum Glück hatte Max nicht nach dem Türken gefragt, dann hätte sie ihn anlügen müssen. Auf der Straße hatte sie wieder das Gefühl, verfolgt zu werden. Einmal fuhr ein schwarzer protziger Geländewagen mit getönten Scheiben an ihnen vorbei. War das ein Porsche Cayenne? Selbst bei Tageslicht wirkte dieses Blechungetüm furchteinflößend, doch der Fahrer schien sich nicht für sie zu interessieren, er bog in eine Seitenstraße ab.

Im Kindergarten übergab sie Max an Cecile, seine Erzieherin, die ihre Haare knallgrün gefärbt hatte, was den Jungen zu einem förmlichen Begeisterungssturm hinriss.

»Ich hole Max selbst wieder ab«, erklärte Kareen der Erzieherin. »Niemand sonst darf ihn mitnehmen. Auch meine Schwiegermutter nicht. In Ordnung?«

Cecile nickte und verschwand mit Max im Gruppenraum.

Kareen spürte die Erleichterung; es war, als hätte sie Max nun für die nächsten Stunden in Sicherheit gebracht. Endlich konnte sie nachdenken, was sie tun sollte.

Sie musste in die Eifel fahren und zumindest ein Rätsel lösen. Minou war kein Frau, sondern ein kleines Mädchen, das offenbar in der Nähe des Sommerhauses wohnte. Max hatte manchmal mit Minou gespielt, wenn er bei seinem Vater gewesen war. »Papa hat gesagt, dass ich nicht von Minou sprechen soll«, hatte Max mit wichtiger Miene erklärt. »Weiß nicht, warum, aber ich musste es ihm versprechen. Er hat Minou ein Baumhaus gebaut.«

Kareen konnte es immer noch nicht glauben. Robert war kein

Handwerker, er konnte kaum einen Nagel in die Wand schlagen – und ausgerechnet er sollte einem wildfremden Mädchen ein Baumhaus gebaut haben? Aber Max hatte sich nicht davon abbringen lassen. »Ich bin mal in dem Haus gewesen, und so eins wollte Papa mir auch schenken.«

In einem Café setzte sie sich ans Fenster und beobachtete die Straße. Sie brauchte ein Auto – oder besser noch jemanden, der sie begleitete. Aber was versprach sie sich davon, ein kleines Mädchen aufzusuchen, dem Robert, der Notiz auf dem Zettel nach, ein Geschenk hatte machen wollen? Nein, dachte sie, es muss mehr dahinterstecken. Warum hatte er ein Baumhaus gebaut? Es passte nicht zu ihm, nicht zu dem schweigsamen Mann, der er geworden war.

Wieder rollte der schwarze Geländewagen die Straße hinunter – kein Zweifel, dieselbe Kölner Nummer. Der Fahrer war nicht zu erkennen, aber er hielt offenkundig nach jemandem Ausschau.

Zita und ihr Chauffeur, Zita und Anja …

Kareen nahm ihr Mobiltelefon heraus und tippte eine Nummer ein, die sie sich auf einen Zettel notiert hatte.

»Ja?«, sagte Waller, dann, nachdem sie ihren Namen genannt hatte, nahm seine Stimme einen freudigen Tonfall an.

»Flock geht es besser – man wird ihn heute auf eine normale Station verlegen … Tut mir leid, dass Marie gestern Abend noch aufgetaucht ist. Sie behandelt die meisten Leute so unfreundlich, sie ist unsicher, darum …«

»Hören Sie«, unterbrach Kareen ihn, »ich habe ein Problem. Vielleicht können Sie mir helfen.«

Es dauerte dreißig Minuten, bis Waller auftauchte. In der Zwischenzeit hatte Anja dreimal angerufen, und einmal hatte Jakob versucht, Kareen zu erreichen. Sie hatte keines der Telefonate angenommen und auch nicht ihre Mailbox abgehört.

Allmählich werden sie nervös, dachte Kareen mit einer gewissen

Befriedigung. Sie wissen nicht, was ich weiß, und das beunruhigt sie über alle Maßen.

Waller fuhr einen kleinen, uralten Renault – mit so einem Kastenwagen war sie vor Urzeiten einmal mit Robert nach Frankreich gefahren. Sie hatten am Meer geparkt, im Laderaum geschlafen und von dort auf das Wasser geblickt …

Verlegen setzte sich Kareen auf den Beifahrersitz. »Schön, dass Sie so schnell kommen konnten.«

Waller lächelte und winkte ab. Er gefiel ihr. Seine Haare waren zerzaust, sein weißes Hemd ungebügelt und zerknittert.

»Es gibt noch manches, für das ich mich bei Ihnen entschuldigen muss. Wohin wollen Sie genau?«

Sie beschrieb ihm den Weg nach Heimbach zum Sommerhaus. Er stellte keine weiteren Fragen. Als sie seine Hände auf dem Lenkrad sah, dachte sie für einen Moment daran, dass er ein Kind getötet hatte. War er deshalb so hilfsbereit – wollte er ihr helfen, weil sie ein krankes Kind hatte?

Sie waren kaum hundert Meter gefahren, als ihr Nokia schon wieder klingelte.

Anja, las sie auf dem Display. Wenig später traf eine SMS ein. *Warum gehst du nicht ans Telefon? Pass auf dich auf! Anja.*

»Es gibt offenbar ein paar Menschen, die Sie verfolgen«, sagte Waller vage.

Kareen nickte. »Ja, und Sie gehören auch dazu, nicht wahr? Haben Sie mir die Zettel hinter die Windschutzscheibe geklemmt? Sind Sie der Tibeter?«

Waller antwortete nicht sofort. Er fuhr mit großer Vorsicht auf die Autobahn auf. Wie sehr verändert sich ein Mensch durch eine Katastrophe?, dachte sie. Zum Beispiel, wenn er den Tod eines Jungen verschuldet hat? Oder wenn er dabei war, als der eigene Vater im Streit von der eigenen Mutter eine Treppe hinuntergestoßen wurde?

»Sie waren so abweisend«, sagte Waller, »und ich war aus dem

Tritt geraten. Außerdem hat ein Tibeter mir Glück gebracht, und ich dachte, ich könnte das Gleiche bei Ihnen tun.«

Kareen war plötzlich so erstaunt, dass sie beinahe nicht atmen konnte. Waller wollte ihr Glück bringen? Hatte er das eben gemeint? »Wieso hat ein Tibeter Ihnen Glück gebracht?«, fragte sie.

Es dauerte über zwanzig Minuten, bis Waller ihr von dem Tibeter und seiner Zeit im Gefängnis erzählt hatte. Sie hatten Heimbach schon fast erreicht, als er seine Geschichte beendet hatte.

»Diese Zettel waren keine gute Idee«, sagte Kareen nur, obwohl seine Offenheit sie beeindruckte. »Sie haben mich nur noch mehr verwirrt.«

Er nickte und schwieg, doch als sie ihn von der Seite anschaute, konnte sie sich plötzlich vorstellen, dass er einmal tatsächlich ein anderer gewesen war – ein wilder, unberechenbarer Schauspieler, der sich für einen Star hielt, der mit Frauen wie Marie zusammen war und der glaubte, für ihn gebe es keine Grenzen.

Mit wenigen Worten dirigierte sie ihn durch den Ort und die schmale Teerstraße zum See hinunter. Es war eine Wohltat, dass sie nicht von Robert und von sich selbst hatte sprechen müssen.

Kurz nach der Abzweigung vor dem wie üblich menschenleeren Campingplatz bat sie ihn anzuhalten.

»Ich muss jemanden finden«, sagte sie. »Wenn es Ihnen nichts ausmacht, warten Sie hier auf mich.«

Johan Waller musterte sie, als müsse er erforschen, ob ihre Worte ernst gemeint waren. »Gut«, sagte er schließlich. »Wenn Sie mich darum bitten.«

Kareen stieg aus und drehte sich noch einmal um. Ein Impuls veranlasste sie zu winken, und Waller winkte zurück. Sie hatte ihr Mobiltelefon im Wagen liegen lassen. Einen Moment erwog sie, es zu holen. Sie wollte nicht, dass er ein Gespräch annahm und vielleicht mit Anja oder Jakob redete, aber dann entschied sie sich doch weiterzugehen.

Sie lief die schmale Teerstraße hinunter. Der Geruch von Wasser und frisch gemähtem Gras wehte herüber. So hatte es auch damals hier gerochen, als sie und Robert frisch verliebt gewesen waren. Eine Freundin aus der Schauspielschule hatte sie mit in den Hockey-Club geschleppt, und da hatte sie Robert zum ersten Mal gesehen. Alle hatten ihn nur »Herr Doktor« genannt, obwohl er sein Studium noch gar nicht beendet hatte. Seine ruhige, gelassene Stimme hatte ihr besonders gefallen und die Art, wie er sich mit den Fingern durch sein tiefschwarzes Haar gefahren war.

In den Häusern, an denen sie vorbeischritt, regte sich nichts. So war es auch früher schon gewesen. Selbst bei schönstem Wetter ließ sich kaum jemand blicken. Allenfalls Hunde tobten hinter hohen Zäunen durch die Gärten. Wie sollte sie Minou finden? Sollte sie an den Türen klingeln und nach ihr fragen?

Kareen begann Ausschau zu halten, ob sie irgendwo ein Baumhaus entdeckte oder ein Kinderfahrrad, irgendetwas, das auf die Existenz eines kleinen Mädchens hinwies. Doch sie entdeckte nichts. Dann hatte sie das abgebrannte Sommerhaus erreicht. Es lag am Ende der Straße, kurz bevor man an eine Schranke geriet, hinter der nur noch ein Fußweg zum See führte.

Das Haus war eine ausgebrannte schwarze Ruine. Das einstmals braune Mauerwerk war voller Ruß, das Dach offen, grobe, verkohlte Holzbalken stachen in den blauen Himmel. Ein schauriger Anblick! Jemand hatte zur Sicherung halbherzig einen Gitterzaun aufgestellt, aber eigentlich war nur die Zufahrt gesperrt. Leicht konnte man um den Zaun herumgehen. Rumänische Herumtreiber sollen es angezündet haben – was für eine Lüge!, dachte sie. Plötzlich war sie sicher, dass auch der Brand etwas mit Meinharts und Roberts Tod zu tun hatte. Hatte man Spuren verwischen wollen – Dinge zerstören, die das Rätsel lösen konnten?

Kareen ging auf das Haus zu. Die hölzerne Veranda war komplett eingebrochen, sodass man sich dem Eingang nur schwer nähern konnte. Die dunkle Eingangstür gab es nicht mehr; stattdessen klaffte ein düsteres Loch wie eine offene Wunde, durch das man in das Haus gelangte. Es roch immer noch nach Asche, und als Kareen in das Innere blickte, entdeckte sie, dass auch dort alles schwarz war – der Holzboden, die Wände. Auf dem Boden lagen verklumpte Holz- oder Plastikbrocken verstreut. Von den Dingen, die hier gestanden hatten, waren nur noch die Umrisse auszumachen: das schwarze Skelett des Eichenschrankes, der seit einer Ewigkeit im schmalen Flur gestanden hatte; ein verkohltes Tischchen, auf dem sich das Telefon befunden hatte, das sich nun ganz aufgelöst zu haben schien. Doch in all dem Durcheinander stand auch ein nagelneuer Plastikstuhl, als hätte sich jemand in diese Ruine gesetzt, um sich alles in Ruhe anzuschauen.

Verwirrt zog Kareen sich zurück und umrundete das Haus. Der Garten war verwildert, aber wunderschön, überwucherte Beete voller Rosen, Lavendel und Malven, die sich bis in den Wald hineinzogen, der an das Grundstück grenzte und langsam vorzurücken schien. Wenn man nichts tat und ein paar Jahre wartete, nähme der Wald auch die Beete und das Haus ein.

Sie ging weiter und schaute sich zwischen den Bäumen um. Hier hatte Max sich sein Baumhaus erträumt. Die Bäume, die hier standen, waren auch ideal dafür – mächtige Eichen, die noch nicht zu hoch, aber ausladend genug waren, um einem kleinen Holzhaus Halt zu bieten.

Doch hier gab es nirgendwo ein Haus in den Bäumen – so aufmerksam sie sich auch umschaute.

Vielleicht war die Geschichte mit Minou doch nicht wahr, sondern lediglich der Traum eines traurigen Jungen, der nicht begriff, warum sein Vater ihn verlassen hatte.

Als Kareen sich umwandte, um zu Waller zurückzukehren, stand ein Mädchen vor der Ruine des Sommerhauses. Sie wusste sofort, dass sie Minou gefunden hatte – oder nein, Minou hatte sie gefunden. Dann erschrak sie. Die Kleine war etwa acht Jahre alt, sie hatte blonde, halb lange Haare, die auf Kinnhöhe wie abgesäbelt wirkten, sie trug einen grauen Rock und einen knallgelben Pullover, der selbst auf die Entfernung unmodern und billig aussah, und sie hatte nur noch einen Arm. Der linke Ärmel des Pullovers baumelte leer herab.

»Wer bist du?«, fragte das Mädchen. Dann fügte sie lächelnd hinzu: »Ich glaube, ich habe dich schon mal gesehen.«

Kareen ging langsam auf sie zu, als nähere sie sich einem Reh, das sie auf keinen Fall verscheuchen durfte. »Ich bin Kareen«, sagte sie. »Ich bin früher manchmal hier gewesen.«

»Ich heiße Minou«, erwiderte das Mädchen. »Robert hat mir ein Foto von dir gezeigt. Er ist tot, nicht wahr? Er hat gesagt, ich soll warten, bis du kommst.«

Sie gingen beide um das Haus herum. Kareen nahm sich vor, erst das Vertrauen der Kleinen zu gewinnen, bevor sie all die Fragen stellte, die ihr in den Sinn kamen. Warum hatte Robert dem Kind gesagt, dass es auf Kareen warten solle? Immer wieder streifte ihr Blick den leeren, traurig herabbaumelnden Ärmel.

»Du hast ein Baumhaus?«, begann sie. »Max hat es mir erzählt.«

»Max ist süß«, sagte Minou, als wäre sie mehr als nur zwei, drei Jahre älter. »Schade, dass ich ihn nicht ununterbrochen küssen durfte. Robert hat es mir verboten – wegen seiner zarten Haut.« Dann ergriff sie Kareens Arm. »Wir müssen sowieso zum Baumhaus gehen. Darum bist du doch gekommen, oder?«

Sie liefen auf dem Weg zurück in Richtung Campingplatz und bogen dann, bevor sie wieder auf die schmale Teerstraße gelangten, in den Wald ein. Dort folgten sie einem Pfad, den man nur wahrnahm, wenn man sich hier auskannte.

Minou redete unaufhörlich vor sich hin, plapperte munter drauflos, von ihren Großeltern, bei denen sie lebe, weil ihre Eltern auf einem riesigen Kreuzfahrtschiff arbeiten müssten und meistens unterwegs seien, von der Schule, in der ihr langweilig sei, und von Freundinnen, mit denen sie sich manchmal zanke und die sich alle einen Hund oder ein Pferd wünschen würden.

Kareen kam das alles wie auswendig gelernt vor, als wäre es gar nicht echt, sondern fröhlich in dieser Sekunde erfunden.

Erst als das Mädchen für einen Moment schwieg, fragte sie nach Robert.

Ja, sie habe sich mit ihm angefreundet, erklärte die Kleine ernst. Er habe in dem abgebrannten Haus gewohnt, er sei viel allein spazieren gegangen und habe sehr traurig ausgesehen. Manchmal sei sie mit ihm zum See oder zum Kraftwerk gegangen.

»Robert hat dir wirklich das Baumhaus gebaut?«, fragte Kareen.

Minou nickte. »Er wollte, dass wir ein Versteck haben – nur wir beide.«

Dann deutete das Mädchen nach vorn. Kareen konnte nichts entdecken, doch nein, da war eine schmale Leiter, die jemand aus langen und kürzeren Ästen errichtet hatte. Die Konstruktion sah alles andere als sicher aus. Und oben zwischen den grünen Blättern waren ein paar grobe Holzplanken zu erspähen.

»Da ist es«, sagte das Mädchen, »und da oben ist auch das, was ich dir geben soll.«

»Du sollst mir etwas geben?«, fragte Kareen überrascht.

»Ja, bist du nicht deshalb endlich gekommen?« Das Mädchen musterte sie, und zum ersten Mal wirkte es misstrauisch. »Weißt du denn gar nichts davon?«

Kareen zögerte einen Moment. Sollte sie lügen? Dann entschied sie sich, bei der Wahrheit zu bleiben. Sie schüttelte den Kopf. »Robert war sehr komisch in letzter Zeit – weißt du?«, sagte sie leise.

»Er hatte Sorgen.« Das Mädchen klang plötzlich altklug. »Große Sorgen.«

Bevor Kareen eine weitere Frage stellen konnte, war Minou bereits im Begriff, die Leiter hinaufzusteigen. Sie hielt sich geschickt mit der Hand an dem Holz fest und glitt dann beinahe spielerisch hinauf. Kareen folgte ihr viel langsamer. Vorsichtig kontrollierte sie Sprosse um Sprosse, ob diese provisorische Leiter auch halten würde.

Dann war auch sie endlich oben angelangt. Das Baumhaus mochte gut und gerne fünf Meter über dem Boden schweben. Es war aus groben Bohlen erbaut, wie man sie für Gerüste oder zum Einschalen von Betonwänden benutzte. Als Kareen sich hineinbeugte, sah sie, dass auf zwei Seiten jeweils eine Fensteröffnung in die Planken gesägt worden war. Das Haus war so niedrig, dass nicht einmal Minou stehen konnte. Eine Apfelsinenkiste diente als Tisch. In einer Ecke lagen eine pinkfarbene Decke und zwei grüne Kissen, in der anderen hatte das Mädchen frisches Stroh aufgehäuft, das einen süßlichen Duft verströmte. Zwei Plastiktassen, ein paar alte Teller und eine Kanne befanden sich auf einem schmalen Regal. Die Wände waren mit den Konterfeis von Schauspielern oder Popstars beklebt, die Kareen nicht kannte.

Minou breitete einladend die Hand aus und lächelte. Sie hatte große, leuchtend weiße Zähne.

»Meine Großeltern sind noch nie hier oben gewesen«, sagte sie. »Die mögen es gar nicht, wenn ich hier bin. Am liebsten hätten sie auch mit Robert geschimpft, aber ich glaube, sie haben ein wenig Angst vor ihm gehabt. ›Er ist immerhin ein Herr Doktor‹, haben sie gesagt.« Minou kicherte vor sich hin, als habe sie einen Scherz gemacht.

Kareen setzte sich im Schneidersitz auf den Boden und sah sich um. Es kam ihr seltsam vor, hier ganz vertraut mit einem Mädchen zu sitzen, das sie vor einer halben Stunde noch gar nicht gekannt hatte.

Dann wurde das Gesicht des Mädchens plötzlich ernst. »Ich weiß gar nicht, wie Robert gestorben ist. Meine Großeltern haben es mir nicht gesagt, aber ich glaube, Robert hat gewusst, dass er sterben wird. Er hat so etwas Ähnliches gesagt. ›Wenn mir etwas passiert, wird diese Frau kommen‹, hat er gesagt und mir dein

Foto gezeigt. ›Es ist meine Frau, und nur ihr darfst du den Umschlag geben.‹«

»Was für einen Umschlag?«, fragte Kareen. Sie begriff immer weniger. Was hatte Robert da gesagt? Und wie hatte er überhaupt wissen können, dass sie nach Minou suchen würde? Es war doch nichts als Zufall gewesen.

»Du weißt wirklich nicht sehr viel«, erwiderte Minou. Sie machte Anstalten, sich auf die Decke zu legen, dann jedoch überlegte sie es sich anders und kroch zu dem Regal mit den Tassen und Tellern hinüber. »Manchmal habe ich etwas zu essen hier«, erklärte sie bedauernd, »heute aber leider nicht. Mein Taschengeld ist alle.«

Sie kramte zwischen dem alten Geschirr herum und förderte eine kleine rote Plastikkassette zutage, die sie mit einem kleinen weißen Schlüssel öffnete, der ebenfalls aus Plastik war. Dann griff sie hinein und holte einen braunen Umschlag hervor, der zerknittert und abgegriffen aussah.

Mit einem feierlichen Gesicht streckte Minou die Hand aus und reichte Kareen den Umschlag. »Ich weiß natürlich, was drin ist«, sagte sie wieder ein wenig altklug.

»Was ist es denn?« Kareen tastete an dem Umschlag herum. Sie wurde immer ratloser. War da etwas zu fühlen? Ein Blatt Papier? Roberts Abschiedsbrief, nach dem sie so lange gesucht hatte und der die Erklärung für all das enthielt, was sie nicht verstand? Sie fühlte einen schmalen, harten Gegenstand. »Ein Schlüssel«, sagte sie und öffnete den Umschlag.

Minou nickte und lachte plötzlich los. »Ganz recht«, sagte sie. »Ich habe aber viel länger gebraucht, um es herauszufinden.«

»Robert hat dir nicht erzählt, was das für ein Schlüssel ist?«, fragte Kareen.

»Nein – bloß dass er niemals in falsche Hände geraten darf. Dieser Schlüssel ist nur für dich.«

Kareen hielt den Schlüssel ins Licht – er war brandneu und leuchtete silbrig. Auf einer winzigen Plakette stand *Store Room 1645 – Megastore Cologne.*

»Und?«, fragte Minou mit neugierig leuchtenden Augen. »Weißt du nun, was das alles bedeutet?«

Kareen zuckte mit den Achseln. »Robert hat etwas versteckt«, sagte sie nachdenklich. »Ja, so muss es sein.«

21.

Kareen verabschiedete sich von dem Mädchen, indem sie es auf die Stirn küsste und dann umarmte. Mager war das Kind, zitterte sich richtig in die Umarmung hinein – ein winziger Vogel, der Schutz suchte. Plötzlich überfiel Kareen Mitleid.

»Hat Robert dir eigentlich etwas zum Geburtstag geschenkt?«, fragte sie.

Minou schüttelte den Kopf. »Ich habe doch erst nächste Woche Geburtstag«, erwiderte sie.

»Dann komme ich mit Max und bringe dir ein Geschenk«, sagte Kareen. »Und dann musst du mir erzählen, was mit deinem Arm passiert ist.«

»Ja«, sagte Minou freudig, als wäre das keine traurige Geschichte.

Kareen bat das Mädchen, nach Hause zu gehen. Sie wollte nicht, dass jemand sie zusammen sah. War das Roberts schlichter Hinweis gewesen – der Kassenzettel mit der Bemerkung über Minous Geburtstag? Hatte er darauf gesetzt, dass sie nach einer Frau mit Namen Minou suchen würde – eifersüchtig eine Rivalin witternd?

Sie winkte der Kleinen zu, die in einem schäbigen, grau verklinkerten Haus verschwand, und spürte den Schlüssel wie einen heißen, gefährlichen Gegenstand in der Hosentasche.

Als sie zum Wagen zurückkehrte, war Waller verschwunden. Da saß niemand hinter dem Lenkrad. Sie wandte sich suchend um und entdeckte ihn ein Stück weiter unterhalb der Gaststätte, die zu dem Campingplatz gehörte. Er saß auf einer Treppe aus windschiefen Steinen, hatte einen weißen Becher in der Hand und telefonierte. Nachdem er sie jedoch gleichfalls entdeckt hatte, steckte er sein Handy sofort ein, als hätte sie ihn bei etwas Verbotenem ertappt.

Er lächelte, doch sie spürte, dass sie ihm nicht traute.

»Ich habe mit dem Krankenhaus telefoniert. Flock geht es besser. Er ist sogar ohne Hilfe aufgestanden und zur Toilette gegangen.«

»Wie schön!«, erklärte Kareen einsilbig und bemerkte dann, dass sie den Umschlag noch in der Hand hielt. Rasch schob sie ihn in ihre Hosentasche und bemerkte seinen Blick.

»Ich hoffe, Sie haben nicht zu lange warten müssen«, sagte sie, während sie sich zum Wagen abwandte.

Waller schritt neben ihr her. »Ihr Telefon hat ständig geklingelt. Einmal war Ihr Schwager dran, dann eine Frau, die meinte, sie sollten sie sofort zurückrufen. Den Namen der Frau habe ich nicht mitbekommen, aber sie klang sehr aufgeregt.«

Kareen nickte. Anja drehte allmählich durch.

Wortlos stieg sie ein, nachdem Waller die Tür von innen geöffnet hatte, und rief dann im Kindergarten an. Es war alles in Ordnung. Max habe einen guten Tag, er habe schon drei Bilder gemalt, meldete Cecile. Zwei Baumhäuser und einen Mann, der in den Wolken angelte.

Der schwarze Geländewagen tauchte hinter ihnen auf, als sie die Autobahn verlassen hatten und über die Luxemburger Straße nach Köln hineinfuhren.

»Ist der Wagen schon länger hinter uns?«, fragte Kareen.

Waller blickte in den Rückspiegel. »Der Porsche Cayenne? Ich weiß nicht …«

Er hatte während der Fahrt herauszufinden versucht, wen sie in Heimbach getroffen hatte, doch sie hatte nur einsilbig und vage geantwortet. Er wusste, dass sie ihm nicht vertraute.

An einer Ampel sprang Kareen aus dem Renault und lief auf den Cayenne zu, der sich drei Fahrzeuge hinter ihnen befand.

Sie spürte die neugierigen, fragenden Blicke der Männer in den Autos, an denen sie vorbeieilte. Einer hupte und machte eine obszöne Geste. Dann scherte der schwarze Geländewagen plötzlich aus und jagte mit dröhnendem Motor an ihr vorbei. Sie spürte den Luftzug, der sie beinahe schmerzhaft streifte, und sah einen schwarzen Schatten hinter dem Lenkrad. Sie geriet ins Straucheln und fiel gegen den silbernen BMW, der vor dem Cayenne gestanden hatte. Jemand hupte laut und panisch, Reifen quietschten. Einen Moment später war Waller neben ihr und nahm sie in den Arm.

»Der hätte Sie beinahe überfahren«, sagte er atemlos.

»Ja«, keuchte Kareen und spürte, wie ihre Knie nachgaben und sie gegen ihn sank.

Es war, als wäre etwas in ihr aufgebrochen – etwas hatte sich gelöst, war ihr vom Herzen gefallen. Sie erzählte Waller die ganze Geschichte, während sie neben der Waschanlage an einer Tankstelle parkten und einen Kaffee aus Pappbechern tranken, den er aus dem Kassenhäuschen besorgt hatte.

»Sie sind sehr mutig«, sagte er. Dann küsste er seine Fingerspitzen und legte sie ihr zärtlich auf den Mund.

Eine Sekunde später stieg er aus und verschwand abermals in dem winzigen Gebäude der Tankstelle. Wieder klingelte ihr Telefon, doch sie nahm das Gespräch nicht an, sondern schaltete das Gerät endlich ab.

»Diese Store Rooms sind ganz in der Nähe, am Ehrenfeldgürtel«, sagte Waller, nachdem er aus dem Kassenhaus zurückgekehrt war. »Da kann man seinen Krempel einlagern, Sachen, für die man zu Hause im Keller keinen Platz mehr hat.«

Während Waller losfuhr, schloss Kareen für einen Moment die Augen.

»Was war das für ein Tibeter?«, fragte sie. »Was hat er mit dir gemacht?«

Auch mit geschlossenen Augen konnte sie spüren, dass er lächelte. Sie hatte ihn geduzt.

»Er hat mich gerettet«, sagte Waller. »Ohne ihn wäre ich verrückt geworden. Jede Nacht kam Holger, der Junge, den ich getötet hatte, in meine Zelle. Erst der Tibeter hat mich von ihm befreit. Er hat mir einen geheimen Ort gegeben, wo ich wieder zu mir kommen konnte.«

Kareen spürte, wie der Wagen abbremste. Sie schlug die Augen auf. Warum sprach Waller nicht weiter? Es war so schön, seine ruhige, wunderbare Stimme zu hören. Er war rechts auf einen Radweg gefahren und hatte sein Portemonnaie hervorgezogen. Vorsichtig zog er ein Stück Papier heraus, das er mehrmals gefaltet hatte. Er hielt es ihr hin.

»Das ist dieser Ort«, sagte er.

Kareen faltete das Papier auseinander. Es war ein Foto, das so abgegriffen war, dass es schon beinahe auseinanderfiel. Eine tibetische Landschaft tat sich vor ihr auf. Ein Yak stand da in einer kargen Ebene im Mondlicht. Er schien zu grasen, obwohl in dieser Landschaft kaum ein Grashalm wuchs, und warf einen langen Schatten. Ein Stück weiter schimmerte silbrig eine Lehmhütte. Menschen waren nicht zu sehen. Im Hintergrund waren im Mondlicht schneebedeckte Gipfel zu erahnen, eine majestätische Bergkette.

Plötzlich glaubte sie zu verstehen, warum Waller ihr diese Zettel geschrieben hatte. »Ein schöner Ort«, sagte sie.

Waller fuhr wieder an. »Behalt das Foto«, sagte er. »Ich brauche es nicht mehr, weil ich es so oft angeschaut habe, dass sich mir jede Kleinigkeit in mein Gedächtnis eingebrannt hat.«

Fünf Minuten später waren sie an dem Lager angekommen. Fast hatte es den Anschein, als wären sie bei einem besonders schicken Möbelladen vorgefahren. Das Gebäude war mit silbrig schimmerndem Metall verkleidet. Hinter einem großen Panoramafenster befand sich die Anmeldung. Große, ebenfalls silberfarbene Schilder wiesen den Weg zu zahlreichen Rampen.

Waller parkte, und gemeinsam liefen sie auf die Anmeldung zu. Von dem schwarzen Geländewagen war nichts zu sehen.

Junge Frauen in weinroten Uniformen saßen hinter kleinen gläsernen Tischen, die mit »Counter« überschrieben waren, an ihren Laptops.

Kareen legte einer den silbernen Schlüssel vor und sagte: »Ich möchte wissen, was sich in diesem Fach befindet.«

Die Frau, die wie ein Model frisiert war, griff mit ihren langen, weißlackierten Fingern nach dem Schlüssel. »Das ist eine Security-Ausfertigung«, hauchte sie beinahe wie ein Filmstar. »Da muss ich leider Ihren Passport sehen, um Ihre Access-Allowance zu überprüfen.«

Neben Kareen lachte Waller vor sich hin, was ihr ein eigentümliches Gefühl der Sicherheit verlieh.

Kareen holte ihren Personalausweis hervor und legte ihn auf den gläsernen Tisch. Die Frau schob den Ausweis unter einen Scanner und las dann etwas von ihrem Bildschirm ab, das Kareen nicht erkennen konnte.

»Es haben nur zwei Personen eine Access-Allowance«, sagte sie im Flüsterton, als würde sie ein Geheimnis verraten. »Ein gewisser Robert Hagen und – Kareen Hagen.« Nach einem kurzen Blick auf den Ausweis lächelte sie. »Dann ist ja alles in Ordnung. Es handelt sich nur um einen kleinen Security-Container. Ich lasse Ihnen alles bringen, dauert nur zwei Minuten.« Mit einem freundlichen Nicken reichte sie Kareen den Ausweis zurück.

Waller war zu einem Wasserspender gegangen und trank aus einem Plastikbecher, dabei behielt er den Parkplatz im Auge. »Was, glaubst du, hat dein Mann hier versteckt?«, fragte er dann.

»Ich weiß es nicht.« Kareen blickte an ihm vorbei ebenfalls auf den Parkplatz. Eine Frau mit kurzen schwarzen Haaren lief durch die Reihen geparkter Autos. Für einen Moment meinte sie, es sei Anja, dann war die Frau plötzlich aus ihrem Blickfeld verschwunden. Das ist die Paranoia, sagte sie sich, das Gefühl, hinter jeder Ecke lauere die Gefahr. Sie zog ihr Handy hervor und war versucht, erneut im Kindergarten anzurufen, als ein Farbiger, der gleichfalls eine weinrote Uniform trug, mit einem kleinen Metallkasten unter dem Arm erschien.

»Ihr Security-Container«, sagte er wie ein Portier in einem Luxushotel und verneigte sich leicht.

Der Metallkasten, den Kareen in Empfang nahm, war so leicht, dass er eigentlich nichts enthalten konnte.

Papier, dachte sie, Robert hat einen Brief oder ein paar Fotos hinterlegt.

Kareen ging zu drei Plastikstühlen, die in der Nähe des Eingangs standen, und setzte sich. Waller nahm neben ihr Platz. Auch ihm war die Nervosität anzumerken. Kareen schob den Schlüssel in ein winziges Schloss, und sofort war ein zischendes Geräusch zu vernehmen. Die Büchse der Pandora hatte sich geöffnet.

Der Deckel ließ sich leicht abnehmen. In dem Container befanden sich zwei kleine wattierte Umschläge. Als sie nach dem ersten griff, spürte Kareen, dass sich ein schmaler harter Gegenstand darin befand – keine Papiere oder Fotos. Ein flaches glänzendes Ding kam zum Vorschein.

»Ein Diktiergerät«, sagte Waller, der als Erster begriff, was sie vor sich hatten.

Kareen erinnerte sich plötzlich wieder, wie sie Robert damit im Sommerhaus gesehen hatte.

Dann öffnete sie den zweiten Umschlag. In einer Plastiktüte befand sich etwas, das sie auf den ersten Blick nicht erkannte, weil sie es niemals mit Robert in Verbindung gebracht hätte. Es war eine Pistole, goldfarben, mit einem weißen Knauf.

»Eine Waffe!«, sagte Waller und atmete tief ein. »Wieso hat er eine Waffe aufbewahrt?«

Kareen antwortete nicht, obwohl sie glaubte, die Antwort zu kennen. Sie stellte das Diktiergerät an, das sofort zum Leben erwachte. Ein leises Rauschen ertönte, dann hörte sie Roberts Stimme, die ihr sofort die Tränen in die Augen trieb.

»Liebe Kareen«, sagte Robert mit einer Betonung, als würde er ihr tatsächlich eine Rede halten, »ich bin in Heimbach, im Sommerhaus. Es ist fast Mitternacht. Heute ist der 12. August. Wenn du dieses Band abhörst, wird wahrscheinlich etwas sehr Drastisches passiert sein … Ich bin tot oder auf der Flucht oder …« Er zögerte, und sie stellte das Band wieder ab.

Zwei Tage vor seinem Tod hatte er es aufgenommen. Sie spürte, wie ihr die Tränen die Wange hinunterliefen.

»Ich kann das nicht«, sagte sie. »Ich kann mir das nicht anhören.«

Waller legte vorsichtig den Arm um sie. »Wir sollten woanders hinfahren – zu dir oder einfach an den Rhein, an einen ruhigen Ort, wo wir ungestört sind …«

Kareen nickte. »Aber vorher müssen wir Max holen.«

»Ich weiß nicht, ob das eine gute Idee ist. Soll er das Band auch hören? Und was tun wir mit der Pistole?« Waller hielt ihr ein schneeweißes Papiertaschentuch hin, das sie ihm vorsichtig aus der Hand nahm, um ihre Tränen abzuwischen.

»Fahr ein paar Umwege«, flüsterte sie. »Wir hören uns das Band im Auto an.«

22.

Liebe Kareen, ich bin in Heimbach, im Sommerhaus. Es ist fast Mitternacht. Heute ist der 12. August. Wenn du dieses Band abhörst, wird etwas sehr Drastisches passiert sein. Ich bin tot oder auf der Flucht oder ... Na, egal. Ich habe mich endlich für die Wahrheit entschieden. »Unser Leben wird wahr.« Erinnerst du dich noch an dieses Motto, das ich unter unser Hochzeitsbild geschrieben habe? Vielleicht habe ich dich und Max nicht genug geliebt – vielleicht ist das der Grund, warum ich jetzt allein hier sitze und versuche, wieder ein Mensch zu werden, der Mensch, der ich einmal gewesen bin.

Ich hätte ein anderer sein müssen, stärker, mit weniger Zweifel, jemand, der nur seinen Weg kennt.

Ich weiß, dass ich dich betrogen habe. Du hast immer geglaubt, dass die Krankheit von Max mich verändert hat. Du hast dich geirrt. Diese Krankheit hat mir nichts ausgemacht, ich habe mich nur dahinter versteckt. Weil ich Angst hatte, weil ich wusste, dass ich doch nicht aus meiner Haut herauskonnte.

Oder nein, vielleicht kann ich es jetzt – mein Gehör ist nach zwei Hörstürzen fast ruiniert, meine Praxis geht den Bach herunter, wir beide sprechen kaum noch miteinander. Und trotzdem ... Ich begreife allmählich, dass man seine Familie loswerden, dass man die Fesseln abstreifen kann, die einen ein Leben lang gequält haben.

Wie gern wäre ich vor meiner Familie davongelaufen – erstmals mit dreizehn, als sie mich zwangen, in der Lobby am Klavier zu sitzen. »Das ist Robert, unser Sohn, ein begnadeter Pianist.« Ich baute Fehler in mein Spiel ein, damit ich nicht allzu begnadet klang, aber sie merkten es nicht einmal. An meinem sechzehnten Geburtstag hat Meinhart mir erklärt, wie er sich mein Leben vorstellte – einer von uns müsse ins Hotel, Jakob oder ich. Da ich eher ein Künstler sei, habe er sich für Jakob entschieden – ich könne dann auf die Musikhochschule gehen, Karriere machen, aber zu Weihnachten müsse ich an den Adventssonntagen Konzerte im Hotel geben.

Zwei Monate später bin ich mit meinem Fahrrad absichtlich gegen eine Mauer gefahren und habe mir die Hand gebrochen. Damit war meine Karriere als großer Pianist vorbei. Ich habe danach nie wieder im Hotel am Klavier gesessen. Doch Meinhart war auch mit meiner Entscheidung zufrieden, Medizin zu studieren. Nur Köln müsse es sein – ich könne ihm dann vielleicht neue zahlungskräftige Kunden zuführen; der Vorsitzende der Ärztekammer komme zwar oft ins Hotel, aber er müsse auch an die jungen Ärzte denken …

Kareen, verzeih, ich spreche plötzlich über Dinge, über die ich gar nicht reden will.

Meinhart habe ich zwar nicht geliebt, aber er war eigentlich nie das Problem.

Anders als meine Mutter … Sie habe ich geliebt … obwohl ich immer wusste, dass ich an ihr zerschellen würde wie ein zu leichtes Schiff, das gegen einen Felsen getrieben wurde. Für meinen Vater war das Hotel immer wichtig – für meine Mutter jedoch war es der Mittelpunkt des Universums. Ihre Stellung als Chefin über mehr als hundert Angestellte, ihr Kontakt mit Prominenten, mit reichen Unternehmern, mit den Politikern der Stadt – das alles bedeutet ihr viel mehr als ihre Familie. Ich bin mir nicht sicher, ob sie meinen Vater geliebt hat. Aber geliebt hat sie seinen Status, die Aura, die er ausstrahlte. Als ich fünf oder sechs Jahre alt und schwer an Masern erkrankt war, hat sie mich mit ins Hotel genommen und mich in einem winzigen Gästezimmer einquartiert. Da lag ich allein, habe die ganze Nacht geweint und mir aus Decken und Kissen ein Lager in der Badewanne gemacht. Sie ist erst gegen Morgen gekommen und hat nach mir geschaut, weil unten der Rotarier-Club tagte.

Kareen, wie anders hättest du dich bei einem kranken Kind verhalten! Daran habe ich später oft denken müssen.

Trotzdem kann ein Kind nichts anderes tun, als seine Mutter zu lieben – wenn ich das jetzt sage, komme ich mir beinahe so verletzlich vor wie Max mit seiner zarten, zerbrechlichen Haut.

Aber ich muss von etwas anderem sprechen – von dem Grund für all den Irrsinn.

Wie jedes Jahr wollte Meinhart seinen Geburtstag im Sommerhaus feiern, er wollte auch nichts verschieben, wie meine Mutter es gefordert hatte. Du seiest mit Max noch im Krankenhaus, sagte sie, und es sei doch viel schöner, wenn sein erster Enkel dabei sein könne. Mein Vater wollte davon nichts wissen. Er ließ ein Büfett ins Sommerhaus bringen, das viel karger war als in den Jahren zuvor. Er war auch nicht so jovial und entspannt wie sonst. Im Gegenteil, er war aufgeregt, lief viel hin und her und war richtig außer sich, als er hörte, dass Jakob sich verspäten würde, weil Esther wieder einen ihrer Migräneanfälle bekommen hatte. Ich spürte, dass etwas in der Luft lag – ein Streit, nein, mehr als ein Streit. Ich ahnte zum ersten Mal, dass meine Eltern in Schwierigkeiten waren, nicht nur, weil ihre Geschäfte im Hotel nicht mehr gut liefen.

Als meine Mutter eine ihrer sarkastischen Bemerkungen machte und erklärte, am Tag zuvor habe die Ärztekammer ihre jährliche Tagung abgesagt, ob er wisse, was das zu bedeuten habe, brach es aus meinem Vater heraus.

»Du weißt ganz genau, was das zu bedeuten hat!«, schrie er sie an. Er wolle die Scheidung, deshalb habe er sich überhaupt noch zu dieser Feier entschlossen.

Meine Mutter lachte höhnisch auf und spuckte ihm das Wort »Scheidung« vor die Füße. »Was soll das?«, fragte sie dann.

Meinhart lächelte genauso sarkastisch. »Ich habe bereits alles arrangiert. Ein Makler ist dabei, den Markt zu sondieren. Ich verkaufe das Hotel. Du bekommst deinen Anteil, und dann werde ich auf Ibiza ein neues Haus eröffnen.«

Die Gesichtszüge meiner Mutter versteinerten förmlich. Dann funkelte sie meinen Vater voller Hass an. So hatte sie noch nicht einmal ausgesehen, wenn sie einer ihrer Angestellten eine Standpauke hielt, was recht häufig vorkam.

»Mit dieser Frau?«, zischte sie. »Das hast du dir ja schön ausgedacht.«

»Ja, mit dieser Frau.« Mein Vater lachte, als hätte ihn dieses Geständnis befreit, dann sah er mich an, und es gelang ihm sogar, mir zuzuzwinkern, als wäre ich eine Art Komplize und als wüsste ich, wer gemeint war. »Ich möchte noch einmal etwas anderes tun«, sagte er plötzlich voller Ruhe und Gleichmut. »Mehr Freude am Leben haben. Verstehst du?«

Ich kam mir auf einmal wieder wie ein kleines Kind vor. Auch da hatten sich meine Eltern oft gestritten, und ich hatte nie begriffen, warum.

»Zita«, sagte mein Vater dann und breitete die Arme aus. »Du kannst schreien und zetern, wie du willst. Mein Entschluss steht fest. Und es ist doch auch besser für dich. Das Hotel könnten wir ohnehin nicht mehr lange halten.«

Unerschütterlich stand mein Vater da, und ich bewunderte ihn plötzlich, weil er so stark wirkte und meine Mutter mit ruhigen Worten in die Schranken gewiesen hatte. Es würde ihm auch gelingen, auf Ibiza erfolgreich zu sein, und obwohl ich ihn mir nur schwer mit einer anderen Frau vorstellen konnte, verstand ich ihn in diesem Moment.

»Was ist das für eine Frau?«, fragte ich.

Mein Vater lächelte mich an. »Du kennst sie vielleicht – sie ist fabelhaft, eine Malerin … Sie hat Hände wie eine Fee …«

Meine Mutter hatte sich aus ihrer Erstarrung gelöst. Sie kam zwei, drei Schritte auf Meinhart zu. Ihre Augen waren immer noch voller Hass, zwei dunkle Schlitze. Sie hob den Arm, und ich dachte, sie wolle ihn schlagen, doch da sah ich die Pistole in ihrer Hand, ein winziges Ding, das unecht aussah wie eine Spielzeugwaffe.

»Oh nein«, sagte sie. »Das hast du dir alles nur ausgedacht.«

Einen Moment später stürzte mein Vater am Fuß der Treppe. Ja, so kam es mir vor, als sank er zusammen, bevor der Schuss fiel, aber das war natürlich Unsinn.

Die Kugel traf ihn in die Schläfe, und im Fallen schaute er mich an – entsetzt und voller Panik, ein großes, mächtiges Tier, das starb.

Die Stille nach dem Schuss gibt es wirklich – sie ist jäh, wie ein schneidender Schmerz.

Ich stürmte zu meinem Vater, sah aber, dass er tot war. Erstaunlich wenig Blut rann aus dem Einschussloch. Die Kugel musste ein kleines Kaliber haben, sie war auch auf der anderen Seite nicht wieder ausgetreten.

»Was hast du gemacht!«, schrie ich meine Mutter an.

»Er hatte es verdient«, flüsterte sie. Sie war erstaunlich gefasst.

»Wir müssen die Polizei holen.« Mein Hals war trocken, ich bekam kaum noch einen Ton heraus, ich zitterte am ganzen Körper.

»Nein«, sagte sie hart und musterte mich. »Es muss niemand erfahren. Ein Unfall – ein Sturz von der Treppe. Der alte Merzenich wird es bestätigen.« Sie verzog den Mund. Was war das? Ein Lächeln? Ein Ausdruck des Bedauerns? Eine Drohung?

Dann fuhr draußen ein Wagen vor. Jakob und Esther kamen.

Vor mir lag mein toter Vater.

Ich weiß, dass ich mit einem einzigen Wort alles hätte aufheben können – den Bann, den meine Mutter über mich legen wollte.

Doch ich tat es nicht – schaffte es nicht.

Ich ließ es zu, dass meine Mutter atemlos ihre Geschichte erzählte – von Meinharts Sturz die Treppe hinunter, von dem schrecklichen Aufprall, dem Geräusch eines zerbrechenden Knochens.

Ich hatte erwartet, dass mein Bruder alles sofort durchschaute, aber er tat es nicht. Er schrie: »Diese verdammte Treppe«, zerrte mich mit und zischte mir zu, alles zu versuchen, Herzmassage, Mund-zu-Mund-Beatmung. Stumm vor Entsetzen, tat ich alles, was er wollte, obwohl ich doch wusste, wie sinnlos es war.

Wenig später kam Esther mit dem alten Merzenich. Er küsste meiner Mutter die Hand, als wäre er zu einem Empfang geladen und käme nicht an einen Unglücksort.

Er besah sich den Toten und stellte nur ein, zwei Fragen, die meine Mutter unter Tränen beantwortete. Sie war eine gute Schauspielerin. Ich sah in ihrem Blick, wie sie uns alle beobachtete, Merzenich, der ihr jedes Wort glaubte, meinen aufgelösten Bruder, der keinen Moment still stehen konnte, und mich, der kaum ein Wort gesagt hatte. Ich war der unsichere Faktor in diesem Spiel. Immer wieder, während sie doch weinte und schluchzte, warf sie mir warnende Blicke zu.

An diesem Abend begann ich sie zu hassen, und sie begann mich zu kontrollieren und einzuschüchtern.

Sie wusste, dass sie stärker war als ich, dass ich sie nicht der Polizei ausliefern würde, doch ein Rest Unsicherheit blieb. Ich hatte ein Faustpfand, denn obwohl sie an alles gedacht hatte, hatte sie eine Sache übersehen. Sie hatte die Pistole in der Eile lediglich in eine Schublade des Küchenschranks gelegt.

Bevor der Bestatter kam, den Merzenich empfohlen hatte, nahm ich die Waffe an mich.

Dann fuhr ich zu dir ins Krankenhaus.

Ich glaubte, alles würde gut, wenn ich nur bei dir wäre, bei dir und Max. Doch als ich vor eurem Bett stand und ihr beide so unschuldig vor mir lagt, begriff ich, dass ich einen Fehler gemacht hatte. Ich hatte mich für die Lüge und gegen die Wahrheit entschieden.

Fünf Jahre hat mein Kampf gedauert, fünf Jahre voller Albträume. Wie oft habe ich davon geträumt, dass ich an Meinharts Grab stehe und ihn ausgrabe, Schaufel für Schaufel. Ich öffne den Sarg, und da liegt er, mit rosiger, gesunder Haut, schlägt die Augen auf und erhebt sich, um mit mir nach Hause zu fahren.

Mit meiner Mutter habe ich nie mehr über ihren Mord gesprochen. Sie wusste, dass ich die Pistole habe, und ich wusste, dass sie mich nicht mehr aus den Augen lassen würde.

Mord verjährt nicht.

Ich habe beschlossen, endlich die Wahrheit zu sagen. Ja, das werde ich tun, Kareen. Es hat sehr lange gedauert, aber es ist nie zu spät.

Kareen, ich will mein Leben zurück haben, auch wenn meine Mutter dafür ins Gefängnis wandern wird.

23.

»Es war ein gemeiner Mord«, flüsterte Kareen, nachdem das Band gestoppt hatte. Zuletzt waren nur noch Schritte und Roberts schwere Atemzüge zu hören gewesen. »Meinhart wurde von seiner eigenen Frau ermordet.«

Waller war zum Rhein gefahren, erstaunlicherweise in die Nähe des Restaurants, wo sie sich zuletzt mit Risch getroffen hatte.

»Was wirst du mit dem Band tun?«, fragte er. »Die Pistole ist ein eindeutiges Beweisstück.«

Gedanken wirbelten ihr durch den Kopf. Man hatte auch Robert ermordet, weil er die Wahrheit sagen wollte, und dann hatte man nacheinander auch Lea Montasser und den alten Arzt aus dem Weg geräumt. Nur bei ihr war es ihnen nicht gelungen. Sie hatte den Unfall überlebt.

»Wir müssen Max holen«, sagte Kareen mit Nachdruck. Plötzlich war ihr unbehaglich zumute, weil ihr Sohn nicht bei ihr war. Zita und die Leute, die anscheinend für sie arbeiteten, würden vor nichts zurückschrecken. Anja gehörte auch dazu – daran hegte sie inzwischen keinen Zweifel mehr. Anja war all die Jahre ihre Aufpasserin gewesen.

»Was muss das für ein Leben sein?«, murmelte sie vor sich hin, während Waller sich wieder in den Verkehr einfädelte.

»Ich kann mir vorstellen, wie schwer das alles für deinen Mann gewesen ist«, sagte er voller Mitgefühl, aber sie hatte gar nicht an Robert gedacht, sondern an Zita. Hatte sie jeden Tag damit gerechnet, dass ihr Mord ans Tageslicht käme? Durch Robert oder Jakob? Aber nein, Jakob schien davon bis heute nichts zu wissen. Niemandem, nicht einmal seinem Bruder hatte Robert sich anvertraut.

Als sie ein schwarzer Geländewagen überholte, zuckte sie zusammen, doch Waller warf ihr einen Blick zu, der sie besänftigen sollte. »Keine Angst – das ist ein Ford, kein Porsche Cayenne.«

Kareen nickte und widerstand dem Impuls, im Kindergarten anzurufen und Cecile zu sagen, sie solle alle Türen und Fenster verriegeln.

»Willst du mit dem Band zur Polizei gehen?«, fragte Waller.

»Ich weiß nicht.« Sie war plötzlich froh, dass er bei ihr war. »Vielleicht sollten wir Flock fragen. Oder ich befrage dein Bild – die tibetische Landschaft.«

»Gute Idee«, sagte er und lächelte.

Drei Minuten später hatten sie endlich den Kindergarten erreicht. Es war fast fünfzehn Uhr. So lange blieb Max sonst nie.

Kein Polizeiwagen stand vor der Tür, auch kein auffälliger Geländewagen. Alles sah aus wie immer. Die gläserne Eingangstür war halb geöffnet, Kinderstimmen schallten ihnen entgegen, als sie eintraten. Ein kleines Mädchen stand mit einer Banane in der Hand im Vorraum und starrte sie und Waller an, als wären sie Geisterwesen, die aus dem Nichts aufgetaucht waren.

»Na, meine Kleine«, grüßte Kareen. Da wandte sich das Mädchen ab und lief in einen Gruppenraum davon.

Waller ging zögernd neben Kareen her, die Metallbox mit der Waffe und dem Diktiergerät unter dem Arm. Die Umgebung schien ihn einzuschüchtern. Er denkt an das Kind, das er überfahren hat, fiel Kareen ein und griff nach seiner Hand. Waller zuckte kurz zusammen, doch er wich ihr nicht aus.

»Wir holen nur Max ab und fahren sofort wieder«, erklärte sie.

Auf dem Weg zum Gruppenraum ihres Sohnes blickte sie in das Büro der Leiterin. Sabine Balzer, die wie üblich eine weiße Rüschenbluse trug, und eine jüngere Frau mit Pagenfrisur beugten sich über eine Gestalt, die am Boden lag.

Kareen fühlte, wie ihr Herz schneller schlug. Max, blitzte ein schrecklicher Gedanke in ihrem Kopf auf, ihm ist etwas passiert!

Doch es war eine Frau, die am Boden lag. Eine zerschlissene Jeans war zu sehen, grellgrün gefärbte Haare. Cecile lag da.

Kareen schob sich vor.

Die Leiterin blickte sie vorwurfsvoll an. Einen Moment später sagte sie erklärend: »Cecile ist wohl ohnmächtig geworden. Wir haben sie vor ein paar Minuten im Gruppenraum gefunden.«

»Sie isst zu wenig«, meinte die andere Erzieherin vorwurfsvoll. »Das habe ich ihr schon oft gesagt – Kaffee und Zigaretten. Das kann auf die Dauer nicht gut gehen.«

Wo war Max? Kareen drehte sich um und lief in den Gruppenraum. Zwei Kinder saßen verlassen an einem winzigen Tisch und blickten verschüchtert herüber. Ein rothaariges Mädchen, das höchstens drei Jahre alt war, hatte ein Puzzle aus Holz vor sich. Der Junge war vielleicht fünf. Er hockte nur da, die Hände brav vor sich auf dem Tisch, als warte er darauf, jeden Moment abgeholt zu werden.

»Wo ist Max?«, rief Kareen panisch.

Der Junge zuckte mit den Achseln, und das rothaarige Mädchen begann zu weinen, weil Kareens schneidender Tonfall es offenbar erschreckt hatte.

»Er ist nicht da.« Kareen blickte Waller voller Entsetzen an. Dann lief sie auf die Toilette und riss die Tür zu jeder der winzigen Kabinen auf. Auch in den Waschräumen sah sie nach. Nichts! Hier war kein Kind mehr! Die rote Jacke, die Max am Morgen angezogen hatte, war ebenso verschwunden, jedenfalls hing sie nicht an seinem Haken mit dem Symbol eines bunt getupften Schmetterlings.

Panisch kehrte sie in das Büro der Leiterin zurück. Cecile lag noch immer am Boden, doch regte sie sich mittlerweile wieder. Kareen konnte sich vorstellen, dass jemand sie bewusstlos geschlagen oder betäubt hatte.

Sabine Balzer schaute sie fragend an. »Wir überlegen noch, ob wir einen Arzt rufen sollen«, erklärte sie, während die Frau mit der Pagenfrisur mit einer Decke und einem Kissen herankam. »Es ist noch nie passiert, dass Cecile ohnmächtig geworden ist.«

»Mein Sohn ist nicht da«, stieß Kareen hervor. »Haben Sie eine Ahnung, wo er sein könnte?«

Die Leiterin warf Cecile einen Blick zu, die plötzlich leise stöhnte. Begann Sabine Balzer zu begreifen, dass zwischen der Ohnmacht der jungen Erzieherin und dem Verschwinden von Max ein Zusammenhang bestand? Einen Moment später richtete sie ihre Augen wieder forschend auf Kareen. »Sollen wir die Polizei rufen?«, fragte sie tonlos. »Oder wissen Sie, wer Max abgeholt haben könnte?« Das Wort »abgeholt« sprach sie besonders gedehnt aus.

»Nein«, sagte Kareen zögernd. »Bitte keine Polizei.«

Sie zwang sich ruhig zu bleiben, atmete langsam und konzentriert ein und aus und hielt die Augen geschlossen. Zita wird Max nichts tun, redete sie sich ein. So weit würde sie nicht gehen. Aber nein, Zita war bereits viel weiter gegangen – sie hatte den eigenen Mann getötet. Kareen sah ihren Sohn vor sich, wie er in seinem Bett lag und schlief; manchmal schob er sich den Daumen in den Mund, und mitunter rollten seine Augäpfel unter den geschlossenen Lidern, als habe er einen schlimmen Traum.

»Ich hätte auf ihn aufpassen müssen«, flüsterte sie vor sich hin. »Es ist alles meine Schuld.«

Waller, der hinter dem Steuer seines Renaults saß, legte ihr vorsichtig eine Hand auf den Arm. »Hör auf, dir Vorwürfe zu machen«, sagte er. »Sollen wir nicht zu Polizei fahren? Sie haben Spezialisten für so etwas …«

Ein Schauer glitt ihr den Rücken hinab. Was würden sie mit Max tun? Er war ein Pfand – ein Pfand für die Beweise, die sie in dem Container spazieren fuhren. Da war sie ganz sicher. Man war ihnen gefolgt, hatte sie beobachtet und wusste nun, dass Kareen etwas entdeckt hatte, was ihnen gefährlich werden konnte.

Kurz entschlossen nahm Kareen ihr Telefon hervor, schaltete es ein und rief Anja an.

Es klingelte zweimal, bis abgehoben wurde.

»Wo ist Max?«, rief Kareen voller Zorn, bevor Anja sich melden konnte. »Was habt ihr mit ihm gemacht?«

Anja atmete tief ein, dann war nichts mehr zu hören, sodass Kareen schon glaubte, die Verbindung sei unterbrochen.

»Ich habe dich gewarnt.« Anjas Stimme klang krächzend, als sei sie krank oder als habe sie eine ganze Nacht lang dagesessen und geraucht. »Du hättest aus Köln verschwinden müssen ... Dich von allem fernhalten ... Doch stattdessen hast du angefangen herumzuschnüffeln wie eine gottverdammte Detektivin ... Ich kann nichts mehr für dich tun.« Ein langes, gequältes Stöhnen folgte, dann ein Klicken. Anja hatte aufgelegt.

Kareen schaute Waller an, der immer weiter durch die Stadt fuhr, anscheinend ohne Ziel. Was sollte das bedeuten: *Ich habe dich gewarnt?* Stammten die toten Tiere von Anja? War sie es gewesen, die versucht hatte, Kareen aus ihrer Wohnung zu vertreiben?

Langsam wiederholte sie die Worte, die Anja gesagt hatte, als gäbe es da eine geheime Botschaft. Anja wusste von Max und seinem Verschwinden – das immerhin konnte man aus ihrer Antwort schließen. Sie war überhaupt nicht erstaunt gewesen, dass jemand Max entführt hatte.

»Sie werden anrufen«, sagte Waller. »Und sie werden dir einen Deal vorschlagen. Das Diktiergerät und die Waffe – gegen Max.«

Kareen nickte. Ihr Herz raste. Sie durfte nun keinen Fehler machen, aber was war das Richtige? Zur Polizei zu gehen? Sie wählte noch einmal Anjas Nummer. Vielleicht würde die ehemalige Freundin weich werden und doch etwas verraten. Nun aber war das Handy abgeschaltet. »Versuchen Sie es zu einem späteren Zeitpunkt«, erklärte eine mechanische Frauenstimme.

Kareen blickte auf. Vor ihr erhob sich das Bettenhaus der Uniklinik mit dem grauen Beton und den langen Fensterfronten.

»Ich fahre zu Flock«, sagte Waller, als hätte er ihren fragenden Blick gespürt. »Wenn jemand einen Rat weiß, ist er es.«

Flock wirkte angestrengt, auch wenn er sich hin und wieder zwang zu lächeln. Sein Gesicht war fahl und eingefallen. An seinem rechten Arm hing ein Tropf. Unendlich langsam lief eine farblose Flüssigkeit in ihn hinein. Glücklicherweise hatte man ihn in ein Einzelzimmer verlegt, sodass sie ungestört waren. Aus einem kleinen Lautsprecher neben dem Bett drang unaufdringlich klassische Musik.

Waller begann für Kareen, von Max und der Entführung zu erzählen. Während er ruhig und scheinbar gleichmütig von dem Band und der Waffe sprach, hielt er den Metallbehälter wie ein Geschenk umklammert, das er Flock gleich machen würde.

Kareen spürte, dass sie am Ende ihrer Kräfte war. Sie hockte auf einem Plastikstuhl und hielt die meiste Zeit die Augen geschlossen. Die Angst um Max glühte wie ein heimtückisches Fieber in ihr. Was würde Zita mit ihrem Sohn anstellen? Sollte Max irgendetwas passieren, würde sie ihre Schwiegermutter töten. Aber vielleicht war das ja die beste Lösung: die Waffe nehmen und ins Hotel oder zu Zitas Haus fahren und sie bedrohen, ihr die Mündung an die Schläfe halten, wie sie es bei ihrem Mann getan hatte …

»Du solltest zur Polizei gehen«, sagte Flock, nachdem Waller seinen Bericht beendet hatte. Er schaute Kareen aus wässrigen Augen an, als wäre auch er nicht ganz bei sich, aber vermutlich war das die Wirkung der Medikamente, die man ihm verabreicht hatte. »Sie wird Max nichts tun. So ist sie nicht.«

»Wie ist sie denn dann?«, fragte Kareen. Sie war so angespannt, dass sie aggressiv und vorwurfsvoll klang.

Flock machte eine Geste, als wolle er eine lästige Fliege verscheuchen. »Ich kenne Zita ein wenig«, sagte er. »Wahrscheinlich bin ich der erste Junge, den sie geküsst hat.« Er verzog das Gesicht zu einem Lächeln.

Voller Staunen lehnte Kareen sich vor. Für eine Sekunde glaubte sie an einen Irrtum, dann sah sie die Überraschung auf Wallers Gesicht.

»Sie haben Zita geküsst?«, stieß er hervor.

Flock versuchte sich ein wenig aufzurichten, doch er war noch so schwach, dass Waller ihm helfen musste.

»Ich habe es aus gutem Grund nie erzählt – und es tut ja auch nichts zur Sache. Ich komme wie Zita aus Dreiborn. Vier Jahre habe ich in der Volksschule hinter Zita gesessen, habe jeden Tag auf ihren langen blonden Zopf gestarrt ... Sie war so anders als die anderen Mädchen im Dorf – sie bewegte sich anmutig, redete ohne jeden Dialekt, war nicht so still und duckmäuserisch wie wir anderen ... Vielleicht war sie die erste Schauspielerin, die ich in meinem Leben gesehen habe. Für sie war es ein Kinderspiel, jeden um den Finger zu wickeln, nicht nur die Lehrer und den Pfarrer ... Ich war vom ersten Moment an verzaubert.« In seinen Augen lag ein Funkeln, das aber sofort wieder erlosch. »Aber natürlich war ich eine viel zu schlechte Partie für sie ... Meine Eltern hatten einen winzigen Laden – Lebensmittel, Schulhefte und Zeitungen –, aus mir würde nie etwas werden ... Geküsst hat sie mich nur, weil wir zu Weihnachten ›Schneewittchen‹ aufgeführt haben und ich den Prinz spielen durfte.«

Flock verstummte. Er schien ganz in der Vergangenheit versunken zu sein, die mehr als fünfzig Jahre zurücklag.

So hatte Kareen ihn noch nie gesehen – melancholisch und auf eine traurige Art gedankenverloren; aber sie hatte ihn auch immer nur als einen gerechten, strengen Lehrer betrachtet, ohne sich jemals zu fragen, was für ein Leben er abseits des Theaters geführt hatte.

»Später ist die Geschichte mit den Zwillingen passiert«, fuhr Flock endlich fort. »Da war ich schon nicht mehr in Dreiborn, sondern habe als Bühnenarbeiter beim Schauspiel in Köln gearbeitet.«

»Was für Zwillinge?«, fragte Waller.

»Angeblich hatte Zita etwas mit einem jungen Vikar angefangen, und dann hat sie heimlich Zwillinge zur Welt gebracht – einen Jungen und ein Mädchen.

Ich habe die Geschichte sofort geglaubt. Eine Affäre mit einem Geistlichen – das musste ein Mädchen wie Zita reizen.«

»Wann war das genau?«, fragte Kareen.

»Im Jahr 1962 – im September.«

»Und was ist aus den Kindern geworden?«

»Sie sind in ein Kinderheim nach Bonn gekommen. Die kleine Anja und ihr Bruder Rolf.«

»Woher kennen Sie die Namen der Kinder?«, fragte Kareen. Plötzlich begannen sich ein paar andere Dinge zusammenzusetzen – sie sah das Foto vor sich, Anja und Zita gemeinsam auf der Homepage des Vereins »Mutter und Kind«.

»Eine Cousine meiner Mutter hat eine Zeit lang in dem Heim gearbeitet ... Später sind beide Kinder adoptiert worden, aber es hat wohl nie richtig funktioniert, besonders mit dem Jungen nicht.« Flock begann plötzlich zu schnaufen, als bekäme er kaum noch Luft.

»Wir wollen Sie nicht zu sehr aufregen«, sagte Waller mit ängstlichem Blick auf den Schauspiellehrer.

Flock winkte ab. »Es geht schon«, keuchte er. »Es ist ja wichtig, ein paar Dinge zu benennen.« Er blickte wieder Kareen an. »Während ich Schauspieler war und von Bühne zu Bühne zog, habe ich Zita aus den Augen verloren. In Köln habe ich sie dann wieder getroffen – als Frau des prominenten Hoteliers Hagen. Natürlich hat sie mich nicht wiedererkannt. Oder zumindest hat sie so getan.«

Kareen nickte. »Ja, das habe ich schon einmal gehört – von dem alten Doktor Merzenich aus Heimbach.«

Flock reagierte nicht darauf. Anscheinend sagte ihm der Name nichts. Er keuchte vor sich hin und wirkte beinahe so krank wie unmittelbar nach seinem Zusammenbruch.

»Ich glaube, ich weiß, wer Zita bei dieser Sache hilft: Meine

Freundin oder besser gesagt, die Frau, die sich an mich herangeschlichen hat, heißt Anja … und bei Zita war ein Mann, der zwar keine Ähnlichkeit mit Anja hat, aber in etwa genauso alt ist …«

»Du meinst, das sind die Zwillinge?«, fragte Waller. »Die heimlichen Kinder deiner Schwiegermutter?«

Bevor Kareen antworten konnte, klingelte ihr Nokia. Voller Nervosität zog sie das Telefon aus der Jackentasche. »Ja?«

Sie hörte eine Kinderstimme. Max sagte etwas, aber nicht zu ihr, und er schien auch nicht den Hörer in der Hand zu haben, sondern irgendwie im Hintergrund zu sprechen. »Ich möchte ein Stück Kuchen und ein wenig Schokolade«, sagte er, »und dann möchte ich Mama anrufen und ihr sagen, dass sie meine Märchen-CD mitbringen soll …«

Die fröhliche Kinderstimme verstummte abrupt, wahrscheinlich weil sie von einem Band gekommen war.

»Frau Hagen?«, sagte ein Mann. »Sie haben gehört, dass es Max gut geht. Wir haben ihn in Sicherheit gebracht, bis wir unseren kleinen Austausch vorgenommen haben. Wir verstehen uns doch, nicht wahr?«

»Richten Sie meiner Schwiegermutter aus, dass ich …«

»Keine Namen«, unterbrach die Männerstimme sie scharf. »Halten Sie sich bereit! Und lassen Sie bitte die Polizei aus dem Spiel!«

Im nächsten Moment wurde die Verbindung unterbrochen.

Kareen schaute erst Waller, dann Flock an. »Ich soll mich bereithalten«, sagte sie leise und versuchte die Tränen zu unterdrücken.

Da Flock vor Erschöpfung eingeschlafen war, verließen sie leise das Zimmer. Wie ein sterbender Greis sah der Schauspiellehrer in dem weißen Bett aus, während Kareen sich noch einmal umdrehte. Plötzlich überkam sie die Angst, ihn vielleicht nie wieder lebend zu sehen, aber das war natürlich Unsinn. In ihrem Kopf gerieten die Ängste durcheinander. Zu viel hatte sich in den letzten Wochen ereignet.

Waller führte sie in die Cafeteria des Krankenhauses und besorgte ihr einen großen Milchkaffee. Hunger hatte sie keinen.

»Hast du gewusst, dass Flock auch aus der Eifel stammt?«, fragte Waller. Er selbst aß nichts und wirkte genauso angespannt wie sie.

»Nein.« Kareen trank einen Schluck Kaffee. Sie hatte immer noch keine Ahnung, was sie tun sollte. Wo konnte Max nur sein? »Ich habe so viel nicht gewusst«, antwortete sie zögernd.

Sie fühlte sich buchstäblich von Lügnern umzingelt – alle hatten ihr nicht die Wahrheit gesagt: Robert nicht, Anja nicht, Zita schon gar nicht, und selbst Flock hatte mit gewissen Dingen hinter dem Berg gehalten. Warum hatte er ihr nie verraten, dass er Zita kannte?

»Wir brauchen einen Plan«, sagte Waller. »Wir können nicht nur dasitzen und abwarten.«

Kareen zog einen Zettel hervor. Flock hatte ihr vor dem Einschlafen noch die Nummer eines Bekannten gegeben, eines Schauspielers, der ein Detektivbüro eröffnet hatte, als die lukrativen Engagements ausgeblieben waren. Der Lehrer hatte ihr geraten, sich mit einem Sender zu versehen und verkabeln zu lassen, damit zumindest Waller immer wusste, wo sie sich während der Übergabe befand.

»Ich will keine Polizei«, sagte sie mit einer Vehemenz, als müsse sie sich gegen Waller verteidigen. Zwei ältere Männer am Nebentisch, die beide nur einen Bademantel trugen, wurden auf sie aufmerksam und betrachteten sie argwöhnisch. »Eigentlich will ich nur eines«, fuhr Kareen mit gesenkter Stimme fort. »Ich will, dass Max gesund zurückkommt.«

Waller nickte und zog den Zettel zu sich herüber. »Ich werde dich nach Hause bringen und dann zu der Detektei fahren. Wenn es stimmt, was Flock gesagt hat, wird dieser Detektiv uns alles geben, was wir brauchen. Sender, Mikrofon, Empfangsgerät … Ich werde auf dich aufpassen.«

Er lächelte, und zum ersten Mal hatte sie das Gefühl, dass sie ihm vertrauen konnte.

»Oder wir warten gar nicht so lange, bis der Mann sich wieder meldet, sondern fahren sofort zu Zita ins Hotel«, sagte sie. Die Männer am Nachbartisch erhoben sich schwerfällig, einer schob einen Ständer mit einer Infusionslösung vor sich her. »Ich drücke ihr das Diktiergerät und die Waffe in die Hand und …«

»Ich glaube nicht, dass das eine gute Idee ist«, erklärte Waller. »Im Grunde möchtest du doch beides: Max zurückhaben und das Band und die Waffe behalten. Nur dann kannst du Zita überführen.«

Kareen schwieg und trank ihren Kaffee aus. Waller hatte recht. Sie wollte nicht, dass Zita davonkam, und auch wenn sie nun einiges wusste, war eine der wichtigsten Fragen noch ungeklärt: Wie war Robert gestorben? Hatte man ihn umgebracht, weil Zita wusste, dass er endlich die Wahrheit sagen wollte?

»Ich weiß nicht, ob ich diese Warterei so lange ertrage«, sagte sie leise. »Was passiert, wenn Max begreift, dass sie ihn gar nicht nach Hause bringen wollen? Außerdem braucht er Medikamente.«

Statt zu antworten, nahm Waller sein Telefon hervor und rief die Nummer an, die Flock auf das Stück Papier gekritzelt hatte. Mit knappen Worten beschrieb er, was er brauchte. Der Mann am anderen Ende der Leitung schien nicht viele Fragen zu stellen oder sein Ansinnen befremdlich zu finden.

Waller lächelte zufrieden, nachdem er aufgelegt hatte. »In einer halben Stunde können wir alles abholen.«

Kareen beugte sich vor und küsste ihn auf die Stirn. »Ich weiß nicht, was ich ohne dich tun würde«, flüsterte sie.

Er legte den Arm um sie. »Ich möchte, dass alles gut wird.«

Als Kareen den Block hob, entdeckte sie Marie, die Schauspielerin, die mit wütendem Gesicht auf sie zustürmte.

»Was tust du!«, schrie sie Waller an und schlug nach ihm.

XIII.

Ich hätte Marie umbringen können. Weshalb lief sie mir nach und tauchte immer in den Momenten auf, wenn sie am meisten störte?

Ich hatte allmählich begriffen, worum es ging. Kareen war nicht nur eine schöne, geheimnisvolle Frau, sie war auch in eine rätselhafte, sehr gefährliche Sache verstrickt. Anfangs hatte sie geglaubt, ich hätte auch damit zu tun, doch nun, da ich ihr von dem Tibeter und meinen hilflosen Botschaften an sie erzählt hatte, begann sie mir zu vertrauen – das war das Wichtigste für mich.

Als Marie auf mich zutrat, war ich sicher, sie habe eine Waffe in der Hand, aber es war nur eine kleine Nagelpfeile. An ihren Augen erkannte ich, dass sie Drogen genommen hatte.

»Was tust du!«, schrie sie und stürzte mit ausgestreckten Händen auf mich zu.

Ich spürte, wie der Zorn mich übermannte. Ich wollte sie zu Boden stoßen, ihr den Schädel einschlagen, sie auffordern, ein für alle Mal aus meinem Leben zu verschwinden. Als ich sie gebraucht hatte, war sie nicht da gewesen, hatte mit irgendeinem Kerl herumgemacht, und nun …

Als ich den Arm schon gehoben hatte, um zuzuschlagen, begann ich zu begreifen. Es ging ihr gar nicht um mich – sie wollte nur recht behalten, sie wollte, dass ich wieder scheiterte und nicht bekam, was ich mir wünschte. Hätte ich sie geschlagen, wäre ich vermutlich wieder im Gefängnis gelandet.

Ich schaffte es, die Hand zurückzuziehen, und mich Kareen zuzuwenden, als wäre Marie gar nicht da.

»Ich glaube, wir müssen gehen«, sagte ich. »Wir haben noch viel zu erledigen.«

Dann dachte ich an ihren Sohn und an den Tibeter aus dem Gefängnis.

Es ging um Mord und Entführung. Was hätte er mir geraten?

»Bleibe ruhig«, hätte er gesagt, »und vertraue auf dich und deine Fähigkeiten.«

24.

Die Zeit verging nicht; es war, als dehne sich jede Minute zu einer Ewigkeit aus. Kareen hatte sich in das Zimmer von Max verkrochen, lag in seinem Bett, atmete den Duft ein, den die Laken verströmten, und hielt die Augen starr auf ihr Nokia gerichtet, das stumm neben ihr lag und plötzlich völlig überdimensioniert wirkte. Das Handy war ein Monstrum geworden, ein stummes Folterinstrument, von dem ihr Leben abhing.

Waller hatte sich in ihre Küche zurückgezogen. Er hatte begriffen, dass sie allein sein wollte. Gelegentlich hörte sie ihn mit Geschirr hantieren. Er schien sich einen Kaffee nach dem anderen zu kochen. Die erneute Begegnung mit Marie hatte seine Anspannung noch vergrößert. Einen Moment lang hatte Kareen gemeint, den impulsiven, jähzornigen Menschen gesehen zu haben, der er vor dem Unfall gewesen war. Er hatte Marie abgeschüttelt, hatte sie zurückgestoßen und die Hand zum Schlag erhoben, doch dann hatte er sich wieder in der Gewalt gehabt. Mit einem wirren Blick hatte er sich an Kareen gewandt und sie gebeten, mit ihm zu gehen. An der erstaunten Marie vorbei hatten sie das Krankenhaus verlassen.

»Sie denkt, sie kann mich noch immer haben«, hatte er ihr zugeraunt. Mehr hatte er zu dieser Konfrontation nicht gesagt, während sie zu der Detektei gefahren waren. Anschließend hatten sie bei ihrem Autohändler einen weißen, unauffällig aussehenden Golf gemietet.

Der Radiowecker neben dem Bett zeigte neunzehn Uhr dreizehn – dieselbe Zeit war auch auf dem Display ihres Nokias zu lesen. Konnte das sein, dass sie erst eine Stunde so da lag? Wo war Max jetzt? Was hatten sie mit ihm gemacht?

Plötzlich richtete sie sich auf, nahm das Telefon und wählte Zitas Nummer, die sie eingespeichert hatte. Sie hatte keine Ahnung, was sie ihr sagen wollte. Gib mir mein Kind zurück, du Mörderin!

Nach dem fünften Klingeln sprang die Mailbox an. Kareen hinterließ keine Nachricht, sondern wählte die Auskunft und ließ sich mit dem Hotel Hagen verbinden. Eine gleichmütig höfliche Frauenstimme meldete sich.

»Hier Kareen Hagen – ich möchte gerne mit meiner Schwiegermutter sprechen.«

»Bedauere«, sagte die Frau an der Rezeption. »Frau Hagen ist auf einem Kongress. Sie wird erst am nächsten Montag zurückerwartet.«

Ein Kongress – wie konnte Zita auf einem Kongress sein, wenn es um ihr Leben ging?

Ohne ein weiteres Wort unterbrach Kareen das Gespräch.

Waller lehnte in der Tür, einen Kaffeebecher in der Hand. »Sie wird nicht an den Apparat gehen«, sagte er. Offenbar war es nicht schwer zu erraten, wen sie angerufen hatte.

»Angeblich ist sie auf einem Kongress«, erwiderte Kareen.

Waller näherte sich ihr und reichte ihr den Kaffeebecher. Vorsichtig blickte er sich um. »Ich bin noch nie in dem Zimmer eines kleinen Jungen gewesen«, sagte er. »Sehen alle Zimmer so aus?«

»Max ist kein gewöhnliches Kind, aber ich glaube, alle Kinder haben Poster an den Wänden, manche auch selbst gemalte Bilder, und alle lieben Gameboys und ihren CD-Player, und alle sind unordentlich und werfen am liebsten ihre Klamotten auf den Boden und …«

»Ich habe Holger riechen können, wenn er nachts in meine Zelle kam«, sagte Waller. »Er roch nach Seife und Creme, fast so, wie es hier riecht – ein frischer, unschuldiger Geruch. Das war vielleicht das Schlimmste – dieser wunderbare Geruch nachts in meiner Zelle. Gleichzeitig wusste ich im Traum immer, dass er eigentlich in einer dunklen Kiste lag und nicht mehr war als ein toter, verfaulender Körper.«

Kareen griff nach seiner Hand. Dann fiel ihr das Bild von der tibetischen Landschaft ein, das er ihr geschenkt hatte. Sie holte es aus ihrer Hosentasche und blätterte es auf.

Waller lächelte. »Ein paarmal habe ich auf der Bühne Menschen töten müssen – mit der Pistole, mit dem Schwert. Es war immer ein Spiel gewesen, nie Ernst. Ich habe den Tod nie verstanden – die Endgültigkeit. Der Tod – das war für mich Theaterblut.«

»Ich weiß, was du meinst«, sagte sie. »So ging es mir, bis ich vor Roberts Grab stand, ein schwarzes Loch, in das man seinen Sarg versenkte. Wenn Max nicht meine Hand gehalten hätte …«

Ein Summen, das sie zunächst nicht einordnen konnte, ließ sie verstummen.

Waller deutete auf ihr Telefon. Eine SMS war eingegangen.

FAHREN SIE MIT IHREM GOLF LOS, stand da. ALLEIN! NEHMEN SIE DIE AUTOBAHN RICHTUNG EIFEL.

Waller sog tief die Luft ein, während er mit ihr auf das Display blickte. »Sie haben uns beobachtet«, sagte er. »Wenn sie wissen, dass du einen Golf gemietet hast, dann haben sie auch mitbekommen, dass wir bei einem Privatdetektiv waren.«

Kareen spürte wieder, wie ihr Herz zu rasen begann. »Ja«, sagte sie. »Anscheinend hat Zita ihre Leute überall.«

Sie fuhr konstant hundert, überholte nicht und hielt nach einem schwarzen Geländewagen Ausschau. Doch es war nichts Auffälliges zu sehen. Ein gewöhnlicher Abend auf der Autobahn. Nachdem sie die Abzweigung in die Eifel genommen hatte, nahm der Verkehr schlagartig ab. Ein paar Lastwagen waren unterwegs, und gelegentlich raste ein BMW oder ein Audi an ihr vorbei. Waller folgte ihr in einem Abstand von einem Kilometer. Zumindest die Verkabelung funktionierte. Sie hatten Sprechkontakt und machten sich gegenseitig Mut, doch Kareen bemerkte, dass auch ihm mulmig zumute war. Die Waffe, die der Detektiv ihnen angeboten hatte, hatten sie beide angelehnt.

ABFAHRT ZÜLPICH, verkündete eine SMS auf ihrem Nokia. DANN RICHTUNG HEIMBACH.

Kareen musste scharf abbremsen, um die Ausfahrt noch zu erwischen.

»Wollen sie mich zum Sommerhaus schicken?«, fragte sie Waller über ihre Funkverbindung.

»Ich frage mich eher, ob sie wissen, wo du dich gerade befindest«, erwiderte er.

Wenig später hörte sie, wie er aus seinem Wagen stieg und dann fluchte.

Als er wieder einstieg, erklärte er wütend: »Was bin ich für ein Idiot! Ich hatte einen Sender unter dem Wagen. Du wirst auch so ein Ding haben. Daher können sie genau verfolgen, wo du gerade bist.«

»Soll ich anhalten und nachschauen?«, fragte Kareen. Plötzlich fühlte sie sich allein in ihrem Wagen. Sie würde das alles nicht durchstehen – nicht, wenn sie weiter solche Fehler machten.

»Nein, besser nicht«, erklärte Waller. »Dich sollen sie ruhig im Auge behalten.«

Die Dämmerung brach herein. Dunkle Wolken zogen auf, und es sah nach Regen aus.

Kareen fuhr durch Heimbach, dann hinauf zum Stausee. Auf dem Parkplatz kurz hinter der Staumauer solle sie auf neue Instruktionen warten, verkündete eine SMS.

Sie saß eine halbe Stunde in ihrem Golf und traute sich nicht einmal, mit Waller zu sprechen. Jemand beobachtete sie. Da war sie sich ganz sicher. Der Parkplatz war leer, nur ein weißer Transporter, der mit Rostflecken gesprenkelt war, stand am anderen Ende der Ausfahrt. Einmal ging eine Frau mit einem Jagdhund vorüber, ohne sie zu bemerken. Sonst war alles ruhig.

Ein Nervenkrieg – Zita wollte sie zermürben, sie müde machen.

Sie hatte Kareen immer für zu schwach und empfindlich gehalten. Aber vielleicht hatte sie sogar recht damit.

Mit größter Konzentration versuchte Kareen, ein- und auszuatmen. Ihr Herz schlug nun schon seit Stunden in einem harten, schnellen Takt. Am liebsten hätte sie nun ein Zigarette geraucht oder wenigstens mit Waller geredet. Der Behälter mit dem Band und der Waffe stand neben ihr auf dem Beifahrersitz. Immer wieder vergewisserte sie sich, ob er noch da war, als könne er sich tatsächlich in Luft auflösen.

Würde gleich jemand kommen, sie mit einer Pistole bedrohen und ihr den Container einfach abnehmen?

Waller wartete irgendwo unten in Heimbach. Er würde nicht so schnell da sein, um ihr zu helfen.

Als sie spürte, dass ihre Hände zu zittern begannen, nahm sie sie das Bild der tibetischen Landschaft heraus und legte es vor sich auf das Armaturenbrett.

Im nächsten Moment ging eine SMS ein.

STEIGEN SIE AUS UND GEHEN SIE ZUM ERSTEN PAPIERKORB AUF DER STAUMAUER. ZIEHEN SIE EINE GELBE PLASTIKTÜTE HERAUS.

Es war kalt, als sie den Golf verließ. Ein heftiger Wind wehte vom See herüber. Niemand war zu sehen. Sie konnte in dem Dämmerlicht ein paar Boote ausmachen, die in einem kleinen Hafen lagen, und ein weißes Ausflugsschiff, das an einem Ausleger festgemacht hatte. Früher war ihr der Stausee idyllisch vorgekommen, nun wirkte er feindselig.

Kurz bevor sie den Papierkorb erreicht hatte, drehte sie sich um. Sie hatte den Container im Wagen vergessen, und nun war sie beinahe sicher, dass jemand ihn stehlen würde. Doch da war niemand.

Bis auf die gelbe Plastiktüte war der Mülleimer leer. An einem nagelneuen Handy klebte ein Zettel. BENUTZEN SIE NUN DIESES TELEFON. WERFEN SIE IHR ALTES IN DEN SEE.

Unbehaglich schaute Kareen sich um. Auf der Staumauer konnte man von allen Seiten beobachtet werden. Der See lag inmitten tief bewaldeter Berghänge. Ein guter Ort, jemand zu beobachten. Nach einem kurzen Zögern holte sie aus und schleuderte ihr Nokia von der Staumauer ins schwarze Wasser hinunter. Sie konnte nicht einmal sehen, wie es versank.

Seltsamerweise fühlte sie sich erleichtert; es war, als sei sie Max ein wenig näher gekommen.

Eilig kehrte sie zu ihrem Wagen zurück. Plötzlich war es so dunkel geworden, dass sie den weißen Transporter kaum noch erkennen konnte.

Eine neue Nachricht traf ein.

GUT GEMACHT. FAHREN SIE DIE STRASSE HINAUF UND HALTEN SIE AUF DEM NÄCHSTEN PARKPLATZ.

Erst als sie wieder losfuhr, meldete sie sich wieder bei Waller.

»Sie machen Ernst«, sagte er. »Ich folge dir.«

Zwei Autos kamen ihr mit grellen Scheinwerfern entgegen; ansonsten war es, als würde sie immer tiefer in einen dichten Wald hineingeraten. Ein Wanderparkplatz lag linker Hand der Straße. Sie beschrieb Waller den Weg, bevor sie abbog und langsam zu einer Holzhütte rollte. Wartete Zita mit ihren Leuten hier auf sie? Kein Wagen war weit und breit zu sehen, einzig tiefe Reifenspuren verrieten, dass hier in letzter Zeit jemand gewesen war.

Ihre Schritte knirschten auf dem Schotter, als sie ausstieg. Hier war die Dunkelheit nun vollkommen, nur ihre Scheinwerfer warfen zwei Lichtbahnen in die Finsternis.

Die Hütte diente offenbar als Regenschutz. Auf einer Holzbank, die sich an einer Wand entlangzog, stand eine weiße, größere Plastiktüte. Vorsicht spähte sie hinein. Blauen Stoff sah sie, dann einen weiteren Zettel.

ZIEHEN SIE SICH AUS! ALLES! AUCH DEN SENDER UND DAS MIKROFON!

»Was ist los?«, hörte sie Wallers Stimme. »Was tust du?«

»Ich muss mich ausziehen«, flüsterte sie, während sie die Kleidung herausnahm: eine blaue Latzhose, ein weißes T-Shirt, schwarze Männersocken und ein blauer Frauenslip. »Sie wissen von der Verkabelung.«

Waller fluchte. »Sollen wir alles abbrechen?«, fragte er. »Vielleicht ist es Unsinn, was wir tun.«

»Nein!« Kareen war schon dabei, sich auszuziehen. Sie spürte, wie sie schwitzte; gleichzeitig ließ der kalte Wind sie frieren. »Wir müssen weitermachen.«

»Aber woher soll ich wissen, wo du bist?«, fragte Waller.

»Ich muss zu Max«, sagte sie, und schon hatte sie die Verkabelung gelöst und sie auf ihre Kleider gelegt.

Die Latzhose war zu lang, und auch das T-Shirt passte nicht. Zumindest hat Anja diese Sachen nicht besorgt, dachte sie. War Anja auch hier draußen im Wald und beobachtete sie?

Langsam ging sie zum Wagen zurück. Sie musste sich eingestehen, dass sie noch nie so viel Angst gehabt hatte. Als ein Auto auf der Straße vorbeifuhr, zuckte sie zusammen, doch es war nur, als rase ein riesiger weißer Schatten zwischen den Bäumen dahin.

»Max!«, schrie sie, um sich Mut zu machen. »Ich will, dass Max nichts passiert!«

Niemand antwortete ihr. Das Rauschen, das sie hörte, war der Wind in den hohen Baumwipfeln.

Kaum saß sie wieder in ihrem Mietwagen, kam eine weitere Nachricht.

FAHREN SIE DIE STRASSE RICHTUNG VOGELSANG, stand da.

Vogelsang – das kannte sie. Vor wenigen Jahren noch war es verbotenes Gebiet gewesen. Eine alte Ordensburg, von den Nazis erbaut, die belgischen Soldaten als Kaserne gedient hatte. Umgeben war die Burg von einem weitläufigen Waldgebiet, das als Truppenübungsplatz genutzt worden war, den niemand betreten durfte.

Langsam fuhr sie die Straße hinauf. Gelegentlich kam ihr ein Auto entgegen, und einmal wurde sie auch überholt. Sie hoffte, es wäre Wallers alter Renault, doch es war ein silberfarbener Audi, der rasch aus ihrem Blickfeld verschwand.

Als die Abzweigung zur Burg Vogelsang kam, wurde sie noch langsamer. Sollte sie dem mächtigen Hinweisschild folgen und hier hereinfahren? Doch sie hatte keine Order bekommen. Sie rollte weiter, lenkte den Golf eine Kuppe hinauf. Dann erst kam das Signal: FAHREN SIE RECHTS IN EINEN FELDWEG HINEIN. HALTEN SIE NACH FÜNFZIG METERN AN UND FOLGEN SIE DEM WEG ZU FUSS. VERGESSEN SIE IHR MITBRINGSEL NICHT. MAX WARTET AUF SIE.

Sie nahm das tibetische Foto vom Armaturenbrett, schob es in die vordere Tasche der Latzhose, griff dann das Handy und den Container und stieg aus. Die Tür, die zuschlug, klang wie ein Pistolenschuss. Der Platz war gut gewählt, von der Straße aus würde niemand den Golf sehen. Selbst wenn Waller sie bis hierher noch nicht verloren hätte, würde er mit Sicherheit an diesem versteckten Feldweg vorbeifahren. Was konnte sie tun? Kurz entschlossen zog sie die weißen Turnschuhe aus und ging ein paar Meter zurück. In den rechten Schuh stopfte sie das Bild der tibetischen Landschaft, dann warf sie beide auf die Teerstraße, wo einer am Rand und einer auf dem Mittelstreifen liegen blieb.

Eilig drehte sie um und ging in ihren schwarzen Männersocken Schritt für Schritt in die Dunkelheit hinein. Ganz entfernt waren vereinzelte Lichter zu stehen. Die Straßenbeleuchtung zur Ordensburg, vermutete sie.

Sie fror in ihrer Latzhose und dem T-Shirt. Hier oben standen nur vereinzelt Bäume, und der Wind war eisig. Jemand mit einem guten Fernglas oder einem Nachtsichtgerät würde sie nun gut erkennen können. Hoffentlich hatte man nicht beobachtet, wie sie die Schuhe hinter sich geworfen hatte. Aber das Handy rührte sich nicht.

Feindselige Stille hüllte sie ein, die nur dann und wann von dem Rauschen eines fernen Autos gestreift wurde. Sie hatte keine Ahnung, wie weit sie gegangen war, als plötzlich am Nachthimmel ein Turm auftauchte – ein alter Kirchturm. Dann bemerkte sie in dem schwachen Licht, das ein halber Mond zwischen zerrissenen Wolken hervorwarf, weitere Gebäude. Ein Dorf hier mitten im Nichts? Wie konnte das sein?

Sie ging weiter, glaubte, tiefe Wagenspuren vor sich im Sand auszumachen, aber die Furchen konnten Tage oder gar Wochen alt sein und mussten nicht von einem Geländewagen stammen.

War es nicht Wahnsinn, was sie da tat? Sie dachte an Max und plötzlich auch an Robert. Auf einmal wusste sie, warum er einen Spaten und eine Schaufel in seinem Wagen gehabt hatte, bevor er verunglückt war. Er wollte den Sarg seines Vaters ausgraben, nachschauen, ob Meinhart mit der verräterischen Kugel in seinem Kopf wirklich noch dalag. Oder zumindest hatte er damit gedroht, und dann hatte Zita die Nerven verloren und beschlossen, ihn aus dem Weg zu schaffen – ihren eigenen Sohn.

Ihr fröstelte bei diesem Gedanken. Trotzdem ging sie immer weiter.

Es war tatsächlich eine Kirche, die vor ihr auftauchte, aber sie war verfallen, eine Ruine, die anscheinend von Gräbern umgeben war, denn Kareen glaubte nun kleinere Holzkreuze wahrzunehmen. Links von der Kirche standen einige Gebäude, doch es waren Rohbauten, schnell mit großen weißen Betonsteinen hochgezogen, ohne Türen und Fenster. Ein ganzer Straßenzug lag da, eine Geisterstadt.

Nein, fiel ihr ein, das ist Wollseiffen, das Dorf, das die Bewohner am Ende des Krieges verlassen mussten, als hier der Truppenübungsplatz eingerichtet wurde. Robert hatte ihr einmal davon erzählt, als sie im Sommerhaus gewesen waren. Die meisten Häuser des Dorfes waren abgerissen worden, stattdessen hatte man diese Rohbauten errichtet, damit die Soldaten in ihnen Krieg spielen konnten – hier übten sie den Häuserkampf und fuhren mit Panzern und Jeeps zwischen den Gebäuden umher.

Kareen spürte, wie das Handy in ihrer Hand vibrierte. JETZT, las sie auf dem Display.

Im nächsten Moment wurde sie in ein gleißendes Licht getaucht.

XIV.

Als ich sie in dem Zimmer ihres Sohnes sah, so verzweifelt und zugleich wild entschlossen, ihn zu retten, hätte ich sie am liebsten geküsst. Eine tiefe Falte hatte sich in ihre ansonsten makellose Stirn gegraben, ihre Augen waren dunkel und voller Gedanken. Ich hatte sie eigentlich überreden wollen, die Polizei einzuschalten, aber an ihrem Gesicht war abzulesen, dass sie sich niemals von ihrem Weg abbringen lassen würde.

Man hatte ihren Mann getötet und ihr Kind entführt, und ich war der Einzige, der an ihrer Seite war.

Plötzlich war ich wieder voller Zuversicht.

Es würde alles funktionieren, ich würde nicht zum zweiten Mal an dem Tod eines kleinen Jungen beteiligt sein, nein, diesmal würde ich ihn retten.

Als endlich das Signal der Entführer gekommen war und ich ihr nachfuhr, verlor sich meine Zuversicht. Wir waren zwei Amateure, die glaubten, sich mit einem Handy und ein wenig Sprechfunk gegenseitig schützen zu können.

Dann hielt ich kurz an und entdeckte den Sender an meinem Wagen – ein kleines magnetisches Ding, das jemand einfach hinter meine rostige Stoßstange geklemmt hatte.

Spätestens jetzt hätte ich begreifen müssen, dass unsere Gegner viel klüger und besser vorbereitet waren als wir.

»Ich liebe dich«, wollte ich ihr über Sprechfunk sagen. »Erst war es nur deine Stimme, dann dein ernstes Gesicht und dein zartes, schüchternes Lachen, dann die Art, wie du um deinen Sohn kämpfst. Aber bitte lass uns eine andere Lösung finden.«

Doch ich brachte keinen Ton heraus.

Dann hörte ich ihre panische Stimme. Sie hatte die Anweisungen bekommen, sich auszuziehen – auch die Verkabelung, von der die Entführer also auch längst gewusst hatten.

Wir mussten die Sache abbrechen. Nun durfte sie keinen Schritt mehr weitergehen.

»Ich muss zu Max«, waren die letzten Worte, die ich von ihr hörte.

Ich gab Gas, versuchte alles aus dem alten Renault herauszuholen. So rasant und gewagt war ich selbst in meinem Porsche nicht gefahren, doch schon nach ein paar hundert Metern musste ich feststellen, dass ich ziemlich aus der Übung war. Immer wieder kam der alte Renault auf dem feuchten Asphalt ins Schlittern und drohte auszubrechen.

Nach einer extrem engen Kurve lief plötzlich ein Reh über die Straße. Im letzten Moment konnte ich das Steuer herumreißen. Der Wagen geriet ins Schleudern und legte sich gefährlich auf die Seite. Im Scheinwerferlicht tauchte ein Begrenzungspfahl auf, dann hörte ich ein blechernes Geräusch, das ich nur allzu gut kannte. Ich hatte den Pfahl erwischt, doch bevor der Renault in den Graben kippte, hatte ich ihn mit einem waghalsigen Manöver wieder unter Kontrolle gebracht. Mir brach der Schweiß aus, und im Rückspiegel beobachtete ich, wie das Reh unversehrt in den Wald sprang.

Danach fuhr ich ein wenig langsamer weiter. Meine Hände zitterten. Das wäre der richtige Moment für eine kurze Pause und eine starke Zigarette gewesen.

Fünfzehn Minuten nachdem unser Funkkontakt abgerissen war, entdeckte ich den Parkplatz, auf dem Kareen ihre Sachen ausgezogen hatte. Niemand war zu sehen, nirgendwo brannte ein Licht.

Als ich ausstieg, bemerkte ich, dass es den Renault übel erwischt hatte. Der linke Scheinwerfer war zerbrochen, und der Kotflügel sah aus, als hätte ihn jemand mit einem Stemmeisen bearbeitet. Zum Glück war das Blech nicht so eingedrückt, dass es den Reifen aufzuschlitzen drohte.

Kareens Kleider lagen wie eine alte Haut da, die jemand hastig abgestreift hatte. Ich nahm ihre Hose und hielt sie mir vor das Gesicht, beinahe als wäre ich ein Hund, der nun Witterung aufnehmen würde. Wo war sie? Wo konnte sie sein? Verdammt, ich kannte mich hier nicht aus. Wo würde man in dieser gottverlassenen Gegend hingehen, wenn man ein Kind gegen eine Waffe und ein Diktiergerät austauschen wollte?

Im Wagen nahm ich mein Handy hervor. Ich wählte die Nummer, die ich zuletzt eingespeichert hatte. Ich spürte, wie mein Herzschlag sich beschleunigte, während es unaufhörlich läutete.

Wenn niemand an den Apparat geht, bin ich verloren, dachte ich. Dann werde ich sie niemals finden.

Endlich wurde abgehoben, und eine verschlafene Stimme murmelte ein unwilliges »Ja«.

»Flock«, sagte ich atemlos. »Tut mir leid, aber ich brauche schon wieder Ihre Hilfe.«

25.

Kareen erstarrte, und für einen Moment glaubte sie, ein Schuss hätte sie nicht härter treffen können als dieses kalte, grelle Licht. Ihr Herz schlug so schnell, dass sie buchstäblich nach Luft rang. So war es gewesen, als Lea Montasser abgestürzt war, und so hatten sie auch Robert getötet – mit einem furchtbaren, gnadenlosen Licht, das ihn von der Straße abgebracht hatte.

Sie brauchte ein paar Sekunden, um sich aus der Erstarrung lösen und den linken Arm über ihre Augen legen zu können.

»Zita!«, schrie sie dann. »Hast du so deinen eigenen Sohn umgebracht?«

Ihre Stimme klang panisch und zugleich voller Wut und hallte durch die Nacht.

»Gehen Sie zehn Schritte vor, und stellen Sie dann den Blechcontainer ab! Legen Sie auch das Telefon dazu!«, erwiderte eine ruhige männliche Stimme hinter dem grellen Licht. »Ich hoffe, Sie haben alles dabei.«

Die Höflichkeit der Stimme irritierte sie. War das Anjas Bruder, der Mann, den sie auf der Beerdigung von Lea Montasser gesehen hatte?

»Ich will mit Zita reden«, rief sie. Das Licht tat ihr weh. Der Arm vor Augen war nur ein schwacher Schutz. Nackt kam man sich in so einem Licht vor, nackt und vollkommen schutzlos.

»Hier gibt es keine Zita«, sagte der Mann. »Nun gehen Sie schon!« Dann, nach einem kurzen Zögern, fuhr er fort: »Auch Ihr Freund wird Ihnen nicht helfen können.«

Kareen senkte den Kopf und machte zwei zaghafte Schritte, dann hielt sie abrupt inne.

»Wo ist Max?«, rief sie. »Ich will ihn sehen.«

»Gleich!«, sagte die Stimme, nun eindeutig ungeduldiger. »Erst müssen wir unser kleines privates Geschäft abschließen.«

Die Ruhe des Mannes irritierte sie. Da war jemand überzeugt, dass ihm nichts passieren würde. Was war mit Johan Waller? War man sicher, dass er ihre Spur verloren hatte, oder war ihm etwas passiert?

Kareen spürte wieder, wie sie fror. Dann zählte sie ihre Schritte, verzählte sich und stellte den Container vor sich auf dem Boden ab.

»Wenn Sie uns betrogen haben, werden Sie Max nie wiedersehen«, sagte die Stimme.

Der Container glänzte im Licht. Kareen machte einen Schritt zurück. Ihr Herz schlug hart in ihrer Brust, und in ihrem Kopf breiteten sich stechende Schmerzen aus. Sie wollte etwas sagen, aber sie fühlte sich immer schwächer und hatte das Gefühl, gleich auf die Knie sinken zu müssen.

Plötzlich schwenkte das Licht nach rechts und glitt einen breiten, sandigen Weg hinauf, in dem ebenfalls tiefe Wagenspuren zu sehen waren. Einer der Rohbauten wurde aus der Finsternis gerissen.

»Gehen Sie den Weg hinauf!«, sagte die Stimme. »In dem ersten Haus finden Sie Ihr Kind. Ihm ist nichts passiert.«

Kareen nickte und ging dann los, während das Licht erlosch. Seitlich von ihr meinte sie die Silhouette des Geländewagens wahrzunehmen und einen Schatten, der neben der offenen Tür stand und offensichtlich den Scheinwerfer auf dem Dach bedient hatte. War da noch eine zweite Person? Jemand auf dem Beifahrersitz? Sie konnte es nicht sagen. Immer schneller lief sie in die Dunkelheit hinein, stürzte aber beinahe, weil sie nun beinahe blind war und in dem schwachen Mondlicht kaum etwas erkennen konnte.

Als sie das Haus erreicht hatte, hörte sie, wie ein Motor angelassen wurde. Dann blitzten zwei Scheinwerfer auf, doch der Wagen fuhr noch nicht davon. Offenbar musste man erst den Inhalt des Blechkanisters inspizieren.

Was war, wenn man sie betrogen hatte? Sie hatte ihre beiden Trumpfkarten aus der Hand gegeben – das Diktiergerät und die Waffe. Wie hatte sie nur annehmen können, dass sie Zita gewachsen war und sie als Mörderin überführen konnte?

Langsamer ging sie weiter und hörte für Momente nur ihren eigenen Atem. Sie war sicher, dass sie ganz allein war. Da war niemand. Wo war Max?

Vorsichtig ging sie auf die erste schwarze Türöffnung zu. Es roch nach Schmutz und Exkrementen. Was für ein widerlicher Ort!

Sie hörte, wie der Wagen hinter ihr anfuhr und langsam den Weg Richtung Straße rollte. Dann meinte sie vor sich ein zweites Atmen wahrzunehmen – einen anderen, abgehackten Rhythmus.

Sie begann sich zu eilen und wäre beinahe erneut gestürzt, als sie in das Haus ging, weil sie die hohe Schwelle aus grobem Beton nicht bemerkt hatte.

In dem Rohbau war es noch kälter, der Gestank noch widerwärtiger.

Ein wenig Licht fiel durch eine Fensteröffnung herein. Max lag in einem blauen, nagelneuen Schlafsack auf einer großen, grünen Isomatte. Er trug eine weiße Pudelmütze, sodass sein Gesicht fast nicht zu erkennen war, aber anscheinend war er unversehrt. Einen Daumen hatte er sich in den Mund geschoben und nuckelte wie ein Kleinkind. Sein Gesicht war voller kleiner Wunden. An einer Stelle hatte er sich blutig gekratzt.

»Max!«, rief sie atemlos und lief auf ihn zu.

Sie schüttelte ihn, doch er gab nur ein paar widerwillige Laute von sich.

Vermutlich hatte man ihn betäubt. Ansonsten hätte er niemals so ruhig dagelegen.

Sie wiegte ihn in der Dunkelheit in ihren Armen. Seine Augen unter den Lidern bewegten sich; er konnte sie nicht öffnen, gab nur ein heiseres Lallen von sich.

Aber das war gleichgültig – Zita war davongekommen, doch sie hatte ihr Kind zurück. Vielleicht war der lange Albtraum nun vorüber.

»Max«, flüsterte sie. »Gleich gehen wir nach Hause.«

Dann zerriss ein Geräusch die Nacht – ein harter Einschlag. Metall traf scheppernd auf Metall, Glas zersplitterte. Aber der Knall währte nur einen Atemzug lang. Dann trat wieder eine tiefe, beunruhigende Stille ein.

XV.

»Flock!«, schrie ich ihn an, als müsste ich ihn aus seinem Halbschlaf reißen. »Verdammt, Sie kommen aus dieser Gegend. Wo ist hier der Platz für einen geheimen Treffpunkt? Wo kann man Kareen hinbestellt haben?«

Ich hörte ihn schwer atmen.

»Ich muss nachdenken«, murmelte er dann.

Ich hörte, wie er schnaufte und sich mühsam aufsetzte, und ging langsam zum Wagen zurück. Du musst Geduld haben, sagte ich mir. Er ist ein alter, schwerkranker Mann, den du aus dem Schlaf geholt hast. Ich ließ den Motor an und fuhr auf die Straße zurück. In der ganzen Zeit war kein einziger Wagen durch diesen dichten Wald gefahren.

»Ich denke nach«, sagte Flock leise. »Wo bist du genau?«

Heimbach, der Stausee, dann die Kreisstraße in das Waldgebiet hinein – ich versuchte, alles möglichst genau zu beschreiben.

»Zita kennt sich da immer noch gut aus. Vielleicht bestellt sie Kareen nach Vogelsang, eine alte Ordensburg der Nazis, die früher von Belgiern als Kaserne benutzt worden ist. Da gibt es eine lange einsame Zufahrt und einen großen Parkplatz. Habe mir die Pläne im Internet angeschaut. Ich glaube, da kommt nachts niemand hin.«

»Ich werde es versuchen«, sagte ich und unterbrach die Verbindung.

Mir achtzig fuhr ich durch den Wald, dann endlich tauchten wieder Lichter auf, ein Dorf, schlecht beleuchtete Häuser, eine geschlossene Tankstelle und eine Imbissbude aus billigen Blech. Die Straße führte eine Anhöhe hinauf. Endlich kam mir auch ein Wagen entgegen, aber es war nicht Kareens gemieteter Golf, sondern ein Lieferwagen mit einer Reklameaufschrift.

Dann, nach zehn Minuten, die mir wie eine Ewigkeit vorkamen, sah ich das Schild Vogelsang. Sollte ich hier abbiegen? Eine breite, schnurgerade Straße, die hell erleuchtet war, lag vor mir. Nach zweihundert Metern gelangte ich an eine Sperre.

Nein, hier konnte es nicht sein. Flock musste sich irren. Wahrscheinlich war es Jahre her, dass er zuletzt in dieser Gegend gewesen war.

Ich kehrte um und bog wieder auf die Hauptstraße ein. Es war hoffnungslos. Hier würde ich sie niemals finden. Blieb nur, die Polizei anzurufen und das Verschwinden einer Frau und eines Kindes zu melden.

Dann sah ich den Turnschuh mitten auf der Straße, ein heller weißer Schuh, der beinahe unbenutzt aussah. Wer verlor auf einer solchen Straße einen Schuh? Und welche Schuhe hatte Kareen getragen?

Ich hielt an, stieg aus und hob den Schuh auf.

Das Papier, das in dem Schuh steckte, registrierte ich erst, als ich ihn in das Licht meines einzig noch funktionierenden Scheinwerfers hielt. Langsam und beinahe feierlich entfaltete sich die tibetische Landschaft vor mir. Ein Yak stand da in einer kargen Ebene im Mondlicht. Es schien zu grasen, obwohl in dieser Landschaft kaum ein Grashalm wachsen konnte, und warf einen langen Schatten. Ein Stück weiter schimmerte silbrig eine Lehmhütte. Menschen waren nicht zu sehen. Im Hintergrund waren im Mondlicht schneebedeckte Gipfel zu erahnen, eine majestätische Bergkette.

Ich spürte einen kurzen Moment der Erleichterung. Ein Zeichen – Kareen musste hier in der Nähe sein.

Während ich mich ein Stück von meinem Renault entfernte, sah ich den Feldweg, der von der Straße ins Gelände führte. Hier war die geheime Abzweigung nach Vogelsang. Flock hatte recht gehabt, er hatte mich nur auf die falsche Straße hingewiesen.

Einen Moment später hörte ich einen Motor, der sich näherte, und dann tauchten zwei riesige Scheinwerfer auf. Ich wusste gleich, dass es der Cayenne war, der stolz und scheinbar unbesiegbar auf mich zu rollte.

Wie kann man einen Geländewagen aufhalten?

Ich lief zu meinen Renault, schnallte mich an und schaltete den Scheinwerfer aus. Dann rollte ich beinahe lautlos ein Stück zurück.

Tut mir leid, sagte ich zu dem Renault, ich hätte dir ein friedliches Ende auf einem kleinem Autofriedhof gegönnt, aber es geht leider nicht anders.

Im Rückspiegel sah ich, wie der Cayenne auf die Straße einbog und kraftvoll beschleunigte.

Im nächsten Moment setzte ich mit Vollgas zurück. Wenn ich es richtig machte, würde der Porsche hinten in den Kasten krachen – war ich zu schnell, würde es mich auf der Fahrerseite erwischen.

Der Krach, der eine Sekunde später folgte, war ohrenbetäubend. Ich spürte einen schweren Schlag, der meine Wirbelsäule hinauffuhr. Der Renault wurde herumgerissen; wie ein verletztes Tier jaulte er auf, drehte sich immer weiter und kippte auf die Seite. Das Seitenfenster neben mir zerbarst. Splitter prasselten mir ins Gesicht. Panisch wandte ich mich ab, ein zweiter Stoß fuhr mir in den Rücken, dann prallte der Renault gegen etwas, und alles war still.

Ich lag einen Moment da und lauschte. Alles war still, nur in meinem Kopf breitete sich ein stechender Schmerz aus.

Ich testete meine Arme und Beine. Ich konnte alles bewegen, nichts war gebrochen. Mir war nur schwindelig. Ein Glassplitter hatte mich an der Lippe getroffen. Jedenfalls schmeckte ich Blut.

Mit zitternden Händen befreite ich mich aus meinem Gurt. Links neben mir war nasse Erde. Ein Graben, schloss ich. Der Wagen lag in einem Graben auf der Seite. Also kroch ich zur Beifahrertür hinauf. Mit einiger Mühe konnte ich sie öffnen. Ungelenk fiel ich aus dem Wagen und plagte mich auf die Füße.

Ich brauchte einen Moment, um mich zu orientieren.

Der Cayenne stand ein paar Meter entfernt schräg auf der Fahrbahn. Die Scheinwerfer waren erloschen, sodass er beinahe wie ein riesiger gestrandeter Wal aussah.

Die Windschutzscheibe war nicht zerborsten; ein wirres Muster an Sprüngen und Rissen ließ sie wie ein Kunstwerk aussehen.

»Hallo!«, rief ich zaghaft und hob meine Hände, als müsste ich den Insassen zeigen, dass ich unbewaffnet war.

Hinter der Windschutzscheibe meinte ich zwei Schatten auszumachen, aber sie gaben keinen Laut von sich.

Als ich die Beifahrertür öffnete, sank mir eine Frau mit grauen Haaren entgegen, die seltsamerweise nach Haarspray rochen. Sie hatte eine blutige Wunde auf der Stirn, ihre Augen waren geöffnet und starrten mich leblos an.

Zita, dachte ich, das muss Zita sein.

Ich beugte mich über ihren Mund. Regte sich da etwas? Ich war mir nicht sicher. Vorsichtig legte ich die Frau zurück. Sie war nicht angeschnallt gewesen. Dann blickte ich zum Fahrer hinüber. Er war halb unter das Lenkrad gerutscht, er aber schien zu leben. Leise, wimmernde Laute drangen von ihm.

Dann sah ich noch etwas anderes. Ein Gesicht blickte auf der anderen Seite in den Cayenne hinein – ein bleiches, schönes Gesicht mit wirren blonden Haaren und aufgerissenen Augen.

Ich brauchte einen Moment, um zu begreifen, dass es Kareen war. Sie hielt ihr Kind im Arm und lächelte.

Mit einem lauten Schrei der Freude lief ich um den Wagen herum und nahm sie und ihren Jungen in den Arm.

EPILOG

Sie hatte sich vorgenommen, nicht auf Zitas Beerdigung zu gehen, aber wie hätte sie das Max erklären können? Er hatte zum Glück nur verschwommene Erinnerungen an den Tag seiner Entführung. Ein Mann hatte ihn aus dem Kindergarten abgeholt und ihn zu seiner Großmutter gebracht. Da hatte er gespielt und Eis gegessen, und später hatte Zita ihm einen merkwürdig schmeckenden Tee zu trinken gegeben. Viel mehr wusste er nicht.

Jakob hatte nur wenige Gäste zur Beerdigung zugelassen. Kareen erkannte Schmitz, den Portier aus dem Hotel, dann zwei Freundinnen Zitas aus dem Bridge-Club. Auch der alte Organist aus Dreiborn war gekommen. Mit einem matten Lächeln nickte er ihr zu, während er sich in die letzte Reihe setzte. Wusste er, was passiert war?

Die Polizei hatte Zita aus allen Berichten herausgehalten. Angeblich war sie bei einem Verkehrsunfall ums Leben gekommen, und irgendwie stimmte das ja auch.

Als der Priester Zitas Leben nachzeichnete, konnte Kareen es kaum auf ihrem Stuhl aushalten. Der junge Kaplan, den Jakob engagiert hatte, wiederholte all die Lügen, die Zita über sich in Umlauf gebracht hatte. Von Rolf und Anja, ihren heimlichen Zwillingen, die sie zu ihren Komplizen gemacht hatte, war mit keinem Wort die Rede, stattdessen wurde ein willensstarke, arbeitsame Frau beschworen, die Gott aus Gründen, die nur er kannte, zu sich gerufen hatte.

Rolf, Zitas Sohn, lag noch immer schwer verletzt im Krankenhaus, während Anja in Untersuchungshaft saß. Wie Kareens Anwalt erfahren hatte, hatte sie alles gestanden. Ihre Mutter hatte

Rolf und sie beide nach Köln geholt, hatte ihm eine Anstellung beschafft und ihr den Laden eingerichtet. Alles, was sie dafür tun mussten, war Robert und seine Familie im Auge zu behalten. Fünf Jahre war das gutgegangen. Dann jedoch, mit Roberts unerwarteter Drohung, alles ans Licht zu bringen, war die Sache auf eine andere, viel gefährlichere Bahn geraten. Rolf hatte seiner Mutter, die er angehimmelt und verehrt hatte, beweisen wollen, dass er das Problem lösen konnte. Er war es gewesen, der Robert, Lea Montasser und Merzenich getötet hatte.

Max nahm ihre Hand, als der Priester die letzten Worte gesprochen hatte. Vier Totengräber trugen den Sarg auf den Friedhof hinaus. Zita bekam ihr eigenes Grab, ein Stück von der Familiegruft entfernt. Das war ihre Bedingung gewesen. Jakob hatte sofort zugestimmt.

Draußen am Ausgang wartete Waller auf sie. Er hatte keinen Schritt auf den Friedhof tun wollen. Schließlich war Zita durch ihn zu Tode gekommen, auch wenn es ein Unfall gewesen war.

»Flock wird morgen entlassen«, flüsterte er. »Ich war vorhin im Krankenhaus. Er lässt dich grüßen.«

Kareen nickte ihm zu, während sie Jakob und Esther und den anderen nachblickte, wie sie den Totengräbern und dem Priester zum offenen Grab folgten.

Max schaute sie an. »Können wir jetzt gehen?«, fragte er und wirkte zum ersten Mal ängstlich, als fürchte er sich vor dem dunklen Loch, in das man seine Großmutter legen würde.

»Nein«, sagte Kareen, »wir haben unsere Schuldigkeit getan. Wir haben jetzt etwas anders vor, etwas viel Schöneres.« Sie wandte sich an Waller und legte ihre rechte Hand in seine.

»Was denn?«, fragte Max neugierig und rüttelte an ihrem linken Arm, als sie nicht sofort antwortete.

»Wir machen einen Besuch«, sagte Kareen, »du, Johan und ich schauen uns ein wunderschönes Baumhaus an und besuchen ein kleines Mädchen, das heute Geburtstag hat.«

»Erstklassig ... Martin Edwards schreibt großartige Krimis!« GUARDIAN

Martin Edwards
DIE OHNE SCHULD SIND
Krimi
336 Seiten
ISBN 978-3-404-15881-2

In den sanften Hügeln des englischen Lake Districts wird die Leiche eines Mannes gefunden. Der Gärtner Warren Howe ist mit einer Sense ermordet worden. Die Polizei steht vor einem Rätsel – verdächtig sind viele, doch Beweise gibt es keine. Als Chief Inspector Hannah Scarlett Jahre später einen anonymen Hinweis erhält, erscheint der Fall in einem neuen Licht ...

Bastei Lübbe Taschenbuch